REVIEW

열일곱 살에, 학교 도서관에서 처음 캐드펠 수사 시리즈를 읽었는데 완전히 푹 빠지고 말았다. 어떻게 21세기 한국의 고등학생이 12세기 영국의 수도사에게 친밀감을 느낄 수 있었을까? 책을 펼치면 캐드펠 수사가 가꾸는 허브밭의 싱그러운 향이 미풍에 실려 오는 것만 같았고, 부지불식간에 이웃처럼 정이 든 마을 사람들이 삶의 우여곡절을 겪을 때는 함께 탄식했다. 그 생생한 경험을 통해 역사와 문학을 동시에 사랑하게 되었는지도 모르겠다.

서른다섯 살이 되어 캐드펠 시리즈를 다시 읽고 싶어졌는데, 혹시 두 번째로 읽었을 때의 감회가 예전만 못할까 걱정했었다. 기우 중의 기우였다. 열일곱 살에 발견하지 못했던 부분들을 잔뜩 발견하며 읽을 수 있었고, 역사추리소설을 추천하는 자리에서 매번 자신 있게 추천하곤 했다. 소박하고 담백하게 시작해 역사의 큰 톱니바퀴와 힘 있게 맞물려 들어가는 이 놀라운 이야기에 대해 말할 때 한없이 행복했다.

엘리스 피터스가 육십대 중반에 이처럼 대단한 시리즈를 시작했다는 것을 떠올리면 마음에 환한 빛이 든다. 먼 길을 다녀와 켜켜이 쌓인 지혜를 품고 유적지를 직접 걸으며 작품을 구상했을 작가를 상상하고 만다. 멋진 일은 언제든 시작될 수 있고, 심혈을 다해 빚은 이야기는 시간과 공간을 뛰어넘는다는 것을 이 보물 같은 작품들을 통해 믿게 되었다.

정세랑
소설가

REVIEW

엘리스 피터스는
가장 뛰어난 추리소설 작가다.

UMBERTO ECO
움베르트 에코

캐드펠 수사는 한 세기를
완벽하게 구가한 셜록 홈스에
비견되는 창조물이다.

LOS ANGELES TIMES
BOOK REVIEW
LA 타임스 북 리뷰

이보다 더 매력적이고 인상적인 탐정은
찾기 어려울 것이다.

SUNDAY TIMES
선데이 타임스

서스펜스와 역사소설이 혼합된
유쾌하고 독창적인 작품.

LONDON EVENING
STANDARD
런던 이브닝 스탠더드

시리즈가 추가될 때마다 기쁨을 느낀다.
연대기 시리즈가 계속 이어지기를 바란다.

USA TODAY
USA 투데이

캐드펠 수사는 분명 범죄소설의
컬트적 인물이 될 것이다.

FINANCIAL TIMES
파이낸셜 타임스

엘리스 피터스의 미스터리는 역사적 디테일,
마을과 수도원의 중세 생활상, 생생한
캐릭터 묘사, 우아하고 문학적인 문체 등
이야기 그 자체로 즐거움을 선사한다.

THE WASHINGTON POST
워싱턴 포스트

스타일과 격조를 갖춘 미스터리로
멋지게 포장된 뛰어난 역사소설.

THE CINCINNATI POST
신시내티 포스트

엘리스 피터스는 중세인들의 삶을 상세하고
설득력 있게 재현함으로써, 독자들을
강력하게 흡인하여 교묘하게 짜여진
중세의 어두운 미로 속으로 데려간다.

YORKSHIRE POST
요크셔 포스트

고전적인 의미의
선과 악이 격투를 벌이는 역작.

CHICAGO SUN-TIMES
시카고 선 타임스

성 베드로 축일

SAINT PETER'S FAIR

성 베드로 축일

엘리스 피터스 장편소설
송은경 옮김

북하우스

CADFAEL

중세 웰일스

CADFAEL

슈롭셔와 웨일스 국경지대

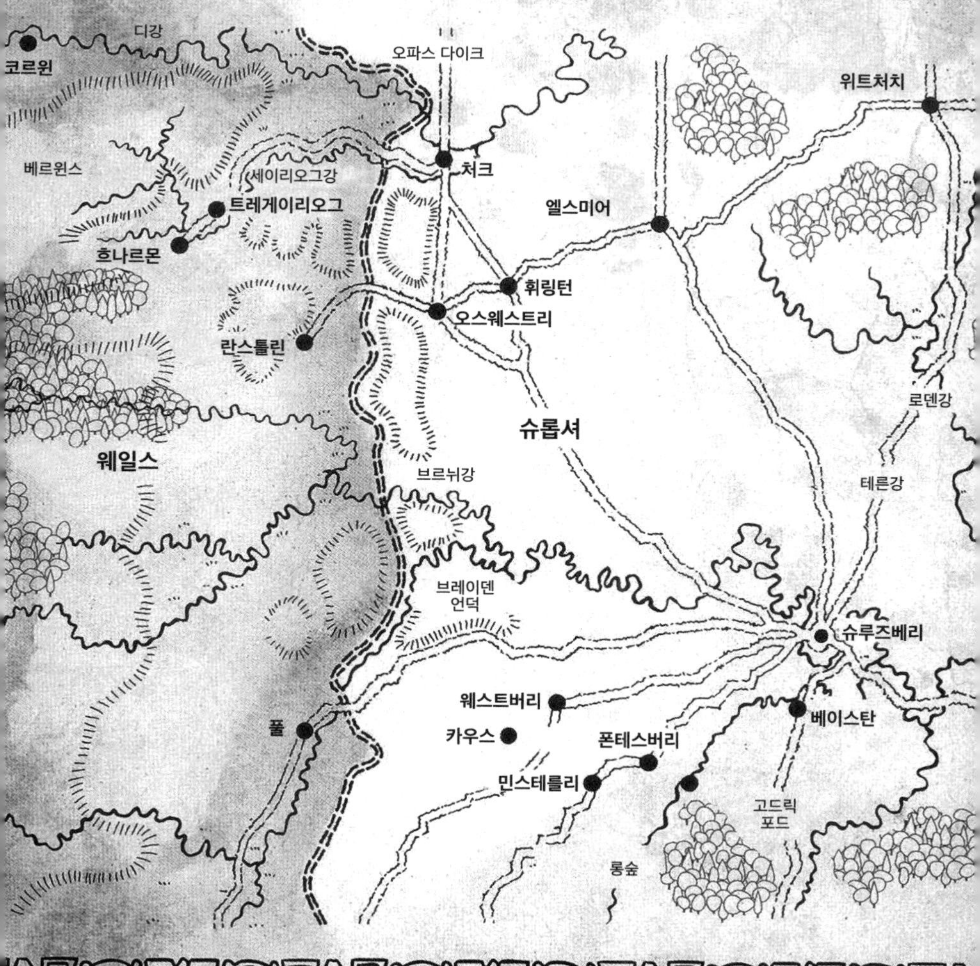

CADFAEL

슈롭셔주 슈루즈베리

CADFAEL

슈루즈베리
성 베드로 성 바오로 수도원

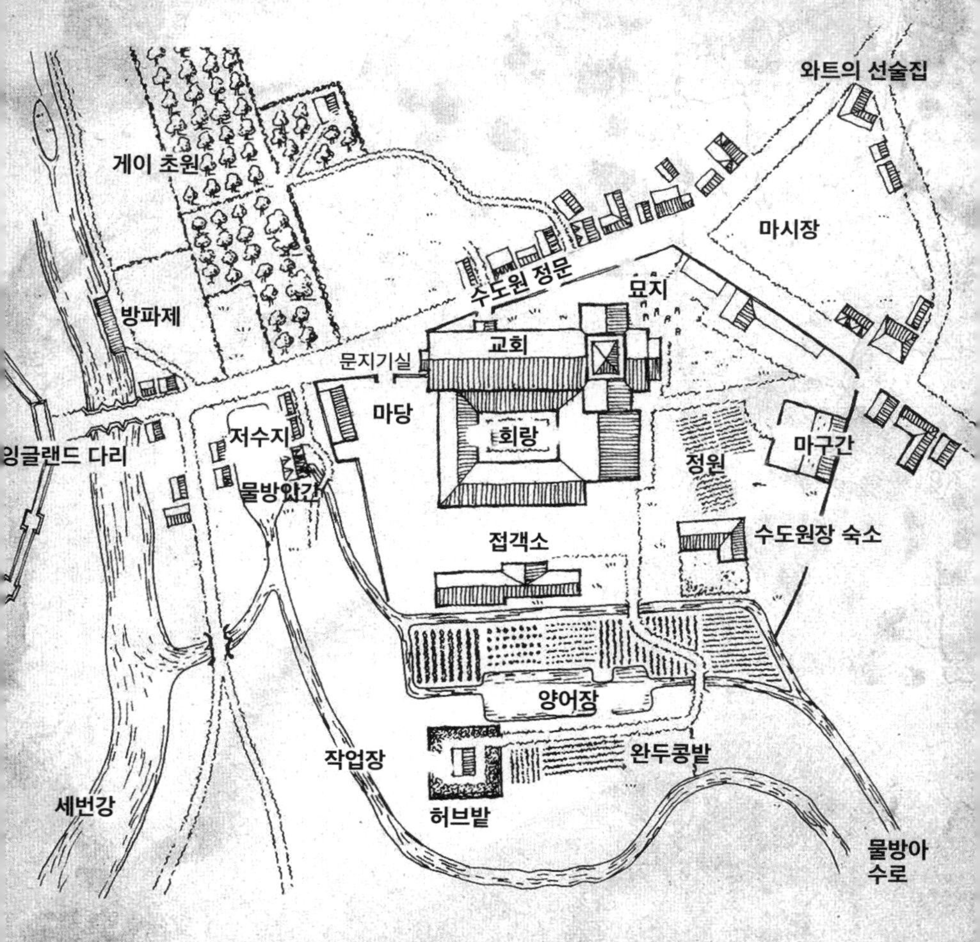

일러두기. 주석은 모두 한국어판 주다.

축일장 전야

1

사건은 슈루즈베리에 위치한 베네딕토회[1] 소속 성 베드로 성 바오로 수도원[2]의 수도사 평의회에서 시작되었다. 1139년 7월 30일의 일이었다. 그날은 성 베드로의 탈옥 축일[3] 이틀 전이었다. 성 베드로의 이름을 내건 수도원 입장에서 이 축일은 종교적 의미에서만 아니라 수익 사업으로서도 대단히 중요한 행사였다. 아침 회의는 전적으로 축일 의식 준비에 할애되었고, 사소한 잡무는 뒤로 미뤄졌다.

수도원은 두 분의 성인을 모시고 있지만, 성 바오로에 대해서는 다소 대접이 소홀한 편이었다. 공문서에 그 이름을 줄여 쓰는 건 예사였고 가끔은 아예 생략해버리기도 했으니, 어떻게 보면 거의 없는 존재나 마찬가지였다. 시간이 곧 돈이요, 교회 서기들로서는 서류 한 장에 스무 번도 넘게 나오는 그 이름을 다 갖추어 기입하는 것도 지겨운 노릇일 터였다. 그러나 라둘푸스 수도원장[4]이 이 수도원이라는 선박의 키를 잡고부터 서기들은 버릇을 고치지 않을 수 없었다. 새 수도원장은 일을 대충대충 처리하는 것을 못 참는 사람이었고, 따라서 이 선박의 선원들 모두를 자기처럼 꼼꼼한 사람들로 바꾸고자 했다.

캐드펠 수사는 아침기도가 시작되기 전에 허브[5]밭에 가서, 손수 가꾸어 만개시킨 양귀비[6]를 흐뭇하게 관상하며 언제쯤 씨를 받는 게 좋을지 가늠해보았다. 절정에 달한 여름이 풍성한 수확을 약속하고 있었다. 지난겨울의 때 이른 폭설 이후 온화하고 촉촉한 봄이 찾아왔었고, 6월과 7월에는 볕이 쨍쨍하니 무더웠으나 간간이 단비가 내려주어 식물들의 잎사귀는 싱싱하고 봉오리도 실했다. 들에서는 이미 건초 수확이 한창이었으며, 옥수수도 잘 여물어 낫질을 기다리고 있었다. 해마다 서는 장이 끝나는 대로 추수가 시작될 터였다. 새벽이슬을 머금은 허브밭은 달콤한 아침 해에 취해 벌써부터 향기롭게 달아오르고 있었다. 허브의 향이 캐드펠의 감각을 달콤하게 채웠다. 순수한 기쁨 속에서도 불온한 죄악의 기미를 읽어내는 수도원의 금욕파들이 알면 눈살을 찌푸릴 쾌감이었다. 캐드펠 곁에서 이 환희의 밭을 가꾸는 마크 수사 또한, 종종 자신이 죄악 속에서 기쁨을 느꼈음을 고해하고 응당한 속죄의 벌을 받아 마땅한 것이 아닌가 생각하곤 했다. 그러나 아직 어려 오만 일에 죄책감을 가지는 마크 수사와 달리,

세상 이치에 밝은 캐드펠은 아무런 가책도 느끼지 않았다. 이 다양한 신의 선물들은 즐기라고 있는 것이거늘, 기쁨을 제대로 누리지 못한다면 그것이 되레 배은망덕한 일 아니겠는가.

아침기도 전 두어 시간을 밭일로 보낸 캐드펠은 여느 때처럼 대회의실 가장 어두컴컴한 구석의 기둥 뒤에 앉아 꾸벅꾸벅 졸고 있었다. 어차피 모두의 관심이 쏠려 있는 축일장과 관련해서는 어떤 임무도 맡지 않은 데다, 설혹 누가 갑자기 그에게 질문을 던진다 해도 재빨리 잠기운을 걷어내고 어찌어찌 조리 있게 대답해낼 수 있을 것이었다. 스스로 귀의하여 수도사의 길을 걸어온 지난 16년 동안 캐드펠은 자신의 선택을 후회해본 적이 없었다. 수도사가 되기 전 모험으로 가득 찬 인생에 대해서도 그랬다. 이제 쉰아홉이 된 그의 안에는 세상 경험이 고스란히 축적되어 있었다. 게다가 그는 여전히 오소리처럼 강인했다(마크 수사는 그의 다리도 오소리처럼 굽었다고 했는데, 그거야 마크 수사쯤 되니 할 수 있는 발언이었다). 어쨌든 이 순간 캐드펠은 저녁에 봉오리를 다문 꽃처럼 조용히, 숨소리도 내지 않으며 졸고 있었다. 그는 베네딕토회의 계율 안에서, 또 그 계율과 아무런 마찰도 빚어내지 않되 자신의 욕구에도 멋지게 들어맞는 일상의 규율을 마련하여 충실히 지켜온 터였다.

그러다 깜빡 깊은 잠에 빠졌던 모양이었다. 그는 수도원 부속 건물 관리 집사가 정중하게 양해를 구하며 대회의실 안으로 들어와 잠시 기다리다가 마침내 수도원장의 허락이 떨어져 입을 열

때에야 정신을 차렸다. "수도원장님, 시장이 드릴 말씀이 있다며 상인 길드 대표들과 함께 이곳을 찾아왔습니다. 중요한 문제라고 합니다."

라둘푸스 수도원장은 곧게 뻗은 은빛 눈썹을 조금 올리더니 자비롭게도 자치시의 원로들을 즉시 들여보내라고 지시했다. 강을 사이에 두고 마주한 슈루즈베리시와 수도원의 관계는 그리 우호적이라 할 수는 없어도—사실 이해가 상충하는 일이 많아 우정 따위를 기대하기란 무리였다—언제나 정중해서, 이런저런 사안으로 교류할 때면 서로 깍듯이 예를 갖추곤 했다. 원장은 누가 자신에게 싸움을 걸어오는 듯한 낌새를 채더라도 얼굴색 하나 변하지 않을 사람이었다. 강팍하고 빈틈없는 그 얼굴을 뜯어보면서, 캐드펠은 원장이 길드 사람들이 이곳에 몰려온 이유를 이미 정확하게 파악하고 있으리라 생각했다.

시장을 필두로 모두 열 명이나 되는 높으신 길드 양반들이 입구를 꽉 채우며 대회의실로 들어섰다. 열 명이면 시내에 있는 장인의 절반이었다. 업계에서 이름난 장인이자 시장인 제프리 코비저는 풍채 좋고 정력적인, 쉰이 채 안 된 사내였다. 깨끗이 면도한 얼굴은 활기가 가득하니 위엄 있어 보였다. 코비저는 잉글랜드 최고 멋쟁이들이 신는 신발과 승마용 장화를 만들었으며, 자기 자신의 가치는 물론 함께 온 길드원들의 뛰어난 솜씨를 너무도 잘 알고 있었다. 오늘 이 행차를 위해 그는 한껏 차려입었다. 긴 가운을 입었더라면 이 한여름 날씨에 지옥 같은 고통을 맛봐야 했을 테지만 그런 치레를 하지 않아도 그의 풍모는 충분히 인상적이었고, 그 자신 또한 이런 효과를 노렸음이 분명했다. 그 뒤로 떼 지어 들어선 사내들 대여섯은 캐드펠도 잘 아는 인물들이었다. 슈루즈베리 푸주한들의 대장인 에드릭 플레셔, 장인의 지위에 오른 목수 마틴 벨코트, 애스턴 출신의 은 세공사 레지널드 등 모두 마을 유지들이었다. 라둘푸스 수도원장은 아직 이들을 잘 몰랐다. 나태한 변방 수도원을 보다 열의 넘치는 곳으로 손질하라는 임무를 받고 런던에서 파견되어온 지 반년밖에 지나지 않은 터라 아직 이곳 사람들에 대해 파악해야 할 것이 많았고, 그 역시 바보가 아니라 자신의 부족함을 잘 알고 있었다.

"어서들 오시오, 신사 여러분." 수도원장은 온화하게 말을 꺼냈다. "편하게 말씀들 해보시지요. 경청하겠소."

열 명의 방문객들은 정중하게 예를 표하더니, 마치 군인들처럼 다리를 떡 벌려 우뚝 섰다. 경계를 늦추지 않는 눈빛으로 보아 일단 모든 판단을 유보하고 있는 듯했다. 수도원장 또한 예의를 갖추되 그들 못지않은 분위기를 자아내고 있었다. 캐드펠은 지난해 수도원 일로 고향에 들러 잠시 양을 돌보던 때를 떠올렸다. 그곳, 팽팽하게 맞서 충돌 직전인 양 두 마리에게서 그런 표정을 본 적이 있었다.

"존경하는 수도원장님." 시장이 입을 열었다. "아시겠지만 모레부터 사흘간 장이 섭니다. 그 장에 대해 드릴 말씀이 있습니다. 수도원장님도 잘 아시겠지만, 장이 열리면 시내의 가게란 가게는 모두 문을 닫아야 하며 에일과 포도주가 아닌 다른 음료는 팔지 못하게 되어 있습니다. 한데 그 에일과 포도주조차 장터와 정문에서 얼마든지 구할 수 있으니 우리 같은 사람들은 먹고살 수가 없을 지경입니다. 사흘간, 연중 통행량이 가장 많은 이때, 시내를 통과해 장터로 들어가는 수레며 짐마차에 세를 부과하면 큰 이익을 볼 수 있을 이때, 우리는 통행세도 성벽 보수세도 도로포장세도 받지 못합니다. 모든 세금이 수도원으로만 들어가게 되어 있으니까요. 배에 실려 세번강을 거슬러 올라온 물건들은 수도원 선창에서 내려지고, 그에 대한 세금 또한 수도원에 치러집니다. 우린 거기서 한 푼도 못 받지요. 게다가 수도원은 그런 특권을 누리는 대가로 겨우 38실링만을 치릅니다. 그 돈조차 시내에 사는 수도원 소작인들의 소작료에서 차압하고요."

"겨우 38실링이라!" 라둘푸스 수도원장은 그 말을 되풀이하며 회색 눈썹을 살짝 올렸지만, 그의 표정은 온화함을 잃지 않았고 음성도 부드러웠다. "그 액수는 공정하게 정해진 것이오. 더구나 우리가 정한 것도 아니잖소. 그 계약에 대해서는 여러분도 오래전부터 알고 있는 것으로 아는데."

"물론 알죠. 하지만 전부터도 그게 좀 힘들었습니다. 계약을 지켜야 한다는 생각에 지금껏 한 번도 불평하지 않았으나, 호황이든 불황이든 액수가 늘 같다는 점이 저희로서는 납득이 되지 않습니다. 지금은 다들 죽을 지경인데, 사흘 동안 장사를 접어야 할 뿐 아니라 연중 가장 많은 통행세를 걷을 기회마저 놓치게 되었습니다. 작년 여름, 물론 그때 수도원장님은 여기 안 계셨지만, 슈루즈베리가 한 달 이상 포위 공격을 당한 일이 있었습니다. 그 통에 성벽이 심하게 파괴되었고, 도로도 크게 파손되었죠. 저희 나름대로 애써보긴 했지만 여전히 손볼 곳이 한두 군데가 아닙니다. 작년 여름에 입은 피해를 메우는 데만도 엄청난 노동력이 들어간다는 얘기지요. 아직 복구 작업을 절반도 못 마쳤습니다. 게다가 이런 난세에 언제 또 공격받게 될지 누가 알겠습니까? 수도원 장터를 오가는 마차들이 시내를 통과하면서 도로를 더 망치는 데도 우리에게는 피해 복구에 보탬이 될 재원이 전혀 들어오지 않고 있습니다."

"용건만 간단히 말하시오, 시장 양반." 수도원장은 변함없이 평온한 어조로 말했다. "우리에게 요구할 게 있어서 왔다 하지 않았소? 쉽게 이야기해보시오."

"좋습니다, 수도원장님! 슈루즈베리시의 상인 길드원들과 시민을 대표해 말씀드리겠습니다. 경기가 불황일 때는 우리도 요구할 것들이 있다고 생각합니다. 수수료를 올려주시든지, 아니면 그보다 더 좋은 방안으로, 수레나 짐마차나 배들이 장터로 들이는 물건에 대한 세금의 일부를 시에 떼어주어 성벽 복구비로 쓰게 해주십시오. 도시가 수도원을 보호해주는 덕에 수도원도 이익을 보고 있지 않습니까? 그러니 수익금의 1할을 떼어줬으면 합니다. 그 정도면 우린 진심으로 감사할 겁니다. 이건 요구가 아니라 정중한 호소입니다. 1할의 몫이 정의에 합당한 조처라고 우리는 믿습니다."

라돌푸스 수도원장은 비쩍 마른 몸을 꼿꼿하게 세우며 자기 앞에 도열한 건장한 시민들을 진지하게 주시했다. "그것이 여러분 모두의 생각이오?"

"그렇습니다." 에드릭 플레셔가 퉁명스럽게 대답했다. "시민 모두의 뜻이기도 하고요. 사실 이 문제에 대해선 시장님보다 훨씬 강경한 목소리를 낼 사람들이 많습니다. 하지만 저흰 수도원장님이 공감해주시리라 믿고 일단 이 정도만 말씀드린 뒤 답변을 기다리려 합니다."

무겁고 조심스러운 한숨이 대회의실에 퍼지며 옅은 동요를 일으켰다. 수사들은 눈을 휘둥그렇게 뜬 채 근심 어린 표정을 지었다. 젊은 수사들 쪽에서 수군거림이 일기 시작했지만, 그 역시 매우 조심스러웠다. 로버트 페넌트 부수도원장[7]은 기도문을 외는지 입술을 달싹거리며 가느다란 상앗빛 눈꺼풀 밑으로 수도원장을 곁눈질했다. 그는 수도원장 자리에 군침을 흘리다가 웬 타지 사람이 덥석 그 자리를 꿰차고 앉자 쓰라린 패배감을 맛보았고, 그 후로는 차갑고 엄격하게 절제된 침묵을 지켜오던 터였다. 짐짓 겸손과 축복으로 새 수도원장을 대하지만, 아마 그가 돌이킬 수 없는 실수를 저질러주길 내심 바라고 있으리라. 한편 최근까지 수도원장으로 있다가 지금은 자리를 내놓은 헤리버트 노수사는 구석에 앉아 부드러운 미소를 띤 채 조용히 졸고 있었다. 그로선 수도원장 자리에서 물러난 뒤의 평화와 휴식에 그저 감사할 뿐이었다.

"여러분은 마치 우리가 마을의 이권과 수도원의 이권을 결정할 수 있는 것처럼 말씀하시는군요." 라둘푸스 수도원장이 온화하면서도 단호하게 말했다. "양측이 이렇게 맞서고 있는 상황에서 누가 판단을 내릴 수 있겠소? 여러분이? 아니면 내가? 이 일은 우리 중 누구도 해결할 수 없소. 이해 당사자가 아닌 다른 누군가가 필요하지. 하지만 신사 여러분, 그러한 판단은 이미 내려진 바 있다는 사실을 상기시켜드리고 싶소. 여러분이 불평한 바로 그 포위 공격 이후 지난 반년 사이에 나온 판결이오. 올해 초, 스티븐 왕[8]이 과거의 헌장을 확인하고 인가했소. 수도원은 토지며 권리며 보유해온 특권을 그대로 모두 양도받았고, 성 베드로 축일의 사흘장에 대한 권리 또한 인정받았소. 전부터 지불하던 수수료도 그대로 유지되었지. 만일 그게 부당하다면 왕의 인가가 떨어졌겠소?"

"솔직히, 우린 단 한 번도 그 인가가 공정하다고 생각해본 적이 없습니다." 시장도 온화하게 말을 받았다. "전 지금 왕의 결정을 놓고 불평하는 게 아닙니다. 다만 왕이 우리 슈루즈베리시를 자신에게 적대적인 지역으로 여겼으며, 지금도 그렇게 생각하고 있을 가능성이 높다는 말씀을 드리고 싶군요. 지금은 프랑스로 달아나고 없는 피챌런[9]이 우리 성을 요새로 삼아 한 달 넘게 주둔하며 스티븐 왕에 대항했으니 말입니다. 하지만 그 일에 대해선 우리 시민들은 발언권을 갖지 못했을 뿐 아니라, 어떻게 해볼 수도 없는 처지였습니다. 성에서 모드 황후[10]를 지지하겠다고 선포했던 탓에 피챌런이 멀리 안전한 곳으로 달아나버린 뒤로도 우리는 울며 겨자 먹기로 그 뒷감당을 해야 했습니다. 존경하는 수도원장님, 이것이 공정하단 말씀이십니까?"

"지금 왕이 수도원의 권리를 인가함으로써 마을에 복수하고 있다고 주장하는 게요?" 부드러우나 위태위태한 예의를 실어 수도원장이 물었다.

"왕이 마을의 사정은 전혀 고려하지 않았고, 우리가 입은 피해도 들여다보지 않았다고 말하는 것입니다. 만일 그랬더라면 최소한 몇 가지 특권을 내주었겠지요."

"아! 그렇다면 지금 그 호소는 우리가 아니라 길버트 프레스코트 경에게 가서 해야 할 것 같은데? 그이가 왕의 직속 행정 장관이니 그 사람을 통하면 틀림없이 왕의 귀에 들어가게 될 게요."

"물론 시도해봤습니다. 축일장 건은 빼고요." 제프리 코비저가 기세 좋게 대꾸했다. "수도원에 부여된 특권의 일부를 떼어주고 말고 하는 문제는 행정 장관의 권한이 아니니까요. 그 일은 오직 수도원장님만이 해결하실 수 있습니다." 수도원장과 마찬가지로, 시장 역시 함정을 피해 가는 대화법을 알고 있었다.

"그래, 장관이 정확히 뭐라 했소?"

"장관은 성벽이 복구될 때까지는 아무 도움도 줄 수 없다더군요. 복구가 끝나는 대로 일손을 빌려주겠답니다. 아마 1년은 지나야 하겠죠. 하지만 일손이라면 우리도 조달할 수 있습니다. 우리에게 필요한 건 재원과 물자예요. 사정이 이러한데, 우리가 축일장을 부담스러워하지 않을 수 있겠습니까?"

"그렇지만 수도원에도 당신네 못지않게 긴급한 사정들이 있소." 수도원장은 잠시 생각에 잠겼다가 말을 이었다. "여러분에게 상기시키고 싶은 것은, 수도원의 토지와 재산은 시내 성벽 바깥에 있을 뿐 아니라 강에서도 떨어져 있다는 사실이오. 당신들은 성벽과 강을 보호막으로 삼을 수 있지만, 우린 그 혜택을 누리지 못하지. 그런데도 우리가 수수료를 내야 하오?"

"수도원 재산이 모두 그런 건 아니죠." 시장이 재빨리 말했다. "마을에 수도원 가옥이 서른 채도 넘게 있고, 수도원 소작인들이 거기 살고 있습니다. 소작인의 아이들은 우리 아이들과 마찬가지로 도로에 팬 시궁창을 건너다니고, 소작인들 말도 포장이 뜯겨나간 도로를 가다가 우리 말들처럼 다리를 접질리지요."

"우리 소작인들은 공정한 대우를 받으며 합당한 소작료를 내고 있소. 그들에게 문제가 일어나면 당연히 우리가 책임져야겠지. 하지만 마을의 피해에 대해서는 우리 토지 내에서 발생한 피해를 처리하듯 책임질 수 없소. 그건 안 될 일이오." 수도원장은 단호하게 음성을 높여 시장의 반박을 막았다. "이 얘긴 끝났소. 당신들 사정은 충분히 들었고 이해했소. 동정이 가지 않는 것도 아니나, 성 베드로 축일장은 이 수도원에 부여된 성스러운 권리요. 게다가 언급된 권한과 조건을 우리가 내세운 것도 아니잖소. 모두 원칙에 따라 이 수도원에 부여된 권리이니, 잠시 이곳을 맡게 된 나로선 조금이라도 계약 조건을 바꿀 권한이 없소. 그렇게 했다간 이를 인증한 왕에 대한 모독이 될 것이며, 내 행위가 일종의 선례를 남긴다는 점에서 후임 수도원장에게도 예의가 아니겠지. 그렇소. 난 이번 축일장의 수익을 다만 얼마라도 당신들에게 떼어줄 생각이 없소. 수수료도 올리지 않을 것이며, 물건이나 가판대에서 받은 징수금도 나누지 않을 거요. 원칙에 따르면 그 돈은 모두 여기 수도원 수입이니 전부 우리가 거둬야 하오." 너무도 단호한 통고에 신사들이 항의를 시작하려 하자 수도원장은 육중하나 꼿꼿한 몸을 벌떡 일으켰다. 그의 음성과 눈빛은 더없이 냉정했다. "이 얘긴 이것으로 끝이오."

한두 사람이 무어라 논박하려 했지만, 제프리 코비저가 그들을 만류했다. 그는 자신과 슈루즈베리시의 품위를 지켜야 한다는 점을 너무도 잘 알고 있었고, 자기 확신에 찬 저 고집불통 영감을 흔들어놓을 보다 치밀한 방도도 마련해둔 터였다. 고개를 깊이 숙이긴 했으나 다소 퉁명스러운 태도로 수도원장에게 인사를 한 뒤 그가 발길을 돌려 성큼성큼 대회의실을 걸어 나가자, 패배한 그의 일행도 정신을 차리고 거만하게 그 뒤를 따랐다.

*

마시장 터의 넓은 세모꼴 부지에 이미 부스들이 들어서서, 수도원 담장을 따라 다리까지 죽 이어져 있었다. 담장 끝 모퉁이에서 오른쪽 세인트자일스 방향으로 꺾으면 런던으로 향하는 도로가 나왔다. 다리 밑에는 신축한 목재 선창이 있는데, 거기서부터 강줄기를 따라 수도원의 밭과 과수원이 길게 펼쳐졌다. '게이'라는 이름으로 알려진 비옥한 저지대였다. 온갖 장사꾼들이 강을 건너서, 도로를 지나서, 숲을 통해서 아니면 혹은 웨일스와의 경계를 넘어 슈루즈베리시로 몰려들기 시작했다. 슈롭셔와 그 인근에서 온 대지주를 비롯해 소귀족, 기사, 소지주 들도 아내와 아이들을 데리고 수도원 광장으로 몰려 수도원 접객소에 자리를 얻느라 분주했다. 해마다 사흘장이 열리면 그곳은 내방객들로 넘쳐났다. 다들 농사를 짓고, 가축을 기르고, 술을 빚고, 천을 짜고, 실을 자아 생필품을 마련하느라 바쁘게 보내다가 1년에 한 번 성 베드로 축일이 되면 이곳 장에 나와 고급 천이나 좋은 포도주, 귀한 과일 절임과 금은 세공품 따위를 구입해 사흘 뒤에 떠났다. 이처럼 큰 장이니 플랑드르나 독일에서까지 상인들이 몰려왔고, 프랑스산 포도주를 배로 싣고 오는 사람들, 1년 동안 깎아 모은 양모를 가져오는 웨일스인들, 가운과 조끼와 타이츠 같은 도시 패션을 들여오는 의류상들도 있었다. 아직 모든 상인들이 도착한 것은 아니었다. 대부분은 축일장 전날인 내일 나타나 아직 밝은 저녁에 부스를 설치하고 이튿날 아침 일찍부터 장사할 준비를 마칠 터였다. 한편 물건을 살 사람들은 이미 꽤 많이 도착하여 편안한 잠자리를 확보하는 데 집중했다.

캐드펠 수사가 채소밭에 나가 고되면서도 즐거운 오후 작업을 마친 뒤 저녁기도 시간에 맞추어 메올천에서 올라올 즈음에는 내방객과 하인과 마부 들로 안뜰이 온통 들끓고 마구간으로는 말들이 쉴 새 없이 들락이고 있었다. 그는 잠시 멈춰 서서 그 진풍경을 구경하다가 곁에 선 마크 수사를 곁눈질했다. 마크 수사는 햇살에 비치는 다채로운 유희와 눈앞에서 아른거리는 사람들의 활기에 현혹되어 홍조를 띠고 있었다.

캐드펠은 마크 수사가 흥분과 경이 속에 응시하고 있는 장면을 초연하게 바라보며 입을 열었다. "그래, 어중이떠중이들이 떼거리로 몰려올 게야. 뭔가를 사거나 팔려고 말이지." 그는 다시 젊은 친구에게 찬찬히 시선을 고정했다. 마크 수사는 세상을 충분히 알기도 전에 교단에 입문했다. 열여섯 나이에, 조카를 죽도록 부려 먹으면서도 보살피기는 싫어했던 인색한 백부에 의해 수도원으로 떠밀리듯 들어온 것이다. 그가 종신서원을 한 것도 바로 얼마 전의 일이었다. "자넬 다시 속세로 돌아가도록 꾀는 것이라도 있나?"

"아니요." 마크 수사는 차분한 목소리로 곧장 대답했다. "하지만 저런 모습을 보고 있자니 즐거움이 느껴지기는 해요. 양귀비 밭에서 즐거움을 느끼듯이 말이죠. 저들이 하느님이 피조물에 불어넣은 색채와 형상을 자기들 물건에 불어넣은들, 그게 잘못은 아니잖아요."

아닌 게 아니라, 광장과 마구간 앞을 분주하게 오가는 내방객들 중 다른 무엇보다 매혹적인 신의 작품이 몇몇 눈에 띄는 것은 사실이었다. 양귀비처럼 환하게 피어난 젊은 여자들이었다. 1년에 한 번뿐인 이 거창한 외출을 학수고대해왔는지 기대감으로 한껏 들뜬 그들의 모습은 정말 아름다워 보였다. 혼자서 조랑말을 타고 온 여자들도 있었고, 남편이나 마부 뒤 안장에 앉아 온 여자들, 거기에 남쪽에서 말 한 필짜리 가마를 타고 달려온 신분 높은 부인들도 보였다.

"이렇게 활기찬 구경거리는 처음 봐요." 마크 수사는 즐거운 눈길로 이 모든 것을 응시하며 말했다.

"장날을 접하는 건 처음일 테지. 작년엔 7월을 지나 8월로 접어들 때까지 시내가 포위 상태에 놓였던 탓에 팔 사람이든 살 사람이든 슈루즈베리로 들어올 꿈도 못 꾸었으니까. 올해도 장이 서기 힘들지 않을까 싶었는데, 다시 이런저런 거래가 잘 진행되고 있기도 하고 한 해 걸렀으니 높으신 분들도 그 어느 때보다 간절했을 게야. 꽤 성황을 이룰 것 같구나!"

"그렇다면 시내 복구에 쓰라고 수익을 일부 떼어줄 수도 있는 것 아닌가요?" 마크 수사가 의문을 제기했다.

"자넨 꼭 난처한 질문만 하는군. 시장의 생각이야 나도 잘 알지. 자기 입으로 다 떠벌리기도 했고 말이야. 하지만 수도원장이 무슨 생각을 하는지는 정말 모르겠구나. 그분이 속내를 절반이라도 드러냈는지 어쨌는지조차 알 수가 없어. 참 속을 알기 힘든 양반이야."

그러나 마크 수사는 그의 말을 듣지 못한 듯했다. 방금 문으로 들어와 북새통을 헤치고 우아하게 말을 몰아 마구간으로 향하는 어느 젊은이에게 온통 눈길이 가 있었던 것이다. 털이 뻣뻣한 조랑말을 탄 종복 셋이 그 뒤를 따랐는데, 그중 한 종복의 안장에는 석궁이 매달려 있었다. 최근 들어 그럭저럭 평화를 되찾긴 했으나, 요즘 같은 시기에 제 몸 하나 지킬 준비도 없이 먼 길을 떠나온 신사는 없을 터였다. 검을 차고 있는 것으로 보아 젊은이는 검을 사용할 줄 아는 듯했지만, 그래도 여전히 불안했는지 궁사까지 데려온 모양이었다.

마크 수사의 눈길을 사로잡은 그 젊은이는 스물여덟아홉쯤 되어 보였다. 청년기의 불확실성(그런 것을 겪기나 했을지 모르겠지만)을 이겨내고 이제 찬란한 전성기로 접어드는 시기였다. 멋진 무기를 갖춘 채 반질거리는 진밤색 말 위에 우아하게 올라앉은 젊은이는 타고난 기수인 양 가볍게 말을 몰았다. 한여름 더위 때문인지 짧은 승마용 윗도리는 벗어서 무릎 위에 걸쳐두었고, 군살 없이 탄탄한 가슴에는 십자가가 달린 금줄이 늘어져 있었다. 수수한 리넨 셔츠와 검은 타이츠로 감싸인 길고 날씬한 몸매는 무척이나 아름다웠다. 그는 모자를 벗어 머리를 햇빛에 그대로 노출시킨 채 생기 넘치는 미소를 띠고 있었다. 모자를 쓰면 전부 덮일 정도로 짧게 깎았으나 조금 더 기르면 곱슬기가 드러날 법한 진금발 속에서 그의 검고 커다란 눈이 환하게 빛을 발했다. 젊은이가 지나가는 내내 마크 수사는 눈으로 그를 좇았다. 평온하면서도 부러워하는 듯한 눈길이었지만, 질투의 그림자는 전혀 드리워 있지 않았다.

"참 좋겠죠." 마크 수사는 생각에 잠긴 목소리로 말했다. "사람들에게 즐거움을 주는 외모를 타고났다는 것 말예요. 저 사람은 자신이 받은 축복을 깨닫고 있을까요?"

마크 수사는 어릴 적에 잘 못 먹고 자라서 몸집이 작았고, 동그랗게 체발한 정수리 가장자리로는 밀짚색 머리칼이 삐쭉삐쭉한 평범한 얼굴이었다. 자기 얼굴을 거울에 비춰본 일조차 거의 없는 터라, 그는 자신의 눈이, 어지간히 잘생긴 사람이 아니고서는 그 앞에서 움찔할 정도로 대단히 맑고 투명하고 멋진 잿빛을 띠고 있다는 사실도 알지 못했다. 캐드펠 또한 굳이 마크 수사가 그런 보물을 가지고 있다는 것을 상기시켜줄 마음이 없었다.

"흔히 하는 말이 있지." 캐드펠은 짐짓 밝은 목소리로 입을 열었다. "저 젊은이는 아마 제 아름다운 속눈썹 너머에 있는 건 내다보지 못하는 정신의 소유자일 게야. 보기에 즐거운 외모인 것은 사실이지만, 그보다 더 오래가는 건 마음이지. 자넨 오래갈 마음을 가지고 있으니 그에 감사해야 해. 자, 그만 가세나. 구경거리는 저녁 먹고 난 뒤에도 계속될 테니."

그 말에 마크 수사는 기분 좋게 웃어 보였다. 이 수도원에 들어오기 전에 줄곧 배를 곯으며 지내서인지 지금도 그는 습관처럼 허기가 졌고, 따라서 그에게 음식이라는 건 아름다움 못지않게 완전무결한 즐거움이었다. 그는 기쁜 마음으로 캐드펠 곁에서 저녁기도를 향해, 또 그 뒤에 이어질 저녁 식사를 향해 걸음을 옮겼다. 하지만 그러던 중, 캐드펠이 갑자기 멈춰 섰다. 자신의 이름을 부르는 소리가 들렸던 것이다. 반가움이 묻어 있는 높은 톤의 목소리였다. 캐드펠도 소리가 나는 쪽으로 반갑게 고개를 돌렸다.

마른 체형에 기품 있는 젊은 여성이었다. 화사한 달갈형 얼굴에 하나로 묶은 금발, 황혼에 물든 아이리스처럼 맑은 자줏빛 눈을 지닌 그녀의 모습에 마크 수사는 놀라움을 금치 못했다. 아직 완연히 드러난 것은 아니나, 그녀의 가슴 바로 밑을 조인 띠 아래로 복부가 둥글게 솟아 있었다. 그 안에 생명이 있었다. 마크 수사가 그 정도도 눈치채지 못할 만큼 숙맥은 아니었다. 그는 눈길을 떨궈야 했고, 또 그렇게 하고 싶었지만 도무지 마음먹은 대로 할 수가 없었다. 그녀가 수태고지 그림에서 본 것처럼 눈부시게 아름다운 탓이었다. 여자는 마치 환영처럼 손을 내밀더니 다시금 캐드펠의 이름을 불렀다. 마크 수사는 마지못해 목례를 한 뒤 다시 걸음을 재촉했다.

"아이고, 이게 뉘시오!" 캐드펠 수사는 여자의 손을 반갑게 잡았다. "장미처럼 활짝 피었구먼! 바깥양반한테선 아무 소식도 못 들었는데!"

"그이도 작년 겨울 이후로는 수사님을 뵙지 못했으니까요." 여자가 뺨을 붉히며 말을 이었다. "저희한테 아기는 꿈같은 이야기였는데…… 그러고 보니 혼인한 뒤로는 수사님을 뵙지 못했네요."

"그래, 행복하신가? 바깥양반도 그렇고?"

"수사님도, 별걸 다 물으세요!" 사실 물을 필요도 없었다. 마크 수사가 한눈에 알아보았던 그 광채에 캐드펠 역시 눈이 부시던 터였다. "휴도 여기 와 있어요. 하지만 장관님께 먼저 볼일이 있다더라고요. 아마 마지막 기도 전에 수사님을 찾아뵐 거예요. 전 요람을 사러 왔어요. 우리 아기에게 줄 멋진 나무 요람요. 포근한 양털로 짠 웨일스산 침대보랑 양가죽도 한 장 사야겠죠. 아, 고급 양털실도요. 그이 가운을 뜰 생각이에요."

"그래, 몸은 괜찮소? 배 속 아기 때문에 힘들지는 않고?"

"힘들긴요." 여자는 눈을 동그랗게 뜨며 웃었다. "한순간도 힘들지 않아요. 그저 즐거울 따름이죠." 그러더니 여자는 갑자기 크게 웃음을 터뜨렸다. "그런데 수사님께 그런 질문을 듣자니 묘하네요. 설마 아들 하나 숨겨두신 건 아니겠죠? 우리 여자들의 일에 대해 너무 많이 알고 계시는 것 같은데요!"

"나도 다른 사람들처럼 여자의 몸에서 태어났으니까." 캐드펠은 조심스럽게 대답했다. "수도원장도 대주교도 다 그렇게 세상에 나왔잖소."

"곧 저녁기도 시간인데 제가 수사님을 너무 붙잡아두었네요. 저도 곧 기도하러 갈 거예요. 감사드릴 일이 너무 많은데 시간이 별로 없네요. 우리 아기를 위해 기도해주세요!" 여자는 양손으로 캐드펠의 손을 꼭 잡고 인사를 한 뒤 인파를 헤치며 접객소 쪽으로 사라졌다. 얼라인 시워드, 이제는 얼라인 베링어가 된 여자.

오즈워스트리 부근의 메이즈버리 출신으로 이제는 슈롭셔주의 행정 장관의 보좌를 담당하는 휴 베링어의 아내였다. 1년 전 절친한 친구로서 두 사람의 혼인을 지켜본 캐드펠은 그들에게 찾아온 새로운 선물 덕분에 자신 또한 더 성장하고 충만해지는 기분이었다. 그는 이 행복한 저녁과, 자신의 감정과, 곧 열릴 축일장의 전망에 만족스러워하며 교회로 향했다.

식사를 마친 뒤 캐드펠은 식당을 나와 아직 장밋빛과 호박빛이 어우러진 햇살에 잠긴 저녁 속으로 들어섰다. 수도원 광장은 줄곧 생기 넘쳤고, 막 도착한 사람들이 연달아 문지기실로 들어서고 있는 것도 여전했다. 휴 베링어는 회랑에 앉아 느긋하게 캐드펠을 기다리고 있었다. 마른 체격에 눈썹이 기묘하게 생긴 흑발의 젊은이로, 그 무서운 얼굴이 만들어내는 언어를 알지 못하는 이는 절대로 그의 표정을 이해할 수 없을 터였다. 다행히도 캐드펠은 그 언어를 알았으며, 따라서 그의 표정을 자신 있게 읽어낼 수 있었다.

"수사님이 예전 기량을 잃지 않으셨다면, 혹은 새로 부임하신 수도원장님께서 만만찮은 분만 아니었다면 아마 성서 독회 시간에 불참할 그럴듯한 핑곗거리를 찾아내셨을 텐데요." 휴는 천천히 몸을 일으키며 말했다. "친구와 나눌 좋은 포도주 한잔도 함께 말이지요."

"핑계보다 나은 게 있지." 캐드펠은 선선히 말했다. "내겐 모두가 인정하는 명분이 있고. 송아지들 사이에 설사병이 번져 애를 먹고 있는 이곳 수도원 사람들이 지사제를 빨리 조제해달라고 아우성이거든. 당신을 위해 순한 에일보다 나은 포도주도 한 병 찾아볼 수 있을 거요. 밤공기가 포근하니 작업장 앞에 앉으면 되겠군. 그런데 당신 지금 남편의 의무를 소홀히 하는 건 아니오?" 캐드펠은 휴와 나란히 정원 쪽으로 걸으며 책망하는 투로 물었다. "이 주정뱅이 영감을 만나겠다고 아내 혼자 버려두다니."

"아내가 날 버려두는 겁니다!" 휴가 애처로운 표정을 지어 보였다. "아이 가진 여자가 접객소에 코빼기만 비쳐도 노부인들이 벌떼같이 몰려들어요. 다들 비둘기처럼 구구대면서, 음식에서부터 산파들의 마법에 이르기까지 온갖 것들에 대해 과한 충고들을 늘어놓죠. 얼라인은 지금 그 부인들이랑 같이 있답니다. 출산에 대해 별별 이야기를 다 듣고, 별별 권고를 열심히 받아들이는 중이죠. 실을 잣지도 못하고, 천을 짜지도 못하고, 바느질 하나 제대로 하지 못하는 저는 곧바로 추방됐고요." 그러나 그의 말투에선 즐거운 낌새가 풍겼고, 스스로도 그렇게 느꼈는지 이내 너털웃음을 터뜨렸다. "얼라인이 수사님을 만났다고 하더군요. 그러니 새삼 안부를 전할 필요는 없겠죠. 아내가 어때 보이던가요?"

"눈부시더군! 활짝 피어선지 전보다 더 아름다워졌소."

키 큰 울타리가 기우는 해를 막아 안쪽으로 그늘이 드리운 허브밭에는 낮 동안 뿜어져 나온 짙은 향기가 주문처럼 드리워 있었다. 두 사람은 캐드펠의 작업장 처마 밑 의자에 자리를 잡고 포도주 병을 사이에 놓았다.

"참, 일단 난 지사제부터 조제해야겠군." 캐드펠이 말했다. "일하고 있을 테니 밖에서 얘기해보시오. 안에서 들으며 약물 좀 섞고 나올 테니. 저 넓은 세상에선 어떤 소식이 들리고 있소? 스티븐 왕은 지금도 왕좌를 잘 지키고 있소? 사태가 어떻소?"

휴 베링어는 작업장 오두막 안에서 캐드펠이 움직이는 부드러운 소리에 귀를 기울이며 잠깐 말없이 생각에 잠겼다. "서쪽은 아직 모드 황후를 지지하는 쪽으로 조심스레 기울어 있어요. 현재로선 아무 움직임도 없지만 제가 보기엔 뭔가 수상쩍어요. 불길한 침묵이랄까……. 글로스터의 로버트 백작[11]이 모드 황후와 함께 노르망디에 있다는 건 알고 계시죠?"

"들리는 말로는 그렇다더군. 로버트 백작은 모드 황후와 이복남매 간이니 놀랄 일도 아니지. 게다가 백작이 황후를 좋아한다는 소문도 있고. 시기심 많은 사람은 아니라고들 하던데."

"사람이야 좋지요." 휴는 다소 관대한 태도로 상대를 평했다. "어느 편에 서 있든 제 사욕을 챙기느라 나서지는 않을 몇 안 되는 사람에 속합니다. 서쪽은 어쨌든 로버트 백작의 뜻에 달려 있습니다. 당장은 조용하지만 마냥 늦추진 않겠죠. 게다가 백작은 다른 지역에도 일가친척을 두었고, 영향력도 꽤 있어요. 백작과 모드 황후가 프랑스의 피신처에서 이런저런 지역의 힘 있는 동맹자들을 포섭하려고 물밑 작업을 한다는 소문이 들리더군요. 만일 그게 사실이라면 이 내전은 끝나지 않을 겁니다. 지지 세력을 충분히 규합하는 즉시 황후를 대의 삼아 공격을 개시할 테니까요."

“로버트 백작은 전국 각지의 실력자들에게 딸들을 출가시켰다 들었소.” 캐드펠이 생각에 잠겨 말했다. “딸 하나가 체스터의 백작과 혼인했다던데……. 실력자 몇이 황후를 지지하고 나선다면 전쟁이 시작되는 셈이지.”

베링어는 그 생각을 떨치듯 얼굴을 찡그리며 어깨를 으쓱였다. 체스터 백작 라눌프[12]는 분명 잉글랜드에서 가장 힘 있는 사람이었다. 스티븐 왕도 사실 대백작의 하나일 뿐 아무것도 아닌 존재라, 그의 공식 서한은 영지 안에서만 효력을 발휘했다. 그러나 다름 아닌 그 이유로, 라눌프 백작은 왕권을 다투는 어느 측에도 지지를 선언할 필요성을 크게 느끼지 않았다. 자신이 이미 최강자인 데다 모드 황후나 스티븐 왕 그 어느 측으로부터도 영지를 위협받을 가능성이 없으니 그저 뒷짐 지고 앉아 변경이나 잘 지키면 되었다. 방어보다는 확장에 더 관심을 기울이면서 말이다. 이러한 분열 상황은 위협으로 작용할 수도 있지만 동시에 기회일 수도 있었다.

“친척이든 누구든, 라눌프 백작을 움직이려면 애 좀 먹을 겁니다. 그로서는 대단히 만족스러운 상황이니까요. 만일 라눌프 백작이 움직인다면 그건 자기 이익과 권력을 확장하기 위해서일 것이고, 결국 모드 황후만 불쌍한 이인자로 남겠지요. 라눌프 백작은 오로지 자신의 대의만 중요한 사람입니다. 다른 대의를 위해 모험을 할 이유가 없어요.”

캐드펠은 오두막에서 나와 휴 옆에 앉아 시원한 밤공기를 들이 마셨다. 화로에 불을 지피고 약초를 끓이다 나와서인지 공기에서 탄내가 느껴졌다. "한결 낫군! 자, 한잔 따라주시오. 마실 준비는 되고도 남았으니." 캐드펠은 길고 만족스럽게 포도주를 들이켠 뒤 조용히 말을 이었다. "사태가 하도 어지러워 올해도 장을 못 여는 것 아닌가 걱정이 많았는데, 남작들이 성에 처박혀 있는 사이 이런저런 일들이 제대로 이루어진 모양이오. 어쨌거나 성황리에 치러질 것 같소."

"수도원 입장에서야 그렇겠지요." 휴가 동의하며 말했다. "지나오면서 듣자니, 마을에서는 그리 달가워하지 않더군요. 새로 오신 수도원장님이 시 대표들과 정식으로 맞붙었다고요?"

"아, 그 얘길 벌써 들었구먼." 친구가 한쪽의 얘기만 들었을 것 같다는 생각에 캐드펠은 부연 설명을 이어갔다. "마을 사람들 요구에도 물론 일리가 있지. 하지만 수도원장도 거절할 명분이 있소. 수도원장은 자기 권한에 대한 확신이 강한 사람이오. 법적으로 달리 방도가 없기도 하니 아마 자신의 의무 이상은 하지 않을 거요. 물론 그 이하로도 안 할 양반이지만!" 한마디 덧붙인 뒤 그는 한숨을 내쉬었다.

"시내 분위기가 심상치 않습니다." 베링어는 진지하게 경고했다. "수도원 사람들이 곤경에 처하지 않으리라 장담할 수가 없어요. 시장의 요구가 과도했습니까? 전 잘 모르겠군요. 법은 법일 뿐 정의는 다르다고들 다들 수군거려요. 수도원 입장은 뭐죠? 새 특권을 받아 얼마나 잘들 살려는 겁니까?"

"수도원 안에서도 여러 말들이 나오고 있소." 캐드펠은 인정했다. "당신도 귀를 열어놓고 지내니 무슨 말이든 이미 들었겠지. 하지만 난 뭐라 덧붙일 말이 없소. 수도원장은 엄격하긴 해도 공정한 사람이오. 다른 사람들에게 하듯 그 자신에게도 엄격하지. 사실 헤리버트 수도원장님 시절에는 부패한 구석이 없지 않았소. 그런데 이제 새 고삐가 나타나 우릴 꽉 조이고 있지. 나는 새 수도원장님을 믿고 있소. 잘못을 바로잡기 위해 우리 수사들을 조이지만, 외부로부터 위협을 받으면 그 어떤 힘에든 맞서 우리를 지킬 분이지. 전쟁터에서 곁에 두면 좋을 그런 사람 말이오."

"하지만 수도원장님의 충절도 결국 자신의 편에만 국한되어 있지 않습니까?" 베링어는 가느다란 검정 눈썹 한쪽을 치올리며 교묘한 질문을 던졌다.

"우린 모두 적의로 가득 찬 세상에서 살고 있소." 인생의 절반 이상을 치열한 전쟁터에서 보낸 캐드펠 수사가 대꾸했다. "평화가 좋을 거라고 누가 그러오? 내가 아직 수도원장의 의중을 꿰뚫을 만큼 그 속을 아는 건 아니오. 그분의 약한 면도 본 적이 없지. 하지만 그분은 자신의 소명과 이 수도원에 대해 서약을 했소. 그러니 시간을 좀 드립시다. 당신 경우를 생각해보시오. 내가 당신에 대해 확신하지 못하고 갈팡질팡했을 때도 시간이 해결해주었지." 예전 일이 떠올랐는지 캐드펠의 목소리에 웃음기가 배었다. "어쨌든 그리 오래 걸리진 않을 거요! 곧 라둘푸스 수도원장에 대한 판단이 서겠지. 자, 저 포도주 병이나 이리로 좀 건네주시오. 난 이제 들어가서 송아지에게 먹일 약을 저어야겠군. 마지막 기도 시간까지 얼마나 남았지?"

2

7월 31일, 상인들이 수로와 육로를 통해 물밀듯 밀려들었다. 정오부터 마시장 터는 각 부스와 마사별로 구역이 나뉘었고, 수도원 집사들이 행상인들과 상인들을 자리로 안내하며 그들이 가져온 물건의 양에 따라 세금을 물렸다. 사람이 직접 소량의 짐을 가져온 경우엔 0.5페니, 말로 싣고 온 짐은 1페니, 마차로 가져온 짐은 크기와 용량에 따라 2펜스에서 4펜스 사이의 세금을 물었고, 게이 초원을 따라 설치된 임시 부잔교浮棧橋에 정박한 배에서 하역되는 물건의 경우엔 좀 더 높은 세금을 치러야 했다. 성문은 이 끝에서 저 끝까지 오가는 사람들의 움직임과 말소리로 넘쳐나며 색색의 빛을 뿜었다. 담장 바깥에 자리한 수도원 헛간과 마구간도 만원이었고, 아이들이며 개들까지 흥분해서 새된 소리를 지르며 부스와 마차 바퀴 사이를 뛰어다녔다.

수도원 담장 안의 규율은 조금도 느슨해지지 않았지만, 성무일도 사이사이에 내방객들과 함께 장날의 활기가 묻어 들어왔다. 수련사들과 학생들도 오늘만큼은 벌을 받을 걱정 없이 나돌아 다니거나 딴짓을 할 수 있었다. 라둘푸스 수도원장은 행사 감독과 요금 징수 업무를 평신도들에게 일임한 채 위엄에 걸맞게 자리를 지켰으나, 밖에서 돌아가는 상황을 훤히 꿰뚫고 있었을 뿐 아니라 혹시 발생할지도 모를 비상사태에 대처할 복안도 마련해둔 터였다. 플랑드르에서 첫 상인이 도착했으며 그가 프랑스어를 거의 할 줄 모른다는 소식을 전해 듣자, 원장은 곧바로 매슈 수사를 내보냈다. 젊은 시절 플랑드르에서 몇 년 살았던 매슈 수사는 플랑드르어가 유창해서 어떤 문제든 능숙하게 처리할 수 있었다. 고급 포목상들에겐 성심껏 편의를 제공해야 마땅한 일이었다. 그들은 돈벌이가 되는 손님들이니 말이다. 잉글랜드 동쪽 항구에 있던 상인들이 그 먼 길을 나섰다는 점, 심지어 마차며 말을 동원해서라도 육로로 들어올 가치가 있다고 판단했다는 점이야말로 슈루즈베리 축일장의 중요성을 드러내는 증거였다. 물론 웨일스인들도 나타나겠지만, 그들은 대개 슈롭셔주 경계 양쪽 가까이에 거주하는 이들이니 통역이 필요하지 않을 만큼 잉글랜드어를 능숙하게 구사할 터였다.

저녁 식사를 마치고 식당에서 나온 캐드펠 수사는 누군가가 앞을 가로막는 바람에 깜짝 놀랐다. 숨 돌릴 틈도 없을 만큼 바쁜 수도원 부속 건물 관리 집사였다. 집사는 선창에 좀 가보셔야겠다고, 웨일스어밖에 할 줄 모르는 어느 상인에게 도움이 필요하다고 말했다. 꽤 중요한 상인인데, 내일이면 경쟁자가 될 다른 웨일스인들에게 도움을 청했다가 자칫 속아 넘어가는 꼴을 당하고 싶어 하지 않는다는 것이었다.

"필요한 경우 수사님을 얼마든지 모셔 가도 된다고 로버트 부수도원장님께서 허락하셨습니다. 몰드에서 온 로드리 압 휴라고 하는 상인입니다. 디강江에서 물건을 가득 싣고 올라와 브르누이와 세번강으로 접어들었다니, 아마 비용이 엄청 들었을 겁니다."

"어떤 물건들이던가?" 집사와 함께 문지기실로 향하며 캐드펠이 물었다. 듣는 순간 당장 흥미가 일었다. 수도원 바깥으로 나가 성문을 따라 벌어지는 북새통을 즐길 기회로 이보다 더 좋은 핑계는 없을 것이었다.

"대개는 질 좋은 양모인 것 같습니다. 벌꿀이랑 벌꿀주도 있고요. 피혁이 든 보따리도 여러 개 있었던 것 같습니다. 디강에서 싣고 왔다니까 아마 아일랜드산이겠죠. 아, 저 사람입니다."

로드리 압 휴는 배를 묶어두고 그 옆의 목재 선창에서 부산하게 움직이는 인파의 흐름 속에서 바위처럼 우뚝 서 있었다. 한여름치고는 강물이 수위를 제법 넉넉히 유지하며 초록빛으로 고요히 흐르는 덕에, 유달리 흘수가 깊은 배들도 큰 탈 없이 들어와 선창 여기저기에 짐을 부렸다. 그 웨일스인은 검고 예리한 눈을 가늘게 뜬 채 다른 이들의 짐짝을 찬찬히 뜯어보며 가격을 가늠하는 듯했다. 저렇게 능란하고 자신 있어 보이는 50대 사내가 그동안 잉글랜드어를 배우지 못했다니 이상한 일이었다. 키는 크지 않지만 무성하게 자란 가시 같은 검은 머리칼과 턱수염 사이로 웨일스인의 거칠고 단단한 얼굴 골격이 언뜻 내비쳤다. 차림은 일꾼들처럼 수수했으나 질이 좋고 몸에 잘 맞는 옷이었다. 바삐 다가오는 집사를 발견하자, 이 웨일스 사내는 집사가 수도원 측에 자신의 뜻을 정확히 전했음을 눈치챈 듯했다. 검은 턱수염 사이에서 그의 하얗고 커다란 치아가 만족스럽게 번쩍였다.

"통역이 필요하시다고요, 로드리 씨?" 캐드펠이 밝게 인사했다. "내 이름은 캐드펠이오. 필요한 건 뭐든 도와드리겠소."

"반갑습니다, 캐드펠 수사님." 로드리 압 휴도 반갑게 인사를 건넸다. "성무일도 중에 이렇게 폐를 끼쳐 죄송합니다."

"오히려 내가 감사할 일이오. 이 야단스러운 구경거리를 놓치게 되어 서운하던 참이었거든. 당신 덕분에 이렇게 세상 구경을 할 수 있게 됐소이다."

로드리는 날카롭게 번뜩이는 눈길로 재빠르게 캐드펠의 머리끝에서 발끝까지를 훑었다. "수사님께선 북쪽 출신인 것 같군요. 전 몰드에서 왔습니다."

"아, 난 트레브리우 부근에서 태어났소."

"귀네드 분이시군요. 하지만 풍모를 보아하니 저처럼 트레브리우 너머의 더 넓은 세상을 보신 것 같습니다. 그건 그렇고, 여기 이 일꾼들은 짐을 내리고 운반할 내 사람들입니다. 일부 물건은 브리지노스로 내려보낼 예정이지요. 제가 거기서 벌꿀주를 팔 거든요. 자, 그럼 짐부터 내려볼까요?"

집사는 로드리에게 판매 구역을 알아서 고르라고 한 뒤 하역 작업을 감독하러 갔다. 로드리의 일꾼들, 작지만 몸놀림이 빠른 웨일스 뱃사람 둘이서 부산하게 일을 시작했다. 그들이 무거운 피혁 보따리며 양털 포대를 능숙한 솜씨로 힘들이지 않고 들어 올려 선창 바닥에 쌓아 올리는 동안, 로드리와 캐드펠은 유쾌한 기분으로 생기 넘치는 주변 광경을 구경했다. 마을 사람들과 수도원 내방객들도 모두 나와 있었다. 아름다운 여름 저녁, 다리에 서서 난간 너머로 몸을 내밀거나 게이 초원으로 이어지는 숲길을 따라 어슬렁대며 한 해의 가장 큰 행사 준비를 구경하는 것은 그야말로 최고의 여흥이었다. 간혹 뚱한 표정을 지은 채 시무룩해 하니 낮은 소리로 수군대는 사람들이 보이기도 했지만, 이 역시 그리 놀랄 일은 아니었다. 마을 대표단이 어제 수도원장을 찾아갔다는 소식이 시내에 쫙 퍼져 있었고, 그들이 빈손으로 돌아왔다는 것 역시 모두가 아는 터였다.

"예삿일이 아니에요." 로드리는 선창의 꿀렁대는 판자 바닥 위에 굵은 다리를 벌리고 서서 말했다. "잉글랜드가 둘로 갈라져 어디서건 사사건건 갈등이 이는 마당에, 사람들이 이렇게 한자리에 모이다니요. 돈이 있는 곳이라면 다들 귀신같이 알고 오죠. 백작이나 왕이 이런 감각을 갖췄다면 나라가 평안하고 큰 득을 보게 될 텐데."

"하지만 상인들 사이에도 싸움은 나지 않소?" 캐드펠이 심드렁하게 말했다. "아마 사흘이 지나기 전에 다들 서로 목을 치려 들 거요."

"뭐, 현명한 자들은 무기를 지니고 다니긴 하지요. 그 역시 훌륭한 감각이고요. 하지만 우리 같은 장사꾼들은 더불어 삽니다. 왕의 피붙이들보다 훨씬 낫죠. 물론 수사님 말씀도 아주 틀린 건 아니지만요." 로드리의 목소리가 무거워졌다. "높으신 분들은 이런 행사를 잘 활용하지요. 이렇게 북적이는 곳이 소식과 의견을 은밀히 주고받기엔 좋으니까요. 음모와 책략을 꾸미기에도 안성맞춤이고요. 남의 눈을 피해 만나는 자들이 얼마나 많은지 몰라요. 시장 한복판만큼 호젓한 곳도 없을 겁니다!"

"상황이 이러하니 그 이야기가 옳을 수도 있겠군요." 캐드펠이 사려 깊게 말했다.

"예를 들어, 수사님 왼편을 슬쩍 보십시오. 아니, 고개는 돌리지 말고요. 매끈하게 면도한 얼굴에 잘 차려입은 말라깽이 하나가 점잔 빼며 걷고 있는 것 보이시죠? 수로로 누가 오는지 지켜보러 나온 겁니다! 일찌감치 와서 부스를 차려 물건까지 전부 채워 넣곤 여유 있게 지켜보는 중이죠. 쇼트윅에서 온 유언이라는 장갑 장수인데, 체스터의 라눌프 백작 진영에서 유명한 사람입니다."

"장사 수완이 그렇게 좋단 말이오?" 캐드펠은 콧대가 높고 성깔깨나 있게 생긴 그 깡마른 사내를 흥미로운 눈길로 바라보았다.

"그것도 있고, 다른 능력도 있지요. 저자는 라눌프 백작이 믿는 염탐꾼들 가운데서도 가장 똑똑한 축에 들어요. 그런 자가 여기까지 와서 부스를 차렸으니, 아마 장사보다 더 큰 다른 목적이 있을 게 뻔하죠. 그리고 이번엔 저쪽을 보세요. 강 하류 쪽, 기슭에 붙을 채비를 하고 있는 저 큰 배 말입니다. 배 모양으로 보아 브리스틀에서 온 게 분명해요! 작년에 스티븐 왕이 탈환에 실패했던 그 서쪽 도시 말입니다."

그 배는 기우는 저녁 햇살 속에 초록 물빛이 은색으로 조용히 덮여가는 세번강 위에서 수풀 우거진 강기슭을 따라 선창 끝머리 쪽으로 옆걸음질 치며 호사스러우면서도 우아한 위용을 드러내고 있었다. 용적량이 절반도 안 되는 다른 배보다 얕은 흘수를 유지하면서도 정확하고 안정감 있게 달릴 수 있도록 빈틈없이 건조된 배였다. 돛대는 하나뿐이었고, 후미에는 상자 모양의 깔끔한 선실 같은 게 보였다. 선원 셋이 가리키는 방향에 따라 배는 부드럽고 편안하게 기슭 쪽으로 다가왔다. 저 짐을 모두 하역하고 옮기려면 모르긴 해도 20펜스는 내야 할 터였다.

"포도주 운반용으로 건조되어 아주 안정적이고 튼튼하죠." 로드리 압 휴는 가늘게 뜬 눈매로 그 배를 날카롭게 가늠하며 말했다. "프랑스산 최고급 포도주 중 일부가 브리스틀로 들어오거든요. 그걸 북쪽 지역에 가져와 파는 거죠. 제가 그 술책을 잘 압니다!"

그 배의 출항지며 술책을 아는지 모르는지, 꽤 많은 구경꾼들이 호기심을 드러내며 브리스틀 배가 들어오는 것을 보려고 다리와 큰길에서 내려왔다. 배는 다른 배들을 제치고 눈길을 끌 만큼 멋졌다. 캐드펠은 목을 빼고 있는 군중 사이에서 낯익은 얼굴을 여럿 보았다. 에드릭 플레셔의 아내인 페트로닐라, 다리 난간에 기대어 몸을 굽히고 있는 얼라인 베링어의 하녀 콘스턴스, 그리고 본연의 임무도 잊고 구경에 빠져 있는 수도원 집사도 있었다. 짙은 금발의 낯익은 젊은이도 햇살을 받으며 큰길에서 획 튀어나오더니 선창 위 경사진 풀밭에 선 채 한 켠으로 미끄러지듯 나아가는 브리스틀 배를 경탄의 눈길로 바라보았다. 자신에 찬 아름다움으로 마크 수사의 부러움을 샀던 젊은 귀족도 호기심 앞에서는 꾀죄죄하기 그지없는 맨발의 개구쟁이들과 다를 게 없는 모양이었다.

짐을 부리던 두 웨일스인이 작업을 모두 마친 뒤 지시를 기다리고 있었다. 로드리 압 휴는 남의 일을 구경하느라 자기 일을 늦출 위인이 아니었다.

“제가 가져온 물건만으로도 장 하나는 너끈히 치르겠군요.” 로드리가 밝은 목소리로 말했다. “장터가 아직 비어 있을 때 얼른 가서 자리를 잡아야겠죠?”

캐드펠이 앞장서서 성문 길을 안내했다. 그곳에도 이미 부스가 여러 개 들어서 있었다. “마시장 터에 자리를 잡는 게 좋을 것 같소. 모든 길이 만나는 지점이니까.”

“아, 제가 어디 있든 고객들은 절 찾아낼 겁니다.” 로드리는 자부심 넘치는 목소리로 대꾸하면서도 성문 길을 지나는 내내 빈틈 없는 눈으로 목 좋은 지점을 모두 훑느라 상당한 시간을 들였다. 마시장 터로 들어서니 수도원 일꾼들이 공들여 세운 호사스러운 부스들이 여럿 보였다. 문을 닫아 잠글 수 있게 되어 있는 데다 상인이 눈을 붙일 만한 공간까지 딸린 이 부스들을 빌리려면 수도원에 임대료를 지불해야 했다. 부스를 임대하지 않을 상인들은 가판대와 가벼운 천막을 직접 가져왔고, 이 지역 소행상들은 아침 일찍 들어와 마른 땅이나 담요 위에 물건을 부려 군데군데 남아 있는 터를 모조리 채운 터였다. 로드리는 최고의 자리를 고르다가 결국 수도원 헛간과 마구간 근처에 설치된 튼튼한 부스를 골라잡았다. 장터로 들어오는 손님이라면 누구든 말을 넣으러 마구간에 들러야 하고, 그러자면 바로 옆에 자리한 부스에 진열된 물건을 못 보고 지나칠 리 없었다.

"이 자리가 가장 좋겠군요. 밤엔 사람 하나를 여기서 재워야겠습니다." 두 웨일스인 중 더 나이 든 일꾼이 어느새 어깨에 짐을 가볍게 지고 뒤따라와 그들 뒤에 서서 몸의 균형을 유지하고 있었다. 다른 일꾼은 선창에 쌓아둔 물건들을 지키느라 남아 있는 모양이었다. 일꾼이 짐을 가판대에 채워 넣는 사이 로드리와 캐드펠은 나머지 일꾼을 보내기 위해 다시 강가로 나갔다. 가던 길에 로드리는 집사를 만나 자신이 고른 자리를 신고했고, 곧 임대계약이 이루어졌다. 캐드펠 수사로선 당장 할 일을 마친 셈이었지만 도로와 세번강을 따라 점점 늘고 있는 인파에 흥미가 동해 그대로 들어가기가 망설여졌다. 1년에 딱 한 번 있는 구경거리 아닌가. 게다가 마지막 기도 시간까지는 아직 충분히 여유가 있었고, 웨일스어로 대화를 나누는 것도 좋았다. 수도원 담장 안에선 웨일스어를 쓸 일이 거의 없었다.

두 사람은 큰길에서 옆으로 빠져 강가로 이어지는 샛길 어귀에 선 채 활기 넘치는 광경을 내려다보았다. 정박한 브리스틀 배의 선원 셋이 선창에 포도주 통을 부리고, 그 옆에서는 덩치 좋고 얼굴이 붉은 노신사 하나가 넓은 소맷자락을 펄럭이며 손짓으로 지시를 내렸다. 신사는 최근 유행하는 긴 가운에 값비싼 모자를 쓰고 있었다. 살집이 두둑하지만 강한 인상의 얼굴과 가시금작화처럼 뻣뻣이 곤두선 눈썹, 파르스름한 턱이 두드러져 보였다. 그의 움직임은 놀라우리만치 민첩했다. 모르긴 몰라도, 스스로를 매우 중요한 사람이라 생각하며 다른 이들도 첫눈에 그걸 알아봐주기를 바랄 법한 위인이었다.

“내 이럴 줄 알았지!” 로드리 압 휴는 스스로의 식견과 통찰력에 감탄한 듯 자랑스레 입을 열었다. “브리스틀의 토머스예요. 브리스틀 항구로 포도주를 수입하는 거상이죠. 동쪽에서 들여오는 기호품도 일부 취급하고요. 과일 절임이나 향신료, 사탕 같은 것들 말입니다. 베네치아인들이 키프로스와 시리아에서 가져온 걸 받아 파는데, 돈은 좀 들어도 이문이 많이 남죠. 왜, 여자들은 남들이 가지지 못한 물건을 갖기 위해서라면 얼마가 됐든 대가를 지불하지 않습니까. 제가 그랬죠? 돈이 사람을 끌어모은다니까요. 스티븐 왕을 지지하든 모드 황후를 지지하든, 모두들 이 축일장에 모여들어 어깨를 비빌 겁니다."

"보아하니 브리스틀에서도 위세가 대단한 사람인 모양이오."

"그렇죠. 글로스터의 로버트 같은 인물이랄까요? 하지만 사업은 사업이니 한몫 챙길 시기에 자기 땅에만 처박혀 있을 수 없었겠죠. 모험을 감행하더라도 적지에 나가는 편을 택하기로 했을 겁니다."

두 사람이 강변으로 이어진 내리막길에 접어들 즈음, 다리에서 있던 구경꾼들 사이에서 웅성거리는 소리가 시작되더니 흥분과 함께 점점 더 커지기 시작했다. 구경꾼들 모두 강 건너 시내 쪽으로 고개를 돌린 채였다. 서쪽으로 기우는 저녁 빛이 다리 난간 아래 짙은 그림자를 드리우며 다리를 반쯤 가로지르고, 하늘엔 가느다란 먼지 같은 엷은 구름 한 조각이 석양에 빛을 발하며 수도원 쪽 강변으로 흘러들고 있었다. 빽빽하게 무리를 이룬 청년들 한 패가 시야에 들어왔다. 그들은 결사 항전 직전의 작은 군대처럼, 어슬렁대는 구경꾼들 사이를 헤치고 씩씩하게 걸어왔다. 다들 아름다운 저녁 시간을 한가로이 즐기고 있는 가운데 그들만이 결의에 차서 서둘러 어딘가로 향하고 있었다. 아니, 결의가 달아날까 싶어 더욱더 공격적인 기세를 내보인다고 하는 편이 옳으리라. 모두 합해 스물다섯 명쯤 되는 젊은이들로, 개중에는 캐드펠이 아는 얼굴도 보였다. 마틴 벨코트의 아들 에드위, 에드릭 플레셔의 일꾼, 그리고 마을 상인들의 자식들……. 선두에 서서 호전적으로 턱을 치켜든 채 움켜쥔 주먹을 긴 보폭에 맞춰 흔들어 대며 성큼성큼 걷는 이는 시장의 아들인 필립 코비저였다. 다들 무겁고 성난 표정들이었다. 구경꾼들은 놀라서 호기심 어린 눈길로 청년들을 지켜보았고, 그들이 지나쳐 가자 조심스레 그 뒤를 따랐다.

"저게 바로 전쟁의 얼굴이 아니면 뭘까요?" 잔뜩 굳어 있는 젊은이들의 얼굴을 바라보며 로드리 압 휴가 조심스레 입을 열었다. "수도원과 시 사이에 의견 대립이 있었다는 얘기는 들었습니다. 전 얼른 가서 물건이 안전한지나 살펴봐야겠어요. 전투 나팔이 울리기 전에 말이죠." 그는 소맷자락을 걷어붙이고 다람쥐처럼 민첩하게 샛길을 빠져나가는가 싶더니, 어느새 선창에 다다라 귀한 꿀단지들을 조심스레 들어 올렸다. 캐드펠은 제자리에 선 채 여전히 생각에 잠긴 눈길로 청년들을 응시하고 있었다. 웨일스 장사꾼의 직감은 정확했다. 탄원하러 왔던 마을 대표들이 빈손으로 돌아갔고, 저 청년들의 얼굴로 보건대 이에 슈루즈베리시에서도 더 젊고 성미 급한 양반들이 모여 보다 강한 대응을 결의한 것이 분명했다. 얼핏 보기에 무장은 하지 않은 듯하니 그나마 다행이었다. 청년들은 지팡이 하나 지니고 있지 않았다. 그러나 그 얼굴은 의심할 바 없는 전사의 얼굴이었으니, 바야흐로 전투 나팔이 울리려 하고 있었다.

3

결사대는 다리 끝에 이르러 잠시 멈춰 섰다. 그들의 대장이 작은 가판대들로 꽉 들어찬 성문 길에 계산적인 눈길을 던지고 다리 아래 선창까지 죽 훑어보더니 무어라 빠르게 지시를 내렸다. 그와 그를 뒤따르던 젊은이 여남은 명은 방향을 틀어 강으로 이어지는 샛길을 향해 돌진했고, 나머지는 앞쪽으로 맹렬한 기세로 나아갔다. 지켜보던 사람들도 소리 없이, 그러면서도 신속하게 두 무리로 나뉘어 각기 그들을 따라갔다. 누구도 이제부터 벌어질 일을 놓치고 싶어 하지 않았다. 캐드펠은 보다 침착한 마음으로 행렬을 지켜보았다. 다들 결연한 의지를 내비치고 있었으나 몽둥이 한 자루 들고 있는 이가 없었다. 혹시라도 단검을 소지한 자가 있지는 않을까? 그렇지만 표정을 제외하면 전투의 기미는 느껴지지 않았다. 게다가 그들 가운데 많은 이들은 캐드펠에게도 낯익은 얼굴들이었다. 결코 악의적으로 행패를 부릴 청년들이 아니었다. 그럼에도 불구하고, 그는 영 편치 않은 마음으로 그들을 따라 샛길을 걸어 내려갔다. 코비저의 아들은 애물단지로 알려져 있었다. 머리는 좋지만 과격하고 의심 많은 성격 탓에 인생의 절반을 어른들과 싸우며 지내온 녀석이었다. 평소에도 걸핏하면 술에 절어 있었다. 그나마 오늘 저녁엔 좀 멀쩡해 보이는 것이, 아마 더 중대한 일에 몰두해 있기 때문인 듯했다.

캐드펠 수사는 내키지 않는 걸음을 떼어 강으로 내려가면서 한숨을 쉬었다. 열정적인 젊은이일수록 어른이라면 뒤돌아설 지점을 넘어가 위험할 정도로 쉽게 모험에 빠져버리는 법이다. 그리고 영리할수록 더 상처받기 쉬운 것이 또한 젊음이니…….

노회한 장사꾼 로드리 압 휴가 물건을 싹 걷어 일꾼들과 함께 선창에서 사라져버린 것을 알고도 캐드펠은 전혀 놀라지 않았다. 일단 마시장 터의 부스에 물건들을 집어넣고 문을 걸어 잠근 뒤에는 그도 여기서 그리 멀리 가지는 않을 터였다. 아마 이 상황을 낱낱이 지켜본 뒤 그에 따라 자신의 행보를 결정하려 할 것이다. 물론 떠나는 것이 현명하다고 판단될 경우 언제든 자유롭게 떠날 수 있는 곳에서, 아주 조용히 말이다. 이제 선창은 작은 배 대여섯 척이 브리스틀에서 온 토머스의 위풍당당한 바지선에서 내린 짐을 싣고 움직이느라 분주했다. 강둑길에서 파도처럼 이는 젊은 이들의 발소리를 듣고도 배 주인은 오만한 눈길만 한번 힐끗 던진 뒤 이내 다시 하역 작업으로 돌아갔다. 선창 바닥에 내려진 포도주 통과 짐짝의 대열은 엄청났다. 물밀듯 선창으로 내려온 젊은이들이 그 위세를 알아보지 못한다는 건 있을 수 없는 일이었다.

"신사 여러분!" 필립 코비저가 브리스틀의 토머스 앞에 멈춰 서서 다리를 떡 벌리더니 큰 소리로 외쳤다. 듣기 좋고 우렁찬 목소리에 상인 몇이 손을 놓고 귀를 기울였다. "여러분, 여기 좀 봐 주십시오. 여러분이 어느 시의 시민이듯, 저 또한 슈루즈베리시의 시민입니다. 제가 우리 시를 걱정하듯, 여러분도 여러분의 시를 걱정하시겠지요! 이곳 수도원은 여러분이 낸 임대료와 세금을 모두 거두어들이면서도 시에는 일절 도움을 주지 않겠다고 합니다. 여러분이 낸 돈의 일부는 수도원보다 우리한테 더 필요한데도 말입니다."

코비저는 거칠게 숨을 들이쉰 뒤 후 하고 불어냈다. 멀쑥하니 키가 컸지만, 그도 결국 이제 막 소년티를 벗은 갓 스물의 청년일 뿐이었다. 기다란 제 팔다리나 마음대로 휘두를 수 있을까? 게다가 깔끔한 옷차림에 비해 신발은 너무나도 칠칠치 못했다. 신발장이의 아들은 맨발이기 쉽다더니 옛말 그른 게 없군! 캐드펠은 그의 발을 보며 생각했다. 청년의 텁수룩한 머리칼은 적갈색을 띠었고, 얼굴은 촌티가 나긴 하나 제법 단정한 편이었다. 그 얼굴이, 여름빛에 그을린 살갗 밑에서 끓어오르는 정열 때문에 꽤 창백해져 있었다. 사람들은 이 청년을 보고 이런저런 험악한 대의를 좇아 내달리는 짓만 자제한다면 착실하고 손재주 좋은 일꾼이 될 거라 이야기하곤 했다. 그러나 지금 그에겐 틀림없는 대의가 있었다(주여, 이 청년에게 은총을 내려주시기를)! 그는 제 부친이 수도사 평의회 대회의실에서 꺼내놓았던 주장을, 잇속밖에 모르는 이 장사치들을 향해 낱낱이 쏟아내고 있었다. 너무도 열렬하게, 그들을 납득시킬 수 있다는 희망을 품고서(주여, 이 청년에게 분별을 가르쳐주시기를)!

"수도원이 시의 곤경에 이렇듯 냉담하게 나오는데도 여러분은 그들 편을 드실 겁니까? 우리는 우리 이야기를 여러분에게 전하고 싶습니다. 여러분 또한 여러분의 도시에서 우리와 같은 부담을 지고 있으며, 전투와 포위 공격으로 인해 여러분의 성벽과 도로가 어떤 피해를 입었는지 익히 목격하셨으리라 생각하기에 이렇게 여러분에게 호소하러 온 것입니다. 축일장에서 나오는 수익금의 일부를 떼어달라는 우리 요구가 부당한 것입니까? 작년에 수도원은 우리 시와 달리 아무런 피해도 입지 않았습니다. 그럼에도 저들이 공동의 이익을 위한 일에 협조하지 않으니, 이제 여러분에게 간청하려 합니다. 우리처럼 보호받지 못하는 여러분께서는 같은 짐을 지고 있는 우리에게 십분 공감하시리라 믿습니다."

상인들이 이미 코비저의 얘기에 흥미를 잃고서 그저 어깨만 으쓱여 보인 뒤 하나둘 하역 작업으로 돌아가기 시작하자, 그는 더욱 목소리를 높여 호소했다.

"여러분이 수도원에 내는 세금 일부를 성벽 보수세와 도로포장세 명목으로 우리 시에 내주십사 부탁드립니다. 모든 분들이 이에 동참해준다면 수도원 집사들이 무슨 수로 막겠습니까? 상황이 어찌 흘러가든 여러분이 내야 할 돈 이상을 부담할 일은 전혀 없을 겁니다. 그리고 우리에겐 보다 정의로운 명분이 있고요. 어떻습니까? 우리를 도와주시겠습니까?"

상인들은 절대로 그럴 생각이 없었다! 무관심과 조롱을 표현하기 위에 말이 필요할까? 무엇 하러 특허장에 규정된 사항에 도전하고 나서겠는가? 그래서 무슨 득을 보겠다고? 무엇을 위해 위험을 감수하겠는가? 이제 모든 상인들이 청년의 호소를 무시한 채 일에 몰두하고 있었다. 아직은 자제력을 발휘하고 있었으나, 청년 뒤에 떼 지어 서 있던 젊은이들도 이제 점점 커지는 분노를 못 이겨 항변을 시작할 참이었다. 그때 브리스틀의 토머스가 육중한 체구에 경멸감을 실어 연설 중인 청년의 눈앞에 주먹을 휘둘러 보이며 외쳤다. "저리 비키지 못하겠느냐! 어린 녀석들이 어른들 일을 방해하다니! 시에다 세금을 내라고? 수도원의 권리는 법으로 정해져 있다는 것도 모르느냐? 수도원이 지불해야 할 수수료를 내지 않은 것도 아닌데 왜 이러는 거냐? 혹여라도 수도원이 법을 지키지 않은 것이 있어 불만이라면, 여기서 되도 않을 소리나 지껄이지 말고 관할 행정 장관한테나 가봐. 자, 썩 꺼져! 정직한 사람들은 일이나 하게 두라고!"

코비저의 눈에 불길이 일었다. "슈루즈베리 사람들도 당신네 못지않게 정직합니다. 허풍을 떨지 않을 뿐이죠. 어르신, 우리한테 정직은 기본입니다! 우리 시의 성벽이 깨지고 도로도 파손된 채 그대로 있습니다. 하지만 수도원과 성문 길은 아무런 피해도 입지 않았죠. 제발 그러지 마시고 제 얘길 좀……."

상인은 몸을 홱 돌려 구부정하고 넓은 등판을 보이더니, 포도주 통에 기대어둔 지팡이를 집어 들고는 자기 사람들에게 일을 채근하는 손짓을 해 보였다. 젊은이들의 분개한 눈길이 그를 뒤쫓았다. 그의 행동에서 성가시게 구는 모기를 쫓을 때나 보일 법한 고의적인 경멸이 드러났던 것이다.

"어르신!" 코비저가 격앙된 목소리로 외쳤다. "한마디만 더 들어보시죠!" 그는 손을 뻗어 토머스의 고급스러운 소맷자락을 붙잡았다.

양쪽 모두 성마른 사람들이라, 설령 좋은 상황에서 만났다 해도 얼마 안 가 본색이 드러났을 것이다. 그러나 캐드펠이 보기에 토머스는 코비저에게 팔을 잡힌 순간 청년이 자신을 공격하려는 줄 알고 크게 놀란 것 같았다. 어쨌든 그는 홱 돌아서자마자 들고 있던 지팡이로 사정없이 청년을 후려쳤다. 청년은 얼른 상인의 팔을 놓았지만, 머리를 막기엔 너무 늦었다. 청년의 앞쪽 어깨와 관자놀이로 호된 지팡이질이 이어졌다. 귀 위쪽이 찢어져 피가 흐르는가 싶더니, 결국 그는 선창 바닥에 뻗어버렸다.

이것이 평화롭고 품위 있는 항의 시위의 종말이요, 동시에 난투의 시작이었다. 순식간에 많은 일들이 벌어졌다. 필립은 비명 한번 내지르지 못하고 쓰러져 반쯤 기절한 상태였다. 누군가 작지만 항의 섞인 비명을 내질렀고, 이는 즉시 청년들이 터뜨린 분노의 합성에 묻혀버렸다. 청년 둘은 쓰러진 대장에게, 나머지 청년들은 복수를 외치며 자신들처럼 흥분한 상인들을 향해 돌진했다. 이윽고 육박전이 벌어졌다. 눈 깜짝할 사이에 조금 전 배에서 내린 물건들이 죄다 강으로 내던져졌고, 뒤이어 청년 하나가 큰 물보라를 일으키며 강으로 떨어졌다. 평생 세번강을 끼고 살아온 이들에게 수영은 걷기보다도 익숙한 것이니, 다행히 그 젊은이가 익사할 염려는 없었다. 청년이 간신히 몸을 끌어 올려 싸움판으로 돌아왔을 즈음엔 강변 전역에서 싸움판이 무르익고 있었다.

차분한 시민 몇이 끼어들어 조심스럽게 싸움꾼들을 떼어놓으려 애썼다. 격분한 젊은이들에게 지각 있는 충고를 건네려는 이들도 있었다. 개중 한두 명은 적에게 가야 할 주먹질 세례를 대신 받았고, 양측 누구도 원하지 않을 평화를 주선해보려던 이들도 같은 꼴을 당했다.

캐드펠은 황급히 선창으로 달려갔다. 브리스틀 상인의 핏줄 선 안색과 지팡이로 보아, 젊은이가 한 대라도 더 맞는 날에는 정말로 큰일이 벌어질 것이었다. 하지만 그보다 더 빠른 사람이 있었다. 브리스틀에서 온 바지선의 선실에서 한 여자가 황망히 기어올라와 치맛자락을 걷어 올린 채 강변으로 뛰어내린 것이다. 그녀는 토머스의 부들부들 떨리는 팔에 힘껏 매달려 흥분한 어투로 애원했다.

"외숙부님, 안 돼요. 이러지 마세요! 이 사람은 폭력을 쓰지 않왔잖아요! 외숙부님이 이 사람에게 중상을 입혔어요!"

필립 코비저는 전혀 예기치 못했던 목소리에 놀라 빠르게 눈을 깜빡였다. 눈은 줄곧 뜨고 있었으나 아직 앞을 제대로 볼 수 없던 터였다. 그는 무릎을 딛고 비틀비틀 몸을 일으키면서 조금 전의 상황을 기억해내곤 사지의 힘을 끌어모았다. 전투를 하려면 발에 힘이 들어가야 하는데, 아무리 노력해도 일어서려 할 때마다 번번이 다리가 무너져 내렸다. 마치 흔들면 떨어져버리기라도 할 것 같은지, 그는 두 손으로 머리를 단단히 움켜쥐었다. 그러나 한 여자의 모습이 그의 모든 동작을 중지시켰다. 여자는 상인의 팔에 매달려 필립의 귀에는 마치 천사의 음성처럼 들리는 목소리로 애원하고 있었다. 용이라도 진정시킬 것 같은 어조였다. 크게 뜬 여자의 눈에는 필립을 걱정하고 동정하는 빛이 어려 있었다. 그런데 지금 그녀가 저 늙은 악마를 뭐라고 부르는 거지? '외숙부'라고? 순간 격분해 있던 필립의 멍든 얼굴에 변화가 일어났다. 복수심은 저 멀리 달아났고, 번민 또한 찾아볼 수 없었다. 그는 아직 어질어질한 기분으로 한쪽 무릎에 체중을 실은 채 몸을 흔들거리며 여자를 응시했다. 흡사 기적의 환영을 보는 순례자, 혹은 북극성을 보는 방랑자의 표정이었다.

정말로 바라볼 가치가 있는 여인이었다. 열여덟이나 열아홉쯤 되었을까? 여자는 팔과 머리칼을 다 드러낸 채였다. 양 갈래로 굵게 땋은 검푸른빛 머리카락이 허리께에서 찰랑였고, 발그레하니 앳되어 보이는 얼굴에, 긴 속눈썹 아래로 검푸른 눈동자가 반짝였다. 그 눈은 불안과 걱정으로 휘둥그레져 있었다. 무시무시한 외숙을 목소리만으로 진정시킨 것도 하나도 이상할 게 없었다. 대장을 구하고 앙갚음을 하려 달려온 다른 두 젊은이도 아가씨를 보곤 굳어버렸으니 말이다. 두 청년은 입을 딱 벌린 채 무방비 상태로 서 있었다.

바로 그때, 손쓸 수 없이 뒤엉켜 혼란 그 자체였던 난투 속에서 선창 위에서 이어지는 통에 쌓여 있던 작은 술통들이 우르르 무너지더니 사방으로 구르기 시작했다. 캐드펠은 코비저의 겨드랑이에 손을 넣어 그를 일으킨 뒤 안전한 곳으로 옮겨 친구들 품에 넘겨주었다. 코비저는 그때까지도 넋이 나가 있었다. 그 순간 굴러가던 포도주 통 하나가 토머스를 넘어뜨렸고, 그 바람에 여자도 옆으로 튕겨 나가 선창 끝에서 위험하게 흔들거렸다.

날쌘 누군가가 금발 머리를 반짝이며 나타나 캐드펠을 지나쳐 쏜살같이 달려갔다. 그는 굴러가던 술통을 사슴처럼 민첩하게 뛰어넘어 긴 팔로 아가씨의 등을 붙잡았다. 그 거만하다 싶을 정도의 우아함과 자신감 또한 금빛 머리카락과 마찬가지로 낯익은 것이었다. 캐드펠은 토머스를 부축해 위험하지 않은 곳에 옮겨놓는 것으로 만족해야 했다. 금발 청년은 여전히 긴 팔로 아가씨의 허리를 당당하게 안고 있었다. 그리 놀랄 일도 아니었다. 아가씨 역시 서둘러 몸을 빼려는 기색이 없었다. 오히려 자신을 구해준 청년의 매력적이고 믿음직스러운 얼굴을 휘둥그레한 눈으로 바라보고 있었다. 그건 마치 필립 코비저가 그녀를 바라볼 때의 모습

같았다.

"자, 이제 안전해요! 배로 모셔다드리죠. 잠시 거기 계시는 게 좋겠어요. 당신 외숙부님도요. 그렇게 하시죠, 어르신." 청년이 진지하게 말했다. "더는 누구도 두 분을 공격하지 못할 겁니다. 이 숙녀분이 선생님 옆에 있는 이상 그렇게 비겁하게 굴 사람은 없죠." 청년은 경탄을 숨기지 못한 채 눈을 크게 뜨고 있었다. 여자의 하얀 피부가 장밋빛으로 물들었다.

브리스틀의 토머스는 떨리는 손으로 몸을 털었다. 덩치가 덩치인지라 넘어질 때의 충격이 꽤 컸던 모양이었다. "도와줘서 정말 고맙소, 신사 양반. 아, 수사님도요. 하지만 내 포도주, 내 물건들은……."

"저희한테 맡겨두세요, 어르신. 건져낼 수 있는 건 다 건져내겠습니다. 금방 끝날 테니 어르신은 배에 올라가 안전하게 계십시오. 저 바보 같은 난동꾼들은 법대로 처리될 겁니다. 녀석들 중 절반은 성문 쪽으로 가서 가판대를 뒤엎고 수도원 집사들을 괴롭히더군요. 곧 마을 감옥에 갇히겠죠. 감히 베네딕토 수도원의 원장님에게 싸움을 걸다니, 머지않아 머리를 싸맨 채 후회할 겁니다."

청년은 캐드펠에게로 시선을 옮겼다. 캐드펠은 나뒹구는 포도주 통들을 붙잡아 바로 세우느라 바빴지만 그가 하는 이야기를 전부 들을 수 있을 만한 거리에 있었다. 그는 저 건방진 젊은이의 계획에 붙임성 좋게 끌려 들어가고 있는 기분이었다. 틀림없이 제 훌륭한 인품을 재차 확인시키고 보증받으려는 계획이리라. 꽤 점잖게 생긴 얼굴이었으나, 젊은이의 눈에는 숨길 수 없는 장난기가 엿보였다. 그 옆에서 베네딕토회 수사 캐드펠은 교단을 대표하여 이 청년의 장난에 놀아나고 있었다.

"저는 슈롭셔주에 있는 스탠턴 코볼드 장원에서 온 이보 코르비에르라고 합니다." 청년이 씩씩하게 말을 이었다. "하지만 집안의 명성은 슈롭셔보다 체셔에서 더 높지요. 괜찮으시다면 제가 두 분을 돕고 싶습니다." 그제야 그는 마지못해 여자의 허리에 감았던 팔을 풀면서도 여전히 눈길로 그녀를 탐했고, 그녀 역시 그러한 시선을 불쾌해하지 않는 듯했다. "저기 보세요!" 갑자기 코르비에르가 의기양양하게 소리쳤다. 한 청년이 그들 위에 있는 다리 난간 너머로 몸을 내민 채 휘파람을 불어대고 있었다. "이제 다들 내뺄 겁니다. 망보던 녀석이 소란을 진압하러 나타난 관리들을 발견했거든요."

코르비에르의 판단은 정확했다. 청년 대여섯이 휘파람 소리가 나는 방향으로 재빨리 고개를 돌려 같은 편의 다급한 팔짓을 확인하더니, 머리가 산발이 된 채 서둘러 난투에서 빠져나와 손에 쥔 것을 모두 버린 뒤 사방으로 잽싸게 달아나기 시작했다. 일부는 게이 초원을 따라 강변 덤불 쪽으로, 일부는 강비탈을 올라가 성문 뒤 좁은 길들이 뒤엉켜 있는 곳으로 사라졌다. 다리 아치 밑에 있던 청년 하나는 발목 깊이의 상류를 향해 내달렸다. 얼마 지나지 않아 다리 위에서 말발굽 소리가 요란하게 울렸다. 관리 대여섯 명이 선창으로 내려왔고, 나머지 관리들은 마시장 쪽으로 몰려갔다.

"자, 다 끝났네요!" 이보 코르비에르가 흥겨운 목소리로 말했다. "수사님, 노 좀 저어주시겠어요? 수사님이 저보다 이 강을 잘 아실 테니 부탁 좀 드리겠습니다. 저기, 저쪽에 사람이 힘들게 구한 물건들이 떠다니고 있네요. 아직 쓸 만한 것들이 많을 텐데."

코르비에르는 대답도 기다리지 않고, 그새 선창 옆에 붙어 있는 배들 중 가장 작고 다루기 쉬운 배 하나를 점찍어두었는지 얼른 선창을 지나 그 위에 훌쩍 올라탔다. 관리들은 여전히 엉겨 붙어 있는 싸움꾼들 틈으로 말을 몰아 마을 청년들의 머리채를 잡아 끌어내기 시작했다. 캐드펠 수사는 코르비에르를 따라 배에 올랐다. 짐작건대 마지막 기도 시간까지는 10분밖에 남지 않았을 터였다. 물건 건지는 일은 의기충천한 이 젊은이에게 맡긴 채 이쯤에서 손을 떼야 했다. 하지만 수도원이 주최하는 장에 온 손님을 돕기 위해 파견된 몸이니, 이것도 그 연장선에 있는 일이라 주장할 수 있지 않을까? 캐드펠은 잠시 빌린 배에 올라타 노를 잡고 석양빛이 부서지는 수면 위에서 까딱까딱 떠다니는 포도주 통을 눈으로 좇았다. 조금 전 머릿속에 떠오른 질문에 대한 대답을 찾아낸 참이었다. 매우 그럴듯한 대답이었다.

*

소동은 금세 가라앉았다. 선창을 떴던 사람들이 다시 모여들어 강물에 뜬 짐을 갈고리로 끌어당기기도 하고, 하류로 내려가 후미진 곳에 처박힌 물건들을 찾아내기도 하면서 분주하게 움직였다. 너무 흠뻑 젖거나 건져내기 힘든 작은 물건들은 손실로 처리해 장부에서 지워버리고 수수료와 임대료와 세금을 제한 뒤에도 이윤을 남길 수 있을 것으로 계산이 떨어지자 상인들은 크게 마음을 놓았다. 어쨌거나 생각보단 피해가 크지 않은 셈이었다. 이제 성문 입구에 늘어선 가판대들도 전부 복구되어 물건들을 다시 진열할 수 있었다. 마시장 터 역시 정말 그 난장판이 벌어졌었나 싶을 정도로 깨끗하게 정리되었다. 한편 성안의 석조 감옥과 마을 감방에는 시내 청년들 열두어 명이 감금되어 상처와 원한을 추스르고 있었다. 고상하고 품위 있게 시작됐던 이 항의 시위가 어쩌다 그런 아수라장으로 바뀌어버렸는지 도무지 모를 일이었다. 필립 코비저는 자신을 따르던 청년들의 도움을 받아 멍한 상태로 선창을 빠져나갔는데, 그 이후로는 어디로 갔는지 알 수가 없었다. 짧은 모험은 끝났고, 희생은 크지 않았다. 행정 장관 길버트 프레스코트도 의도는 좋았지만 다소 경솔했던 슈루즈베리 젊은이들에게 엄벌을 내릴 생각은 없었다.

"신사 여러분." 여유를 되찾은 브리스틀의 토머스가 편안한 목소리로 말문을 열었다. "여러분의 너른 도움에 뭐라 감사를 드려야 할지 모르겠소. 포도주 통에는 아무 피해도 없을 테지만, 혹시 우리 포도주를 사 가시거든 반드시 한동안 잘 보관하다가 시간이 좀 지난 다음 열기를 권하오. 그래야 상태가 나빠지지 않으니 말이오. 다행히 사탕과 과자는 아직 하역하기 전이오. 그렇소, 실질적인 피해는 거의 입지 않은 셈이오. 게다가 내 조카도 여러분에게 폐를 많이 끼쳤소. 얘야, 그렇게 숨어 있지 말고 이리 나와보렴. 이 친절하신 분들께 감사드려야지! 자, 내 조카를 소개하겠소이다. 내 누이의 딸로, 이름은 에마 버놀드라 하오. 이 아이 부친은 우리 시의 장인이었다오. 또한 이 아이는 내 상속녀이기도 하오. 내겐 이 아이 말고 다른 혈육이 없다오. 에마, 포도주 좀 따라보렴!"

그사이의 시간을 잘 활용했는지, 여자는 땋은 머리를 금빛 망사에 넣어 목 부근에 오게끔 정리했고 수수한 겉옷 위에 자수가 새겨진 리넨 튜닉을 멋지게 입고 있었다. 어쨌든 나랑은 상관없는 일이지! 캐드펠은 생각했다. 이제 짧은 나들이를 마치고 본분으로 돌아가야 할 시점이었다. 강에 떠오른 물건들을 건져내느라 마지막 기도도 빼먹은 마당이지만, 그래도 잠자리에 들기 전 한 시간 정도는 작업장에서 보낼 수 있으리라. 물론 오늘 밤 일찍 잠자리에 드는 사람은 아무도 없을 터였다. 브리스틀의 토머스는 자신이 데려온 하인 셋이 아무리 미덥다 해도 부스 관리며 물건 진열을 남의 손에 맡길 사람이 아니었다. 아마 곧 마시장 터로 가서 모든 물건이 만족스럽게 정리되어 있는지 살피며 내일을 준비할 것이다. 만일 이 아름다운 청춘 남녀를 함께 있게 해주어도 좋겠다고 생각한다면 당장 자리를 비켜주는 편이 적절하기도 했다. 청년이 스탠턴 코볼드 장원이니 코르비에르 집안의 명성이니

운운했던 게 그에게는 큰 효과를 발휘한 듯했다. 사실 토머스로서는 에마의 재산이나 상속에 대해 굳이 자세히 떠들어댈 필요가 없었으나, 외숙부인 동시에 보호자이니 조카에게 좋은 짝을 찾아주는 일에 신경을 쓰는 것이 마땅했다. 어찌 됐든 그런 얘기를 꺼내기도 전에 여기 이 젊은이는 이미 그녀의 얼굴에 반해 있었지만 말이다. 놀라운 일은 아니었다. 그녀는 어떤 기준에 대도 굉장한 미인이었으니까.

캐드펠 수사는 그제야 사람들에게 인사를 한 뒤 느긋하게 문지기실 쪽으로 걸었다. 성문 길은 여전히 사람들로 가득하니 분주했지만 자못 평화로운 분위기가 감돌았다. 질서가 회복되었으니, 더 이상의 혼란만 없다면 내일 드디어 성 베드로 축일장이 시작될 것이었다.

4

휴 베링어는 성문 길을 따라 마지막 순찰을 마치고 밤 10시가 지나서야 수도원으로 왔다. 본분에 충실한 수사들이라면 숙사에서 곤히 잠들어 있을 시각이었다. 하지만 캐드펠이 깨어 있는 것을 보고도 그는 놀라지 않았다. 두 사람은 수도원 광장에서 마주쳤다. 캐드펠은 허브밭 작업장에서 돌아오는 길이었다. 아직 땅거미가 완전히 내리기 전이라, 서녘에는 맑은 잔광이 남아 있었다.

"그 난장판에 수사님도 계셨다고요." 휴가 기지개를 켜며 하품을 한 뒤 입을 열었다. "하긴, 그런 일에 빠질 분이 아니죠. 아, 그 얼빠진 녀석들 같으니라고. 자기 부모들도 못한 일을 자기네들이 해낼 수 있으리라 생각하다니! 그렇게 날뛰는 통에 자기들

편에 서 있던 이들한테까지 점수를 잃었어요! 이제 녀석들의 아비들은 보석금까지 물어야 하고, 시 입장에서도 공든 탑이 한순간에 무너진 꼴이잖습니까. 게다가 제 입장에서도 곱게 자란 어리석은 청년들을 감옥에 가두는 게 영 달갑지 않아요. 수도사님, 잠깐 문지기실에 가셔서 저랑 한잔하시죠. 어차피 새벽 기도 시간에 맞추려면 밤을 새우시는 편이 낫지 않겠습니까?"

"얼라인이 기다릴 텐데."

"얼라인은 눈치가 빠르죠. 제가 이번 소동 때문에 성에 들어가야 하리라 짐작하고 아마 지금쯤 곤히 잠들어 있을 겁니다. 자, 그러니 같이 가셔서 어쩌다 이 지경이 되어버린 건지 얘기 좀 해주시죠. 선창에서 벌어진 일이라고 하던데요. 그곳에 수사님도 계셨고요."

캐드펠은 기꺼이 휴와 동행해 문지기실의 방문객 대기소로 향했다. 행정 장관의 보좌관이 야간에 와서 머물 때마다 시중을 드는 문지기가 포도주를 들고 들어와 무슨 일인지 조심스럽게 묻더니 두 사람이 대화할 수 있도록 자리를 비켜주었다.

"몇 명이나 잡아들였소?" 캐드펠은 강가에서 있었던 일을 자세히 설명한 뒤 물었다.

"열일곱 명입니다. 열여덟 명이 될 뻔했죠." 휴가 무거운 어조로 답했다. "보는 사람이 없는 틈에 벨코트의 아들인 에드위만 구석으로 데려가 겁을 잔뜩 준 다음 집으로 돌려보냈거든요. 이마에 피도 안 마른 놈이! 제가 무슨 짓을 벌인 건지 알 만큼은 꾀가 있는 녀석인데 말입니다. 나 원, 풀어주지 말걸 그랬어요."

"그 아이의 부친도 어제 시민 대표로 왔었소. 에드위가 워낙 의리 있고 대범한 녀석이긴 하지. 그 아이를 집으로 돌려보냈다니 다행이오. 혹시 코비저네 아들도 보내줬소?"

"아뇨, 그는 잡지 못했습니다. 그 녀석이 일을 꾸미고 지휘하는 걸 봤다는 증인이 열 명도 넘는데 말이죠. 하지만 그놈도 곧 집으로 돌아가겠죠. 성문을 빠져나갈 재주는 없을 테니까요."

"그 아이는 제가 무슨 박사라도 된 양 가르치려 들더군." 캐드펠의 말투가 진지해졌다. "하지만 행패는 부리지 않았소. 그 아이가 얻어맞고 쓰러지자 다른 청년들이 흥분해서 마구 사람을 치며 날뛰기 시작한 거지. 내가 똑똑히 봤소. 상인이 그 아이를 때린 것도 놀라서였지, 공격을 받아서 그런 게 아니오."

"수사님 말씀은 잘 알겠습니다. 하지만 그가 난동을 주도하고 이 모든 문제를 일으켰으니 다른 청년들처럼 잡아들여야겠지요. 어차피 구속된 청년들은 부모들이 보석으로 빼내주겠지만요." 휴는 피곤한지 기다란 손가락으로 눈꺼풀을 비비며 말을 이었다. "그런데 수사님 보시기에도 내가 끔찍한 관리로 변해가는 것 같나요? 정말이지 그러고 싶지는 않은데 말입니다!"

"전혀 아니오." 캐드펠은 판결을 내리듯 대꾸했다. "그 근처에도 안 갔소. 여전히 눈이 반짝반짝하고 생각이 기발하지. 아직은 괜찮고말고!"

"감사하네요! 그나저나, 정말 그 미련퉁이 녀석이 아무 짓도 안했는데 브리스틀 상인이 먼저 때린 겁니까?"

"아마 그 아이가 자기를 공격하려는 줄 안 게지. 아이는 악의 없이 뒤에서 소맷자락을 잡아당겼는데, 상인이 자기도 모르게 겁을 먹은 거요. 즉시 돌아서서 들고 있던 지팡이로 아이를 후려치고는 소라도 잡듯이 패더군! 무슨 힘이 그렇게 좋은지, 가판대도 너끈히 박살을 내겠더라니까. 곁에 있는 이들이 늘 신경 써주지 않으면 언제 정신을 놓아버릴지 모를 사람 같더군."

휴는 팔꿈치를 괴고 앉은 탁자 너머로 캐드펠을 보며 빙그레 웃었다. "만일 제게 변호사가 필요해지면 곧장 수사님께 달려와야겠군요. 어쨌거나, 저도 그 아이를 잘 압니다. 욱하는 성격에 혀를 함부로 놀리는 경향이 있지만 마음만은 따뜻한 아이죠. 수사님이 이렇게까지 변호해주셨으니, 그 녀석과 에드위는 어디 알아서 잘 피해 다니라고 해보죠!"

문지기가 반짝이는 대머리와 홍조 띤 통통한 얼굴을 방으로 들이밀었다. "보좌관님, 어떤 숙녀분이 상의드릴 게 있다며 문 앞에 와서 뵙기를 청하고 있습니다. 브리스틀에서 온 토머스 상인의 조카딸인 에마 버놀드 양이라는데, 들어오라고 할까요?"

두 사람은 눈썹을 한껏 올리고 놀라서 서로를 마주 보았다. "그 상인의 조카딸이라는 건가요?" 휴 베링어가 물었다.

"그 상인의 조카딸이 맞소! 하지만 소동은 다 끝난 셈인데 이 한밤중에 그 여인이 왜 여기까지 왔는지 모르겠군. 외숙이라는 사람은 무얼 하고?"

“무슨 일인지 알아봐야겠네요.” 휴가 내키지 않는다는 듯 말했다. “여자를 안으로 들이게. 나를 만나고 싶은 게 맞는다면 말이지.”

“아, 처음엔 여기에서 묵고 계신 이보 코르비에르 씨를 찾았습니다. 하지만 제가 알기에 그분은 축일장 준비 상황을 둘러보러 성문에 나가 계시거든요. 그 손님은 지금 자리를 비우셨지만 보좌관님이 마침 와 계신다고 하니 뵙고 싶다고 하더군요. 치안과 관련된 분이 이곳에 있고 아직 깨어 있다는 것에 기뻐하는 것 같았습니다.”

“그렇다면 어서 들어오시라고 전하게. 캐드펠 수사님도 괜찮으시다면 여기 머물러 계시죠. 그 아가씨도 아는 얼굴을 보면 반가워할 겁니다.”

에마 버놀드는 서두르면서도 머뭇거리는 태도로 이 낯선 장소에 들어서더니 얼른 인사를 했다. “보좌관님, 이렇게 늦은 시간에 폐를 끼치게 되어 죄송합니다…….” 이어 그녀는 캐드펠 수사를 발견하곤 입꼬리를 살짝 올려 보였다. 마음이 놓이면서도 생각이 많은 듯 보였다. “저는 에마 버놀드라고 합니다. 외숙인 브리스틀의 토머스와 함께 여기 왔지요. 저희는 지금 다리 옆에 정박해둔 배에서 지내고 있습니다. 아, 제 곁에 있는 이 사람은 외숙을 모시고 있는 그레고리입니다.” 그녀를 수행하고 온 이는 낮에 본 하인 셋 중에서 가장 젊은 사람으로, 마른 몸을 흐느적거리고는 있었으나 힘깨나 쓰게 생긴 20대 청년이었다.

베링어가 여자의 손을 잡아끌어 탁자 옆 의자에 앉혔다. "내가 할 수 있는 일이 있다면 힘껏 돕지요. 무슨 일입니까?"

"보좌관님, 제 외숙은 마시장 터의 부스에 쌓아둔 물건을 둘러보겠다고 나가셨어요. 여기 계신 저 수사님이 가신 지 얼마 되지 않아서였죠. 저 아래에서 벌어진 일은 모두 들으셨겠죠? 그레고리만 남고 하인 둘이 먼저 부스에 가 일하고 있었는데, 거기 가봐야겠다며 나가신 숙부님이 두 시간이 지나도록 돌아오시질 않네요."

"외숙께서 물건을 많이 가지고 오셨을 테죠." 휴는 침착하게 말을 이었다. "그 많은 물건을 제대로 정리하자면 시간이 걸릴 겁니다. 아마 일을 대충 끝내실 분은 아닐 것 같습니다만."

"아, 그건 맞아요. 외숙은 정말 꼼꼼하신 분이거든요. 하지만 이렇게 시간이 오래 걸리는 건 좀 이상해요. 부스에 먼저 가 있던 하인들은 로저 도드라는 장인과 워린이라는 짐꾼으로, 그중 워린은 물건을 지키느라 부스에서 자고 있대요. 로저는 한 시간 전에 배로 돌아왔는데, 외숙이 아직 안 돌아오셨다고 하니 놀라더군요. 벌써 한참 전에 부스에서 나가셨다는 거예요. 전 도중에 아는 사람을 만나 이야기를 나누시나 보다 싶어 얼마쯤 더 기다려보았지만, 지금까지 안 오셨어요. 그래서 혹시 뭔가 빠뜨린 게 있어 부스로 돌아가셨나 하는 마음에 조금 전에 그레고리와 함께 부스에 들러보았는데, 거기도 안 계시더라고요. 워린도 로저와 똑같은 얘기를 했어요. 외숙은 시간이 너무 늦었으니 얼른 배로 돌아가야겠다며 나가셨다고요. 외숙은 당신이 안 계신 곳에서 제가 다른 남자들과 함께 있는 걸 끔찍해하는⋯⋯ 아니, 좋아하지 않는 분이세요." 그녀는 얼른 마지막 말을 바꾸었다. 눈은 흔들림 없이 확고하고 맑았으나 떨리는 입술이 어렴풋한 불안을 드러내고 있었다.

자기 행실에 엄격한 여인이군. 캐드펠은 생각했다. 물론 그럴 것이다. 혹시 하인 중 하나가—아마도 셋 중 가장 신임을 받는 로저 도드이리라—그녀에게 연모의 감정을 품고 있는 건 아닐까? 그녀도 그걸 알지만 그에게 전혀 감정이 없고, 그래서 제 외숙이 곁에 없을 때 그와 함께 있는 것을 불안해하는 건지도⋯⋯.

"외숙이 다른 길로 돌아간 건 아닐까요?" 휴가 물었다. "당신들이 부스로 가는 사이에 말입니다."

"저희도 다시 배로 돌아가봤죠. 로저는 쭉 거기서 기다렸고요. 하지만 돌아오지 않으셨어요. 성문 앞에서 늦게까지 일하던 사람들한테 물어봤지만 아무 얘기도 들을 수 없었어요. 그래서 제 생각엔 혹시⋯⋯." 그녀는 호소하듯 캐드펠에게로 눈길을 돌렸다. "아까 저희에게 친절하게 대해주셨던 그 젊은 신사분 말예요, 그분이 이곳 접객소에 머물고 계시다던데⋯⋯ 혹시 외숙이 배로 돌아오는 길에 그분을 만나시진 않았을까 싶어서⋯⋯. 그분은 외숙의 얼굴을 알고 있으니 적어도 외숙을 봤다면 제게 알려줄 수 있을 것 같아 와봤어요. 그런데 듣자 하니 그분도 지금 여기 안 계신다더라고요."

"그럼 그 신사가 외숙보다 먼저 선창을 떠난 거요?" 캐드펠이 물었다. 그 젊은이는 이 숙녀와 함께 최소 한두 시간은 즐겁게 보낼 작정인 것 같았는데. 어쩌면 엄격한 외숙이 자리를 떠나며 두 남녀를 지켜볼 수 없게 되자, 아무리 훌륭한 신사라 해도 조카딸과 둘만 둘 수는 없다는 소식을 넌지시 전했던 모양이지.

에마는 얼굴을 붉히면서도 시선을 돌리지 않았다. 뽀얗고 앳된 얼굴 속에서 그녀의 눈은 대단히 사려 깊고 단호하고 총명해 보였다. "예, 그분은 수사님이 떠나신 뒤 곧바로 갔어요. 모든 면에서 분명하고 친절한 신사분 같아서 전 그분께 도움을 청해보려 했답니다. 달리 의지할 사람도 없어서요."

"그 신사가 돌아오는지 지켜보라고 문지기에게 일러둬야겠구먼." 캐드펠이 말했다. "신사분이 돌아오면 이리로 들여보내라고 하겠소. 지금 시간엔 마시장 터 사람들도 모두 잠자리를 찾아 나섰을 테고, 그 신사 역시 내일 장사를 잘하려면 잠을 잘 자두지 않을 수 없을 거요. 어떻게 생각하시오, 보좌관?"

"좋은 생각입니다. 그렇게 전하고, 저도 따로 토머스 씨를 찾아보지요. 별일 없을 겁니다. 좀 늦어지는 것뿐이겠죠. 축일장 전야잖아요." 휴는 아가씨를 안심시키느라 미소를 지어 보였다. "아마 이 사람 저 사람 만나고 있을 겁니다. 미리 장터를 돌아보는 이들도 꽤 있으니……. 사업에 정신을 빼앗기다 보면 잠도 잊어버리기 마련이죠."

에마는 소리 내어 한숨을 내쉬었다. "맞아요, 그렇죠!" 진심 어린 기대와 감사의 뜻이 담긴 목소리였다. 캐드펠은 이보 코르비에르가 들어오거든 알려달라고 부탁하기 위해 문지기를 찾아갔다. 그리고 바로 그때, 참으로 절묘하게도 그 당사자가 수도원 문 앞에 나타났다. 정문은 이미 잠기고 쪽문만 열려 있었는데, 금빛 머리가 쪽문 위에 밝혀둔 횃불 빛을 받아 작은 태양처럼 타오르고 있었다. 모자도 쓰지 않고, 7월 마지막 날 밤의 열기에 윗도리를 벗어 한쪽 어깨에 걸친 채, 이보 코르비에르는 아직도 기운 넘치는 모습으로 오만하게 걸어 들어왔다. 어른어른 흔들리는 어둠 속에서 리넨 셔츠가 유령처럼 하얗게 빛났다. 그는 저잣거리에 나도는 노랫가락을 휘파람으로 불고 있었다. 가락으로 보건대 런던이 아닌 파리풍에 가까웠다. 술을 제법 마신 듯했으나 감당할 수 없는 정도는 아닌지 경계를 늦추지는 않은 상태였다.

"아, 수사님 아니신가요? 새벽 기도 시간도 안 됐는데 벌써 일어나셨습니까?" 이보는 다정스럽게 나직한 웃음소리를 내다가, 분위기가 심상치 않음을 느꼈는지 재빨리 미소를 거두었다. "혹시 절 찾고 계셨나요? 안 좋은 일이라도 생긴 겁니까? 맙소사, 노인네한테 얻어맞은 그 멍청이가 죽기라도 한 건 아니겠죠?"

"그렇게까지 끔찍한 일은 아니오. 여기 문지기실에 당신을 찾아온 사람이 있소. 물어볼 게 있다더군. 여태 성문 길과 마시장터를 돌아다니다 온 게요?"

"여기저기 다녔죠." 이보는 정신을 차리고 긴장한 채 말을 이었다. "체셔 영지에 외풍이 심한 새 저택이 한 채 있는데, 그 집에 둘 모직물과 플랑드르산 태피스트리를 물색하러 다녔습니다. 왜 그러시죠?"

"돌아다니다 혹시 토머스 씨 못 봤소? 아까 그 양반 배에서 나온 뒤에 말이요."

"못 봤는데요." 이보가 대답했다. 11시가 다 되어가는 한여름 밤의 기묘하고 부드러운 달빛 속에서, 그는 의아하다는 듯 캐드펠을 뚫어지게 쳐다보았다.

"도대체 무슨 일이죠? 그 영감이 자신이 동석할 경우에만 자신의 허락하에 조카딸을 볼 수 있다고 분명히 밝히더군요. 그게 자기 원칙이라는데, 뭐 놀랄 일도 아니죠! 영감을 탓하지는 않아요. 영감의 금이야 있든 없든, 제겐 그 여자 자체가 금이니까요. 전 영감의 원칙을 존중하기로 하고 배에서 나왔습니다. 왜요? 그 후에 무슨 일이라도 생긴 건가요?"

"들어와보시오." 캐드펠은 짧게 대꾸한 뒤 앞장서서 안으로 들어갔다.

청년은 갑자기 밝아진 빛에 얼굴을 찡그리다가 에마를 발견하고는 놀라 눈을 휘둥그레 떴다. 누가 더 당황했을까? 에마 또한 일어나 반갑게 손을 내밀려다가 이내 엉거주춤 거두어들였다. 젊은이는 얼른 앞으로 다가가 그녀의 손을 덥석 붙잡았다.

"버놀드 양! 이 시간에 당신이 어떻게……." 그런 뒤에야 그는 다른 이들을 알아보고는 다급한 분위기를 감지한 듯 베링어를 향해 물었다. "무슨 일이죠?"

베링어는 아주 간략하게 상황을 설명했다. 코르비에르의 얼굴에 당혹감 대신 안도의 표정이 떠오르는 것을 보고도 캐드펠은 놀라지 않았다. 한두 시간 혼자 남겨졌다고 안절부절못하는 어리고 순진한 젊은 여자의 걱정이라 생각하는 눈치였다. 여자의 외숙이야 여행에 익숙하고 경험 많은 사람이니 제 몸 하나는 당연히 지키고도 남을 터였다. 그저 같은 장사치들과 어울려 교제를 트거나, 경쟁자들의 물건과 상황을 평가하느라 바쁜 것이리라.

"별일 없을 겁니다." 코르비에르는 경쾌한 어조로 입을 열며, 내내 침울하고 걱정스러운 기색인 에마를 안심시키려는 듯 미소를 지어 보였다. 아니, 이 아가씨는 바보가 아니야. 캐드펠은 그녀를 지켜보며 생각했다. 지금 이 자리에서 토머스를 안다고 주장할 수 있는 사람은 바로 그녀뿐이었다. "두고 봐요. 그분은 돌아오고 싶을 때 돌아올 겁니다. 당신이 이렇게까지 걱정한 것을 알면 놀랄 거예요."

에마도 그렇게 믿으려 하는 것 같았지만, 그녀의 눈에는 확신이 없었다. "전 외숙이 당신을 만나고 있기를 바랐어요. 아니면 적어도 당신이 외숙을 보았거나요."

"그랬으면 좋을 뻔했네요. 그럼 당신 마음이 편안해졌을 텐데. 하지만 나도 그분을 보지는 못했어요."

"이제 이 문제는 나한테 달린 것 같군요." 베링어가 말했다. "수도원에 아직 부하들이 대여섯 명 남아 있으니 그들과 함께 토머스 선생을 찾아보죠. 시간이 많이 늦었습니다. 더 이상 나다니시면 안 돼요. 함께 온 하인은 배로 돌려보낼 테니 아가씨는 여기 접객소에서 제 아내랑 같이 있는 게 좋을 것 같군요. 아내의 하인인 콘스턴스가 자리를 봐주고 필요한 물품도 챙겨줄 겁니다." 베링어가 무슨 의도를 가지고 에마에게 이런 제안을 하는지 알 길이 없었다. 캐드펠처럼 그 역시 그녀가 배로 돌아가는 것을 불안해하고 있다는 걸 눈치챈 걸까? 아니면 단순히 보호 차원에서 그녀를 가장 가깝고 안전한 곳에 두려는 것일까? 이유야 어쨌든 그녀는 반색하며 몇 번이나 고마움을 표했다.

"그럼 함께 가시죠." 휴 베링어가 부드럽게 말했다.

"제가 안전하게 모시고 가서 콘스턴스에게 돌봐달라고 이야기하겠습니다. 아가씨 외숙을 찾는 일은 이제 우리한테 맡겨둬요."

"끼워주신다면 저도 힘을 보태고 싶군요." 코르비에르는 곧바로 튜닉을 입으며 말했다.

*

휴 베링어와 무장한 부하 여섯, 그리고 밝은 대낮인 양 힘이 넘치고 눈이 초롱초롱한 이보 코르비에르는 함께 성문 길로 나섰다. 캐드펠로서는 사실 예감이 좋지 않다는 것 말고는 굳이 그들을 따라나설 이유가 없었다. 하지만 어차피 새벽 기도에 참석하려면 자정에 일어나야 한다는 구실로 베링어와 술을 한잔 나눌 작정이었다면, 역시 같은 구실로 이 수색 작업에 동참할 수 있겠지. 캐드펠은 저녁때 일어났던 끔찍한 소란을 떨쳐버리려 고개를 흔들며 생각했다. 턱이 파르스름하고 투실한 그 얼굴을 다시 보지 않고서는, 자신감에 넘쳐 우렁차게 내지르는 그 목소리를 다시 듣지 않고서는 내 맘이 편치 않을 게야. 베링어는 그 상인의 부재를 사내라면 누구나 이따금 하는 행동, 즉 관습으로부터의 사소한 일탈쯤으로 여기는 것 같았다. 다른 날이었다면 캐드펠도 그 생각에 동감했을 것이다. 그러나 오늘은 오후부터 너무 많은 일들이 일어나고 너무 많은 사람들이 터무니없는 짓을 벌인, 한마디로 과한 정열이 난무한 날이었다. 어쩌면 한밤중에 누군가가 평소의 자신으로부터 멀리 탈선해 나와, 낮에 있었던 공공연하고도 충동적인 사건에 대한 보복을 감행하고 있을 가능성도 있었다. 보복이라니, 하느님께서 엄격히 금한 것이거늘!

그들은 먼저 선창에 새로 들어온 소식이 없었는지 확인하는 일부터 시작했다. 소식은 없었다. 토머스는 나타나지도 소식을 전해오지도 않았고, 로저 도드 또한 강변까지 가서 다른 상인들에게 묻고 다녔건만 새로운 소식을 얻어 오지 못했다.

로저 도드는 건장한 30대의 젊은이로, 소심하고 퉁퉁대는 성격만 아니라면 대단히 매력적인 청년이었다. 물론 그도 주인을 걱정하고 있었다. 휴의 질문에 그는 단답형으로 대답했고, 주인의 조카딸이 수도원 접객소에 머물고 있다고 전하자 알 수 없는 표정으로 입술을 깨물었다. 그 또한 수색 작업에 따라나설 수 있었겠지만, 그보다는 배에 남아 주인의 재산을 지키는 편을 택했다. 로저 도드가 남는 대신 그레고리가 수색에 나섰는데, 그는 잠이 부족한지 약간 날이 선 상태로 토머스의 부스를 향해 그들을 안내했다. 베링어의 행정관이 부하 셋과 함께 뒤에서 성문 길을 천천히 훑으며 가판대 주인들을 빠짐없이 탐문했고, 나머지 일행은 짐꾼 그레고리를 따라 마시장 터로 갔다. 넓게 트인 공간은 반쯤 잠들어 있었지만, 여전히 이곳저곳에서 횃불이나 화롯불이 깜빡였고 이따금씩 숨죽여 두런대는 목소리도 들려왔다. 1년 중 사흘, 이 공간은 붐비고 활기 넘치는 작은 시가지로 변했다가 나흘째 되는 날이면 자취를 감추곤 했다.

토머스가 선택한 대형 부스는 세모꼴 터의 한가운데 자리하고 있었다. 그의 물건은 부스 안에 깔끔하게 정리되어 있었고, 불안스레 장터를 돌던 워린은 관리들이 도착하자 안도하며 반가이 맞았다. 그는 가죽처럼 강인하게 생긴 중년 남자로 이 일을 오래 해온 것 같았다. 주인에게 제 나름의 신임도 얻었겠지만, 얼핏 보아도 로저 도드가 차지한 위치까지 올라갈 위인은 아닌 듯 보였다.

"보좌관님, 제가 한시도 쉬지 않고 귀를 기울였지만 여태 아무 소식도 듣지 못했습니다." 워린이 근심스럽게 말했다. "주인어른은 로저가 여기서 출발하기 15분 전쯤 배로 간다며 나가셨습니다. 물건들을 모두 채워 넣어 아주 만족스러워하고 계셨죠. 그런데 그 전에 넘어지셨던 일 때문인지 배로 돌아가 쉬고 싶어 하시는 것 같았어요. 어쨌거나 그분도 이젠 젊지 않으니까요. 저보다 연세도 많고 체중도 많이 나가시죠."

"어느 쪽 길로 가시던가?"

"여기서 가장 가까운 큰길로 곧장 나가셨습니다. 아마 성문 길을 따라가셨을 거예요."

캐드펠 수사 뒤에서 귀에 익은 음성이 들려왔다. 풍부하고 울림이 있는 목소리를 가진 누군가가 웨일스어로 기분 좋게 알은척을 했다. "아이고, 이게 누구신가요, 수사님! 이 늦은 시각에 나와 계시다니요? 게다가 관청 나리들까지 거느리시고요? 저런, 보좌관께서는 이런 시각에 토머스 씨네 짐꾼에게서 뭘 알아보시려는 겁니까? 그 사람들한테서 글로스터 친구들 냄새라도 맡으셨으려나요? 아, 제가 말씀드렸잖습니까! 정치적인 문제보다 장사가 우선이라고!" 그는 흩어지는 횃불 빛과 한여름 밤하늘의 아득한 별빛 속에서 캐드펠을 향해 실눈을 반짝이며 말을 늘어놓았다. 그렇게 조롱 섞인 농담 안에 위협적이리만치 예리한 판단력을 과시한 뒤, 로드리 압 휴는 나직하고 굵은 목소리로 킬킬거렸다.

"선생은 친구 같은 눈을 하고서 이웃을 감시하며 다니시는구먼." 캐드펠은 악의 없이 말했다. "물건은 모두 무사히 옮긴 것으로 아는데 말이오."

"골칫거리를 감지하는 코와 위기에서 무사히 빠져나가는 감각만큼은 제가 타고났거든요." 로드리 압 휴가 자랑스레 떠들어댔다. "브리스틀의 토머스 씨에게 무슨 일이 생긴 거죠? 그 영감, 냄새 맡는 덴 별로 빠른 것 같지 않습디다. 질풍이 닥쳤을 땐 계류 장비를 풀고 강으로 달아나 잠잠해질 때까지 기다리면 자기 집에 있는 양 안전한데 말이죠."

"토머스 씨가 쓰러져 있는 거라도 봤소?" 캐드펠이 미끼를 던지듯 물었으나 로드리는 걸려들지 않았다.

"그 멍청한 애송이를 때려눕히는 건 봤소이다만." 그는 씩 웃고서 말을 이었다. "왜, 제가 자리를 뜬 다음 그이가 무슨 일을 당한 겁니까? 지금 찾아다니는 이가 대체 누굽니까? 토머스 씨? 아니면 그 애송이 놈?" 가판대 뒤와 밑을 뒤지고 다니는 보좌관의 부하들을 흥미롭게 지켜보다가 그들이 큰길로 나가자 호기심이 발동해서 뒤따라온 모양이었다. 이곳 장터에서 언제 무슨 일이 일어나든 로드리는 늘 그 현장에 있거나, 그게 아니더라도 더없이 신속하고 상세하게 그 내막을 알아낼 만한 위인 같았다. 그렇다면 이자의 통찰력을 활용해보는 건 어떨까?

"토머스 씨가 돌아오지 않아서 그분 조카딸이 몹시 애를 태우고 있소. 무슨 일이 있었든 없었든, 어쨌든 시간이 너무 흘러 하인들도 불안해하고 있지. 혹시 그이가 부스에서 나가는 걸 보지 못했소?"

"봤소이다. 아마 한두 시간쯤 전일 텐데. 그러고서 조금 있다가 그 양반네 일꾼도 나오더군요. 아, 그렇게 덩치 좋은 사람이 어디로 숨었을까? 그 뒤로 지금까지의 행적을 아무도 모른단 말입니까?"

"우리가 알아본 바로는 그렇소. 사실 더 알아봐도 마찬가질 것 같군. 이 많은 상인들과 구경꾼들을 일일이 탐문해보지 않는 한 말이오. 게다가 그중 절반은 현명하게도 내일 아침 열릴 장을 위해 일찍 잠자리에 들어 있으니."

그들은 성문 앞까지 샅샅이 뒤진 다음 이제 시내 쪽으로 향했다. 로드리는 여전히 캐드펠 옆에서 붙임성 좋게 따라오며, 보좌관 부하들이 하듯이 가판대와 가판대 사이의 캄캄한 구석을 들여다보곤 했다. 이곳에는 불빛이나 화로가 많지 않았고, 비교적 소박한 가판대들 역시 대부분 밤의 정적에 싸여 잠들어 있었다. 그런데 왼편의 수도원 담장 밑, 작지만 안전해 보이는 부스 몇 개가 늘어선 가운데 맨 앞 부스에서 빗장 틈으로 촛불 빛이 한 줄기 새어 나왔다. 로드리가 우람한 팔꿈치로 캐드펠의 옆구리를 쿡 쑤셨다.

"쇼트윅의 유언, 그 사람이군! 결코 등 뒤에서 공격당할 위인이 아니지. 저자는 노상 담 두 개를 등진 구석 자리를 잡아요. 무기를 갖추고 짐을 옮길 조랑말 한 마리만 데리고 혼자서 여행을 다니는데, 무기도 꽤 잘 다룬다더군요. 아무도 믿지 않는 외로운 인간이에요. 스스로 짐꾼도 됐다가—다행히 저 인간이 파는 물건들은 값에 비해 무게가 얼마 나가지 않거든요—감시인도 됐다가 하는 셈이죠."

이보 코르비에르는 일행으로부터 떨어져 혼자 가판대들 사이를 어슬렁거리고 있었다. 몇 곳은 아직 빈 채로 새벽녘에 올 시골 상인들을 기다리고 있었다. 주위가 캄캄해 수색 작업이 더뎠지만 젊은이는 밤을 새우게 되어도 상관없다는 기세였고, 아마도 에마의 반짝이는 눈을 떠올리며 용기를 얻었는지 지치지도 않고 철저하게 수색해나갔다. 캐드펠과 로드리는 젊은이보다 몇 미터 앞서 걷고 있었는데, 어느 순간 이보가 뒤에서 소리를 질렀다. 흥분해서 다급해진 목소리였다.

"맙소사, 이게 뭐지? 보좌관님. 이리 좀 와보시죠!"

그 어조에 수색하던 이들이 모두 달려왔다. 코르비에르가 큰길 구석에 쌓여 있는 가판대용 골재와 그 위에 덮인 천막 사이의 어둑한 곳들을 뒤지다가 내지른 소리였다. 희미하게나마 별빛이 비치고 있는 덕에, 어둠에 익숙해진 눈이라면 그가 본 것을 확인하는 데 아무 문제가 없었다. 천막 밑으로 장화 신은 발 두 개가 튀어나와 있었다. 발가락이 위로 향하게 늘어진 채 발은 꼼짝도 하지 않았다. 일행은 순간 모두 말을 잃고 침묵 속에서 그것을 바라보았다. 누구도 이 상인이 변을 당했으리라 생각하려 하지 않았건만, 이제는 인정하지 않을 수 없게 된 것이다. 휴 베링어가 옆에 세워져 있던 가벼운 나무 골재를 집어 한쪽으로 걷어치우자 어둠 속에서 커다란 사람의 형체가 희미하게 드러났다. 얼굴은 무릎에서부터 말려 올라간 망토에 덮여 있었다. 아무런 움직임도, 어떤 소리도 없었다.

행정관 하나가 횃불을 기울였고, 베링어가 망토의 접힌 부분에 조심스레 손을 얹어 머리와 어깨를 드러내기 시작했다. 천이 펄럭이자 외투에 배어 있던 냄새가 강하게 진동했다. 베링어는 동작을 멈추고 미심쩍은 듯 그 냄새를 들이켰다. 이어 그 냄새 때문인지 누워 있던 사람이 갑자기 한 차례 심하게 코 고는 소리를 뿜어냈고, 그러자 술 냄새가 더욱 진하게 훅 끼쳐 왔다.

"속수무책이 되도록 마셨군." 휴 베링어가 안도하며 말했다. "우리가 찾는 사람은 아닌 것 같소. 보아하니 몇 시간째 여기 있었던 모양인데, 동트기 전에 정신을 차려 기어 나간다면 기적이겠지. 누군지 얼굴이나 봅시다." 이제 그는 조금 전보다 과감한 손길로 망토를 끌어 내렸다. 취객은 몇 차례 웅얼거릴 뿐, 제 몸이 이리저리 굴려지든 발목이 당겨지든 개의치 않다가 몸수색이 끝나자 다시 요란하게 코를 골며 잠에 빠졌다. 횃불의 노란빛이 굵고 억센 적갈색 머리카락을 비추었다. 넓은 어깨에 걸친 가죽조끼도 눈에 들어왔다. 멀쩡할 때 봤으면 꽤 날카롭고 강렬하니 준수해 보였을 얼굴이지만, 지금은 잔뜩 부어오른 상태에 벌어진 입에서는 침이 줄줄 흐르고 눈두덩이는 벌게진 것이 그저 바보 같은 사내일 뿐이었다.

"맙소사, 파울러!" 취객을 자세히 살피던 코르비에르가 기가 막힌다는 듯 숨을 헐떡이며 욕지거리를 퍼부어대기 시작했다. "이 귀신이 잡아갈 놈! 날 모신다는 놈이 여기서 이 꼴로 뭐 하는 거야? 맙소사, 두고 보자고. 혼쭐을 내줄 테니까!" 그가 파울러의 텁수룩한 갈색 머리털을 한 주먹 움켜잡아 맹렬하게 흔들어댔지만, 취객은 한쪽 눈만 살짝 뜬 채 뭐라 웅얼거리다가 더욱 우렁차게 코를 골 뿐이었다. 코르비에르가 역겹다는 듯 거칠게 머리채를 놓자 웅얼거림이 잦아들면서 그의 머리도 다시 풀밭으로 털썩 떨어졌다.

"이 주정뱅이 건달은 내가 데려온 녀석입니다. 매부리이자 궁사인 터스탠 파울러라는 놈이죠." 이보가 분통을 터뜨리며 말하고는 잠들어 있는 술꾼의 늑골을 슬쩍 걷어찼다. 그게 무슨 소용이 있을까? 주정뱅이는 앞으로도 몇 시간은 더 정신을 차리지 못할 것이고, 나중에 그 모든 대가를 치러야 할 터였다. "마음 같아선 강물에 풍덩 처넣어 깨우고 싶군요! 수도원 밖으로 나가도 된다고 허락하지도 않았는데, 꼴을 보아하니 내가 자리를 뜨자마자 나와서 실컷 마셔댔구먼. 아이고, 이 냄새! 대체 무슨 배짱이람?"

"한 가지는 분명하군." 휴는 왠지 즐거운 듯 말했다. "이자가 혼자 제 발로 걸어서 숙소까지 가지는 못할 거요. 당신 아랫사람이니 이자를 어떻게 할지 얘기해보시오. 솔직히 나로선 이대로 내버려두라고 하기가 어렵군. 이자가 혹시라도 쓸 만한 걸 지니고 있다면, 하다못해 양말 한 짝이라도 내일 아침엔 몽땅 털리고 없을 거요. 야심한 시간을 틈타 배회하는 양아치들이 있거든. 장터치고 그런 놈들이 설치지 않는 곳이 없지."

이보는 뒤로 물러나 혐오스러운 표정으로 제 하인을 내려다보다가 입을 열었다. "보좌관님 부하 둘만 빌려주시죠. 널빤지에 이놈을 뉘어 끌고 가서 수도원 감옥에 처넣어버려야겠습니다. 이 녀석은 돌바닥에서 한번 자봐야 정신을 차릴 놈입니다. 거기서 종일 굶으면 정신이 번쩍 들 겁니다. 또 이러면 다음번엔 아주 살가죽을 벗겨놔야겠죠!"

잠들어 있는 그를 들어 널빤지 위에 올려놓자, 취객은 약 올리기라도 하듯 사지를 쫙 펴더니 다시 편한 자세를 취했다. 게다가 성문 쪽으로 옮겨가는 내내 얼마나 기분 좋게 코를 골아대는지, 그를 메고 가던 사람들은 분풀이를 위해서라도 널빤지를 뒤엎어 버리고픈 유혹을 애써 억눌러야 했고, 자리에 남은 캐드펠 수사와 휴 베링어와 나머지 일행은 그저 안쓰럽게 그 광경을 지켜보았다. 어쨌든 그들에게는 아직 해야 할 일이 있었다.

"저런, 저것 좀 보게!" 로드리 압 휴가 캐드펠의 귀에 대고 나직하게 말했다. "쇼트윅의 유언도 이 밤의 해프닝에 관심이 동한 모양입니다!"

캐드펠이 뒤로 돌아서자, 담장 구석 부스의 덧문 바깥으로 목을 뺀 채 그들이 서 있는 쪽을 응시하는 사람의 형상이 희미한 촛불 빛을 배경으로 선명하게 드러나 보였다. 높은 콧대와 치솟은 코, 다소 좁고 여윈 어깨선. 캐드펠은 그 모습을 눈에 담았다. 그리고 잠시 후, 덧문이 소리 없이 닫히며 장갑 장수의 모습도 사라졌다.

*

그들은 로저 도드가 애태우며 기다리는 선창가로 되짚어 돌아오면서 다시금 모든 구역을 샅샅이 살폈다. 그러나 브리스틀 출신 토머스의 흔적은 어디에서도 찾을 수 없었다.

*

다음 날 아침 9시 무렵, 빌드워스에서 출발해 세번강을 올라온 배 한 척이 다리 근처에 정박했다. 그들은 행정 장관에게 전할 얘기가 있다며 싣고 온 도자기의 하역 작업도 미루고 있었다. 애첨 부근의 만에서 건진 짐을 하나 싣고 왔는데, 그것이 행정 장관의 업무에 대단히 중요한 것이라는 얘기였다. 다른 업무로 바빴던 길버트 프레스코트는 부하를 보내 수도원에 있는 휴 베링어에게 먼저 보고하도록 지시했다.

도기 장수가 실어 온 그 특별한 짐은 성긴 범포에 길게 말린 채 배 밑바닥에 놓여 있었고, 그 안에서 물이 배어 나와 바닥에 검은 얼룩을 만들었다. 선원 하나가 범포를 펼쳐 베링어에게 보여준 것은, 쉰에서 쉰다섯 살쯤 되어 보이는 건장한 남자의 시신이었다. 가느다란 백발, 푸르스름한 턱, 생명력을 잃고 축 처진 불룩한 몸뚱어리……. 생전에 썼던 우아한 모자와 멋진 가운, 반지, 더하여 위엄까지 모조리 벌거벗겨진 채, 브리스틀의 토머스는 갓 태어난 아이처럼 완전한 맨몸으로 누워 있었다.

"강둑 밑에서 하얀 것이 까딱거리더라고요." 도기 장수가 시신을 내려다보며 설명했다. "가까이 가서 이 불쌍한 영혼을 건져

올렸지요. 애첨의 얕은 여울과 섬이 있는 근처였어요. 어쨌든 이 곳으로 실어 오는 게 최선인 것 같았습니다. 처음엔 이 사람이 익사한 줄 알았어요. 그런데 알고 보니 그게 아니더라고요." 그가 냉정한 말투로 말을 맺었다.

그랬다. 브리스틀의 토머스는 익사한 게 아니었다. 그가 걸치고 있던 모든 것이 사라졌다는 사실만 보아도 이는 자명했다. 자기 손으로 그 모든 것을 벗어버렸을 리도 없었다. 게다가 무엇보다 죽음의 명백한 증거로, 왼쪽 견갑골 밑에 아주 가느다란 상처가 보였다. 강물에 씻겨 하얗게 된 그 상처는 아주 예리한 단검이 뒤에서 박혀 심장까지 찌른 자국이었다.

축일장 첫째 날

1

성 베드로 축일장의 첫날이 한창 무르익었다. 흥정을 벌이고 잡담을 나누고 호객을 하느라 한껏 들뜬 소리들이 수도원 담장을 넘어 광장과 문지기실 안까지 파고들었다. 마치 볕 좋은 날 커다란 벌집 통에서 울리는 한여름의 음악 같았다. 그 소리들이 휴 베링어를 쫓아 접객소로도 흘러들었다. 접객소에서는 그의 아내와 에마 버놀드가 이런저런 모직물을 비교해가며 즐거운 시간을 보내고 있었다. 실잣기에 일가견이 있는 하녀 콘스턴스도 모직물 견본을 손끝으로 만지며 조언을 곁들였다.

이러한 가정적인 분위기가 에마의 얼굴과 목소리에 생기를 불어넣었으나, 휴 베링어의 얼굴은 온통 먹구름이 드리워 있었다. 그로선 빙빙 돌려 사고 소식을 전할 여유가 없었고, 그녀 역시 그런 방식을 원하지 않을 터였다.

"버놀드 양, 나쁜 소식을 전하게 되어 유감입니다. 이런 일이 있으리라곤 정말 예상치 못했어요. 당신 외숙을 찾았습니다. 오늘 아침 일찍 빌드워스에서 올라오던 배가 강에서 그분의 시신을 건졌답니다."

에마의 얼굴에서 화색이 싹 가셨다. 그녀는 놀라 벌떡 일어서더니 멍한 눈길로 앞을 응시했다. 인생의 버팀목이 별안간 뽑혀버린 것이다. 잠시 균형 감각을 잃고 금방이라도 쓰러질 듯했으나, 그녀는 이내 정신을 차리고 숨을 깊이 몰아쉬었다. "돌아가시다니!" 두 발을 제대로 딛고 선 모습으로 보아 이제 쓰러질 위험은 없는 듯싶었다. 눈에 번득이던 공포와 현기증이 사라지고, 에마는 이제 휴를 똑바로 쳐다보았다. 동정을 호소하는 눈빛은 아니었다.

"강에서 건졌다고요?" 그녀가 질문을 던졌다. "하지만 제 외숙은 강가에서 성장하셨어요. 수영을 잘하셨죠. 술도 절제해서 드셨고요. 그런데 익사하셨다니…… 믿을 수가 없네요. 절대 그럴 리가 없어요!"

"일단 앉으시죠." 휴가 부드럽게 말했다. "잠시 나눌 얘기가 있습니다. 얘기가 끝나면 얼라인과 함께 계시고요. 당분간 여기서 우리의 보호를 받으며 지내야 합니다. 예, 당신 말이 맞아요. 외숙은 익사한 게 아닙니다. 자살한 것도 아니고요. 토머스 씨는 등 뒤에서 칼에 찔리고 옷이 벗겨진 채 발견됐어요. 누군가 외숙을 살해한 뒤 강에 빠뜨린 겁니다."

"그러니까……." 에마는 힘겹게 저음의 목소리를 끌어냈지만 여전히 침착함을 유지하고 있었다. "그분이 좀도둑에게 살해당했다는 건가요? 반지와 겉옷과 신발 때문에요?"

"당장으로는 그래 보입니다. 지금 잉글랜드엔 안전하다 할 만한 곳이 한 군데도 없어요. 게다가 큰 장터치고 밑바닥 인간들이 머물지 않는 곳은 드물죠. 동전 몇 푼 때문에 사람까지 죽일 수 있는 놈들이 득실거립니다."

"외숙은 겁쟁이가 아니었어요. 공격을 받으면 제대로 맞서 싸우곤 하셨죠. 두려움에 여행을 피하신 적도 없고요." 그녀는 고통스러운 목소리로 항의하듯 말을 이었다. "그분이 그런 쓰레기 같은 인간의 희생양이 되셨을 리 없어요. 혹시 다른 가능성은 없나요?"

"어제저녁 선창에서 벌어졌던 불미스러운 사건을 떠올리는 사람들도 있긴 합니다. 물건을 하역하고 장터에 가판대를 설치하던 다른 상인도 여럿 피해를 입었거든요. 마을 사람들과 손님으로 이곳에 들른 상인들 사이에 악감정이 흐르고 있다는 건 누구나 아는 얘기죠. 외숙께서는 꽤 영향력 있는 상인이고, 그런 양반이 난동을 주도한 젊은이와 심하게 부딪쳤습니다. 그 청년이 밤을 틈타, 아마도 술에 취해 복수를 감행하려다가 고의로든 사고로든 그분에게 치명상을 입힌 건지도 모르죠."

"하지만 그랬다면 외숙은 쓰러진 장소에 그대로 있었을 거예요.” 에마가 예리하게 지적했다. “외숙을 공격한 자는 일을 벌인 뒤 도망치기 바빴을 테니까요. 어제의 그 청년들은 그저 불만을 품은 시민들에 불과해요. 강도가 아니라고요. 살인뿐이라면 모를까, 도둑질은 하지 않았을 텐데요.”

휴는 이 여인에게 상당한 존경심을 느끼기 시작했다. 침묵을 지키며 신중한 표정으로 앉아 있던 얼라인 또한 이미 남편의 마음을 간파한 터였다. “그렇게 생각할 수도 있겠군요. 하지만 어쩌다 보니 살인을 저질러버린 젊은이가 그 범죄를 강도짓으로 위장해야겠다 마음먹은 것일지도 모르지요. 그렇게 보면 용의자의 범위가 대단히 넓어집니다. 수많은 사람들 앞에서 아가씨 외숙한테 조롱을 당하고 모욕감에 발끈한 난동꾼들이 전부 해서 스무 명은 되는 데다, 금품을 노린 우발적 살인의 가능성까지 고려한다면…….”

그 말이 막 가족을 잃고 비통해하는 에마의 마음을 더욱 어지럽혔다. 그녀는 입술을 깨문 채 잠시 머뭇대다가 물었다. “보좌관님께선 그 청년들 중 하나, 혹은 몇 명이 저지른 짓이라고 생각하시나요? 원한에 불타 어둠 속에서 외숙 뒤를 밟다가 결국 이 방법을 택했단 얘긴가요?”

“강에서 벌어졌던 사건을 목격한 사람들의 추측일 뿐입니다.” 휴가 대답했다.

“하지만 많은 청년들이 관리들 손에 연행되었잖아요?” 에마는 이맛살을 찌푸리며 지적했다. “외숙이 장터로 가시기 한참 전에 말이에요. 이미 감방에 들어가 있는 사람들이 어떻게 외숙을 해칠 수 있죠?"

"청년들이 많이 잡힌 건 사실입니다. 그러나 주모자는 오늘 새벽에야 잡혔어요. 비틀거리며 마을 입구로 돌아오다 붙들렸죠. 지금은 제 친구들과 마찬가지로 성내 감옥에 갇혀 있지만 토머스 씨의 행방이 묘연했던 그 몇 시간 동안은 자유의 몸이었다는 겁니다. 그래서 그가 이 살인 사건의 유력한 용의자로 올라 있어요. 오늘 오후에 그 청년들 모두 장관님 앞으로 불려 갈 예정입니다. 아마 다른 청년들은 부모가 보석금을 내는 즉시 풀려날 거예요. 하지만 필립 코비저는 다르죠. 아마 체포될 때의 진술보다 훨씬 설득력 있는 답변을 내놓아야 할 겁니다."

"오늘 오후라고요!" 에마가 되뇌었다. "저도 그 자리에 참석해야겠네요. 저 또한 어제 벌어진 소동의 증인이니까요. 더하여 외숙의 사망까지 얽혀 있다면, 장관님께서는 더더욱 제 증언을 들으셔야 할 겁니다. 저 말고 다른 증인들도 불러야 할 테죠. 코르비에르 씨랑, 보좌관님도 잘 아시는 그 수사님도……."

"물론 다른 증인들도 소환될 겁니다. 아가씨의 증언은 당연히 중요하고요. 하지만 이런 때 증언을 요청한다는 게 어떨지……."

"당연히 증언해야죠!" 에마가 단호하게 말했다. "전 살인범을 잡고 싶어요. 외숙이 살해된 게 틀림없다면 말이에요. 그렇지만 죄 없는 사람이 너무 성급하게 범인으로 몰리는 일은 없었으면 좋겠네요. 아, 정말 모르겠어요……. 그 청년은 살인을 할 사람 같아 보이지 않았는데…….. 어쨌든 전 제가 아는 모든 것을 밝히고 싶어요. 그게 제 의무이기도 하고요."

베링어가 조언을 구하듯 아내에게 짧은 눈길을 던지자, 얼라인은 미소를 지으며 살짝 고개를 끄덕여 보였다.

"정 그렇다면 캐드펠 수사님에게 아가씨를 모시고 와주십사 부탁드리지요." 휴는 자신 있게 입을 열었다. "그래야 안심이 될 것 같군요. 다른 문제에 대해서는 걱정할 것 없습니다. 조사가 끝날 때까지는 여기서 지내야겠지만, 당연히 얼라인이 함께 있어줄 거예요. 원하는 게 있으면 저도 무엇이든 돕겠습니다."

"외숙의 시신을 브리스틀로 운구해 장례를 치러드리고 싶어요." 에마가 말했다. 이제는 배에 자신을 보호해줄 사람이 하나도 없다는 사실이 그제야 머릿속에 떠올랐다. 로저 도드의 묵묵한, 그러면서도 감시하고 시기하는 듯한 헌신은 부담스럽기만 했고, 워린은 제 문제가 뭔지도 모르는 위인이었으며, 가엾은 그레고리는 힘이 좋아 몸을 쓸 줄만 알지 머리는 영 둔했다. 한숨을 쉬며 입술을 깨무는 그녀의 눈에 다시 그늘이 드리웠다. "어쨌거나 외숙을 돌려보내야……. 브리스틀에 있는 변호사가 외숙의 일과 제 일을 처리해줄 거예요."

"그 일과 관련해서는 부수도원장님과 이미 이야기가 됐습니다. 라둘푸스 원장님이 수도원 예배당을 쓰도록 허락하셨어요. 외숙의 시신이 성에서 오는 대로 그곳에 안치할 수 있을 겁니다.

그분 지체에 걸맞은 입관식이 되도록 만반의 준비를 할 테니, 필요한 게 있으면 뭐든 청하세요. 외숙과 함께 온 일꾼들도 오후에 성으로 들어오라고 소환해야겠군요. 축일장 일은 어떻게 하는 게 좋겠습니까? 아가씨 뜻을 일꾼들에게도 전하겠습니다."

에마는 고개를 끄덕이곤 생각에 잠겼다. 한 사람의 인생이 끝났음에도 변함없이 이어지는 냉정한 일상과 마주해 다시 정신을 바싹 차리려는 결의가 엿보이는 듯했다. "로저에게 이렇게 전해 주시면 고맙겠어요. 외숙이 살아서 지휘하고 계신 것처럼 사흘 동안 장사를 하라고요. 위험이나 죽음을 이유로 평소 하던 일을 피해 가는 건 외숙이 비웃으실 일이에요. 그러니 전 외숙의 이름을 걸고 장사를 계속하겠습니다." 그러고서 갑자기, 에마는 어린아이처럼 거리낌 없이 울음을 터뜨렸다.

*

휴 베링어는 자리를 뜨고, 콘스턴스도 얼라인의 고갯짓에 물러갔다. 에마가 울음을 그칠 때까지 둘은 말없이 앉아 있었다. 에마는 울음을 터뜨릴 때 그랬던 것처럼 갑작스레 눈물을 그쳤다. 우는 동안에는 자신의 얼굴이 망가지건 말건 신경 쓰지 않고 울어댔는데, 이 또한 어른이 되면 잃기 마련인 축복이리라. 마침내 눈물을 그친 그녀는 그동안 평온하고 침착하면서도 부담스럽지 않은 눈길로 위로를 보내고 있던 얼라인을 똑바로 마주 보왔다.

"사람들은 아마 외숙을 향한 제 애정이 그리 깊지 않다고 생각할 거예요. 사실 저도 잘 모르겠어요. 그렇지만 전 외숙을 사랑했어요. 충절, 감사, 그런 것만은 아니었어요. 이미 들으셨겠지만, 외숙은 대하기 어려운 사람이었어요. 비위를 맞추기가 까다롭고 일 처리도 워낙 엄격하게 하셨거든요. 하지만 제게는 관대하셨어요. 다가가기 어려운 분이긴 했지만, 그건 외숙의 잘못도 제 잘못도 아니죠."

"내가 보기에, 아가씨는 외숙부님이 원하는 만큼 그분을 사랑했던 것 같은데요." 얼라인이 에마에게 다가앉으며 부드럽게 말했다. "그러니까, 외숙부님이 받아들일 수 있었던 만큼요. 아예 사랑받는 방법을 모르는 남자들도 많죠."

"맞아요. 하지만 전 외숙을 더 사랑하고 싶었어요. 그분을 기쁘게 할 수 있다면 뭐든 했을 거예요. 지금도 그러고 싶고요. 그분은 이번 축일장 내내 부스를 열고 처음부터 끝까지 성공적으로 장사를 이어가고 싶어 하셨을 거예요. 전 외숙이 원하셨던 일이 모두 완벽하게 끝나는 걸 보고 싶어요." 에마는 단호한 목소리로 말을 맺었다. 그녀의 결의에 찬 턱이나 불꽃 튀는 눈을 보았다면 토머스도 분명 흐뭇해했으리라. "얼라인, 제가 여기서 지내는 게 폐가 되진 않나요? 사실 외숙의 하인들 중 저를 지나치게 좋아하는 사람이 있어서……."

"그럴 줄 알았어요. 여기 얼마든지 있어도 좋아요. 아가씨가 고향 집인 브리스틀로 안전하게 돌아갈 때까지 우린 아가씨 곁에 있을 거예요." 이어 얼라인은 미소를 지으며 이렇게 덧붙였다. "그리고 내가 보기에, 당신을 좋아한다는 이유로 그 하인을 비난할 수는 없는 것 같은데요."

"그렇긴 하죠. 하지만 전 그 사람을 도무지 좋아할 수가 없어요. 외숙도 저 혼자 배에 머무는 걸 허락하지 않으셨을 거고요. 그리고 지금 제겐 할 일이 있잖아요." 에마는 결연하게 고개를 들고 도전적인 표정으로 불확실한 미래를 응시하며 말을 이었다. "우선 외숙을 모실 멋진 관을 주문해야겠어요. 이곳에도 목수가 있겠죠?"

"그럼요. 와일가街로 가다 보면 오른편에 마틴 벨코트의 목재소가 있어요. 사람도 좋고 솜씨도 좋은 장인이죠. 아, 그 집 아들도 그 끔찍한 폭력에 가담했다던데……." 생각에 잠긴 얼라인의 얼굴에 볼우물이 팼다. "하지만 앞날이 창창한 시내 청년들 절반이 다 그랬는걸요. 마틴네 가게까지 내가 같이 가줄게요."

"아니에요." 에마는 단호하게 말했다. "그럼 제가 증언하는 자리까지 따라오셔야 할 텐데, 무척 따분하고 지겨운 시간이 될 거예요. 부인까지 지치게 만들 수는 없죠. 게다가 부인께선 최상품 양모가 다 팔려버리기 전에 얼른 사셔야 하잖아요. 캐드펠 수사님께 목재소로 가는 길을 여쭤볼게요. 수사님도 그곳을 알고 계시겠죠?"

"이 수도원이나 슈루즈베리시에 관한 한, 캐드펠 수사님이 모르는 건 거의 없다고 보시면 돼요." 얼라인은 확신에 차서 대답했다.

*

캐드펠은 수도원에 머물고 있는 유족과 함께 성에서 열리는 청문회에 참석하기 위해 수도원장의 특별 허가를 받았다. 속인이든 성직자든 시민의 의무를 피해 갈 수는 없는 법이었다. 이미 모두에게 보여주었듯이, 라둘푸스 수도원장은 금욕적이면서도 공정한 원칙주의자의 면모와 빈틈없고 강한 사업가의 면모를 갖춘 사람이었다. 그가 수도원장 자리를 맡게 된 건 로마교황 특사 못지않게 왕의 힘 또한 작용한 덕이었고, 그래서인지 그는 관할 교구의 사정에 관심을 기울이는 만큼 나라의 질서를 중시하고 염려했다. 요컨대 그에겐 수도원 바깥 사정을 두고 함께 폭넓은 경험을 나눌 수사가 필요했다.

"살인 사건이 우리 수도원과 축일장에 그늘을 던지는군." 휴 베링어가 떠난 뒤 수도원장은 캐드펠과 단둘이 이야기를 나누었다. "그 부담을 다른 이들의 어깨에 지울 수는 없소. 형제께서 청문회에서 나온 얘기를 상세히 알려주시오. 마을 원로들의 요구는 나로선 들어줄 수 없는 종류의 것이었소. 하지만 적개심을 불러일으켜 젊은이들로 하여금 어리석은 행동을 저지르게 만든 건 사실상 내 탓이라 할 수 있겠지. 인내심과 생각이 부족했다는 점에서 젊은이들은 비난받아 마땅하겠지만, 그렇다고 내 잘못이 사면되는 건 아니오. 나로선 달리 취할 방도가 없었다 해도, 나의 행위로 인해 사람이 죽었다면 난 그 일에 대해 알아야 하오. 살인범 못지않게 내게도 책임이 있는 셈이니까."

"제가 보고 들은 것은 빠짐없이 알려드리겠습니다." 캐드펠이 말했다.

"형제는 어떻게 생각하는지도 듣고 싶군. 어제 죽은 사람과 그 젊은이 사이에 일어난 일을 목격했었다고 들었소. 이런 살인까지 벌어질 일이었소? 등 뒤에서 찔렀다니, 아무리 분노가 컸어도 흔히 일어나는 일은 아닌 것 같은데."

"흔하지는 않죠." 캐드펠은 전쟁터에서 죽음으로 이어지는 노골적인 분노를 목격했을 뿐 아니라, 속에서 곪아 터져 결국은 살인으로 분출되는 뜨거운 격노에 대해서도 잘 알고 있었다. "그렇다고 있을 수 없는 일은 아니지만요. 그러나 다른 가능성도 있습니다. 몸에 걸친 옷가지며 반지를 노린 조잡한 살인으로도 생각해볼 수 있겠죠. 사람들이 모이고 돈이 오가는 곳에선 그런 일들이 일어납니다."

"맞는 말이오."

라둘푸스 수도원장이 침착하나 서글픈 어조로 말했다.

"저 오랜 악은 언제나 우리와 함께하지."

"다른 가능성은 원한에 의한 살인입니다. 죽은 사람은 업계에서나 자기 고향에서나 대단히 중요한 인물이었으니 적이 있었을

지도 모르지요. 증오, 시기, 경쟁, 그런 것들은 돈 못지않게 강력한 동기가 되기도 합니다. 게다가 이처럼 큰 장에선 서로 적대 관계에 있는 도시에서 온 사람들이 한자리에 모이기 쉽고, 상대의 움직임을 정확하게 추측할 수 있지요. 고향에서 멀리 떨어진 곳이라 살인의 유혹이 더 컸을지도 모릅니다."

"그것도 옳은 얘기군. 다른 가능성도 있소?"

"있습니다. 죽은 자의 조카딸이자 상속녀 문제가 있지요. 그녀는 대단한 미인입니다."

캐드펠은, 비록 이성과 관련된 즐거움을 외면하겠다고 맹세한 몸이나 그럼에도 여성의 아름다움을 인정하고 칭송할 권리가 있다는 사실을 주장하듯 분명하게 말했다.

"그 아가씨와 함께 배에 승선해 죽은 자의 일을 도와온 세 남자가 있습니다. 그들 가운데 평안을 알 만큼 나이를 먹은 이는 한 사람뿐인 것 같습니다. 다른 한 사람은 제가 보기엔 숙맥 축에 드는데, 그렇다고 육욕조차 없는 정도는 아닌 듯하고요. 마지막 한 사람은 건강하고 능력 있는, 어느 모로 보나 사내다운 남자로 그 아가씨한테 빠져 있지요. 주인이 장터 부스를 떠난 뒤 곧바로 뒤따라 나간 사람이 바로 그자입니다. 주인이 가고 15분 후에 나왔다는 얘기도 있고, 그보다 조금 더 나중이라는 얘기도 있습니다. 제가 무고한 사람을 지목한 것이라면 천벌을 받겠지만, 어쨌든 우린 지금 가능성에 대해 이야기하고 있으니까요. 이제 그것이 가능성 이상의 무언가가 될 때까지는 그 사람들 얘기를 꺼내지 않는 게 좋겠습니다."

"내 생각도 그렇소." 라둘푸스 수도원장은 흥미를 느끼는지 웃음을 짓고서 캐드펠을 찬찬히, 아주 오래도록 바라보았다. "자, 그럼 시민의 의무에 따라 증언하고 오시오. 다녀온 뒤에는 내게도 꼭 전해주길 바라오. 나는 형제의 보고를 믿겠소."

*

에마는 전날 저녁 입었던 가운과 블리오[13] 차림 그대로였다. 가운은 그녀의 눈처럼 짙푸른색이었고 블리오는 하얗게 표백된 리넨 위에 갖가지 색실로 수놓은 것이었다. 그녀가 애도를 표하기 위해 할 수 있는 일은 숱 많은 머리칼을 묶어 올린 뒤 빌린 베일로 얼굴을 가려 최대한 다른 이의 눈에 띄지 않게 하는 것뿐이었다. 그럼에도 그 모습에서는 아름답고 우아한 분위기가 풍겨 나왔으니, 동그랗고 앳된 얼굴선 안의 숙연한 표정은 우아함 속에 감춰진 농밀함을 보여주고 있었다. 그녀는 잠시 쉬고 있는 창처럼 시종일관 엄숙한 모습이었다. 캐드펠 수사로서는 그 창이 어디를 겨누고 있는지 알 길이 없었다.

캐드펠이 다가오자 에마는 결전에 임하기 직전 뒤에서 긴장한 채 열렬한 응원을 보내는 친구들의 얼굴을 본 듯 반갑게 알은체를 했다. 그러나 그녀의 영혼은 캐드펠이 따라잡을 수 없는 곳으로 빠져나가고 없었다.

“캐드펠 수사님! 아, 제가 성함을 바로 불렀나요? 웨일스어 이름이죠? 어젠 정말 감사했어요. 베링어 부인께서 수사님이 목수에게 가는 길을 안내해주실 거라고 하셨어요. 외숙을 모실 관을 주문하려고요.” 그녀는 꽤 침착했지만, 아이처럼 단순하고 직설적인 말투는 여전했다. “성에 가기 전에 다녀올 수 있을까요?”

“그 가게는 성으로 가는 길에 있지.” 캐드펠은 편안하게 대답했다. “마틴 벨코트에게 주문만 해놓으면 아가씨 요청대로 잘 만들어줄 거요.”

“모두들 너무도 친절하시네요.” 에마는 잘 교육받은 어린 소녀처럼 꼼꼼하게 인사를 챙겼다. “시신은 지금 어디에 있죠? 제가 직접 처리해드려야 하는데.”

“아직은 안 될 것 같소. 지금 성에 안치되어 있는데, 장관님이 직접 확인하고 의사도 살펴봐야 하거든. 수도원장님이 허락하셨으니 걱정할 건 없소. 외숙께서는 수도원으로 옮겨져 경건하게 안치될 테고, 수사들이 외숙의 지체에 어울리게 매장 준비를 해줄 거요. 만일 외숙께서 말을 할 수만 있다면 모든 걸 우리에게 맡겨두라고 하실 것 같은데. 조카를 아끼는 마음이 한량없이 깊은 분이니, 아가씨도 그 뜻을 거스르긴 어렵겠지.”

캐드펠은 그 시신을 이미 보았고, 에마에게 절대로 그 모습을 보여줘서는 안 되겠다고 마음먹은 터였다. 굳이 그녀만을 위해서는 아니었다. 살아생전 당당한 위엄으로 조카딸의 존경을 받았을 그 사람에겐, 죽어서도 품위 있는 모습으로 기억될 권리가 있었다. 어떻게든 자신이 모든 것을 책임지고 그 어느 것도 피해 가지 않겠다는 그녀의 단호한 결심을 꺾어야 했다.

두 사람은 나란히 문지기실을 빠져나왔다. 캐드펠은 줄곧 생각에 잠겨 있는 에마의 얼굴을 보며 그녀가 자신의 의견을 순순히 받아들였음을 알 수 있었다.

"하지만 외숙은 제가 사업에도 최대한 참여해야 한다고 생각하셨어요. 제가 당신과 함께 여행하며 장사를 배우길 바라셨죠. 이번이 외숙과의 세 번째 여행이에요." 그녀는 이것이 마지막 여행이기도 했다는 생각에 서글픈 마음으로 주저하며 말을 이었다. "적어도 제 돈을 들여 여기 외숙이 숨을 거둔 곳에서 외숙을 위한 미사를 올릴 수는 있겠죠? 외숙은 대단히 독실한 분이셨어요. 그렇게 해드리면 그분도 좋아하실 거예요."

어쨌거나 지금 그녀에게 절실한 건 돈보다 마음의 평화일 터였다. 게다가 약간의 위안을 살 만한 돈이 있기도 하고, 또 기도가 무용지물이 되는 경우는 없는 법이었다.

"그건 가능하겠지."

"외숙은 참회도 못 하고 돌아가셨어요." 에마는 외숙의 고해와 면죄의 기회마저 앗아 간 살인자에게 새삼스러운 분노를 느끼며 말했다.

"그건 외숙의 잘못이 아니오. 많은 이들이 그렇게 죽지. 아무 준비 없이 순교한 성인들 또한 셀 수 없이 많고. 하느님은 말이나 몸짓이 필요 없는 기록을 전부 읽고 계시오. 고해는 죽음 앞에서 고통스러워하는 영혼을 위한 게지. 저 너머로 떠난 영혼은 그것이 무의미한 허영임을 잘 아네. 회개는 말 속에 있는 게 아니라 마음속에 있다는 것도."

그들은 큰길에서 왼쪽으로 돌아, 싱싱한 초록빛 강둑을 따라 햇빛에 반짝이는 강물 위에 걸쳐진 돌다리로 향했다. 도개교 탑을 지나 마을의 입구로 이어지는 다리였다. 에마는 고개를 들어 자신과 어깨를 나란히 한 채 걷고 있는 캐드펠 수사를 쳐다보았다. 그녀의 크림빛 뺨엔 옅은 화색이 돌았고 눈은 아른아른한 강물처럼 반짝였다. 캐드펠은 그녀가 웃는 모습을 처음 보았다. 대단히 어두운 미소이긴 했으나, 그럼에도 불구하고 아름다웠다.

"외숙은 좋은 분이었어요." 에마는 조용히 말을 이었다. "멍청이나 게으름뱅이나 사기꾼들에겐 호락호락하지 않았지만, 어쨌거나 좋은 분이었죠. 저한테는 그랬어요! 약속은 반드시 지키고 군주에게 충성하는……." 부드러운 목소리에 그 내용 또한 단순했지만, 외숙에 대해 이야기하는 그녀에게선 불꽃같은 열정이 느껴져 마지막 말은 흡사 '죽음의 군주에게 충성했노라!'라는 외침인 양 들렸다. 당당하고 영웅적인 표정이 앳된 그녀의 얼굴에 더없는 진지함을 부여하고 있었다.

"하느님은 모든 걸 알고 계시니 더 말해 뭐하겠소." 캐드펠이 밝은 어조로 말했다. "당신에겐 아직 살아내야 할 인생이 남아 있다는 걸 잊지 마시오. 외숙도 당신이 스스로에게 정의로운 일을 함으로써 외숙 자신의 정의를 찾아주길 바랄 거요."

"네, 맞아요!" 에마가 눈을 반짝이며 그의 소맷자락에 손을 얹었다. "제가 바라는 게 바로 그거예요! 제가 진심으로 바라는 게 그거라고요!"

2

마틴 벨코트의 가게는 시내 중심가로 올라가는 와일가에서 꺾어 들어간 길목에 있었다. 에마는 시신 처리에 무엇이 필요한지 정확히 알고 있었다. 더하여 장인 목수의 분명하고 직선적인 성격을 존중하는 방식 또한 잘 알았으며, 목수의 아이들이 대담하게 다가와 빤히 쳐다보고 말을 걸었을 땐 기꺼이 장단을 맞춰주는 여유도 부렸다. 어젯밤 휴 베링어한테 호되게 야단을 맞고 돌아온 에드위는 지은 죄가 죄인지라 가게 한쪽 구석에서 얌전하게 대패질을 하고 있었지만, 아직 기가 완전히 꺾이진 않았는지 호기심 어린 밝은 담갈색 눈으로 그녀를 힐끔거리는가 하면 그녀가 보지 않는 틈을 타 캐드펠 수사에게 윙크를 보내기도 했다.

그들은 시내를 지나 대십자상으로 이어지는 비탈길을 오른 뒤 다시 그 너머의 야트막한 비탈을 내려와 성문 진입로로 들어섰다. 에마는 기억의 순서를 맞추느라 내내 생각에 빠져 있다가 그 심각한 얼굴에 성문의 그림자가 드리우자 긴장하여 눈을 휘둥그렇게 떴다. 하지만 그곳을 태평하게 오가는 경비대도 이젠 포위 공격이나 전투의 기억을 상기시키기보다는 편안함과 활기찬 분위기를 자아냈고, 시민들 역시 요구 사항이나 불만거리를 가지고 자유롭게 성을 드나들게 된 지 오래였다. 행정 장관은 결단력 있고 과묵하며 유능한 50대의 기사로, 전쟁과 행정 양쪽에서 오랜 경험을 쌓은 노익장이었다. 그는 사회질서를 어지럽히는 행위는 가혹하게 처벌하는 한편 민원은 공정하게 처리하여 큰 신임을 얻고 있었다. 포위 공격으로 파괴된 마을 시설을 복구하는 일에 큰 도움을 주지는 않았지만, 성의 피해를 복구한다는 명분으로 그들의 노동력을 남용하거나 중과세를 부과한 일도 없었다. 성안 광장에 자리한 망루 한 곳은 여전히 목재 비계에 둘러싸인 채 복구 작업을 기다리는 중이었고, 한쪽 성벽도 버팀목에 떠받쳐진 상태였다. 에마는 눈을 둥그렇게 뜨고 성을 이리저리 둘러보았다.

그들과 같은 목적지를 향해 걷고 있는 다른 사람들도 몇몇 보였다. 아들의 보석을 신청하려고 찾아온 근심스러운 표정의 아버지들, 소동에 휘말려 폭행당한 수도원 집사 둘, 다리와 선창에서 있었던 사건의 목격자들……. 그들 모두 옥내 대피소로 안내되어 냉기 어린 석조 홀에 모였다. 홀 벽에는 불에 그슬린 태피스트리들이 걸려 있었다. 캐드펠이 벽 앞에 있는 의자로 가 에마를 앉혔다. 그녀는 거기에 앉아 불안하면서도 무척이나 관심 어린 눈길로 주변을 둘러보았다.

"저기 보세요. 코르비에르 씨도 왔네요!"

코르비에르는 막 홀에 들어선 참이었으나, 바로 앞에 구부정하니 등을 구부리고 서 있는 누군가를 챙기느라 주변에 눈길을 줄 여유가 없는 듯했다. 그 구부정한 그 인물은 다름 아닌 터스탠 파울러였다. 여전히 눈빛이 흐리멍덩하긴 해도 정신은 완전히 돌아왔는지, 그는 격노한 주인 앞에서 그 장사 같은 몸집을 최대한 웅크린 채 폭풍이 잦아들기만을 기다리고 있었다. 캐드펠은 의아했다. 저자가 왜 여기 왔을꼬? 어제 선창에 있지도 않았고, 자정 무렵의 상태로 미루어 그사이 일어난 일을 제대로 기억하지도 못할 텐데. 어쨌거나 이 일과 관련해 뭔가 증언할 것이 있는 모양이었다. 그렇지 않고서야 코르비에르가 굳이 그를 데려올 이유가 없었다. 어젯밤의 분위기로 보아서는 정신을 차리도록 하루 종일 가둬둘 기세였으니 말이다.

"저분이 장관님인가요?" 에마가 속삭였다.

길버트 프레스코트가 법률 고문 둘을 데리고 들어왔다. 이곳은 정식 법정이 아니지만, 소동을 일으킨 청년들을 집으로 돌려보내고 그 아버지들을 순회재판에 출두시키느냐, 아니면 청년들을 감방에 가둬두느냐 하는 문제가 그에게 달려 있었다. 행정 장관은 키가 크고 다소 마른 몸에 꼿꼿하면서도 강건한 풍모를 지니고 있었다. 턱수염은 짧게 잘랐으며, 눈매가 무척 예리하고 위압적이었다. 행정 장관이 의례를 생략하고 자리에 앉자 행정관 하나가 연행된 이들의 명단을 그에게 건네주었다. 행정 장관은 그 수효를 보고 눈썹을 험악하게 치올렸다.

"이 사람들이 모두 현장에서 폭동으로 잡혀 온 자들이란 말인가?" 그는 명부를 탁자 위에 펼쳐놓고서는 인상을 쓰며 내려다보았다. "이건 됐네! 토머스 씨의 사망 문제가 더 시급하네. 토머스 씨의 행적이 마지막으로 확인된 게 몇 시인가?"

"토머스 씨 일꾼들 말로는, 마지막 기도를 알리는 종이 울리고 한 시간쯤 지난 뒤 배로 돌아간다며 마시장 터의 부스에서 나갔답니다. 그것이 현재까지 밝혀진 최후의 행적입니다. 그 시점이 어제저녁 9시 15분 조금 더 지난 때였다는 걸 증언하기 위해 로저 도드가 지금 이 자리에 와 있고, 야경꾼도 그렇게 증언하고 있습니다."

"늦은 저녁이라……." 행정 장관은 부하의 보고를 곰곰이 되씹었다. "싸움이 끝난 지 오래였을 테니 성문 앞과 장터도 조용했겠군. 보좌관, 이리 와서 그 시간에 구금되어 있던 자들을 표시해보게. 판매할 물건이며 집기를 파괴한 죄가 무겁다 한들, 그자들이 이 살인에 연루되었을 리는 없으니."

휴는 뒤쪽에서 행정 장관의 어깨 너머로 몸을 숙이더니 빠르게 명단을 짚었다. "격한 대치가 있긴 했지만 금방 끝났습니다. 저희가 얼른 잡아들인 터라 폭도들은 성문 길 끝까지도 도망치지 못했지요. 아, 여기 이자는 나중에 마지막으로 잡아들인 자들 중

하나인데, 그게 아마 10시 무렵이었을 겁니다. 하지만 그땐 이미 술집에서 만취해 있던 상태였고, 이자가 그곳에 한 시간 넘게 있었다는 건 술집 아낙의 증언으로 입증되었습니다. 그 아낙의 증언은 믿어도 좋을 겁니다. 이자를 술집에서 데리고 나가자 매우 고마워했거든요. 어쨌든 이자가 살인과 무관하다는 건 분명합니다. 그리고 이 청년은 그보다 조금 뒤에 다리 쪽으로 몰래 되돌아오는 걸 붙잡았습니다. 폭도들과 같이 있었다는 자백을 받긴 했지만 곧 집으로 돌려보냈죠. 심한 절름발이인 데다, 9시 전부터 그 시간까지 이자의 행적을 아는 증인들도 있어서요. 이자 또한 약속했던 대로 이 사건에 대해 증언하기 위해 여기 나와 있습니다. 제가 보기에 이자는 혐의가 없는 것 같습니다."

"그래도 다른 죄가 없는 건 아니지." 프레스코트가 베링어를 날카롭게 올려다보며 말했다.

"그건 그렇지요." 휴는 부언하지 않았다.

"좋아! 그자는 일단 대기시키고 나머지는 모두 들여보내게. 이 두 사건은 별개로 다루기로 하고 우선 더 경미한 쪽부터 처리하도록 하지."

관리들이 홀의 한쪽 벽, 밧줄로 구획된 선 안쪽으로 죄수들을 몰고 들어왔다. 젊은이들은 멍들고 부스스한 몰골로 길게 열을 지어 섰다. 죄를 뉘우치는 듯 시무룩하고 순해 보이는 얼굴들이었지만, 가슴 깊이 맺힌 분노의 불씨는 여전히 남아 있을 터였다. 몇몇은 상의가 찢겼고, 눈가가 멍든 이도 한둘 있었으며, 코피가 나거나 머리가 깨져 피딱지가 엉겨 있는 이들도 있었다. 대강 닦은 감방 돌바닥에서 하룻밤을 지낸 탓에, 마치 기사들이 고귀한 싸움을 위해 갑옷과 투구를 정식으로 갖추듯 있는 대로 멋지게 차려입은 의관도 죄다 엉망이 되어 있었다. 이제 청년들은 그 옷을 빨고 깁느라 화가 치민 어머니들로부터 심한 꾸중을 듣는 것은 물론, 당분간은 동네 곳곳에서 마주치는 다른 어머니들의 잔소리까지 각오해야 할 것이었다. 죄인들은 고집스레 턱을 쳐들고 일렬로 선 채 이제부터 당할 고초를 견디기 위해 마음을 다잡았다.

사실 프레스코트는 시민들 사이에 일어난 이 분쟁을 가혹하게 다룰 생각이 없었다. 그는 보다 심각한 사안에 정신을 쏟고 있었고, 결과만 두고 보면 이 사건은 거의 피해가 없다고 봐도 좋았다. 그는 미결수들을 일일이 불러내 난투극에서 한 짓에 대해 묻고 답변을 받아내되, 최대한 신속하면서도 합리적으로 처리하고 끝내버렸다. 젊은이들은 대개 자기가 한 짓을 솔직하게 밝히면서도 그 의도가 지극히 합법적이며 평화적이었음을 주장했다. 일이 그렇게 끝난 건 자신들의 잘못이 아니라는 얘기였다. 필립 코비저와 함께 선창에 있었던 몇몇 이들은 필립이 먼저 얻어맞지 않았으면 폭동으로 번질 이유도 없었을 거라고 설명했다. 오직 한 청년만이, 자신은 그날 저녁 가판대를 뒤집어엎은 일도 없거니와 수도원 쪽으로 강을 건너지도 않았다며 부산을 떨었다. 준법적인 시민들의 증언에 입각하건대, 폭동에 깊이 연루된 청년은 몇 되지 않는 듯했다.

안타까움보다는 분한 마음에 속을 끓이던 아버지들이 제 피붙이를 구제하느라 앞으로 나서서 순회재판에 참석하겠다는 서약과 함께 보석금을 지불했다. 절름발이 청년은 형식적인 설교를 들은 뒤 벌금 없이 풀려났고, 자신들은 당시 다른 데 있었다며 유난스레 억울함을 호소한 청년 둘은 그 사실이 확인될 때까지 하루 이틀 더 감방 신세를 져야 했다.

"됐군!" 프레스코트가 성마르게 손을 탁탁 털며 말했다. "이제 브리스틀의 토머스 씨 사건과 관련된 참고인만 남기고 나머지는 모두 내보내게. 필립 코비저도 데려오고."

일렬로 섰던 청년들은 애정은 깊으나 격노한 가족들의 손에 이끌려 양 떼처럼 밀려 나갔다. 이제 다들 집에 들어앉아 욱신거리는 머리와 쓰린 마음을 치료해야 할 것이고, 부인들은 화가 난 남편 앞에서 아들이 겪은 공포와 근심을 대신 쏟아내며 눈물을 짤 터였다. 에마는 동정이 가득한 눈을 동그랗게 뜨고 마지막으로 나가는 청년을 바라보았다. 그는 제 몸집의 반밖에 안 되는 자그만 체구의 어머니에게 귀를 붙잡힌 채 얼간이처럼 비명을 지르며 끌려 나가고 있었다. 가엾은 사람, 더 이상 다른 벌은 필요 없을 텐데. 이미 굴욕이란 벌을 받고 있지 않은가.

에마는 고개를 돌렸다. 제 친구들이 모여 있던 돌벽 한가운데 필립 코비저가 무섭도록 외롭게 서 있었다.

코비저는 양손으로 밧줄을 움켜잡고 반듯하게 서서 창처럼 목을 꼿꼿이 세우고 있었으나, 금방이라도 온몸의 살이 녹아내리고 뼈가 무너져 내릴 듯 심하게 초췌한 몰골이었다. 더할 수 없이 해쓱한 그 모습을 보고 캐드펠은 술이 약한 사람이 정제되지 않은 포도주를 퍼마셔 생긴 숙취 탓임을 금세 눈치챘지만, 에마는 끔찍한 부상과 마음의 고뇌 때문이라고 여기는 것 같았다. 그녀는 안색까지 창백해져서 안쓰러움 가득한 눈으로 자신과 아무 관련도 없는 청년을 바라보았다.

아무리 의연한 척하려 해도 필립의 몰골은 처량하기 그지없었다. 멋진 윗도리는 갈가리 찢긴 데다 온통 흙투성이였고, 왼쪽 귀 아래엔 핏자국이 얼룩덜룩했으며, 하의에는 토한 흔적이 보였다. 흐느적거리는 다리로 용감하게 버티고 있긴 했으나 영 불안해 보였다. 볕에 잘 그을린 구릿빛으로 반짝이던 얼굴은 면도도 못 해 담뱃재처럼 꺼칠하니 죽어 있다가, 구경꾼들 틈에서 끈기 있게 기다리고 있는 제 아버지를 발견한 순간 느닷없이 벌겋게 달아올랐다. 그는 더 이상 그쪽으로 눈길을 주지 않은 채 멍든 갈색 눈으로 줄곧 행정 장관만 응시했다.

자기 이름이 호명되자, 필립은 신경질적인 경계심을 드러내며 다소 큰 소리로 자신이 체포된 시각과 장소를 밝혔다. 당시 많이 취해 있던 터라 자신의 행적은 물론 체포된 정황조차 흐릿했으나 어떻게든 성실하게 대답하려고 노력하는 기색이었다.

몇몇 증인이 나서서, 그토록 불명예스럽게 끝나버린 모든 사태를 시작하고 주도한 이가 바로 필립이었음을 증언했다. 성난 청년들이 다리를 건넜을 때 그가 맨 앞에 서 있었고, 그의 신호에 따라 일부 청년들이 성문 앞으로 향했으며, 그 자신은 나머지 청년들을 데리고 강으로 내려가 물건을 하역하던 상인들과 큰 소리로 싸우기 시작했다는 얘기였다. 하지만 진술이 일치하는 것은 여기까지였으니, 그다음에 벌어진 일에 관해서는 증언이 크게 엇갈렸다. 어떤 이들은 청년들이 대뜸 물건을 강으로 집어던지기 시작했으며 필립은 그 난장판의 한가운데 있었다고 확언했다. 이 사건에 불만을 품은 한두 상인은 필립이 토머스를 공격해 소동이 시작되었다고 진술하기도 했다. 저마다 한마디씩 할 얘기들이 있었으므로, 휴 베링어는 한참을 기다렸다가 마지막 순간이 되어서야 자신이 데려온 증인들을 불러냈다.

"장관님, 현장 증인을 세우고 싶습니다. 토머스 씨의 조카딸인 에마 버놀드, 싸움을 말렸고 나중에는 강물에 빠진 물건들을 건져 올린 코볼드의 이보 코르비에르, 그리고 수도원의 캐드펠 수사입니다. 우선 버놀드 양의 증언부터 들어보시겠습니까?"

필립은 그때까지 에마가 와 있다는 것을 모르고 있다가 그녀의 이름이 나오자 몹시 흥분해서 주위를 두리번거렸다. 이윽고 에마가 행정 장관이 앉은 탁자로 머뭇머뭇 다가왔다. 필립의 양 볼에 짙고도 고통스러운 홍조가 떠오르는가 싶더니, 금세 커다란 파도처럼 그의 찢긴 옷깃 근처부터 적갈색 머리칼까지 퍼져갔다. 그는 그녀에게서 눈길을 거두었다. 보아하니 제 발이 딛고 선 바닥이 당장 갈라져 자신을 삼켜주길 바라는 듯했다. 다른 사람들한테야 어떻게 보이든 상관없지만 에마 앞에서만큼은 도무지 마음이 가라앉지 않는 모양이었다. 아버지가 자신 때문에 겪을 굴욕감을 헤아리면서도 이렇게까지 기가 꺾이진 않았다. 에마는 동정이 가득 담긴 눈길로 필립을 일별하고는 고개를 돌려 행정 장관을 똑바로 바라보았다. 행정 장관은 걱정스럽고도 께름칙한 표정으로 그녀의 눈길을 맞받았다.

"상황이 이런데 굳이 버놀드 양을 괴롭힐 필요가 있을까? 아가씬 출두하지 않아도 됐을 텐데. 우린 코르비에르 경과 수사님의 증언만으로도 충분하오."

"제가 오겠다고 했습니다." 에마는 작지만 침착한 목소리로 답했다. "누가 시켜서 온 게 아니에요. 저 혼자 결정한 일입니다."

"좋소, 아가씨 뜻이 그렇다면. 이 일과 관련해 여러 이야기가 오가고 있다는 건 아가씨도 잘 알 거요. 저 난동꾼들이 선창으로 내려가기 전까지의 정황은 논쟁의 여지가 없는 듯하니, 그 후의 일부터 얘기해보시오."

"저 젊은 남자가 주도자였던 건 사실입니다. 제 외숙이 가장 영향력 있는 상인처럼 보여서 그분과 대화해보려고 했던 것 같습니다. 협박을 한 건 아니었어요. 다만 자기들 마을이 현재 어려움에 처해 있으며, 수도원은 축일장의 특권을 모두 누리면서 지극히 적은 수수료만을 내고 있다고 했습니다. 그러면서 우리에게, 그러니까 장사하러 온 사람들 모두에게 요구했죠. 자치시의 권리를 인정하여, 임대료와 통행세를 수도원에 모두 바치는 대신 그

중 1할을 시에 내달라고요. 당연히 외숙은 귀담아들으려 하지 않았고, 오히려 특허장 조문을 내세우며 단호하게 대하셨습니다. 방해하지 말고 당장 가라고 하셨죠. 그런데도 말을 듣지 않자 외숙은 등을 돌려 저 남자를 떨쳐버리려 하셨습니다. 그때 저 남자가 무언가 더 말하려는 듯 외숙의 팔에 손을 얹었고, 그러자 외숙이 뒤돌아서며 들고 있던 지팡이로 저 사람을 후려쳤어요. 당신을 해치려는 줄 알고 그랬던 것 같습니다."

"그럼 저 청년은 그럴 의도가 없었다는 얘기요?" 행정 장관의 음성에는 놀라움이 담겨 있었다.

에마는 청년에게 잠깐 눈길을 던지고 이내 동의를 구하듯 캐드펠 수사를 바라본 뒤, 잠시 생각에 잠겼다가 입을 열었다. "네, 제가 보기엔 그렇습니다. 화가 치밀어 오른 것 같긴 했지만 악담을 하거나 행패를 부리지는 않았죠. 그런데도 외숙은 저 남자를 힘껏 때렸어요. 물론 놀라서 그랬겠지만요. 저 남자는 쓰러지더니 기절해버렸습니다." 그녀는 고개를 돌려 이번에는 필립에게 찬찬한 눈길을 주었다. 그 또한 그녀의 커다란 눈을 응시하고 있었다. "저 남자의 왼쪽 관자놀이가 바로 그 증거입니다." 아닌 게 아니라, 그의 텁수룩한 갈색 머리카락에 피딱지가 엉겨 붙어 있었다.

"그래서 저 청년이 앙갚음을 하려 들었소?" 프레스코트가 물었다.

"어떻게 할 수 있었겠어요?" 에마가 명쾌하게 되물었다. "거의 기절한 상태라 부축을 받지 않고선 일어설 수도 없었는데요. 상품을 강에 던지고 싸움을 시작한 건 다른 사람들이었어요. 캐드펠 수사님이 달려가서 저 남자를 일으킨 뒤 친구들에게 인계해 주었고, 그들이 저 남자를 데려갔죠. 분명히 말씀드리는데, 저 남자는 다른 사람의 도움 없이는 걸을 수도 없었어요. 아마 자기가 뭘 하고 있는지, 어쩌다 그 지경이 됐는지도 몰랐을 겁니다."

"그때야 그랬겠지." 프레스코트가 분별력 있게 대꾸했다. "하지만 저녁 늦게 정신이 들었을 테고, 본인도 시인했듯이 많이 취한 상태였으니 복수할 생각이 들었을 수도 있을 거요."

"그것에 대해선 제가 뭐라 말씀드릴 수 없네요. 어쨌든 제가 말리지 않았다면 외숙은 저 남자를 또 때려 치명상을 입혔을 겁니다. 하지만 외숙이 원래 그런 분은 아닙니다." 에마의 말투가 단호해졌다. "다만 그땐 너무도 놀라고 격분했던 거죠. 제가 말씀드린 내용에 대해서는 캐드펠 수사님께서 확인해주실 겁니다."

"모든 점에서 완벽하게 중립적이고 공정한 진술입니다." 캐드펠이 말했다.

"코르비에르 경은?"

"저도 덧붙일 말이 없습니다. 버놀드 양이 너무나 잘 설명했으니까요. 저 청년이 친구들의 도움을 받으며 사라지는 건 보았지만, 그 후에 어떻게 됐는지는 저로서도 아는 바가 없습니다. 하지만 여기 제 사람 하나를 데려왔습니다. 터스탠 파울러라고 합니다. 저 청년이 저녁 늦게 마시장 터 귀퉁이 술집에서 술을 마시고 있는 것을 이자가 보았다고 합니다." 이보는 화를 억누르며 덧붙였다. "물론 이자의 기억 역시 저 청년의 기억만큼이나 흐릿할 수밖에 없다는 점을 먼저 말씀드려야겠습니다. 이자가 곤죽이 되도록 취해 자빠진 것을 밤 11시가 넘은 시각에 발견했는데, 보아하니 몇 시간은 족히 그러고 있었던 것 같더군요. 우린 이자를 데려가 수도원 감방에 밤새 가둬두었습니다. 이제야 머리가 맑아져서 보고 들은 것이 기억난다니, 이자가 무어라 하는지 직접 들어보시면 좋을 듯합니다."

궁사는 비칠비칠 앞으로 걸어 나와서는, 여전히 머릿골이 당기는지 눈썹을 잔뜩 찌푸린 채 행정 장관을 올려다보았다.

"그래, 자네가 알고 있는 게 뭔가?" 프레스코트가 눈을 가늘게 뜨며 물었다.

"장관님, 사실 소인은 어젯밤 수도원 바깥으로 나가면 안 되었습니다요. 코르비에르 도련님께서 수도원 안에만 있으라고 지시하셨거든요. 하지만 도련님께선 저녁에 장터를 돌아다니실 테니 모험을 하기로 했죠. 그렇게 마시장 터 북쪽 귀퉁이에 있는 워트네 선술집에서 코가 비뚤어져라 부어댔습니다. 저 청년도 거기에 있었어요. 관록 있는 애주가인 소인 뺨치게 엄청 마셔대더구먼요. 술집은 복작댔고, 술고래들은 소인 말고도 많았습니다요. 저 청년은 다친 머리를 만지면서, 자길 때린 사람에 대한 적개심으로 불을 뿜고 있었습죠. 그날 밤에 그 영감탱이를 끝장내겠다며 이를 갈았어요. 제가 드릴 얘기의 알맹이는 이것뿐입니다요."

"그게 몇 시였나?" 프레스코트가 물었다.

"소인이 그때까진 제 발로 서 있었고 정신도 맑았으니까, 늦은 시각은 아니었을 겁니다요. 아마 8시에서 9시 사이쯤? 전 에일에서 포도주로 갔다가 거기서 다시 독주로 갔는데, 마지막에 마신 그놈의 독주 때문에 완전히 뻗어버리고 말았습니다요. 그것만 안 마셨더라면 도련님께서 돌아오시기 전에 숙소로 돌아가 있었을 텐데요. 그러면 돌바닥에서 하룻밤 자는 일도 없었을 것이고요."

"자업자득이지." 프레스코트는 차갑게 말했다. "아무튼 자넨 정신을 잃고 곯아떨어졌다는 얘기군. 그게 언제였나?"

"글쎄요, 9시쯤일 겁니다요. 그 뒤론 몇 길인지도 모를 깊은 잠에 빠져들었습죠. 술집에 있던 것까지는 기억이 나는데, 이후로는 영 생각이 안 나요. 제가 어디서 발견되었고 누가 발견했는지는 다른 사람들이 말해줄 겁니다요."

그 순간 캐드펠 수사의 머리를 불현듯 스쳐 지나가는 생각이 있었다. 필립이 입장한 이후부터는 토머스가 시체가 된 채 성에 안치되어 있다는 사실에 대해 한마디 언급도 없이 심문이 진행되고 있다는 사실이었다. 물론 행정 장관이 고아가 된 에마의 상태를 적절히 고려해 동정 어린 어조로 그녀를 대했다는 점, 더하여 토머스 자신이 이 자리에 없다는 점이 그의 상태에 대한 암시가 될 수는 있었다. 그러나 그의 사업과 관련해 이번 축일장이 갖는 중요성을 감안하면 그의 부재는 이해할 만한 일이니 정말 예리한 사람이 아니고서는 이 청문회에서 그가 죽었다는 결론을 이끌어내기란 힘들 터였다. 필립은 밤새 감방에 있다가 끌려 나왔고, 과음한 탓에 정신까지 맑지 못한 상태였다. 머리는 깨지고 마음은 쓰릴 것이니 무슨 얘길 들어도 그 의미를 놓치지 않고 파악하기란 불가능하리라. 누구도 고의적으로 덫을 놓지 않았으나, 그럼에도 덫이 존재하는 셈이었다. 그리고 그 덫은 한순간 빛을 내면 튕겨 오를 터였다.

"그래, 토머스 씨를 겨냥한 협박을 들었다고 했지." 프레스코트가 말했다. "그 협박을 실행으로 옮기려면 상인이 자기 배로 돌아가겠다고 혼자서 부스에서 나간 지 한 시간 이내에만 가능했겠군."

이야기가 덫의 용수철을 향해 점점 가까이 다가가고 있었다. 그러나 아직 다 온 건 아니었다. 필립은 여전히 얼굴을 찡그린 채였다. 주위 사람들이 온통 웨일스어로 떠들고 있는 양 그의 얼굴에 체념과 당혹감이 서렸다. 캐드펠 수사가 용수철의 버팀대를 날려버려야 할 순간이었다.

"우리가 받은 마지막 보고에는 그 상인이 '살아' 있었습니다." 캐드펠은 분명하게 말했다.

이는 한동안 아무것도 느껴지지 않다가 서서히 고통과 상처가 온몸으로 퍼져가는 가느다란 검의 일격과도 같았다. 필립은 고개를 든 채 멍하니 입만 벌렸다. 그 멍든 눈은 이 상황을 도무지 이해하지 못하겠다는 듯 둥그렇게 열려 있었다.

"잊지 말아야 할 것이 있습니다." 캐드펠은 재빨리 말을 이었다. “우리가 상인이 사망한 시각을 모른다는 사실입니다. 시신은 그날 밤 난동을 피운 청년들이 모두 잡혀 들어가고 정직한 사람들은 모두 잠자리에 든 이후 어느 때라도 강에 던져질 수 있었습니다.”

주사위는 던져졌다. 캐드펠은 자신이 내던진 발언으로 죄와 무죄의 문제가 해결되리라 기대했다. 적어도 그 자신은 분명하게 알 수 있을 터였다. 그러나 말을 뱉어낸 지금도, 청년이 토머스의 죽음에 대해 모르고 있었는지 도무지 확신할 수가 없었다. 저렇게 입을 꾹 다문 채 그의 의미심장한 발언에 귀를 기울이는 모습으로 보아서는 절대로 알 수 없는 노릇이었다. 만일 저 젊은이가 살인 사건에 연루되어 있다면, 그는 오늘 저녁의 공연 준비에 열을 올리고 있을 순회공연단의 그 누구보다도 나은 배우일 게야. 캐드펠은 생각했다. 그때 덜 익은 밀가루 반죽 같던 해쓱한 얼굴이 석고처럼 굳어지면서, 입을 열려던 필립이 반쯤 뱉던 말을 꿀꺽 삼키고 긴 한숨을 들이켰다. 그는 등을 꼿꼿이 세우더니 커다래진 눈을 행정 장관에게로 돌렸다. 그 표정으로 보아서는 죄가 없었다. 그러나 절박하다면 어떤 표정이든 꾸며낼 수 있겠지.

“장관님.” 필립은 간신히 목소리를 되찾아 다급히 물었다. “그게 사실입니까? 토머스 씨가 죽었다고요?”

“자네가 알고 있었든 몰랐든, 사실이네.” 프레스코트는 차갑게 말했다. “그 상인은 사망했네. 지금 우리가 여기 모인 것은 토머스 씨의 사망 경위를 밝히고자 함일세.”

"강에서 건져냈다고 저 수사님이 말씀하셨는데, 그럼 익사했다는 말입니까?"

"그걸 알면, 자네가 우리한테 알려주게."

갑자기 청년이 행정 장관에게서 몸을 돌리더니 다시 한번 깊은 숨을 들이켜곤 에마를 똑바로 바라보았다. 프레스코트가 말을 하는데도 그는 그녀에게서 눈길을 떼려 하지 않았다. 그에게 신경이 쓰이는 것은 오로지 에마의 판결뿐이었다.

"아가씨, 맹세합니다, 난 당신 외숙을 절대 해치지 않았어요. 친구들에게 이끌려 선창에서 나온 뒤로는 그분을 본 적이 없습니다. 그분에게 무슨 일이 닥쳤는지도 몰랐고요. 지금 친척을 잃은 당신을 보며 내가 얼마나 안타까워하는지 하느님은 아실 겁니다. 믿어주세요, 만에 하나 그분과 내가 다시 만나 싸우게 되었다 해도 난 그분 몸에 손 하나 대지 않았을 겁니다. 그분이 당신의 친척이라는 걸 아는 이상 말이지요."

"하지만 자넨 그 양반을 가만두지 않겠다고 떠벌렸다면서." 행정 장관이 말했다.

"그런 소리를 지껄였을지도 모르죠. 술도 약한 주제에 술로 마음을 달래려 했으니, 제가 바보였습니다. 그때 무슨 말을 했는지는 전혀 기억이 나지 않아요. 전 비통하고 쓰라린 심정이었습니다. 제가 하려고 마음먹은 일이 올곧은 일이었음에도 불구하고 실패로 돌아가고 말았으니까요. 모두 쓸데없는 짓이 돼버린 겁니다. 하지만 전 아닙니다. 말로는 뭐라 떠벌렸을지 몰라도 절대로 행동으로 옮기지 않았어요. 그 소란 이후로는 그분을 보지도 못했고요. 술집에서 전 포도주를 마시고 속이 좋지 않아 강변으로 나갔습니다. 그러곤 선창에서 멀리 떨어진 곳에 한참 드러누워 있다가 시내로 돌아왔죠. 제가 문제를 일으켰다는 건 인정합니다. 저에 대해 어떤 말을 하셔도 다 받아들이겠습니다. 한 가지만 빼고요. 버놀드 양, 난 아가씨의 외숙께 어떤 상해도 입히지 않았어요. 하느님도 알고 계십니다. 말해주세요, 날 믿는다고!"

에마는 곤혹스러운 눈으로 청년을 응시하며 입술만 달싹거렸다. 그렇다고도, 아니라고도 말하기 난처한 상황이었다. 무엇이 진실이고 무엇이 거짓인지 그녀가 어떻게 알겠는가?

"이 아가씬 내버려두게." 행정 장관이 급하게 나섰다. "지금 자네가 납득시켜야 할 사람은 바로 우리야. 이 문제는 더 깊이 파고들어봐야겠군. 명확히 밝혀진 바는 아무것도 없지만 어쨌거나 자넨 매우 중대한 혐의로 여기 와 있고, 자넬 어떻게 할 것인지 결정하는 건 내 일일세."

"장관님." 크나큰 유혹에도 불구하고 그때껏 입을 굳게 다물고 있던 시장이 마침내 나섰다. "장관님이 얼마를 요구하시든 제 아들놈의 보석금을 부담할 준비가 되어 있습니다. 재판 때나 그 전에라도 심문할 것이 있으면 언제라도 아들은 소환에 응할 것임을 제가 보증합니다. 지금까지 제 명예가 의심받은 적은 단 한 번도 없으며, 제 아들 또한 다른 건 몰라도 약속 하나만큼은 분명히 지키는 아이로 알려져 있어요. 그러니 여기서 약속을 하면 굳이 제가 뭐라 하지 않더라도 자기가 알아서 지킬 겁니다. 제 아들을 보석으로 풀어주십시오."

"약속 같은 건 없소." 프레스코트는 단호하게 말했다. "이건 너무나 중차대한 문제요. 당신 아들은 감옥에서 지내게 될 거요."

"장관님, 그러면 제 집에 가둬두셔도 되잖습니까. 이 아이 엄마가……."

"그만하시오. 안 된다는 걸 왜 모르시오. 당신 아들은 이곳에 구류될 거요."

"이 사건과 관련해서 저 청년에게 불리한 점은 아무것도 없습니다. 지금까진 말이죠." 코르비에르가 너그럽게 제안했다. "지금으로서는 청년이 악담을 하는 걸 들었다는 제 종복의 증언밖에 없지 않습니까. 커다란 축일장과 같이 사람이 모이는 곳에는 도둑들이 있기 마련이고, 그런 놈들은 혼자 외떨어져 있는 사람을 보면 옷가지를 노리고 뒤에서 습격해 죽일 수도 있습니다. 그 시신이 알몸 상태라는 것은 금품을 노린 야비하고 우발적인 범행에 더 가깝다는 뜻 아닐까요? 원한을 품은 자가 무엇에 쓰겠다고 옷가지까지 가져가겠습니까? 그냥 금품만 빼앗고 말겠죠."

"맞는 말이오." 프레스코트가 동의했다. "하지만 원한 때문에 살인을 했다 해도 옷을 없애버리는 게 현명하겠지. 단순 강도의 소행으로 보이게 해서 관심을 다른 데로 돌리려면 말이오. 이 사건은 아직 캐봐야 할 것이 많으니 필립 코비저를 당분간 이곳에 구류시키는 편이 좋겠소. 시장 양반, 당신 아들을 풀어주는 건 내 임무에 대한 의무가 아니오." 행정 장관은 손짓과 함께 지시를 내리며 말을 맺었다. "데리고 나가게!"

창끝이 심상찮게 옆구리를 찌르고 들어오는데도 필립은 느릿느릿 주춤거리며 움직였고, 심지어 걸어 나가는 순간까지도 턱을 돌려 고민과 의혹에 찬 에마의 얼굴에 눈길을 보냈다. 간수에게 붙들린 채 끌려 나가는 순간 그가 외쳤다. "난 그분 몸에 손가락 하나 대지 않았어요. 제발 날 믿어줘요!" 그 말과 함께 청문회는 끝났다.

*

그들은 홀 안의 어둠에서 풀려나 반갑게 광장의 공기를 들이마셨다. 로저 도드는 줄곧 주위를 빙빙 돌며 굶주린 눈으로 에마를 바라보고 있었다.

"아가씨, 제가 배까지 모실까요? 아니면, 부스로 곧장 가시겠습니까? 워린을 도와주라고 그레고리를 그리로 보냈습니다만, 손님이 많이 들어서 지금쯤 애를 먹고 있을 겁니다. 아가씨가 원하는 게 그거 아닙니까? 주인어른이 계신다고 생각하고 장사를 하는 거요."

"그래, 그게 내가 원하는 거지." 에마는 단호하게 말했다. "외숙이 살아 계실 때처럼 하는 것 말이야. 로저, 자넨 마시장 터로 곧장 돌아가. 난 보좌관님 부인과 함께 수도원에서 머물 테니까. 캐드펠 수사님이 그곳까지 날 데려다주실 거야."

로저는 고개 숙여 인사하더니 뒤도 돌아보지 않고 떠났다. 그러나 고집스럽고 뻣뻣한 그의 뒷모습은 그 가무잡잡한 얼굴과 쓰라림에 타오르는 듯한 눈에서 풍기던 강렬함을 재차 상기시켰다. 그의 뒷모습을 눈으로 좇으며, 에마는 자기도 모르게 한숨을 길게 내쉬었다.

"로저가 좋은 사람이라는 건 저도 알아요. 하인으로서도 훌륭하죠. 여러 해 동안 외숙 곁에서 충성을 다했고, 이제 제게도 그럴 테니까요. 전 로저를 존경해요. 아니, 그래야만 해요! 그가 내 사랑을 갈구하지만 않는다면 로저를 좋아할 수도 있을 거예요."

"새삼스러운 문제도 아니군." 캐드펠은 안됐다는 듯 말했다. "번개도 치고 싶은 곳에서 치는 법이지. 또 한쪽이 달아오르면 한쪽은 싸늘해지기 마련이고. 거리를 두는 것만이 유일한 치유책이오."

"제 생각도 그래요." 에마는 강한 어조로 말을 이었다. "수사님, 전 배에 가봐야 해요. 필요한 옷가지며 물건들을 챙겨야죠. 저와 함께 가주실 거죠?"

에마에겐 지금이 기회였다. 워린과 그레고리는 부스에서 손님들과 씨름하는 중이고, 로저 또한 그리로 가는 길이다. 이 순간 선창 옆에 무심히 떠 있는 배 안에 그녀의 평화를 방해할 사내는 아무도 없었다. 수도승과 함께이긴 하지만 그는 방해가 될 존재가 아니었다. “난 당신이 원하는 것은 무엇이든 도와주라는 명을 받고 나왔소.”

캐드펠은 이보 코르비에르가 홀에서 나와 에마에게 오지 않을까 생각했다. 그녀 또한 그를 기다리는 듯했으나 결국 그는 나타나지 않았다. 아마도 이보는 자신이 구애하는 아가씨와 수도승 수행원까지 셋이 함께 있는 자리가 의미 없다고 판단한 모양이었다. 수행원이 자신의 임무를 내세우며 자리를 비켜주려 하지 않을 게 뻔하니 말이다. 그 판단력과 자제심이라니, 참으로 탄복할 만했다. 아직 축일장은 이틀이나 더 남았고, 수도원 광장은 그리 넓지 않으니 우연이든 아니든 내방객들끼리 하루에도 열두어 번은 마주칠 수 있을 것이었다.

에마는 가는 길 내내 입을 꾹 다물고 있었다. 두 사람이 성문 그림자를 벗어나 다시 햇살 가득한 곳, 저 멀리서 반짝이며 흘러드는 강이 보이는 자리로 나올 때까지도 아무 말이 없었다. 그러다 어느 순간 그녀가 입을 열었다. “그 남자를 위해 그렇게 사려깊게 말씀해주시다니, 코르비에르 님은 참 훌륭하세요.” 그 말 뒤에 숨은 뜻을 파악하고자 캐드펠이 슬쩍 눈길을 돌리는 순간, 그녀의 얼굴에 홍조가 번졌다. 운수 사나운 청년 필립이 제 부끄러운 행동을 목격하고 있던 그녀를 보며 얼굴을 붉혔던 것처럼 말이다.

“참 양식 있는 처사였지.” 캐드펠은 짐짓 아무것도 모르는 척 대꾸했다. “의심은 가지만 아직 아무 증거도 없는 건 사실이니까 말이오. 당신 또한 그렇게 관대하게 증언해줬으니, 그 청년으로선 감동하지 않을 수 없었을 거요."

홍조는 더 짙어지는 대신 어느새 밝은색을 띠었다. 너무나 앳되어 보이고 때 묻지 않은 그 비단결 같은 상앗빛 얼굴이 장밋빛으로 곱게 물들어 있었다.

"아니에요. 전 진실을 말했을 뿐인데요. 누가 시켰어도 거짓말은 못 했을 거예요." 그 말 또한 진실이었다. 평생 그녀의 용기와 순수함은 그 무엇으로도 더럽혀진 적이 없었으리라. 캐드펠은 고아가 된 이 젊은 여인에게 강한 애정을 느끼기 시작했다. 그녀는 자기 몫의 짐을 겁내지도 불평하지도 않고 받아들이며, 타인의 짐 역시 열린 마음으로 바라보는 사람이었다. "그 남자 아버지가 안됐어요." 그녀가 말을 이었다. "그렇게 점잖고 존경받는 분의 요청이 거절당하다니. 게다가 아내분 얘기까지 하셨는데……. 어머니는 아마 걱정으로 제정신이 아닐 거예요."

두 사람은 다리를 건너 잔디가 깔린 길로 접어들었다. 무덥고 부산한 시기를 맞아 거의 벗겨질 정도로 짓밟힌 그 길은 강변 쪽으로 길게 펼쳐진 게이 초원의 밭과 과수원으로 이어졌다. 토머스가 두고 간 배는 선창 한쪽 끝 초록빛 강둑에 바싹 안겨 있었다. 선창에선 짐꾼 한두 명이 배에서 이제 막 하역한 물건들을 나르는 중이었다. 그들은 가판대를 가득 채울 물건을 어깨에 멘 채 터벅터벅 길로 올라왔다. 햇살이 내리쬐는 강변은 초록빛과 파란빛을 뿜었고, 늦여름의 꽃송이들 사이로 술 취한 듯 바삐 오가는 벌들의 소리뿐 사위는 고요했다. 다리 그늘 아래서 조각배에 외로이 앉아 있는 낚시꾼을 빼면 인적도 거의 보이지 않았다. 낚시꾼은 셔츠와 타이츠만 입은 채였다. 떡 벌어진 어깨에 가시 같은 검은색 곱슬머리, 검은 수풀 같은 턱수염을 가진 느긋한 사내, 다름 아닌 로드리 압 휴였다. 자기 하인들이 잉글랜드어를 쓰는 손님들을 상대로 장사를 잘해내고 있으리라 믿는 걸까? 아니면 가져온 물건들을 벌써 다 팔고 나온 걸까? 다리 밑 아치 길목에서 물살을 따라 미끼를 넣고 이따금씩 손목을 까닥이며 졸린 듯 행복한 듯 영원의 시간 속에 머물면서도, 그는 반쯤 감긴 눈꺼풀 밑의 예리한 눈으로 주변에서 일어나고 있는 일을 어느 하나 놓치지 않고 지켜보는 중이었다. 과연 어디에나 출몰할 수 있으며, 동시에 어디에서든 초연한 태도를 잃지 않는 재능을 지닌 자였다.

"얼른 짐을 챙겨 올게요." 에마가 바지선 측면에 한 발을 올리며 말했다. "어젯밤 콘스턴스가 필요한 걸 빌려주긴 했지만, 거지처럼 지낼 순 없잖아요. 같이 올라가실래요? 수사님이라면 환영이에요! 대접할 것이 없어서 죄송하지만요." 그녀의 입술이 떨렸다. 그 순간 캐드펠은 그녀의 마음이 알몸으로 성에 누워 있는 외숙에게 가 있음을 알았다. 그녀가 존경하고 의지했던 사람, 그 강인함과 자신감의 그늘 아래 어쩌면 영원히 살 수 있으리라 느꼈을 그 사람에게로 말이다. "외숙은 어제 수사님에게 포도주를 따라드리라고 하셨죠. 수사님은 그걸 거절하셨고요."

"시간이 있었으면 사양하지 않았을 텐데." 캐드펠은 나직한 목소리로 답한 뒤 갑판 위로 민첩하게 뛰어올랐다. "가서 필요한 걸 챙겨요. 기다리고 있을 테니."

배 내부는 잘 정리되어 있었다. 고물 쪽 선실은 천장이 좀 낮았지만 폭은 선체의 폭과 동일했다. 에마는 단정한 머리를 숙이고 선실 안으로 내려가는 계단을 밟았다. 그 안에 그녀와 토머스의 숙소가 있을 터였다. 넉넉한 규모는 아니라 해도, 낯설고 불안한 여행의 환경에서는 충분히 아늑한 공간이었으리라. 그러나 평생의 보호자가 없어진 지금, 바로 위 바깥 갑판에 세 명의 사내가 있는 상황에서는 그곳에서 긴장 없이 잠들기란 어려울 것이었다. 게다가 사내 하나는 희망도 없는 깊은 사랑에 빠져 있었다. 외숙은 자기 아랫사람의 눈길 같은 것에 그리 신경 쓰지 않았을지도 모른다.

에마가 갑자기 튕기듯 선실 입구로 나왔다. 그녀의 눈엔 충격과 경악이 어려 있었으나 표정은 여전히 침착했고 목소리도 그리 높지 않았다. "누군가 여길 다녀갔어요! 배에 남아 있던 것들에 손을 댔고요. 제 리넨 옷과 외숙의 옷은 물론, 배 안에 있는 짐이란 짐은 전부 뒤졌어요. 상상도 못 한 일이에요, 수사님! 제가 없는 사이 이렇게 샅샅이 뒤져놓다니. 와서 보세요!"

캐드펠은 즉시 물었다. "없어진 것이 있소?"

에마는 여전히 이 뜻밖의 상황에 정신을 빼앗긴 채 있는 그대로 답했다. "아니요!"

3

캐드펠이 보기엔 배 안의 모든 것, 특히 좁은 선실 내부는 그야말로 흠잡을 데 없이 정돈되어 있었지만, 그렇다고 에마가 잘못 판단한 것 같지는 않았다. 이런 여행이 벌써 세 번째인 그녀는 비좁은 공간을 최대한 활용하는 데 익숙했으며, 자신이 개고 챙겨놓은 모든 물건의 상태를 정확히 알고 있었다. 접어둔 물건의 어느 한쪽이 흐트러져 있거나, 간이침대 밑에 깔끔하게 정리한 수납함의 귀퉁이가 하나만 틀어져 있어도 누군가의 손을 탄 모양이라 생각하고 긴장하기에 충분했다. 그 손의 임자가 누구이건, 선실 안을 깔끔하게 다시 정리해놓다니 실로 가상할 정도였다. 이는 침입자에게 주어진 시간이 아주 넉넉했으리라는 사실을 뜻했다. 하지만 에마는 도둑맞은 게 전혀 없다고 자신 있게 이야기하지 않았는가.

"확실한 거요? 아직 전부 살펴보지 못했을 텐데. 휴 베링어에게 보고하기 전에 꼼꼼하게 다시 둘러보고 확인해보시오."

"꼭 보고를 해야 할까요?" 에마는 약간 놀란 목소리로 물었다. 난처해하는 것도 같았다. "아무 피해도 없잖아요. 다른 문제만으로 다들 이미 힘드실 텐데요."

"그렇지만 모든 게 너무 잘 맞아떨어지는 것 같지 않소? 당신네 외숙이 살해되었고, 이번엔 누군가 배를 샅샅이 뒤졌고……."

"글쎄요, 이 일은 외숙 일과는 아무 관련도 없을 것 같아요." 에마는 재빨리 대꾸했다. "평범한 도둑의 소행 아닐까요?"

"평범한 도둑이 아무것도 가져가지 않았다? 더구나 값나가는 것들이 잔뜩 있는데도?"

"중간에 방해를 받았다거나……." 그러나 에마는 목소리를 떨며 말끝을 흐렸다.

"그렇게 보이오? 내 보기에 그자는 대단히 여유롭게 여기 물건들을 다 뒤져본 것 같은데. 게다가 깔끔하게 정리까지 해놓은 것을 좀 보시오. 그래놓곤 제 몸만 빠져나가는 걸로 만족했다?" 그렇다면 왜? 찾던 물건이 없었던 걸까?

에마는 의심스럽다는 듯 입술을 깨물고는 생각에 잠겨 주위를 둘러보았다. "이 일을 보고해야 한다면……. 그래요, 수사님 말씀이 맞아요. 제가 너무 서둘렀나 봐요. 다시 잘 살펴봐야겠어요.

이야기가 성립되지도 않는 걸 가지고 보고해봐야 아무 소용 없을 테니까요."

에마는 쪼그리고 앉아 수납함 두 개를 열더니 능숙한 솜씨로 옷가지를 모두 꺼내 침대 위에 늘어놓았다. 서두르는 기색은 없었다. 손댄 흔적이 뚜렷하다 싶은 옷은 펼쳐본 뒤 자기 마음에 드는 모양으로 다시 개켜놓기까지 했다. 그 일을 마치고도 그녀는 계속 쪼그린 채로 이맛살을 찌푸리며 생각에 잠겨 있다가 캐드펠을 올려다보았다.

"그래요, 가져간 것들이 있긴 해요. 하지만 너무 교묘하네요. 전혀 눈치채지 못할 정도로 작은 물건들이거든요. 금 버클이 달린 제 허리띠 하나가 사라졌어요. 은 목걸이 하나랑 금장식이 달린 장갑 한 켤레도요. 8월에 웬 장갑이냐고요? 여기 오는 길에 글로스터에서 한 켤레 샀거든요."

"외숙 물건은 어떻소?"

"다 그대로인 것 같아요. 어쩌면 돈이 조금 없어졌을지도 모르겠네요. 어쨌든 지금 여기엔 동전 하나 안 보이니……. 하지만 금고는 부스에 두었어요. 그분은 여행길엔 귀중품도 가지고 다니지 않으시죠. 늘 끼던 반지만 빼고요. 저도 여기 오는 길에 사지 않았더라면 그런 귀중품 따윈 없었을 거예요."

"기회를 틈타 겁도 없이 배에 침입한 놈이라면 소맷자락이나 바랑에 숨겨갈 수 있는 작은 물건들만 챙겼겠지. 그게 현명한 행동이기도 하고. 당신 외숙의 겉옷이며 셔츠를 잔뜩 안고 뭍에 올랐다면 사람들의 눈길을 끌지 않을 수 없었을 테니 말이오."

"이렇게 사소한 물건들만 없어졌는데 굳이 휴 베링어 님이나 장관님을 귀찮게 해야 할까요?" 에마는 망설이듯 입술을 삐죽였다. "그러면 너무 죄송할 것 같아요. 그러잖아도 여러 중대한 문제들로 정신이 없는 상황이잖아요. 이건 흔하디흔한 좀도둑질에 불과해요. 한동안 배가 텅 비어 있었으니 소심한 도둑들의 표적이 될 만도 하죠."

"하지만 신고해야 하오." 캐드펠이 단호하게 말했다. "외숙의 죽음과 관계가 있는 일인지 아닌지는 법의 판단에 맡깁시다. 그건 우리가 단정 지을 수 있는 문제가 아니니까요. 자, 우선 가져갈 것들을 챙기시오. 그런 다음 같이 가서 장관님을 찾아봅시다. 이 시간에 그 양반을 찾을 수 있을지는 모르겠지만."

에마는 새 가운과 튜닉, 스타킹, 슈미즈, 그리고 여자들에게 필요한 수수께끼 같은 소지품들을 침착하게 챙겼다. 캐드펠은 그 차분한 태도에 탄복하면서도 약간의 의구심을 느꼈다. 누군가 자기 물건에 손을 댔다는 사실을 알고 놀라다가도 너무나 신속하고 냉정하게 그 상황을 받아들이는 데다, 값나가는 물건을 잃었음에도 지극히 초연해 보이지 않는가. 게다가 에마는 웬일인지 이 일을 외숙의 죽음과 별개의 사건으로 떼어놓기 위해 애를 쓰는 것 같았다. 마침 그녀가 다시 그 이야기를 꺼냈다.

"어쨌든 말예요." 에마는 옷가지들을 끌어모아 가운 자락에 싼 뒤 벌떡 일어서며 말했다. "이 일에 그 시장님 아들이 관계됐다고는 누구도 주장하지 못하겠군요. 그 사람은 지금 감옥에 들어가 있으니까요. 이번엔 장관님 자신이 그 남자의 증인인 셈이에요."

*

휴 베링어는 적어도 아내와 함께 저녁을 먹는 동안만큼은 사건에 대해 생각하지 않기로 했다. 다행히 축일장 첫날인 오늘은 사고나 소동, 싸움, 사기나 바가지 씌우기, 공정가격 위반 따위의 일이 발생하지 않았다. 마치 어젯밤 소동과 끔찍한 살인 사건이 다른 사기꾼들이나 범법자들의 기를 죽여놓기라도 한 걸까? 거래는 매우 활발했고, 수도원은 임대료와 통행세로 높은 수익을 올렸으며, 장사도 밤까지 무사히 이어질 것 같았다.

"양모사를 좀 샀어요." 얼라인도 오늘의 쇼핑이 만족스러운 모양이었다. "아주 질 좋은 모직 천도 샀고요. 너무 부드러워요. 한번 만져봐요! 콘스턴스는 캐드펠 수사님이 돕고 있는 웨일스 상인 가게에서 아름다운 양털을 두 꾸러미 골랐대요. 직접 실을 자아 아기 옷을 만들겠다나요. 요람은 못 샀어요. 마틴 벨코트네 물건만큼 좋은 게 없더라고요. 그 사람한테 하나 맞춰야겠어요."

"그 아가씨는 아직 안 돌아왔어요?" 휴가 물었다. "나보다 한참 전에 성에서 나갔는데."

"아마 소지품을 챙기러 배에 갔을 거예요. 어젯밤엔 아무것도 없이 지냈잖아요. 벨코트네 가게에도 들를 거랬어요. 외숙의 관을 짜려나 보더라고요."

"볼일은 다 봤을 텐데. 마틴이 그 일 때문에 성에 들른 걸 보고 나왔거든. 해가 저물기 전에 시신을 이곳 예배당으로 옮겨 온댔어요." 이어 그는 깊은 인상을 받은 듯 덧붙였다. "에마는 참 강하고 마음씨 고운 사람이더군요. 코비저 댁 그 멍청한 아들놈이 가해자로 몰리지 않도록 애를 쓰더라니까. 그 집 아들은 예의 바르게 항의를 했는데 외숙이 퉁명스럽게 나왔다고 아주 정직하게 증언하더라고요. 그래서 그가 상인의 몸에 손을 대는 실수를 저질렀다가 정 맞은 황소처럼 쓰러졌다고 말이에요."

"그 청년은 뭐래요?" 얼라인은 애정이 담긴 손길로 부드러운 천을 쓰다듬다가 고개를 들며 물었다.

"그 뒤로 토머스 씨와 만난 적이 없고, 그의 죽음에 대해서도 당신이나 나만큼이나 아는 게 없다더군. 코르비에르의 매부리가 증인으로 나왔는데, 엊저녁 늦게 워트네 술집에서 코비저 아들이 복수하겠다며 이를 가는 걸 보았대요. 누가 알겠어요! 제아무리 순한 양도 열 받으면 받아치려고 달려드는 법이니. 게다가 그 녀석은 순한 양도 아니니……. 아, 그런데 시신의 등에 난 칼자국 말이지, 난 그게 어쩐지 의심스러워요. 성문에서 체포했는데, 코비저는 칼을 소지하고 있지 않았거든. 혹시 코비저가 그런 걸 가지고 다니는 걸 본 적이 있는지 그 녀석 친구들한테 물어봐야겠어요."

"에마가 오네요." 얼라인이 남편의 어깨 너머로 문 쪽을 바라보며 말했다.

에마는 보따리를 안은 채 쾌활하게 들어왔다. 캐드펠 수사도 함께였다. "늦어서 죄송해요. 사정이 있어서요. 안 좋은 일이 생겼거든요. 아, 그렇게 심각한 일은 아니에요. 큰 피해도 없고요. 하지만 수사님은 꼭 말씀드려야 한다고 하시네요."

캐드펠은 나서지 않고 조용히 뒤에 서 있었다. 에마가 자기 식으로 얘기하게끔 내버려둘 심산이었다. 잃어버린 물건들에 큰 관심이 없었기에 그녀의 말투는 대단히 무덤덤했다. 그렇지만 분실물에 대한 설명은 한 마디 한 마디 모두 캐드펠에게 말했던 그대로였고, 심지어 그 자세한 모습에 대한 묘사는 아까보다 더 상세했다. "그런 시시한 것들을 도둑맞은 일로 귀찮게 해드리고 싶진 않았어요. 더할 수 없이 큰 것을 잃은 마당에 허리띠며 장갑 따위 없어진 게 무슨 대수일까요. 수사님이 고집하셔서 말씀드리는 거예요."

"캐드펠 수사님이 옳습니다." 휴 베링어가 날카롭게 말했다. "아가씨도 들으면 놀랄 일인데, 오늘은 도난이나 사기 신고가 단 한 건도 들어오지 않았어요. 그런데 오직 아가씨 외숙과 관련해서만 안 좋은 일이 연달아 터지고 있으니, 이게 과연 우연일까요?"

"그렇게 생각하실 줄 알았어요." 에마는 답답한지 한숨을 내쉬었다. "하지만 오늘 우리 배가 오후 내내 비어 있던 건 순전히 우연이었어요. 로저까지 증언 요청을 받는 바람에 그렇게 된 거죠. 사람 없이 비워둔 배가 우리 배 말고 또 있었을지 저로선 의심스럽네요. 게다가 좀도둑들은 그런 정보를 알아내려고 혈안이 되어 있잖아요. 그들은 기회를 잡아 가져갈 수 있는 것들을 가져갔을 뿐이에요."

빈틈없는 지적이었다. 에마는 자신의 주장에 유리한 근거를 절대로 놓치는 법이 없는, 타고난 논쟁가였다. 캐드펠은 침묵을 지키고 있었다. 이 문제를 놓고 휴 베링어와 얘기해볼 시간이 있겠지만 지금은 아니었다. 대답이 꼭 필요한, 그러나 에마에게 직접 물어볼 수 없는 질문이 있었다. 그녀는 도대체 무슨 목적으로 이렇게 나오는 것인가? 에마의 영리함은 타고났다. 더하여 환경에 의해 하루가 다르게 늘어가고 있다. 그런 그녀가 왜 이러는 것일까? 왜 이 사건을 축소시켜 토머스 씨 살해 사건과 아무 관련도 없는 것으로 만들려고 안간힘을 쓰는 것인가? 왜 처음엔 없어진 게 아무것도 없다고 했을까? 왜 이 일이 별일 아니라고 저토록 열심히 주장하는 걸까?

결의에 찬 그 동그란 얼굴과 휴의 탐색하는 듯한 시선에 당당하게 응하는 그 맑은 눈을 유심히 뜯어보면서 캐드펠은 생각했다. 이 아가씨는 착하고 정직한 사람이야. 사기꾼이나 거짓말쟁이일 리가 없어.

"내가 여기 더 있을 필요는 없는 것 같군." 캐드펠이 말했다. "에마가 모두 설명할 거요. 저녁 시간도 가까워오고 수도원장님과 나눌 얘기도 있고 하니 난 먼저 가봐야겠소. 휴, 이따 저녁 식사 후에 봅시다."

*

라둘푸스 수도원장은 훌륭한 경청자였다. 행정 장관이 주도한 심리에서 있었던 일이며 배에서 벌어진 뜻하지 않은 일까지, 캐드펠 수사가 이야기하는 동안 그는 단 한 번도 첨언하거나 질문하려고 얘기를 끊지 않았다. 마침내 캐드펠의 말이 끝났을 땐 잠시 침묵을 지키며 들은 내용을 곱씹는 듯했다.

"그러니까 어제 일어난 사건과는 별개로, 용의자로 지목된 그 청년의 소행으로 보기 어려운 또 다른 사건이 발생했다는 얘기군. 형제께서는 어떻게 보시오? 이 일로 그 청년의 살인 혐의가 벗겨질 것 같소?"

"혐의가 조금 약해지는 것은 사실이지요. 하지만 그것만으로 모든 혐의를 벗을 수는 없을 겁니다. 버놀드 양이 주장하듯 두 사건 사이에는 아무 관계가 없을지도 모르니까요. 그렇긴 해도, 같은 사람의 목숨과 재산이 연이어 공격당했다는 것은 단순한 우연이 아니라 계획적인 소행으로 보입니다."

"그 아가씨는 지금 우리 수도원에 방문객으로 와 있소. 그러니 그녀를 안전하게 지키는 것은 우리 책임이지. 형제께서는 두 사건이 같은 사람의 생명과 재산을 노린 공격이라고 했지. 하지만 범인이 그 한 사람만을 노린 것이라는 보장이 있소? 웬 음흉한 자가 제 나름의 은밀한 일을 꾸미는 거라면, 이 일은 상인의 죽음과 오늘 오후 배에서 일어난 사건으로 끝나지 않을 거요. 물론 그 아가씨는 지금 보좌관의 보호를 받고 있으니 그보다 안전할 수는 없을 거요. 하지만 그녀는 또한 우리 지붕 아래 머무는 손님이기도 하오. 난 세속의 일이 우리 공동체 수사들의 예배와 직무를 방해하거나 우리 근행의 조화를 깨뜨리는 것을 바라지 않소. 이 문제가 형제와 나를 제외한 다른 형제들 입에 오르내리게 해선 안 되오. 이는 법이 하는 일을 돕는다는 의미에서도 당연한 것이지. 그러나 형제는 이미 그곳에 발을 들여놓았고, 진상을 모두 알고 있소. 그러니 앞으로도 무슨 일이 생기는지 지켜보며 우리 손님을 잘 돌봐주어야겠소. 난 지금 수도원의 이해가 달린 문제를 형제 손에 맡기는 거요. 가능하면 본분을 소홀히 하지 않는 게 좋겠지만, 그래도 꼭 필요할 경우엔 자유롭게 외출하고 성무일도에 불참해도 뭐라 하지 않겠소. 이 축일장만 끝나면 우리 접객소는 텅 비게 될 것이고, 우리 땅을 빌려 쓰는 상인들도 떠나겠지. 그땐 정의를 보호하고 불의한 자의 위협을 막는 일도 우리 손을 벗어나는 셈이오. 다만, 그 책임이 이 수도원에 있는 동안에는 최선을 다해야 할 거요."

"최선을 다해 원장님 뜻을 수행하겠습니다."

*

저녁기도를 하러 가는 캐드펠의 마음은 무겁고 복잡했으나, 한편으로는 수도원장이 자신에게 그 일을 맡겨주어 기쁘기도 했다.

에마를 향한 관심과 의구심은 차치하고라도 어쨌건 이토록 복잡하게 얽힌 매듭을 보고 그냥 넘어갈 수는 없는 일 아닌가. 게다가 충실하게 엄수해야 하는 베네딕토회 규율로 인해 활동에 많은 제약을 느꼈던 것 또한 부인할 수 없는 사실이었다.

저녁기도 시간 내내, 캐드펠은 에마 버놀드에게 벌어진 일을 떨쳐버린 채 하늘이 감동할 정도로 최선을 다하여 자신의 임무에 임했다. 저녁 식사를 마치고 회랑으로 가니 예상대로 휴 베링어가 그를 기다리고 있었다. 두 사람은 저녁 바람이 부드럽고 기분 좋게 감싸주는 한쪽 구석에 자리를 잡았다. 에메랄드빛 잔디와 연회색 바위들이 펼쳐진 정원에는 취할 정도로 진한 향기를 뿜어내는 장미 가시덤불 사이로 푸른 하늘이 비집고 들어와 초록 속에 녹아들고 있었다.

"표정을 보아하니 새로운 소식이 있는 모양이군." 캐드펠은 친구를 주의 깊게 살피며 말했다. "오늘 하루 겪은 일로는 모자라는 거요?"

"이 일을 어떻게 봐야 할까요? 한 시간도 채 안 된 일인데요, 세번강에서 낚시하던 사람이 흠뻑 젖은 옷가지를 건졌답니다. 처음엔 낚싯줄이 끊어질 정도로 무거운 것이 걸리기에 도로 물속에 내려놓았는데, 호기심이 동해 다시 가서 그것을 강변으로 끌어 올렸다더군요. 옷은 덩치 좋은 사람이 입었음직한 고급 순모 가운으로 꽤 비싼 물건이라고 합니다." 휴는 캐드펠의 눈 속에서 의문보단 확신에 가까운 무언가를 읽어내고 덧붙였다. "맞아요,

토머스 씨 옷이 아니면 뭐겠습니까? 에마가 힘들어할까 봐 그 얘긴 아직 하지 않았습니다. 얼마나 상처를 받겠어요! 에마는 지금 얼라인이 만들 아기 옷에 수놓을 문양을 그리고 있어요. 프랑스에서 들여온 문양이라더군요. 둘이서 자매처럼 머리를 맞대고 있지요. 그 옷 임자를 확인하기 위해 로저 도드를 불렀는데, 역시나 토머스 씨 가운이 맞더군요. 지금 부하들이 장대를 들고 강둑 밑을 수색하는 중입니다. 바지와 셔츠도 찾으려고요. 듣자 하니, 그 가운은 어떤 도둑이라도 한 달 이상 공들일 가치가 있을 만큼 값진 옷이라더군요."

"그냥 좀도둑이라면 그걸 내다버렸을 리가 없겠구먼." 캐드펠이 말했다.

"절대로 없죠!"

"반지도 없어지긴 했지만, 그건 원한에 의한 살인이라 해도 그냥 버리기엔 너무 값진 물건이지. 그대로 물속에 버리지는 않았을 거요."

"늘 그렇듯 수사님은 저보다 한발 앞서 계시는군요." 휴가 얇고 검은 눈썹을 치올렸다. "처음에 이 사건은 사적인 원한에 의한 살인으로 보였죠. 그래서 조사 방향이 그쪽으로 흐르던 차에, 이보 코르비에르가 매우 현명한 지적을 했어요. 그런 동기를 가진 살인자라면 시체의 옷을 벗겨내 강물에 빠뜨릴 정도로 시간을 지체하지 않았을 거라고, 그보다는 시체를 그냥 버려두고 최대한 빨리 달아나려 했을 거라고요. 코르비에르가 했던 말 기억나시죠? '원한을 품은 자가 무엇에 쓰겠다고 옷가지까지 가져가겠습니까? 그냥 금품만 빼앗고 말겠죠.' 그 말에 장관님은 범인도 그런 생각을 했을 것이며, 바로 그 때문에 법의 눈을 속이려고 옷을 벗겼을 수 있다고 했죠. 그리고 지금 정말로 강바닥에서 죽은 이의 가운이 발견됐습니다. 그렇다면 우린 이제 어느 쪽에 무게를 두어야 하는 걸까요?"

"양쪽 다. 아니면 그 이상이려나……." 캐드펠은 안타까운 표정으로 말을 이었다. "만일 그 가운이 발견되지 않았다면 평범한 강도 짓이라는 결론으로 굳어졌겠지. 그렇게 되면 코비저 아들에게도 유리했겠고. 혹시 누군가 심리에서 나온 얘기를 듣고 그 가운을 금방 발견될 만한 곳에 내다 버린 건 아닐까? 사건이 현재 감옥에 갇혀 있는 용의자에게 불리한 쪽으로 진행될수록 유리해지는 사람이 누구일지 생각해봐야겠군. 그자가 바로 살인범일 거요. 물론 그 어리석은 청년이 범인이 아니라는 가정하에 말이지만."

"그런데 범인은 왜 그런 바보짓을 했을까요? 사실 증인이나 증거만 더 나오면 사건이 그대로 끝날 수도 있는 상황이잖습니까. 그런데 강도 짓이 아님을 입증하듯 가운을 물속에 버려 필립 코비저에게 혐의가 가게 해놓고는 배 안에 기어들어 도둑질을 하다니요. 필립 코비저가 감옥에 갇혀 있어 혐의 대상에서 제외될 게 뻔한 그런 시간에 말입니다."

"배가 세번강에 머무르는 동안에는 도둑질이 발각될 거라곤 생각도 못 했던 게지. 내가 봐도 외부인의 손을 탄 흔적은 전혀 찾을 수 없었소. 갑판 위에 쌓인 물건이나 선실에 들어찬 가재도구, 그 어디에서도 말이오. 에마도 뭐가 없어졌는지 눈치채지 못할 뻔했다고 그러더군. 전부 이리로 오는 도중에 산 것들이라 바로 사용해볼 생각도 안 했다고. 뭘 도난당했는지조차 몰라 수납함 바닥까지 뒤져서야 그 소품들이 없어졌다는 걸 알아냈소. 에마에게 깔끔하게 살림을 하는 능력과 예리한 눈이 없었다면 배에 누가 들어왔었다는 사실도 몰랐을 거요."

"결국 이 도난 사건이 두 명의 다른 범인과 두 종류의 개별적인 범죄를 암시하는 셈이군요." 휴는 쓴웃음을 지으며 말했다. "에마가 주장하는 것처럼요. 만일 상인을 죽음으로 몰고 간 동기가 증오라면, 범인은 왜 굳이 좀도둑질까지 했을까요? 수사님은 어떻게 보십니까? 두 사건이 완전히 별개의 사건이라 믿으세요? 전 도무지 그렇게 여겨지지가 않아요!"

"기이한 우연끼리 맞부딪치는 일이 간혹 있긴 하지. 그걸 잊어선 안 되오. 언제든 일어날 수 있는 일이니……. 하지만 나 또한 당신과 다르지 않소. 이 두 사건 뒤에 동일한 손과 동일한 목적이 관여했으리라 생각하고 있지. 아마 그 목적은 욕심도, 증오심도 아니었을 거요. 만일 그랬다면 죽음에서 바로 끝났을 테니까."

"하지만 수사님, 사람 목숨까지 필요했던 사람이 장갑 한 켤레와 허리띠와 목걸이 정도 훔치는 것으로 만족하다니, 세상천지에 그런 경우가 어디 있겠습니까?"

캐드펠 수사는 답답한 듯 고개만 가로저을 뿐 그 질문엔 아무 대답도 없었다. 아직은 대답할 준비가 되어 있지 않았다.

“머리가 복잡하군. 어쨌거나 아직 일이 다 끝난 게 아니라는 불길한 느낌이 들어. 수도원장님도 이 일을 주시하고 계시오. 필요한 경우에는 자유롭게 움직여도 좋다고 허락하시더군. 그 브리스틀 상인을 상대로 뭔가 은밀한 계략이 진행되고 있는 거라면 그 사람 조카딸인 에마도 안전하진 않다고 생각하시는 것 같소. 얼라인이 그녀를 데리고 있어준다면 그보다 안전할 수 없겠지. 나도 계속해서 주시하겠소.” 캐드펠은 하품을 하며 일어났다. “이제 마지막 기도를 하러 가야겠소. 내일은 아무래도 본분에 소홀하게 될 텐데, 오늘만큼은 기도를 잘 마치고 싶군.”

“조용한 밤이 되도록 기도해주십시오.” 휴도 따라 일어서며 말했다. “깊은 밤까지 순찰 나설 인력이 없거든요. 저는 행정 장관과 함께 성문 길을 돌고 마시장 터까지 둘러본 뒤 자러 가야겠습니다. 어젯밤엔 제대로 잠도 못 잤어요!”

*

성 베드로 축일장의 첫날인 8월 1일 밤은 포근하고 맑고 조용했다. 성문 길을 따라 자리를 잡은 상인들은 늦은 시간까지 가판대 문을 열어두었고, 날씨가 너무나 유혹적인 탓인지 손님들도 여전히 장사진을 이루어 물건을 흥정하느라 바빴다. 관리들이 시내로 철수한 뒤라 수도원 종복들이 만일의 경우에 대비해 수도원 경비를 맡았으나, 별로 할 일은 없었다. 자정이 지나서야 마지막 등불과 횃불이 꺼지고, 곧 마시장 터에 밤의 침묵이 내려앉았다.

토머스의 배는 물살에 부드럽게 흔들리고 있었다. 배 주인인 토머스는 수의에 싸여 점잖게 수도원 예배당 안에 누워 있었고, 목수 장인인 마틴 벨코트는 에마의 주문에 따라 측면을 납으로 처리한 멋진 관을 만드느라 작업장에서 늦게까지 일하는 중이었다. 성안에 있는 좁고 지저분한 감방의 얇은 밀짚 깔개 위에서는 필립 코비저가 상처를 달래며 뒤척이고 있었다. 의심과 동정이 뒤섞인 에마의 표정을 떠올릴 때마다 마음이 괴로워져, 그는 도무지 잠을 이룰 수 없었다.

축일장 둘째 날

1

금빛 태양이 솟아오르며 축일장 둘째 날을 환하게 밝혔다. 강 위에는 옅은 안개가 허공을 떠다니는 베일처럼 걸려 있었다. 로저 도드는 동이 트기 무섭게 일어나 그레고리를 흔들어 깨운 뒤 양모 담요를 둘둘 감고 나가서 강물에 세수를 했다. 빵과 순한 에일로 간단하게 아침을 때운 다음, 그는 성문 길을 지나 부스로 향했다. 큰길가에 있던 상인들은 기지개를 켜고 하품을 하며 외투를 벗고 있었다. 물건을 정리하며 오늘 장사를 준비할 시간이었다. 로저는 낯익은 이들과 인사를 나누었다. 많은 사람들이 좁은 구역에 모여 있다 보면 제아무리 말수가 적은 사람도 같은 처지의 장사꾼들과 안면을 트지 않을 수 없는 법이다.

로저는 토머스의 부스를 보자마자 불만에 찬 걸쭉한 욕지거리를 한바탕 내뱉었다. 옆 부스들은 바쁘게 움직이고 있는데 그들 부스의 나무문만 굳게 닫혀 있었던 것이다. 해 뜬 지가 언젠데 쪽문까지 모두 닫혀 있다니! 워린이 여태 안에서 자고 있는 모양이었다. 로저는 부스 앞 판자를 쾅쾅 두들겼다. 지금쯤 그 판자는 가판대가 되어 오늘 팔 물건들이 산뜻하게 진열되어 있어야 했다. 안에서는 아무 대답도 없었다.

"워린!" 로저는 소리를 내질렀다. "악마는 이놈 안 데려가고 뭐 한담! 빨리 일어나서 문 열어요!"

여전히 아무런 소리도 들리지 않았다. 난데없는 소란에 이웃 가판대 사람 몇몇이 하던 일을 멈추고 호기심 어린 눈과 귀를 돌렸다.

"워린!" 로저는 다시 판자를 세게 두드리며 소리 질렀다. "느림보 돼지 같으니라고. 대체 무슨 일이에요?"

"안 그래도 이상하게 여기던 참이오." 옆 가판대의 포목상이 플란넬 더미를 안은 채 말했다. "아무 소리도 안 납디다. 지키는 양반이 잠이 많은가 보오!"

"힘껏 밀어봐요!" 어깨 너머로 기웃거리던 건너편 갑옷 장수가 판자문 모서리를 가리키며 말했다. "판자에서 떨어져 나온 나무 부스러기 보이죠?" 아닌 게 아니라 빗장 옆 판자가 희미하게 나뭇결을 드러내고 있었다. 로저가 판자문을 밀자 틈새로 안쪽의 어둠이 드러났다. "망치를 쓸 필요도 없겠군. 문은 잠기지 않았소. 칼로 이 부분을 긁어낸 모양인데!" 갑옷 장수가 말했다. 잠시 침묵이 흘렀다.

“하느님 맙소사. 제발 아무 일 없어야 할 텐데!” 로저는 공포에 질린 목소리로 중얼거리며 문을 좀 더 세게 밀었다. 어느새 열몇 명쯤 되는 사람들이 그의 등 뒤에 모여 있었다. 웨일스인 로드리 압 휴도 풍채 좋은 몸을 흔들며 가판대들 사이를 뚫고 나타나, 텁수룩한 머리칼과 수염 속에서 검은 눈을 날카롭게 빛내고 있었다. 잉글랜드어를 모르는 그로서는 이게 다 무슨 일인지 알 길이 없으리라.

어둠 속에서 목재 냄새와 포도주 냄새, 그리고 과일 절임 냄새가 강하게 풍겨왔다. 누군가 말은 못 하고 숨 가쁘게 끙끙대는 듯한 이상한 소리도 흐릿하게 들리는 것 같았다. 호기심에 입을 벌린 채 모여 섰던 사람들이 로저의 등을 떠밀었다. 밝은 데 있다 들어온 탓에 잠시 아무것도 보이지 않다가, 곧 쌓여 있는 짐짝과 포도주 통의 윤곽이 서서히 그의 시야에 들어왔다. 어젯밤에 두고 간 상태 그대로 깔끔하게 정돈되어 있었으나 워린의 모습은 보이지 않았다. 마침내 행동파인 로드리가 앞 쪽문의 빗장을 내리자 아침 햇살이 안으로 쫙 밀려들었다.

워린은 외투에 말려 가판대 앞쪽 벽 밑에 길게 뻗어 있었다. 로드리가 딛고 선 자리 바로 옆이었다. 그의 팔꿈치와 무릎과 발목은 아무리 발버둥 쳐도 옷 스치는 소리조차 내기 어려울 정도로 꽁꽁 묶여 있었다. 머리도 포대 자루가 씌워진 뒤 리넨 끈으로 빙 둘러 목 뒤에서 야무지게 묶인 채였다. 거친 올로 된 자루 자락에 입을 틀어막힌 상태로, 워린은 자기를 부르는 소리에 답하느라 안간힘을 쓰고 있었다. 간신히 몸을 뒤척이며 끙끙대는 모습으로 보아 적어도 살아 있는 건 분명했다.

로저는 경악과 분노에 찬 고함을 내지르며 워린 앞에 무릎을 꿇고 앉아, 먼저 입으로 들어간 자루를 단단히 쥔 리넨 끈을 잡아당겼다. 자루의 거친 올에 찔려 입안이 온통 상처투성이에 침까지 잔뜩 고여 있었지만 어쨌든 가엾은 워린은 숨을 쉴 수 있었고, 끙끙대던 신음은 얼추 알아들을 수 있는 소리로 바뀌었다. 자루가 다 벗겨지기도 전에 재갈 풀린 그의 입에서 분통 어린 음성이 거칠게 터져 나왔다. "도대체 어디 있다 이제야 온 건가? 누구 죽는 꼴 보고 싶어서 그래?"

두어 사람이 달려들어 결박을 푸는 동안, 미친 듯 고함치고 불평을 늘어놓는 소리가 내내 격하게 들려왔다. 곧 머리가 서서히 자루에서 빠져나왔다. 몸에 말린 외투를 벗겨내자 워린은 머리쪽부터 바닥에 떨어지며 알아들을 수 없는 소리를 질러댔다. 신경질적이고 날랜 동작으로 몸을 추스르는 것으로 보아 뼈가 부러지거나 큰 부상을 입진 않은 것 같았고, 결박됐던 부위의 경련도 그리 심하지는 않았다. 워린은 새집처럼 헝클어진 잿빛 머리칼 아래 방어와 비난의 기색이 섞인 눈을 치켜뜨며 자신을 둘러싼 이들을 올려다보았다. 마치 자신이 겪은 괴로운 시간을 두고 그들에게 책임을 묻는 것만 같았다.

"늦게라도 와주니 아예 안 온 것보다는 낫군그래!" 워린은 입

안에 남아 있던 포대 자루의 섬유를 칵 뱉어내며 심통을 부렸다.
"왜 이렇게 늦게 온 거야? 모두 귀라도 먹은 건가? 난 밤새도록 여기서 몸부림치고 있었다고!"

서너 사람이 워린을 일으켜 조심스레 포도주 통 위에 앉혔다. 그는 못마땅한 표정으로 동료를 노려보며 사람들의 호기심을 한껏 고조시켰다. 부스에서 저항의 흔적은 찾아볼 수 없었고, 저 멍청이 같은 영감의 몸엔 흠집 하나 나 있지 않았다! 위협에 바로 굴복하여 넝마 안으로 순순히 머리를 넣어준 것이리라.

"도대체 무슨 일이에요? 부스에 도둑이 들다니. 놈이 어떻게 여기 침입할 수 있었죠? 아저씬 그것도 몰랐어요? 물건 지키느라 가판대에서 자는 상인들도 많으니 소리만 질렀어도 됐을 텐데요."

"모두가 여기서 자는 건 아니지." 포목상이 워린 편을 들며 나섰다. "나만 해도 여인숙에 가서 자고 왔소. 그게 아니더라도 저 사람이 문을 꼭 닫은 채 자고 있다가 기습을 당한 거라면 주변에서 알아채기 힘들었겠지."

"자정이 한참 지났을 때였어." 워린이 따끔거리는 발목을 문지르며 입을 열었다. "잠들기 전에 담장 너머로 새벽 기도 종소리가 조그맣게 들렸거든. 그건 확실해. 그다음엔 아무 소리도 나지 않았는데, 맙소사, 문득 정신을 차려보니 내 머리에 저 자루가 씌워져 있더라니까. 그러고선 놈들이 포대 자루를 내 입에 마구 쑤셔 넣었지. 그자들이 어떤 모습인지, 어떻게 생겼는지는 전혀 볼 수 없었어. 나를 마치 양모 보따리처럼 굴려서는 꽉 묶어버리더라고."

"아무리 그래도 비명 한 번 못 질렀단 말예요?" 로저가 신랄하게 말했다. "몇 명인지는 알고요? 한 명, 아니면 여러 명이었어요?"

워린은 당황해서 갈팡질팡했다. "둘이었던 것 같아. 확실히는 모르지만……."

"자루를 뒤집어써도 소리는 들렸을 거 아녜요. 자기들끼리 뭐라 얘기하지 않던가요?"

"그러게. 생각해보니 속삭이는 소리가 들렸던 것 같아. 무슨 말인지는 알아들을 수 없었지만. 그래, 둘이었어. 포도주 통이랑 짐짝 주변을 서성대는 기척도 들렸고……."

"얼마 동안이나 그랬소? 제아무리 간이 큰들 장터를 느긋하게 휘젓고 다니진 못했을 텐데." 갑옷 장수가 합리적인 질문을 던졌다. "놈들이 여기 얼마나 머문 거요?"

워린의 기억은 희미했다. 눈이 가려지고 몸이 묶인 채 밤을 보낸 사람에게 시간이란 끝없이 늘어진 실처럼 느껴졌을 것이다. "한 시간 정도였던 것 같소."

"뭐가 됐든 여기서 가장 값나가는 물건을 찾아낼 시간은 충분했겠지." 갑옷 장수는 어깨를 으쓱이며 로저 도드를 바라보았다. "없어진 게 있는지 한번 살펴보시오. 포도주 통처럼 무거운 것들까지 볼 건 없을 거요. 그런 걸 훔쳐 가려면 짐마차 정도는 있어야 할 텐데, 야밤에 그런 마차를 몰고 왔다간 누구든 잠이 깼을 테지. 놈들은 아마 작지만 값어치 나가는 것을 노리고 왔을 거요."

하지만 로저는 이미 등을 돌린 채 벽을 따라 쌓아둔 짐짝과 상자들을 미친 듯 뒤지고 있었다. "나리의 금고! 내가 이 뒤에다 눈에 띄지 않게 숨겨두었는데……. 다행히 물건을 팔아 번 돈 대부분은 어젯밤 배로 가져가 잘 간수해두긴 했지만, 금고 안에 있던 돈도 꽤 된다고요. 젠장, 장부며 양피지 문서들도 다 거기 있고……."

로저는 허둥대며 짙은 향을 풍기는 향신료 상자와 과일 절임으로 가득한 나무 상자들을 옆으로 밀쳐냈다. 동방에서 베네치아와 가스코뉴를 거쳐 들여온 것들로, 모두 어느 시장에 내다 팔아도 비싼 값을 받을 만한 귀한 물건들이었다. "여기, 벽에 두었는데……."

로저는 힘없이 양손을 떨군 채 잠시 멍하니 서 있었다. 곧 부스 판자를 뜯어내고 양쪽 벽에 쌓아둔 물건들 사이까지 뒤졌지만 아무것도 나오지 않았다. 토머스의 금고는 사라져버렸다.

*

캐드펠 수사는 아침 일찍 두어 시간 짬을 내어 마크 수사와 함께 허브밭에서 일을 하고 있었다. 에마에게 무슨 일이 생길까 걱정하지 않아도 되는 시간이었다. 그녀는 접객소에서 콘스턴스와 함께 안전하게 잠들어 있으리라. 햇살이 내리쬐는 맑은 아침, 강에서 막 피어오른 물안개가 비스듬히 내리비치는 황금빛 햇살 사이로 파고들었다. 마크 수사는 기분이 좋은지 노래를 흥얼거리며 잡초를 뽑고, 틈틈이 캐드펠의 얘기에 진지하면서도 차분하게 귀를 기울였다. 캐드펠은 마크 수사에게 오늘 일과를 세세하게 일러주었다.

"오늘은 자네가 내 일을 모두 맡는다고 생각하게. 그래야 만일의 경우에도 내가 안심하고 나가볼 수 있지 않겠나."

"그동안 수사님께 잘 배워두어 다행이에요." 마크 수사가 진중한 미소를 띠며 말했다. 그 미소 뒤에 숨겨진 장난기를 캐드펠은 금세 알아챌 수 있었다. 어린 동료의 그런 면모를 처음 발견하고 북돋운 사람이 바로 캐드펠 자신이었다. "무엇을 섞고, 무엇을 그냥 두어야 하는지 잘 알고 있습니다."

"바깥에서 벌어지는 일에서도 그렇게 자신 있게 내 역할을 할 수 있으면 좋겠는데 말이지." 캐드펠은 우울한 어조로 말을 이었다. "말하자면 확실한 증류법을 알아야 하는데, 지금 나로서는 어느 것을 섞고 어느 것을 내버려두어야 할지 혼란스럽기만 하다네. 마치 칼날 위를 걷는 기분이랄까. 어느 쪽으로 떨어져도 위험하기 그지없지. 허브는 저마다 확실한 특성을 가지고 신성한 규칙을 따르지만, 인간이라는 동물은 그렇지 않아서 말이야. 물론 인간에게 그런 것을 바랄 수는 없지. 인간이 그 복잡한 속성을 잃는다면 그 또한 애통해할 만한 상실일 걸세."

아침기도 시간이 되었다. 마크 수사는 허리를 굽혀 물통에 손을 헹구었다. 이 통에 담긴 물은 하루 종일 볕에 데워진 뒤 저녁 무렵 허브밭에 뿌려질 것이었다. "제가 사제로서의 소명을 품게 된 건 수사님 덕분이에요." 마크 수사는 캐드펠과 함께 있으면 언제나 그렇게 마음을 열어 속을 터놓곤 했다.

"사제가 되라고 강요한 적은 없는데." 캐드펠은 정신이 딴 데가 있는 듯 멍하니 대꾸했다.

"알아요. 바로 그게 제게 필요했던 단 하나였죠. 자, 이제 그만 가실까요?"

*

두 수사가 아침기도를 마치고, 미사를 보려는 평신도들이 벌써부터 예배당 앞으로 모여들 즈음이었다. 로저 도드가 걱정 가득한 얼굴로 숨을 헐떡이며 터덜터덜 문지기실에 나타났다.

"이번엔 또 무슨 일이지?" 캐드펠은 한숨을 내쉰 뒤 로저가 접객소로 들어서기 전에 얼른 다가가 그를 붙잡았다. 이 기운차고 다부져 보이는 인물이 갑자기 이곳에 나타난 데는 분명 이유가 있을 터였다. 로저는 걸음을 멈추더니 캐드펠을 향해 근심스러운 얼굴을 돌렸다. 이어 자신을 막아선 이가 축일장 전야에 휴 베링어와 함께 토머스를 찾았던 수도승임을 알아보고는 찡그린 얼굴을 다소 누그러뜨렸다. "아, 수사님이시군요. 잘됐네요! 보좌관님 안에 계신가요? 전할 얘기가 있어서요. 저희가 습격을 당했습니다! 어제는 배가 털리더니, 오늘은 부스가 털렸어요. 앞으로 또 무슨 일이 벌어지려는지……. 과연 우리가 멀쩡한 몸으로 이 끔찍한 시장에서 철수할 수 있을지조차 정말 모르겠습니다. 주인 나리의 금고랑 그 안에 있던 돈과 장부까지 모두 사라져버렸어요! 이 사실을 알면 에마 아가씨가 무슨 생각을 하실까요? 아가씨를 낙담에 빠뜨리느니 차라리 제 머리가 깨지는 편이 낫겠다 싶을 지경입니다."

"그게 다 무슨 소린가?" 캐드펠이 놀라 물었다. "도둑이 들어 부스를 털어 갔단 말인가?"

"어젯밤에요! 금고가 통째로 사라졌고, 워린은 손발이 묶인 채 포대 자루 속에서 질식할 뻔했어요. 그런데 아무도 그 소릴 못 들었대요. 불과 30분 전에야 우리가 그를 발견해서는……."

"가세!" 캐드펠은 로저의 소맷자락을 쥐고는 접객소로 빠르게 걸음을 옮겼다. "휴 베링어를 같이 찾아보세. 만나면 자초지종을 설명하되 쓸데없는 얘긴 삼가게나!"

캐드펠은 엘라인의 숙소에 도착해 방문을 열고 조심스레 안을 살폈다. 여자들은 막 일어난 참이었고, 휴 베링어는 셔츠와 타이츠만 입은 채로 아침 식사를 하고 있었다.

"휴, 미안하지만 전할 말이 있어서 그런데 잠시 들어가도 되겠소?"

휴는 캐드펠을 본 순간 자신의 휴식이 끝났음을 깨닫고 두 사람을 안으로 들였다.

"이 친구가 할 말이 있는 모양이오. 이제 막 마시장 터에서 오는 길이라는군."

에마는 로저를 보고 놀라 벌떡 일어났다. 그녀의 눈에서 감미롭고 멍한 잠기운이 싹 가셨고, 뺨에 피어오른 아침 홍조도 사라졌다. 미처 땋지 못한 검은 머리카락이 매끈한 커튼처럼 어깨 위로 흘러내렸다. 그녀는 맨발에, 헐렁한 속 가운의 띠도 매지 않은 채였다. "로저, 왜 그래? 무슨 일 생겼어?"

"아가씨, 좀도둑질이나 못된 장난으로 치부해버릴 일이 아닌 것 같습니다. 이곳의 온갖 악당들이 왜 하필 우리만 노리고 달려드는지 정말 영문을 모르겠습니다." 로저는 심호흡을 한 뒤 두서없이 이야기를 시작했다. "조금 전에 가판대에 가보니 문이 잠겨 있지 뭡니까. 아무리 소리치고 두드려도 안에서 아무 대답이 없었어요. 그때 무슨 일인가 싶어 몰려온 이웃 상인들 중 하나가 빗장이 칼로 끌려 있는 걸 발견했지요. 놀랍도록 얇은 칼을 썼더라고요. 안에 들어가보니까, 글쎄 워린이 꽁꽁 묶이고 입에는 포대자루가 물린 채로 외투로 둘둘 말려 짐 보따리처럼 뻗어 있는 겁니다. 하마터면 질식할 뻔……."

"아, 안 돼!" 에마가 겁에 질려 작은 소리로 탄성을 내지르고는 주먹으로 떨리는 입술을 꽉 눌렀다. "오, 가엾은 워린! 설마…… 죽은 건……."

로저는 콧방귀를 뀌었다. "죽다뇨! 멀쩡하니 살아 있습니다. 노끈에 묶여 팔다리가 뻣뻣해진 것 말고는 벼룩처럼 팔팔하지요. 어쩌면 그렇게 멍청이같이 잠을 잘 수가 있답니까! 빗장을 만지는 소리도 못 듣고, 문이 열린 게 언제인지도 모르고……. 정말 이해가 안 됩니다. 소리를 듣고 깼으면 피해는 막을 수 있었을 텐데. 아시잖아요, 워린이 못 말리는 겁쟁이라는 거 말입니다. 눈을 떴을 땐 이미 머리에 자루가 씌워지고 난 뒤라 놈들의 얼굴을 전혀 보지 못했대요. 무어라 속삭이는 소리가 난 것으로 보아 아마 두 놈이었을 거랍니다. 워린은 놈들이 들어오는 소리를 못 들은 게 아니라, 아마 제 옆구리에 칼이 들어올까 봐 무서워 일부러 못 들은 척한 게 분명해요."

에마의 안색이 다시 장밋빛으로 돌아왔다. 그녀는 안도하며 긴 숨을 내쉬었다. "어쨌거나 워린은 무사한 거지? 다친 데도 없고?" 에마는 얼라인의 동정 어린 눈길과 마주치자 마음이 놓이는지 키득거렸다. "워린은 겁이 많아요. 그래서 다행이지 뭐예요! 그닥 영리하지 않고 부지런하지도 않은 노인이랍니다. 어릴 때부터 봐서 제가 잘 알아요. 제게 장난감이며 버들피리 같은 걸 만들어주곤 했죠. 워린이 다치지 않았다니 정말 다행이에요!"

"까진 데 하나 없어요!" 로저는 아직 단장하지 않은, 아니 단장할 필요도 없는 그녀의 앳된 아름다움을 이글거리는 눈길로 힐끔대며 말했다. "제가 부스를 지켰더라면 놈들이 침입해 몽땅 털어 가지는 못했을 텐데요."

"하지만 그랬다간 자네가 살해됐을 수도 있잖아. 차라리 다행이야. 자네라면 틀림없이 격투를 벌이다 크게 다쳤겠지. 상대는 둘이고, 자네한텐 무기도 없으니 별 도리 있었겠어? 그건 안 될 일이야. 내 재산을 지키려다 사람이 다치는 건 원하지 않아."

"그 뒤로 어떻게 되었나?" 휴가 윗도리를 집어 들고 신발을 신으며 무뚝뚝하게 물었다. "그 영감더러 가판대를 지키라 하고 여기 온 건가? 그 영감은 괜찮고?"

"보좌관님이나 저처럼 멀쩡합니다요. 제가 다시 가서 워린을 이리로 보내겠습니다. 사건에 대해 직접 설명할 수 있게요."

"그럴 필요 없네. 지금 자네랑 같이 가서 현장과 피해 상황을 살펴보도록 하지. 자네 얘기나 마저 끝내게. 놈들이 빈손으로 갔을 리는 없을 테고, 뭐가 없어졌지?"

로저는 고개를 돌려 헌신적이고도 애처로운 눈길로 에마를 쳐다보았다. "어떡하죠, 아가씨? 놈들이 주인 나리의 금고를 들고 가버렸습니다!"

캐드펠 수사는 로저 못지않게 열렬한 눈길로 에마의 표정을 유심히 살폈다. 그녀는 늙은 하인이 무사하다는 얘기에 기뻐할 뿐, 다른 피해에 대해서는 별로 신경 쓰지 않는 것 같았다. 금고가 없어졌다는 소식에도 차분한 태도로 오히려 로저를 위로하기까지 했다. 지금 같은 상황이라면 로저가 자신의 연정을 지나치게 직접적으로 드러내지는 못하리라 생각하고 마음을 놓은 듯했다. 정말 마음이 따뜻한 사람이군. 자신의 아랫사람들이 능력을 의심받고 자존심을 다쳐 언짢아하는 모습을 보고 싶지 않은 게야.

"그렇게 절망할 것 없어." 에마는 다정하게 말했다. "그런 일을 어떻게 막을 수 있었겠어? 자넨 아무 잘못도 없으니 걱정하지 마."

"현금 대부분은 어젯밤 배에 가져다놨습니다." 로저는 해명하듯 열심히 말을 이었다. "안전하게 보관해뒀으니 괜찮을 거예요. 하지만 토머스 나리의 장부며 귀한 문서들, 그리고 계약서들이……."

"사본이 있을 거야." 에마가 단호하게 말했다. "더구나 돈이 잔뜩 들어 있을 줄 알고 금고를 가져갔다면, 거기 든 돈만 꺼내고 금고나 문서들은 내다 버리겠지. 도둑들에게 그런 건 소용없지 않겠어? 두고 봐, 장부들이며 문서들은 거의 다 찾을 수 있을 거야."

에마는 자상할 뿐 아니라 피해를 입고도 우아하게 처신할 만큼 똑똑하고 대담한 사람이었다. 캐드펠은 무표정한 얼굴로 자신을 쳐다보고 있던 휴와 시선을 맞추었다. 그 역시 에마에게 감탄을 느끼면서도 무언가 미심쩍은지, 짙은 눈썹 한쪽을 슬쩍 치올렸다.

"아무것도 잃은 건 없어요." 에마가 힘주어 말했다. "사람 목숨보다 귀한 건 없답니다. 워린이 무사하다니 다행이죠."

"그렇긴 합니다만, 파장할 때까진 수도원 경비병을 한 사람 배치해 부스를 지키게 하는 게 좋을 것 같군요. 온갖 불운이 당신네들에게만 집중적으로 닥치고 있으니 말입니다. 제가 부수도원장님한테 부탁드려볼까요?"

에마는 고개를 떨궈 잠시 생각에 잠기더니 이내 짙푸른 눈을 다시 들었다. 하늘처럼 맑고 큰, 더하여 처음으로 세상을 바라보는 듯한 순진무구함이 담긴 눈이었다. "말씀은 고맙습니다." 에마가 입을 열었다. "그렇지만 저희는 이미 겪어야 할 불행을 모두 겪은 것 같아요. 그러니 따로 지켜주실 필요는 없습니다."

*

휴 베링어는 점심 식사를 마친 뒤 에마를 얼라인에게 맡겨둔 채 캐드펠의 작업장으로 찾아왔다. 그는 캐드펠이 감춰두었던 포도주를 한 잔 받아 들고 처마 밑 그늘진 벤치에 나와 자리를 잡았다. 허브 향이 나무 울타리 안에서 몽롱하게 감돌아, 진지한 논의를 앞둔 그의 기분이나 의지와는 상관없이 자꾸만 하품이 나왔다. 이곳은 바깥세상과는 멀리 떨어져 있었다. 장터의 와글대는 소음도 여기에서 들으면 버나드 수사가 키우는 벌들의 윙윙 소리처럼 아득히 먼 곳에서 들려오는 유쾌한 음악 같기만 했다. 바로 근처에서 마크 수사가 옷자락을 걷어 올린 채 쪼그리고 앉아 조심스럽고도 사랑스러운 손길로 허브밭의 잡초를 뽑고 있었지만, 두 사람의 호젓한 분위기에는 전혀 방해가 되지 않았다.

"완전히 다른 존재라오." 초연한 애정이 담긴 눈길로 마크 수사를 바라보며 캐드펠 수사가 입을 열었다. "사제와 대리인은. 내게 다가온 이 운명을 피해 갈 길을 모색했어야 했는데……. 저기 내 희생양이 있소. 양 떼 중에서 제일 좋은 양이지."

"언젠간 저 청년이 수사님의 고해를 받겠죠." 동정심이 가득 담긴 손길로 조심조심 잡초를 뽑고 있는 마크 수사를 지켜보며 휴가 말했다. "그땐 수사님이 길 잃은 양이 될 겁니다. 저 청년은 샛길을 모두 알고 있을 테고요." 그는 포도주를 조금 머금고 입 안에서 굴려 맛을 음미했다. "워린에게 일어난 사건에 대해서는 뭐라 덧붙일 말이 없군요. 어떻게 보세요? 이게 우연일 리 없습니다."

"절대 없고말고." 캐드펠도 휴의 의견에 힘을 실었다. 그는 환기를 위해 작업장 문을 활짝 열고 굄목을 놓은 뒤 다시 친구 곁에 앉았다. "우연일 수가 없소. 사람이 알몸으로 살해되고 배가 수색당하더니, 이번엔 가판대까지……. 이번 장엔 토머스보다 돈이 많은 상인들도 몇 사람 와 있소. 하지만 그들은 아무런 공격이나 피해를 입지 않았지. 이 일은 절대 우연이 아니오."

"그럼 대체 뭘까요? 에마는 배에서 없어진 물건들이 있다고 했지요. 이번엔 부스에 있던 금고가 보란 듯 털렸고요. 귀중품이 들어 있을 게 분명한 금고가 말입니다. 하지만 단순한 좀도둑질이 아니라면 이걸 무엇으로 봐야 할까요? 수사님 생각을 좀 말씀해주세요!"

"나도 탐색 중이오. 녀석들은 뭔가를 찾고 있는 것 같소. 그게 뭔진 나도 모르지만, 매우 단순하고 작은 것, 값나가는 물건을 토머스 씨가 갖고 있었던 모양이오. 아니면 놈들이 그렇다고 생각했거나. 그 영감은 이곳에 도착한 날 밤에 알몸으로 살해되었지. 그것이 첫 번째 수색이었을 거요. 거기서 아무것도 얻지 못하자 그다음 날에는 배를 샅샅이 뒤졌고."

"그땐 소득이 전혀 없지 않았잖아요?" 휴 베링어가 심드렁하게 말했다. "확실한 증언이 있죠. 침입한 놈이 누구였든, 다른 값진 물건들은 모두 그대로 둔 채 쏙 빼 간 것이 은 목걸이와 허리띠와 장갑 한 켤레입니다."

"흠!" 캐드펠은 엄지와 검지로 그을린 코를 비틀며 젊은 친구를 곁눈질했다.

"절 무시하시는 겁니까?" 휴가 미소를 지었다. "저도 수사님만큼이나 감이 빨라요. 하지만 수사님을 알기 때문에 일단 제 생각은 접어두고 있었죠. 에마는 대담한 데다 기억력도 뛰어납니다. 도난당한 장갑에 놓인 수의 모양까지 아주 자세하고 정확하게 설명했죠. 그렇지만…… 전 그 장갑이 과연 진짜 존재하는 물건인지 의심스럽습니다."

"에마에게 뭘 감추고 있는 건지 직접 물어보면 되잖소." 캐드펠은 별다른 기대 없이 제안했다.

"당연히 물어봤죠!" 휴는 씩 웃으며 말했다. "그 질문에 상처를 받았는지 눈이 휘둥그레진 채 어리둥절해하더군요. 자기는 아무것도 모른다고, 숨기고 있는 건 없고, 더 할 말도 없다고, 자기 얘기는 모두 진실이라고 했어요. 하지만 아무리 천사같이 생겼어도, 그녀는 거짓말을 하고 있습니다. 수사님도 분명 짚이는 게 있는 거죠? 대체 그게 뭐기에 제게 알려주지도 않고 혼자서 끙끙대시는 겁니까?"

"미안하게 됐군." 캐드펠은 천천히 말했다. "그 아가씨에게 어떤 죄가 있는 것처럼 느끼게 했다면 말이오. 난 그렇게 생각하지 않거든."

"그건 저도 마찬가지입니다. 그 점은 걱정하실 것 없어요. 다만…… 에마가 끼어들지 않았으면 좋았을 일에 휘말려 있는 듯 느껴져서 말입니다. 저는 그녀에게 아무런 피해가 없길 진심으로 바라고 있거든요. 수사님이나 수도원장님도 같은 마음이시겠죠. 저는 그녀가 정말 마음에 듭니다."

"둘이서 그 배에 같이 갔을 때 말인데, 에마가 선실로 들어간 지 1분도 안 되어 소리를 지르며 나왔소. 누군가가 다녀갔다고, 배 안 물건들을 들쑤셔놨다고 하길래 난 그 얘길 조금도 의심하지 않았지. 여자들은 대개 자기 물건을 어떻게 두고 나왔는지 잘 기억해두니까. 어느 한 곳이 약간만 달라져도 다른 사람 손을 탔다는 것을 금방 눈치채지. 에마는 정말 놀라고 충격을 받은 상태였소. 속임수 같은 건 없어 보였지. 없어진 물건이 있느냐는 질문에 그녀가 서슴없이 '아니요!'라고 말했을 때도 마찬가지였소. 어찌나 자신 있게 대답하던지, 마치 목적을 달성하기라도 한 것 같더군. 그때까지도 난 아무 의심 없이, 그저 좀 더 살펴보라고 재촉했소. 그녀는 줄곧 없어진 게 없다고 하다가 내가 이 사건을 보고해야 한다고 말하자 무언가 고민하더니 끙끙대며 도난당한 물건을 찾기 시작했소. 처음에 소리 질렀던 것을 후회하는 것 같더군. 어쨌거나 관청에 알려야 한다면 평범한 좀도둑의 소행으로 보이게끔 해야 한다고 생각했겠지. 결국 그녀가 '아니요!'라고 했던 첫 대답은 진실이었을 거요. 나중에는 그 말을 무마하기 위해 거짓을 둘러대야 했고. 타고난 거짓말쟁이가 아닌 사람치고는 꽤 잘해낸 셈이지. 나 역시 당신과 같은 생각이오. 도둑맞았다는 그 물건들은 애초에 존재하지 않았을 거요."

"그래도 의문은 남습니다." 휴는 생각에 잠겨 말했다. "왜 처음엔 잃어버린 게 없다고 그렇게 단호하게 말했을까요?"

"도둑이 찾는 게 뭔지 알고 있어서였겠지." 캐드펠이 바로 말했다. "그리고 도둑이 그 물건을 찾지 못했다는 것도 알고 있었을 거요. 왜냐하면 그 물건은 배에 없었으니까. 그렇게 두 번째 수색도 허사로 돌아간 거요. 그게 뭔지는 모르지만, 아무튼 토머스 씨 몸에도 없었고, 배 안에도 없었소."

"그래서 결국 세 번째 수색을 감행한 거군요! 그럼 하나만 더 추측해보시죠, 수사님. 세 번째 시도는 성공일까요, 실패일까요? 죽은 상인의 금고가 사라지지 않았습니까. 이번에도 역시 귀한 것을 보관해두었으리라 짐작되는 장소를 뒤진 거죠. 그게 마지막일까요?" 캐드펠은 어림없다는 듯 단호히 고개를 가로저었다. "이번 시도도 큰 성과는 없었을 거요." 그는 분명하게 말했다.

"그건 확실해."

"어떻게 그렇게 자신하시죠?"

"당신도 보지 않았소? 금고가 없어졌다는데도 에마는 전혀 개의치 않았소! 워린이 무사하다는 소식에 마음을 놓고 다른 일들은 대단히 침착하게 받아들였지. 녀석들이 찾는 것이 뭐든 간에, 그녀는 그 물건이 배나 부스에 있지 않다는 걸 알고 있소. 그녀가 물건이 없는 장소를 그토록 확신한다는 건, 결국 물건이 있는 장소를 정확히 알고 있다는 사실을 의미하지."

"그렇다면 도둑이 생각하는 다음 대상은 에마겠군요." 휴가 확신에 차서 말했다. "그녀의 몸, 아니면 그녀만이 아는 장소 말이죠. 이렇게 된 이상 수사님과 제가 그녀를 밤낮없이 보호해야겠군요." 휴는 잠시 생각에 잠겼다가 다시 말을 이었다. "그래요, 에마에게 무슨 죄가 있을 거라곤 상상도 할 수 없어요. 하지만 그녀가 어쩌다 이처럼 살인과 폭력과 절도까지 부르는 무서운 일에 휘말린 건지, 또 자기가 위험에 처해 있는 줄 알면서도 왜 솔직하게 털어놓고 도움을 청하지 않는지 저로서는 도무지 모르겠군요. 내막을 캐내려고 얼라인이 갖은 애를 쓰고 있지만, 그녀는 그저 고마워할 뿐 자신이 지고 있는 짐에 대해선 한 마디도 입을 열지 않아요. 수사님도 아시다시피 얼라인은 꼬치꼬치 캐묻지 않고도 사람 속내를 잘 이끌어내는 사람이잖아요. 그런데도 입을 열지 않으니 도무지 어찌해볼 수가……."

"당신이 애처가 티를 내는 걸 보니 기쁘구먼." 캐드펠은 흐뭇하게 말했다.

"당연히 그러시겠죠. 얼라인을 제 팔에 안겨준 분이 바로 수사님이니까요. 이제 제가 어떤 아버지가 될지 걱정하시는 게 좋을 겁니다. 무릎 꿇고 기도하실 시간이 있으시거든 제가 좋은 아버지가 되도록 기도해주세요." 그러다 휴가 웃음을 지우며 말을 이었다. "어쨌든 수사님…… 지금은 에마가 걱정입니다. 얼라인이 에마를 좋아하니 그건 아주 잘된 일이죠. 에마도 얼라인을 좋아해요. 아니, 좋아하는 것 이상이죠! 그런데도 도무지 속마음을 털어놓질 않습니다. 아내한테 마음을 주는 듯하면서도 무심결에 말을 흘리지 않을까 조심하는 것 같아요."

캐드펠 수사가 보기에 그건 크게 걱정할 일이 아니었다. "에마로서는 당연히 그럴 테지." 그는 진지하게 말했다. "만일 자신이 위험에 처해 있다고 느낀다면, 좋아하는 사람까지 같은 입장으로 끌어들이고 싶지 않을 거요. 내 보기엔 아주 영리하고 슬기로운 사람이오. 자신이 가진 모든 능력을 발휘해 친구들을 보호하려 하겠지. 지금 자기 앞에 닥친 그 어떤 위험에도 함께 빠지지 않도록 말이오."

휴 베링어는 빈 잔을 만지작거리며 캐드펠의 말을 오래도록 진지하게 곱씹었다. "어쨌거나 우리가 할 수 있는 일은 에마를 안전하게 보호하는 것뿐이겠군요. 그녀를 해치려는 어떤 움직임에서든 말입니다."

순간, 그다음 위기는 어쩌면 다른 누군가가 아닌 에마 자신에게서 나올 수도 있으리라는 생각이 캐드펠의 머리를 스치고 지나갔다. 이 수수께끼의 한 조각, 그야말로 결정적인 열쇠가 그녀의 손에 쥐여 있었다. 만일 필요한 상황이 된다면, 그 열쇠는 그녀의 의지에 따라 활용될 터였다.

휴는 술잔을 내려놓고 자리에서 일어나더니 윗도리에 묻은 여름 먼지를 털어냈다. "살인 건은 조만간 장관님이 결론을 내릴 겁니다. 그런데 수사님, 이젠 그 사건도 불만을 품은 마을 청년이 취한 상태에서 저지른 복수로 보이지 않는군요. 그렇게 판단할 뚜렷한 증거도 전혀 없고 말입니다."

"그럼 이제 시장의 보석 신청을 받아들여 필립을 집으로 돌려보낼 수도 있겠군?" 캐드펠은 격려하듯 힘 있게 말했다. "이번 부스 사건이나 배 침입 사건으로 미루어볼 때, 마을 젊은이들을 통틀어 필립이야말로 가장 혐의가 적은 인물임이 틀림없소. 그 아이가 어디에 있었는지는 감방 열쇠를 쥐고 있는 간수가 제일 잘 알지. 아마 그 녀석이 거기서 한 걸음도 떠난 적이 없다고 맹세할 거요."

"전 지금 성으로 들어갈 겁니다. 장관님의 결정에 대해서야 뭐라 장담할 수 없지만, 어쨌든 전달은 해보지요. 시장에게도 이야기하고요. 어쨌든 시도해볼 만한 일이니까요."

휴는 갑자기 악동 같은 미소를 띠며 캐드펠을 내려다보았다. 그러곤 캐드펠의 볕에 탄 텁수룩한 재색 머리칼을 손가락으로 빗어 넘겨 가시덤불처럼 곤두세우더니, 그 사이의 진갈색 정수리에 대고 손가락을 튕겼다. 이어 자칫 경박한 사람으로 오해받기 십상인 예의 건들거리는 걸음걸이에 무사태평한 거동으로 사라져 갔는데, 이는 어려운 문제에 부딪힐 때마다 그가 스스로에게, 엄밀하게 말하면 친구들에게 허용하곤 하는 일종의 방종이었다.

캐드펠은 휴가 볏 모양으로 세워준 머리칼을 무심결에 쓸어내리며 그의 뒷모습을 지켜보았다. 자신도 저녁때까지 마크 수사에게 일을 맡긴 채 바람을 좀 쐴 수 있으면 좋겠다는 생각이 들었다. 그러나 에마에게서 한시도 눈길을 떼어서는 안 되었다. 게다가 얼라인은 배 속의 아기 때문에 걱정이 많은 남편의 청에 따라 오후 한두 시간 동안 낮잠을 자기로 한 터였다. 친구들을 통해 보는 손주라, 금욕적인 생활을 하는 사람에겐 귀하고 즐거운 보상이 되겠지. 그는 아직 노년에 대해 생각해본 적이 없었다. 그러나 그때가 되면 그 나름의 위안이 있으리라.

2

“무엇보다 장갑을 잃어버린 게 너무 아쉬워요.” 에마는 아기 모자에 리넨 띠를 촘촘히 바느질하며 말했다. 얼라인의 침실 창문으로 한낮의 햇살이 위에서 쏟아져 내렸다. “보들보들하고 질 좋은 검은색 가죽 장갑인데, 금실로 수를 놓아 꽤 값이 나갔거든요. 그렇게 비싼 물건은 생전 처음 사봤는데 말이죠.” 그녀는 솔기 끝까지 다 꿰매고 나서 깔끔하게 실을 끊었다. “그러고 보니, 이번 축일장에도 솜씨 좋은 장갑 장수가 가판대를 냈다고 하던데요.” 그녀가 바느질감을 만지작거리며 말을 이었다. “가서 그 사람 물건을 좀 보고 싶어요. 제가 잃어버린 장갑처럼 멋진 게 있을지도 모르잖아요. 체스터에선 꽤 알려진 사람이라더라고요. 백작부인도 그 사람한테 장갑을 산대요. 오후에 성문 길에 가서 장갑이나 구경할까 봐요. 하도 정신이 없어서 아직 시장 구경도 제대로 못 했어요."

"좋은 생각이에요. 이렇게 날씨도 좋은데 집 안에만 있을 순 없죠. 내가 같이 가줄게요."

"아, 아네요, 그러지 않으셔도 돼요." 에마는 애원하다시피 거절했다. "오후에는 낮잠을 주무셔야죠. 가까우니 저 혼자 다녀올게요. 저 때문에 부인이 지치면 제 맘이 편하지 않을 거예요."

"말도 안 돼요!" 얼라인은 밝은 목소리로 말했다. "지금 어찌나 건강한지, 할 일이 없으면 속이 터져버릴 거예요. 휴와 콘스턴스는 나를 꼭 환자 대하듯 한다고요. 내가 여자로서 누릴 수 있는 최고의 행복을 누리고 있다는 게 그 이유라나요? 그이는 장관님을 뵈러 나갔고 콘스턴스도 와일가에 사는 사촌 집에 가고 없으니 안절부절못할 사람은 없어요. 준비할 테니 같이 나가요. 당신 외숙부님이 동방에서 들여왔다는 그 과일 절임도 한 상자 사 오자고요."

에마는 갑자기 밖에 나가고 싶은 마음이 사라진 듯했다. 그녀는 방금 바느질한 리넨 띠를 만지작거리며, 모자를 만들려고 마름질해둔 천을 내려다보았다. "글쎄요……. 전 그냥 이 일이나 마무리할까 봐요. 모레 이곳을 떠날 건데, 하던 일을 다른 사람한테 넘기면 찜찜할 것 같아요. 과일 절임은 로저에게 말해 한 상자 가져오라고 할게요. 저녁때 오늘 장사가 어땠는지 알려주러 여기 들를 거거든요. 내일 받으실 수 있을 거예요."

"친절하시기도 해라." 얼라인은 개의치 않고 신발을 신으며 말했다. "하지만 로저가 당신 마음에 드는 장갑까지 골라주지는 못하잖아요. 우리가 직접 가서 봐요. 오래 걸리지 않을 거예요."

에마는 여전히 앉아서 머뭇거렸다. 나가기로 마음을 굳히려는 건지, 아니면 이 상황에서 빠져나갈 방법을 궁리하고 있는 건지, 얼라인으로서는 그 속을 가늠할 수 없었다. "아니에요, 전 안 갈래요! 맙소사, 그런 허영심에 정신을 쏟다니! 정말 부끄럽네요. 외숙이 돌아가신 마당에 장갑처럼 시시한 물건이나 탐내고 말예요. 그렇게 저속해질 수는 없죠. 장신구를 사러 나가느니 전 여기 남아 아기 모자나 마무리하는 게 좋겠어요." 에마는 마름질된 리넨 천을 집어 들었다. 얼라인은 천을 잡는 그녀의 손이 약간 떨리는 것을 눈치챘다. 밖에 나가자고 계속 설득해야 할까? 이 아가씨는 무언가 목적이 있어서 외출하려 했고, 아마도 그 일은 혼자서 하지 않으면 안 되는 일일 터였다. 하지만 내가 옆에 있는 한 그녀를 혼자 나가게 하는 일은 없을 거야. 얼라인은 마음속으로 굳게 다짐했다.

"그래요." 그녀는 석연찮은 마음으로 말을 이었다. "참회하는 마음으로 지내고 싶은 게 당신 뜻이라면, 악역을 자처해 당신을 유혹하는 역할은 그만둘게요. 나한테도 더 좋은 일이죠. 난 당신처럼 바느질 솜씨가 좋지 못하니까요. 바느질은 누구한테 배웠어요?" 얼라인은 부드러운 가죽신을 벗은 뒤 다시 자리에 앉았다. 지금은 에마를 그냥 두는 게 나을 성싶었다. 화제가 바뀌자 그녀는 대단히 반가워하는 눈치였다. 어린 시절 얘기라면 거리낌 없이 털어놓겠지.

"어머니가 수를 잘 놓기로 유명했어요. 제가 바늘을 잡을 나이가 되자마자 가르쳐주셨죠. 하지만 제가 여덟 살 되던 해에 돌아가셨어요. 그 뒤로 전 외숙 손에 자라면서 그 집 하녀에게 이런저런 집안일을 배웠어요. 하녀는 브리스틀 뱃사람과 혼인한 플랑드르 여자였는데 남편의 배가 실종되면서 과부가 되었죠. 자기가 알고 있는 모든 것을 저한테 가르쳐주었어요. 전 그 솜씨를 따라가지 못했지만요. 그 하녀가 만든 교회 제단보랑 예복은 정말 기막히게 멋졌어요……."

그러면 수수한 검은 장갑 한 켤레면 충분했을 텐데. 얼라인은 속으로 생각했다. 자기 취향에 맞게 얼마든지 장식할 수 있을 테니까. 그런 일에 솜씨가 빼어난 사람들은 다른 사람이 다 만들어놓은 건 별로 좋아하지 않지.

에마에게서 이야기를 끌어내는 건 어렵지 않았다. 그러나 얼라인은 이 아가씨가 속으로 무슨 생각을 하는지 도무지 짐작할 수 없었으니, 수수께끼 같은 사건에 대한 내용을 교묘하게 피해가며 이야기를 늘어놓는 솜씨가 정말이지 놀라울 지경이었다. 끊임없이 신경을 쓰느라 점점 지쳐갈 즈음, 다행히 문지기실 평수사가 찾아와 그녀는 긴장을 풀 수 있었다. 마틴 벨코트가 토머스의 관을 가져와 장례식 진행을 허락해주길 기다리고 있다는 것이었다. 에마는 얼른 바느질감을 내려놓고서 벌떡 일어섰다. 창백하나 열의에 찬 얼굴이었다. 예를 갖추어 외숙을 입관하고, 고향 땅으로 보낼 수 있도록 봉하고, 그의 안식을 비는 기도를 올리고, 마지막으로 그를 위한 미사에 참석하는 그 모든 절차가 끝날 때까지 그녀는 교회를 떠나지 못할 터였다. 다른 사람들이 그를 어떻게 평가하든, 토머스는 이제 고아가 된 에마의 외숙이자 아버지요 친구였다. 그녀로서는 그런 분에게 추도와 경의를 올리는 과정 가운데 단 하나라도 소홀히 할 수 없으리라.

"가봐야겠어요. 외숙에게 마지막 인사를 드려야 해요." 그녀는 아직 외숙의 시신을 보지 못했다. 그러나 삶과 죽음을 화해시키는 우아한 기예를 오랫동안 갈고 닦아온 수사들이 그를 깨끗이 단장하여 더는 괴로움 없이 그를 기억할 수 있게끔 만들어놓았을 것이었다.

"같이 가줄까요?"

"감사하지만 혼자 가고 싶어요."

얼라인은 광장까지 따라 나와 회랑을 지나가는 단출한 장례 행렬을 지켜보았다. 마틴과 그의 아들이 관이 실린 손수레를 끌었고, 에마는 그 옆에서 걷고 있었다. 마틴이 교회 남문으로 그 육중한 관을 들고 들어가자 에마도 그 뒤를 따랐다. 얼라인은 한동안 그렇게 서서 주위를 둘러보았다. 내방객과 신도 대부분은 장터로 나가고 수사들만이 매일의 본분을 수행하며 오가는 시간이었다. 마구간 마당의 큰 문 너머 조랑말의 털을 빗질하는 이보 코르비에르의 젊은 마부와, 디딤대 위에 올라 휘파람을 불며 안장을 닦고 있는 궁사 터스탠 파울러가 보였다. 만취 상태에서 깨어난 파울러는 참으로 건장하고 준수한 사내였다. 세상 걱정 하나 없는 사람처럼 무해한 표정으로 보아, 이미 지은 죄를 용서받고 주인의 총애를 회복한 모양이었다.

캐드펠 수사는 정원에서 나오다가 교회 쪽을 응시하며 생각에 잠겨 있는 얼라인의 모습을 보았다. 그녀도 이내 수사를 발견하고 미소를 지었다.

"마틴이 관을 가져왔어요. 저 안에 들어가 있으니 에마도 지금은 다른 생각이 없을 거예요. 그런데 수사님, 에마가 틈만 나면 여기서 빠져나가려는 것 같더라고요. 아까는 축일장에 장갑 장수가 있다며 도난당한 장갑 대신 쓸 만한 게 있는지 가서 보겠다고 하더니, 제가 함께 가겠다니까 그럴 필요는 없다며 안 가겠다고 했어요."

"장갑이라!" 캐드펠은 생각에 잠겨 턱을 쓰다듬으며 중얼거렸다. "이상하군. 왜 장갑에 그토록 집착을 할까……. 그것도 한여름에."

얼라인은 캐드펠의 생각을 따라가지 못한 채 그 말을 표면적인 의미로만 받아들였다. "그게 왜 이상하죠? 에마가 물건 몇 가지를 도난당했다는 건 다 아는 사실이고, 마침 귀한 물건을 살 수 있는 장이 열렸으니 이해하지 못할 구실은 아니죠. 물론 에마에겐 전부 핑계에 불과하더라도요."

캐드펠은 더 이상 대꾸하지 않고 깊은 생각에 잠긴 채 회랑 쪽으로 걸음을 옮겼다. 이 기회에 도난당한 물건을 다시 장만하려는 것이 이상한 건 아니었다. 문제는 사건이 발생했을 때 에마는 그것이 좀도둑의 소행으로 보이길 원했다는 점, 그리고 없어졌다고 주장한 물건 중 하나가 글로스터에서 산 것이라는 변명을 곁들여야 할 정도로 계절에 맞지 않는 물건이라는 데 있었다. 왜 하필 장갑일까? 뭔가 다른 이유로 염두에 두고 있는 것이 아니라면 말이지……. 장갑이 문제일까? 아니면 장갑 장수가 문제일까?

*

익랑翼廊의 예배당에서, 마틴 벨코트와 그의 아들이 보가 깔린 받침대 위에 무거운 관을 올린 뒤 그 안에 토머스의 시신을 조심스럽게 넣었다. 에마는 외숙의 잠든 얼굴을 내려다보며 한참을 서 있었다. 눈물을 보이거나 말을 걸지는 않았다. 이처럼 품위 있는 모습으로 외숙을 기억한다면 그다지 고통스럽지 않으리라. 혈색 좋던 살결이 오그라들고 창백해져 밀랍 같은 분위기를 풍겼으나, 그의 광대뼈와 이마와 턱은 살아생전보다 더 뚜렷한 윤곽을 그리고 있었다. 이 마지막 순간, 그녀는 외숙에게 무덤에 가져갈 무언가를 바치고 싶었다. 지난 이틀간은 놀라고 정신이 산란해 이별에 대해 충분히 생각해볼 여유도 없었다. 공적인 예식과는 별개로 무언가 다정한 의식이 반드시 필요하다는 생각이 그녀의 머리를 가득 채웠다.

"이제 덮어도 될까요?" 마틴 벨코트가 나직이 물었다.

아주 조용하게 말을 건넸음에도 에마는 소스라치게 놀랐다. 그녀는 멍한 눈으로 주위를 돌아보았다. 준수한 용모에 건장하고 차분한 사내가 곁에서 참을성 있게 그녀의 지시를 기다리고, 그의 아들 또한 숙연하게 서서 커다란 담갈색 눈으로 그녀를 바라보고 있었다. 벨코트의 아들보다 네 살이 많은 에마는 그처럼 어린 청년이 이런 일을 하는 것에 대해 생각하다가, 이내 청년의 눈길이 죽은 자가 아니라 살아 있는 자신에게 쏠려 있음을 깨달았다. 청년에게선 마치 태양에라도 닿을 듯 빛과 생명을 향해 뻗치는 왕성한 원기가 흘러나왔으니, 그 빛으로 인해 주변의 어둠이 한층 짙어질 정도였다.

"아니, 잠깐만 기다려주세요. 금방 돌아올게요!"

에마는 급하게 햇살 속으로 뛰어나가서는 정원으로 이어지는 소로를 찾아 두리번거렸다. 울타리가 만든 초록 선과 그 안에 있는 한여름 신록이 눈에 들어왔다. 그녀는 꽃이 있는 쪽으로 걸어 들어갔다. 수사들은 훌륭한 원예가들이다. 그들은 식용 작물을 키우면서도 장미를 가꾸는 여유 또한 잊지 않는다. 그녀는 유달리 활짝 피어난 장미 덤불을 골라 연노랑 꽃잎의 끝부분이 연홍빛으로 변해가는 장미 한 송이를 꺾었다. 완벽한 구체를 이룬 봉오리는 아니지만 절정기를 넘기고도 아직 아무런 흠이 없는 꽃이었다. 그녀는 꽃을 들고 서둘러 교회로 달려갔다. 외숙은 젊지 않았고, 절정기를 지나 이제 가을로 접어드는 나이였으니 이 장미

야말로 그분을 위한 꽃이었다.

캐드펠 수사는 에마가 정원으로 나갔다가 다시 교회로 돌아가는 모습을 보고는 그녀를 따라 예배당으로 들어가 어두운 곳에 자리를 잡았다. 그녀는 관에 누워 있는 이의 가슴 한쪽에 꽃을 얹었다.

"이제 관을 덮어도 돼요." 그런 뒤 에마는 뒤로 물러서 있다가 그들의 작업이 끝나자 감사 인사를 전했다. 벨코트 부자는 그녀만 남겨둔 채 돌아갔고, 캐드펠 수사도 그녀의 뜻을 읽고 조용히 밖으로 나왔다.

에마는 불편함도 잊은 채 익랑의 돌바닥에 한참 동안 무릎을 꿇고 있었다. 그녀의 커다란 눈은 시종 닫힌 관과 보가 씌워진 계단 앞 받침대를 향했다. 외숙은 이제 커다란 수도원의 예배당에 누워 특별 미사를 받은 뒤 큰 관에 실려 고향으로 돌아가게 될 것이었다. 그리고 그곳에서 지금보다 성대한 의식을 치르며 매장될 것이었다. 그 의식은 영예로울 것이며, 아마 외숙도 기뻐할 것이다. 외숙이 좋아하는 일이라면 뭐든지 해야 한다. 뭐든지! 외숙도 그런 그녀의 모습을 보며 흡족해하리라.

에마는 자신이 해야 할 일을 잘 알고 있었다. 그녀는 외숙을 위해 오랫동안 기도문을 읊으며 축복을 빌었다. 그러는 동안 자신의 생각도 정리할 수 있었다. 외숙이 끝내고자 했던 일, 다른 누구에게도 말하지 않고 그녀에게만 반쯤 털어놓았던 그 일을 이제는 그녀가 해야 할 터였다. 그녀는 외숙의 일을 끝까지 해낼 작정이었다. 그래야만 외숙도 무덤 속에서 만족스러운 마음으로 편히 휴식을 취할 것이다. 그러고 나면……. 그러고 난 뒤 어떻게 될지는 구체적으로 알 수 없었지만, 이후의 일을 생각하면 여름 냄새가 물씬한 미풍이 마음속으로 불어오는 듯했다. 그녀는 젊고 아름다우며 물려받은 돈도 많으니 청년들이 우러러볼 거라는 속삭임도 들리는 것 같았다. 조금 전 목수의 아들이 그랬듯이 말이다. 더하여 경험 많은 다른 사내들도 마찬가지일 것이고…….

이윽고 에마는 자리에서 일어나 구겨진 치맛자락을 가다듬은 뒤 활기찬 걸음으로 예배당을 빠져나왔다. 이어 본당으로 걸음을 옮기던 그녀는 모퉁이에 솟아 있는 석조 기둥 사이에서 이보 코르비에르와 정면으로 마주쳤다.

이보는 안으로 들어가고 싶은 마음을 억누른 채 그늘진 구석에서 에마의 기도가 끝날 때까지 꼼짝 않고 기다리던 중이었다. 갑작스레 긴장이 풀렸는지 에마는 그의 팔에 안기다시피 몸을 던지더니 놀란 숨을 가쁘게 토해냈다. 그는 얼른 손을 잡아 서두르지 않고 침착하게 그녀를 진정시켰다. 그의 금발이 어둠 속에서 짙은 청동색으로 빛났고, 걱정스레 그녀를 굽어보는 얼굴 역시 여름빛에 도금되어 멋진 금속성 윤기를 발하고 있었다.

"나 때문에 놀랐나요? 미안해요! 방해할 생각은 없었어요. 문지기실에서 목수가 다녀갔다는 얘기를 들었어요. 당신이 아직 여기 있다는 얘기도요. 기다리면 당신과 대화를 나눌 수 있을 거라 생각했죠. 지금까지 내가 무심했던 건 당신에게 관심이 없어서가 아니에요." 그가 열띤 목소리로 말했다. "난 줄곧 당신만 생각해 왔어요!"

에마는 고개를 들어, 지금껏 한 번도 밝은 빛에 드러낸 적 없는 경탄 어린 눈길로 그를 올려다보았다. 얼른 그의 팔에서 몸을 빼야 한다는 사실조차 완전히 잊은 채였다. 그녀의 팔을 쓸어내리던 그의 손이 어느새 그녀의 손에 와 멈추었고, 누가 먼저랄 것도 없이 두 사람은 서로의 손을 꽉 잡았다.

"당신을 못 본 지 거의 이틀이에요!" 이보 코르비에르가 말했다. "나한테는 평생처럼 느껴지는 시간이었어요. 정말 견디기 힘들었죠. 하지만 당신한텐 친구들이 있고 내겐 아무 권리도 없어서……. 하지만 이제 당신을 만났네요. 한 시간만 당신 곁에 있게 해줘요! 같이 정원으로 나가서 좀 걸을까요? 여태 정원 구경도 제대로 못 했을 텐데."

두 사람은 회랑을 지나 햇살 속으로 나와 사람들과 마차들로 북적대는 광장에 들어섰다. 오후의 가장 조용한 시간이 지나고 저녁기도 때가 가까워져 수사들은 각기 하던 일을 멈추고 모여들었고, 장터와 강가로 나갔던 내방객들도 돌아오고 있었다. 체셔와 슈롭셔의 명망 높은 영주이자 귀족인 남자의 팔에 안긴 채 이처럼 사람들로 북적대는 곳을 걸어가는 것은 제법 근사한 일이었다. 하물며 장인이나 상인의 딸이라면 이 순간이 얼마나 즐겁겠는가! 그들은 울타리 안쪽 화단으로 들어가 볕이 잘 드는 석조 의자에 앉았다. 캐드펠 수사의 식물표본실에서 나온 자극적인 향내가 부드러운 미풍에 실려와 청춘 남녀를 감쌌다.

"당신 앞엔 골치 아픈 일들이 기다리고 있겠죠." 코르비에르가 진지하게 입을 열었다. "내가 할 수 있는 일이 있다면 뭐든 말해줘요. 당신을 도울 수 있다면 나로선 더없는 영광이니까. 외숙을 브리스틀로 모셔 가 장례를 치를 생각인가요?"

"그게 외숙이 바라는 일일 거예요. 내일 아침 외숙을 위한 미사가 끝나면 고향으로 모셔 가려고요. 수사님들이 정말 친절하게 대해주셨어요."

"그럼 당신은? 당신도 그 배를 타고 돌아가는 겁니까?"

에마는 잠시 망설였다. 하지만 이보 코르비에르에게 털어놓지 못할 이유가 있을까? 그는 사려 깊고 자상하며 판단력도 빠른 사람이었다. "아뇨, 그건…… 외숙이 살아 계신다면 몰라도 지금으로선 현명하지 못한 일인 것 같아요. 하인 하나가 있는데…… 아무 짓도 하지 않았으니 악의가 있는 사람이라 단정할 수는 없지만…… 나한테 너무 빠져 있어요. 그 사람과 함께 가는 건 좋은 생각이 아니에요. 그렇다고 내 불신으로 그에게 모욕감을 주고 싶지도 않고요. 하인한테는 여기서 며칠 더 머물 거라고 얘기했어요. 장관님 심문에 답변해야 할 일이 있거나, 외숙과 관련해서 더 밝혀질 게 있을지도 모른다는 핑계를 댔죠."

"그렇다면 당신은 언제 고향으로 돌아가나요?" 이보가 다정히 물었다. "앞으로 어떻게 할 작정이죠?"

"일단은 베링어 부인 댁에서 지낼까 해요. 남쪽으로 떠나는 안전한 일행을 찾을 때까지요. 여자들이 섞여 있어야겠죠. 아마 휴베링어 님이 도와주실 거예요. 제겐 돈이 있으니 비용은 문제가 안 돼요. 잘해낼 수 있을 거예요."

이보는 진지한 눈길로 그녀를 바라보았다. 한동안 심각한 표정이었으나 곧 그의 얼굴에 미소가 떠올랐다. "당신에겐 친절한 사람들이 많으니 무사히 고향에 돌아갈 수 있을 겁니다. 나도 그런 사람들 중 하나고요. 자, 이별의 시간에 대해서는 일단 생각하지 말기로 해요. 당신이 여기 있는 동안만큼은 맘 편히 지내고 싶군요." 그는 그녀의 손을 잡은 채 자리에서 일어났다. "저녁기도는 잊어요. 우리가 수도원에 온 손님이라는 것도, 장사도, 당신 앞에 놓인 그 모든 일들도 전부 잊어버려요. 지금 이 순간이 멋진 한여름 저녁이라는 것, 당신은 젊고, 친구들이 곁에 있다는 것만 기억해요……. 자, 시냇가로 가봅시다. 수도원 땅 너머로는 나가지 않을게요."

에마는 기꺼이 그를 따라갔다. 그의 손은 참으로 시원하고 활력이 넘쳤다. 수도원 소유의 완두밭 너머에 있는 시냇가는 선선하고 상쾌했다. 수면 위로 반짝이는 빛이 넘실댔고, 새들이 물장구를 치며 노래했다. 그녀는 그 짧은 순간의 즐거움에 빠져 자신을 짓누르는 신성하고 무거운 일들을 모두 잊었다. 이보는 공손하고 예의 바르면서도 스스럼없는 태도로 그녀를 즐겁게 해주었다. 얼라인이 걱정할 테니 이제 그만 돌아가야겠다고 그녀가 아쉬워하며 말했을 때도, 그는 그녀의 손을 꼭 잡은 채 두말 않고 베링어의 거처로 데려다주었다. 그가 마치 보호자의 허락을 구하듯 격식을 갖추어 모습을 드러내자 얼라인 또한 기꺼이 장단을 맞춰주었다.

참으로 유쾌하면서도 우아한 만남이었다. 코르비에르는 내내 멋진 친구로 그곳에 머물며 얼라인의 질문에 순순히 응했고, 환영의 분위기가 가시기도 전에 자리에서 일어났다.

"그러니까 저분이 소동이 일어났을 때 당신을 용감하게 도와줬던 바로 그 청년이란 말이죠?" 이보가 떠난 뒤 얼라인은 말했다. "에마, 저 사람은 당신을 정말 진지한 마음으로 좋아하는 것 같은데, 당신도 알고 있죠?" 보호자가 사라졌으니 구애자에게 더욱 유리한 상황이었다. "게다가 혈통과 가문이 훌륭한 집안 출신이잖아요." 얼라인 또한 남편과 결혼하며 자기 소유의 장원 두 곳을 가지고 온 터였다. 저 손님도 자신과 다르지 않다는 생각에, 그녀는 기술과 장사를 업으로 삼은 이들에게도 자존심과 명예에 관한 기준이 있다는 사실을 무시해버린 채 순진하게 말을 이었다. "코르비에르 가문은 체스터 백작 라눌프와 먼 친척 간이에요. 더할 수 없이 훌륭한 젊은이 같아요."

"하지만 저와는 신분이 다른걸요." 에마는 조심스럽게 입을 열었다. "전 석수의 딸에 상인의 조카잖아요. 땅을 가진 영주가 나 같은 사람에게 구혼한다는 건 말도 안 되죠."

"'나 같은 사람'이라뇨!" 얼라인이 현명하게 대꾸했다. "당신은 에마라고요!"

*

마지막 기도가 끝난 늦은 저녁 시간, 캐드펠 수사는 주변을 돌아보며 모든 것이 조심스럽게 균형을 이루고 있음을 확인했다. 에마는 접객소에 안전하게 머물러 있었고, 베링어도 이미 집에 돌아와 있었다. 그는 오랜만에 동료 수사들처럼 제시간에 잠자리에 들어, 새벽 기도를 알리는 종소리에 잠이 깰 때까지 아주 푹 잤다. 이제 수사들은 새날의 기도를 시작하기 위해 한밤중의 침묵 속에 컴컴한 계단을 줄줄이 내려가 교회로 들어서고 있었다. 그들은 제단 촛불의 희미한 빛에 의지해 자리에 앉았다. 마침내 성 베드로 축일장의 셋째 날이자 마지막 날이었다.

캐드펠은 언제나 새벽 기도와 찬미 시간을 지켰다. 잠에 겨워 마지못해 참석한 적은 한 번도 없었으니, 마치 이 시간이 되면 그의 감각들이 대낮에는 불가능한 속도로 빠르게 살아나는 듯했다. 그 어느 때보다 맑은 정신이었다. 침침한 불빛, 사방에 드리운 견고한 그림자, 속삭이는 목소리, 평신도들의 부재, 그 모든 것들이 그를 봉인된 안식처로 이끌었으며, 그곳에 함께 있는 모든 이들이, 활기찬 낮 시간에는 애정을 느끼지 못해 차갑게 대했을 사람들마저 그의 살과 피와 영혼이 되어 그를 보살피는 동시에 그 역시 그들을 보살피는 것만 같았다. 이 순간만큼은 서약의 부담도 짐이 아닌 특권이었고, 한밤의 첫 예배는 그날의 에너지원이 되었다.

이렇게 그림자로 벽을 두르고 호젓이 앉아 있자면 둥근 기둥과 기둥머리와 궁륭의 형상들이 진동하는 음악처럼 아우성치고, 시각과 청각이 한껏 고조되어 아주 미세한 떨림까지도 느껴졌다. 촛불 빛을 받은 마크 수사의 옆얼굴은 감동적일 정도로 명료했다. 잠이 덜 깬 노수사가 고르지 못한 음성으로 부르는 찬송가가 벌이 찌르는 것처럼 날카롭게 들려왔다. 그때 토머스의 관이 놓인 받침대 밑에 옅은 반점이 하나 보였다. 꼭 바닥에 뚫린 구멍 같았지만 거긴 그런 것이 생길 수 없는 자리였다. 반점이 처음 시선에 잡힌 것은 찬미 시간이 시작될 무렵이었는데, 그때부터 캐드펠은 그것으로부터 벗어날 수 없었다. 다른 것을 보다가도 그의 시선은 줄곧 제단으로 향했다.

찬미 시간이 끝나고 수도승 행렬이 다시 어두운 계단을 올라 숙소로 돌아갈 때, 캐드펠은 한쪽으로 비켜 나와 그토록 신경 쓰이던 그 반점을 향해 허리를 굽혔다. 그것은 장미 잎이었다. 불빛이 어두워 색깔은 알아보기 힘들었지만, 이파리 끄트머리로 갈수록 짙어지는 연한 색깔의 꽃잎이었다. 그것이 무엇인지, 어쩌다가 그 자리에 놓이게 되었는지도 그는 금세 짐작해낼 수 있었다.

에마가 장미를 가져와 관 속에 넣는 것을 보았던 게 정말이지 다행이었다. 만일 그 모습을 보지 못했더라면 이 꽃잎을 보고도 영문을 모른 채 그저 머리만 싸매고 있었으리라. 어제의 그 성스러운 의식 도중에, 에마는 감정에 겨운 젊은이들이 흔히 그러듯 밖으로 뛰어나가 이 공물을 꺾어 왔지. 그러곤 꽃잎은커녕 노란

꽃가루 한 알 떨어지지 않게끔 조심스럽게 관에 넣었고…….

그랬다. 토머스가 지녔음직한 그 무엇을 찾아 그의 몸을 뒤지고 배와 부스까지 뒤지며 끈질기게 사냥하던 누군가가, 급기야는 성소에 들어와 관을 뒤지는 짓까지 감행한 것이다. 관은 마지막 기도와 새벽 기도 사이에 열렸다가 다시 봉해진 것이 틀림없었다. 그리고 범인은 제 불경한 행위를 증언하기라도 하듯 관 속에서 시들어가던 장미에서 꽃잎 하나가 떨어져 나와 바닥으로 떨어졌다는 것을 전혀 눈치채지 못했다.

축일장 셋째 날

1

에마는 새벽같이 일어나 콘스턴스와 함께 쓰는 넓은 침대에서 조용히 빠져나왔다. 이어 조심조심 옷을 갈아입기 시작했는데, 그럼에도 기척이 느껴졌는지 콘스턴스가 잠에서 깨어나 경계심 어린 얼굴로 눈을 휘둥그레 떴다.

"쉿!" 에마는 입술에 손가락을 대며 휴와 얼라인이 잠들어 있는 방문 쪽으로 의미심장한 눈길을 던졌다. "아침기도 드리러 교회에 가려고. 아무도 깨우고 싶지 않아."

콘스턴스는 베개에 기댄 채 어깨를 으쓱이고는 눈썹을 살짝 올리며 고개를 끄덕였다. 오늘은 에마의 외숙을 위한 미사가 있는 날이고, 미사를 마친 뒤에는 관이 배에 실려 고향으로 돌아갈 것이었다. 외숙의 명복을 빌기 위해, 그리고 자기 영혼의 평안을 위해 에마로서는 오늘 하루를 참회로 시작하고 싶어할 법도 했다.
"혼자서 수도원 밖으로 나가진 않으실 거죠?"

"교회만 다녀올 거야." 에마는 진지하게 약속했다.

콘스턴스는 다시 고개를 끄덕였고, 이내 그녀의 눈꺼풀이 감기기 시작했다. 그녀는 에마가 아주 부드럽게 문을 열어 광장 쪽으로 빠져나가기도 전에 잠들어버렸다.

*

캐드펠 수사는 다른 수사들과 비슷한 시간에 일어났으나, 새벽에 발견한 일에 대해 안심하고 상의할 만한 유일한 책임자를 만나기 위해 일찍 숙사를 나섰다. 성소 침범 행위는 수도원장 관할하의 문제였고, 따라서 그는 그 이야기를 가장 먼저 들어야 하는 사람이었다.

장중한 수도원장실의 문이 닫히자 두 사람은 편안하게 대화를 시작했다. 둘 다 서로의 마음을 잘 알고 할 말을 분명하게 할 줄 아는 사람들이었다. 시들어서 작아진, 그러나 여전히 그 실크 같은 질감이 남아 있는 연노랑과 분홍의 장미 잎 하나가 원장의 손바닥 위에 황금 눈물처럼 얹혔다.

"우리 자매가 봉납하면서 떨어뜨린 게 아니라는 건 확실하오?" 라둘푸스 수도원장이 물었다.

"그 아가씨는 티끌 하나 떨어뜨리지 않았습니다. 마치 성찬용 포도주 병을 다루듯 두 손으로 고이 받쳐 들고 갔죠. 제가 쭉 지켜보았습니다. 아직 확인해보지는 못했지만, 놈은 틀림없이 목수가 단단하게 봉해놓은 관을 아주 교묘하게 뜯었다 닫아놨을 겁니다. 어쨌든 관이 한 번 열렸다 닫힌 것은 틀림없어요."

"형제 말을 믿소." 수도원장은 짧게 말했다. "참으로 사악한 짓이군."

"맞습니다." 캐드펠도 짧게 대꾸한 뒤 수도원장의 다음 말을 기다렸다.

"이런 일을 감행한 자가 누군지는 모르오?"

"아직은 모릅니다."

"그자가 그런 짓을 저질러 얻는 게 무엇인지도 모르고? 아, 그것만은 하느님이 막아주시길!"

"모릅니다, 수도원장님. 하지만 하느님이 막아주실 겁니다."

"이 일에 전력을 다해주시오." 라둘푸스 수도원장은 잠시 생각에 잠겼다가 다시 입을 열었다. "우리에겐 법을 지켜야 할 의무가 있어요. 듣자 하니 형제께선 보좌관과도 잘 아는 사이라던데, 그쪽 일에 최대한 협조하시오. 교회와 우리 수도원과 우리의 죽은 형제 그리고 그의 상속녀에 대한 모독 행위에 대해서는 내가 교회 전례법규를 찾아보리다. 오늘 아침에 사자死者를 위한 미사가 있으니, 그의 죽음과 관에 묻은 부정은 성스러운 의식으로 모두 씻길 거요. 우리 자매에게는 아무것도 알리지 마시요. 그 아가씨의 마음이 평안해야 돌아가신 분도 주님의 품으로 편히 들어갈 테지. 영혼에 대해 어떠한 가해도 일어나지 않는 곳으로 말이오."

캐드펠 수사는 진심으로 감사의 마음을 담아 입을 열었다. "예, 그 아가씨도 모르는 게 더 속 편할 겁니다. 착한 분인데, 어떻게든 슬픔을 가중시켜서는 안 되겠지요."

"형제께서 알아서 처리하도록 하시오. 어느새 아침기도 시간이 다 됐군."

캐드펠은 수도원장실에서 나와 서둘러 회랑 쪽으로 걸음을 옮기다가 저 앞에서 에마가 오는 것을 보았다. 그는 걸음을 늦추며 조용히 그녀의 행동을 주시했다. 무엇보다 기도와 명상으로 시간을 보내야 자연스러울 오늘, 에마는 매우 은밀하고 세속적인 다른 용무에 몰두해 있는 것 같았다. 게다가 이렇게 일찍 일어난 것을 보니, 뭔지는 몰라도 그 용무가 무척 긴급한 것인 모양이었다.

에마가 교회 남문으로 들어가자 캐드펠도 신중하게 그 뒤를 따랐다. 수도승들은 벌써 자리에 앉아 제단 쪽으로 시선을 집중하고 있었다. 그녀는 눈에 띄지 않는 구석진 자리를 찾는 척하며 소리 내지 않고 살그머니 본당을 빙 돌았다. 그러나 자리를 잡지 않고, 아까보다 더 빨리 걸어 서문 쪽으로 이어지는 출구로 향했다. 서문은 수도원 담장 밖 성문 길로 나가는 수도원 전용 출입구로, 지난해 슈루즈베리가 포위당했던 때처럼 위기 상황이 아닌 경우에는 언제나 열려 있었다.

이제 문 하나를 지난 다음 다른 문 하나만 더 지나면 에마는 자유롭게 자신이 원하는 곳으로 갈 수 있었다. 교회에 다녀오는 여느 신자 행세를 하다가 돌아올 때도 이 길을 이용하면 될 것이었다.

캐드펠 수사의 샌들은 에마의 뒤를 쫓아 소리 없이 타일 바닥을 미끄러져 갔다. 혹시 몰라 멀찌감치 떨어진 채였지만, 그녀가 뒤를 돌아볼 것 같지는 않았다. 커다란 문에는 역시나 빗장이 걸려 있지 않았다. 그녀는 문을 살짝 연 뒤 마른 몸으로 쉽게 빠져나갔다. 서향이라 빛이 들어 들킬 염려는 없었다. 캐드펠은 그녀가 문 밖으로 나가 오른쪽으로든 왼쪽으로든 갈 길을 정할 때까지 잠시 기다렸다. 아마 오른쪽으로 돌아 장터로 갈 것이다. 강이나 시내 쪽으로 간들 거기서 뭘 하겠는가?

에마가 눈앞에서 사라지기 직전 캐드펠도 살그머니 문을 빠져나와 수도원 서쪽 모퉁이를 돌았다. 성문 길이 쭉 펼쳐졌다. 그녀는 이제 걸음을 늦추어 아침 일찍부터 물건을 사러 나온 다른 이들과 보조를 맞추었다. 사람들은 큰길을 따라 어슬렁대다 북적이는 가판대 앞에 멈춰 서서 물건을 만져보기도 하고 값을 흥정하기도 했다. 장은 마지막 날 가장 분주한 법이다. 폐장을 앞두고 다들 물건을 헐값으로 내놓으니 말이다. 벌써부터 사방에서 호객 소리가 터져 나왔지만, 사람들은 이 집 저 집 기웃거리며 느긋하게 걸음을 옮기고 있었다. 에마도 장을 보러 나온 양 그들 속도에 맞춰 걸었지만, 그럼에도 분명한 목적지를 마음에 둔 채 나아가는 것이 분명했다. 캐드펠은 상당한 거리를 두고 그녀의 뒤를 따랐다.

딱 한 번, 그녀가 누군가에게 말을 걸었다. 커다란 가판대 주인이었는데, 그 사람이 몸을 돌려 저 앞쪽 수도원 담장 쪽을 가리키는 것으로 보아 방향을 물어본 모양이었다. 에마는 가판대 주인에게 인사를 하곤 그가 가리킨 방향으로 점차 빠른 걸음으로 걷기 시작했다. 어디로 가야 자신이 만나고자 하는 이를 찾을 수 있는지 모르고 있다가 이제 그 위치를 알아낸 것이다. 이런 장에는 주요 상인들이 다 모였고, 상인들은 대게 서로가 어디에 있는지 잘 알고 있었다.

에마는 성문 길 거의 끝에 다다라서야 걸음을 멈추었다. 부스 대여섯 개가 수도원 담장을 끼고 차려져 있었다. 틀림없이 목적지에 도착한 듯한데, 그녀는 그대로 선 채 멍하니 한 곳만 응시하고 있었다. 눈앞에 있는 것에 놀라고 당황한 기색이었다. 캐드펠은 좀 더 가까이 다가갔다. 그녀는 의심스러운 듯 인상을 쓰고서는 버팀벽과 수도원 담 모서리에 차려져 있는 맨 마지막 부스를 바라보고 있었다. 캐드펠은 그 부스가 누구 것인지 기억해냈다. 축일장 전야에 관리들이 터스탠 파울러를 널빤지에 얹어 수도원 감방으로 떠메고 갈 때 쪽문으로 바깥을 내다보던 의심 많은 깡마른 얼굴. 바로 쇼트윅 사람 유언의 부스였다. 그 순간 번득 떠오른 것이 있었다. 에마가 너무도 세세하게 묘사했던 그것, 너무도 짧은 순간에 도난당한 것으로 둔갑했던 그 상상 속 장갑!

에마는 당황한 모습이었다. 부스 문이 꼭 닫혀 있었던 것이다. 옆에선 다들 한창 장사를 하느라 판자문을 날개처럼 열어놓고 있는데 그 부스만 문이 모두 닫혀 있었다. 그녀는 바로 옆 부스로 가 무언가를 물었다. 남자가 고개를 들더니 어깨를 으쓱이곤 고개를 가로저었다. 그가 어찌 알겠는가? 어젯밤부터 그곳에는 사람의 기척이 없었다. 어쩌면 그 장갑 장수가 이미 물건을 다 팔고 떠나버린 건지도 몰랐다.

캐드펠은 더 가까이 다가갔다. 검푸른 머리칼 위에 쓴 수수하고 하얀 베일 속에서 에마의 옆모습은 유난히 연약하고 가련해 보였다. 그녀는 어찌할 바를 모르는 듯했다. 빈 부스로 몇 걸음 다가가서는 내려진 덧문을 두드릴 것처럼 손을 올렸지만 잠시 허공만 휘저은 뒤 이내 거둬들였다. 맞은편 부스의 우락부락한 푸주한이 가판대를 비워두고 건너와 다정하게 그녀의 어깨를 건드리더니 그녀를 대신해 기운차게 문을 두드리곤 귀를 기울였다. 그러나 안에선 아무 기척도 없었다.

누군가 커다란 손으로 캐드펠의 등을 둔탁하게 치는가 싶더니, 로드리 압 휴의 우렁찬 웨일스어가 귓가에 쟁쟁하게 울렸다. “이게 무슨 일이람? 유언 씨가 문을 닫는 날이 다 있군요! 참, 오래 살고 볼일이지! 그 사람이 장사를 빼먹거나, 이문이 남는 일에 빠지는 건 한 번도 본 적이 없는데 말입니다.”

“철수했나 보군.” 캐드펠이 말했다. “집으로 돌아간 모양이오.”

“그럴 사람이 아닌데! 어젯밤 자정 넘어서까지도 있었거든요. 여인숙으로 가는 길에 시원한 바람이나 쐬려고 이리로 나왔다가 봤소이다. 그때까지도 불이 밝혀져 있었죠.” 그러나 지금은 희미하게라도 비치는 것이 없었다. 혹시 비스듬히 내리쬐는 햇빛 때문에 안 보이는 걸까? 아니, 그것도 아니었다. 덧문과 부스 본체 사이의 틈이 칠흑같이 어두웠다.

바로 어제 로저 도드가 다른 부스에서 보았던 상황과 너무나 흡사했다. 거기서는 안으로 걸리는 빗장이 단검에 의해 깨끗이 제거되어 있었다. 반면 이 부스는 안팎으로 자물쇠가 달려 있었고, 당연히 열쇠는 눈에 띄지 않았다.

"이거 정말 맘에 안 드는군." 로드리가 앞으로 나섰다. 예상대로 문이 잠겨 있자, 눈을 가늘게 뜨고 커다란 열쇠 구멍으로 안을 들여다보았다. "안쪽은 잠겨 있지 않아요." 그가 고개를 돌려 말하곤 다시 안을 들여다보았다. "인기척도 없군." 캐드펠은 로드리 등 뒤로 바짝 다가섰고, 다른 상인들 서넛도 그를 둘러쌌다. "좀 비켜봐요!"

로드리는 팔을 벌려 두 손으로 문을 움켜쥐고는 나무 벽에 한 발을 댄 채 넓은 어깨를 크게 한번 들썩이며 힘차게 끌어당겼다. 자물쇠가 달린 부분의 나무판이 갈라지면서 나무 부스러기들이 먼지처럼 날아오르더니 문이 벌어지기 시작했다. 로드리는 뒤뚱뒤뚱 뒷걸음질 치다가 몸을 추스르고는 얼른 열린 문틈으로 들어갔다. 캐드펠도 재빨리 뒤를 따랐다. 이 웨일스인이 부스 안의 물건에 먼저 손을 대게 해서는 안 되었다.

장갑 장수의 가판대는 엉망이었다. 선반 위 물건들이 죄다 깨끗이 쓸어내려져 바닥에 낟알처럼 흩어져 있었다. 뒷벽을 따라 펼쳐진 밀짚 깔개 위엔 부스 임자의 외투가 널브러져 있었고, 그 옆 무쇠 탁자 위에는 초 한 자루가 겹겹이 쌓인 촛농 속에 휘어 있었다. 어둠에 눈이 익어 사물을 제대로 분간할 수 있기까지 몇 초가 걸렸다. 유언은 혁대와 어깨띠, 장갑, 지갑, 안장주머니 같은 물건들에 뒤엉켜 양 무릎을 세운 채 똑바로 누워 있었다. 그의 마른 얼굴과 잿빛 머리에는 올이 거친 포대 자루가 반쯤 씌인 채였다. 포대 자루 가장자리 밑으로 얇은 입술이 고통스럽게 벌어져 하얀 치아들이 그대로 드러나 있었다. 머리가 꺾인 방향은 부러진 목각 인형을 연상시킬 만큼 끔찍했다.

캐드펠은 가판대 덧문을 열어 아침 햇빛을 안으로 들이고는 몸을 굽혀 유언의 비틀린 목과 움푹 꺼진 볼을 만져보았다. "차갑겠군요." 뒤에서 로드리가 말했다. 그의 판단을 기다리지 않고 내뱉은 말이었지만 어쨌거나 정확한 얘기였다. 유언의 육체는 이미 식어가고 있었다. "죽은 게지." 로드리가 담담하게 말했다.

"몇 시간쯤 지난 것 같소." 캐드펠이 말했다.

긴박한 상황에 에마를 잊고 있던 캐드펠은 그녀가 내지른 비명을 듣고서야 놀란 눈길로 황급히 주변을 훑었다. 둘러선 사람들의 어깨 틈으로 그녀의 모습이 보였다. 공포에 질려 눈이 커다래지고 작은 주먹으로 입을 틀어막은 채였다. "오, 안 돼!" 그녀는 속삭이듯 말했다. "죽으면 안 돼! 안 된다고! 맙소사, 이 사람마저……."

캐드펠은 에마를 안은 뒤 놀라서 입이 벌어진 구경꾼들을 헤치며 부스 밖으로 나왔다. “돌아가시오! 당신은 여기 있어선 안 돼. 사람들이 찾기 전에 어서 돌아가요. 여기 일은 내게 맡기고.” 귀에 대고 다급하게 중얼댄 이 소리를 과연 그녀가 알아들었을지 캐드펠은 확신이 서지 않았다. 그녀는 우유처럼 새하얘져서 몸을 벌벌 떨었고, 그 푸른 눈은 휘둥그레진 채 미동도 없었다. 아무래도 혼자 돌려보낼 수는 없을 것 같아 그는 다급하게 주위를 둘러보았다. 베링어나 행정 장관이 현장에 나타날 때까지 상황을 방치하고 싶진 않았기에, 그녀를 안심하고 맡길 만한 사람이 필요했다. 그때 무리 뒤쪽에서 갑자기 고함이 터져 나왔다. 더할 수 없이 반가운 음성이었다.

“에마! 에마!” 이보 코르비에르였다. 옥수숫대로 가득 찬 밭에 불어닥친 광풍처럼, 그가 인파를 흩뜨리며 모습을 드러냈다. 그 소리에 에마도 고개를 돌렸다. 그녀의 눈에서 생명의 불꽃이 되살아났다. 캐드펠이 에마를 청년의 품에 넘기자, 그는 열정과 걱정에 가득 찬 기색으로 팔을 뻗어 여자를 받았다.

“맙소사, 무슨 일이 있었던 겁니까? 이게 다 무슨…….” 이보는 넋이 나간 에마의 얼굴과 캐드펠을, 이어 판자문이 쪼개진 부스를 번개같이 훑어보았다. 그러곤 에마를 품에 안은 채 꽉 다문 입술 사이로 캐드펠에게 조용히 물었다. “설마…… 또? 이번에도요?”

“에마를 데려다주시오.” 캐드펠은 짧게 말했다. “잘 보살펴주리라 믿소. 아, 그리고 휴더러 이리로 와달라고 전해주면 고맙겠군. 그의 도움이 필요한 사건이 발생했소."

*

코르비에르는 에마를 부축하여 성문 길을 따라 수도원으로 돌아갔다. 보폭을 에마의 걸음에 맞추며 내내 수많은 말로 그녀를 달래고 진정시켰지만, 그의 노력을 아는지 모르는지 에마는 한마디 대꾸도 없이 걷기만 했다. 그러다 교회 서문에 다다를 즈음, 갑자기 그녀가 입을 열었다. "그 사람 죽었어요. 나도 봐서 알아요."

"얼핏 봤을 뿐이잖아요." 이보가 달래듯 말했다. "살아 있을지도 몰라요."

"아니에요. 죽은 게 확실해요. 어떻게 이런 일이 생길 수 있죠? 도대체 왜?"

"어디서나 늘 벌어지는 일이에요. 강도, 폭력, 살인……. 슬프긴 하지만, 새로울 것도 없죠." 이보가 그녀의 손을 따뜻하게 쥐었다. "당신 탓이 아니에요. 당신이나 내가 어떻게 해볼 수 있는 일이 아니라고요. 이 일을 얼른 잊었으면 좋겠네요. 시간이 지나면 분명 잊어버릴 거예요."

"아니요. 절대 못 잊어요."

수도원을 나설 때만 해도 에마는 나왔던 길로 돌아갈 작정이었으나, 이제 그런 건 아무 상관 없었다. 어쨌거나 다른 사람들 눈에는 장갑을 구경하러 일찌감치 장에 나온 손님으로 보일 터였다. 그녀는 이보와 나란히 문지기실로 들어갔다. 그가 그녀를 부드럽게 감싼 채 수도원 접객소로 들어설 즈음에는 그녀도 평정을 되찾고 있었다. 얼굴에 다시 혈색이 돌기 시작했고, 비록 그 어조에 쓰라림이 배어 있었으나 목소리도 생기를 찾은 참이었다.

"이제 괜찮아요, 이보. 나 때문에 더 고생할 것 없어요. 내가 휴 베링어 님께 가서 현장에 가보시라고 전할게요."

"캐드펠 수사님이 내게 당신을 맡겼어요." 이보는 부드러우면서도 무게 있는 어조로 말을 이었다. "당신도 날 거절하지 않았고요. 그러니 내 임무를 끝까지 수행하고 싶어요." 이어 그는 미소를 지으며 덧붙였다. "앞으로도 당신이 날 믿어준다면, 나는 무슨 일이든 해나갈 겁니다."

*

휴 베링어가 행정관 넷을 데리고 현장에 도착했다. 그는 호기심 어린 표정으로 유언의 부스를 에워싸고 있던 이들을 모두 물린 뒤 이웃 가판대 주인들의 진술을 청취하기 시작했다. 맞은편 부스의 푸주한이 증언했고, 로드리 압 휴도 캐드펠의 도움을 받아 자신이 본 것을 이야기했다. 이 웨일스인은 급할 것이 없었다. 일꾼 중 가장 훌륭한 자가 브리지노스에서 돌아와 남은 물건들을 잘 팔고 있었기 때문이다. 그럼에도 그 자리에 더 머물고픈 생각은 없었는지, 자신의 법적 용무가 끝나자마자 침착하게 주위를 둘러보더니 자리를 떠났다. 보다 인내심 있는 구경꾼들은 여전히 멀찍이 선 채 이 모든 광경을 지켜보았으나 증인들의 말은 전혀 들을 수 없었다. 목격자의 진술을 모두 들은 뒤, 베링어가 부스의 문을 끌어당겼다. 열린 쪽문으로 빛이 쏟아져 들어왔다.

"저 양반 이야기를 모두 그대로 믿어도 될까요?" 로드리의 뒷모습을 힐끔 쳐다보며 휴가 물었다. 웨일스인은 제 증언에 조금의 의혹도 없다는 듯 한 번도 뒤돌아보지 않았다.

"적어도 내가 이곳에 오고부터 벌어진 일에 대한 내용은 믿어도 될 거요. 로드리는 뛰어난 관찰자요. 자신과 관계된 일이든, 앞으로 관계가 있을 일이든, 심지어 관계가 전혀 없는 일까지도 놓치는 일이 거의 없지. 저 사람은 장사꾼이고, 그의 거래에 의혹 같은 건 없소. 하지만 우리가 그의 사업 중 절반밖에 모르고 있을지도 모르지."

이제 부스 안에는 그들과 죽은 자뿐이었다. 두 사람은 시신이나 그 주변에 흩어져 있는 가죽 제품을 건드리지 않으려고 조심하면서 죽은 이를 사이에 두고 마주 서 있었다.

"아까 그 양반 말로는 어젯밤 자정이 넘은 시각에 문틈으로 불빛이 보였다고 했죠. 여기 이 촛불은 다 타지도 않은 채 꺼져 있군요. 부스를 닫고 뒷문을 잠갔다면……."

"늘 하던 대로 말이지. 로드리의 진술은 사실이오. 남을 믿지 못해 모든 일을 혼자 처리하는 사람이었소. 아마 문도 직접 잠갔겠지."

"그렇다면 이후에 문을 자기 손으로 열어 살인자를 들였다는 얘기가 되는군요. 보다시피 자물쇠를 억지로 연 흔적은 없잖습니까. 그렇게 조심성 많은 사람이 왜 야밤에 문을 열어주었을까요?"

"누군가를 기다리고 있었으니까. 아마 그는 장이 열리는 사흘 내내 누군가를 기다렸고, 마침내 바라던 소식을 전달받아 마음을 놓고 있었던 것 같소."

"경계를 풀 정도로요? 아까 그 웨일스인이 이 사람에 대해 한 말을 고려하면 그렇게 생각하긴 좀 힘들군요."

"내 생각도 그렇긴 하오. 기다리고 있던 은밀한 전갈이 없었다면 말이지. 그 전갈의 내용은 아마 누군가의 이름이었을 거요. 그리고 내 생각엔 말이지, 이자는 자신이 기다리던 사람이 한밤중에 자기 부스의 문을 두드리거나 성문 길에 들러 전갈을 건넬 리 없다는 사실을 이미 알고 있었을 거요."

"브리스틀의 토머스 씨 말씀이군요. 그는 이미 죽었으니까요."

"그렇지. 벌어질 법하지 않은 일들이 이처럼 동시에 일어날 가능성이 얼마나 될 것 같소? 한 상인이 살해당하고, 배가 난장판이 되더니, 부스까지 그 지경이 됐소. 그다음에는, 맙소사, 죽은 상인이 안치된 관이 열렸고! 참, 당신에게는 아직 관 얘기를 할 시간이 미처 없었군." 캐드펠은 그제야 휴에게 그 얘기를 털어놓았다. 그 장미 잎은 리넨에 싸서 승복 가슴께에 품고 있던 터였다. "당신은 내 눈을 믿겠지. 이건 절대로 처음에 떨어진 게 아니오. 내가 아는 한, 이 꽃잎은 토머스 씨와 함께 관 속에 고이 들어가 있었소. 그리고 그의 조카딸은 수도원을 빠져나올 기회만 엿보다가 마침내 오늘 아침 이 장갑 장수의 가게를 찾아왔지. 그랬다가 이자도 자기 외숙처럼 죽어 있는 모습을 보게 되었고. 지금까지 일어난 사건은 모두 토머스 씨와 관련된 곳에서 벌어졌소. 브리스틀로 옮겨 갈 관에서조차 그 미지의 보물이 발견되지 않았으니, 그다음 대상이 여기가 된 것이지. 토머스 씨가 유언에게 그것을 전했을지도 모르니까."

"놈들이 그걸 알고 있었던 거군요."

"아니면 그렇게 추측할 만한 근거가 있었거나."

"수사님 말씀대로라면, 관은 마지막 기도와 새벽 기도 사이에 열렸다 닫혔겠군요." 휴가 생각에 잠겨 말했다. "자정 전에 말이지요. 이 사람은 언제 죽었을까요? 저보다 경험이 많은 수사님의 생각이 궁금합니다."

"한밤중이겠지. 자정이 지나고 두 시간 안에 죽은 것 같소. 놈들은 토머스 씨가 이곳에 도착한 뒤로 내내 그를 감시했고, 장이 열리기도 전에 그를 죽여 뒤져보았는데, 아무것도 찾지 못했소. 관을 뒤진 다음엔 토머스 씨 혹은 그 사람과 한패인 누군가가 놈들의 감시망을 교묘히 피해 약속된 이에게 그 귀한 물건을 넘겨주었으리라 추측했을 거요. 이 불쌍한 사람은 어젯밤 자신의 거래 상대라 생각한 자에게 문을 열어준 것이 틀림없소. 침입자가 특별한 누군가의 이름을 암호로 댔고…… 그래서 결국 살인자를 안으로 들인 게지. 어쨌든 미리 약속이 되어 있었다는 건 분명하오."

"그렇다면 놈들은 지금까지 사람을 둘이나 더 죽이고도 원하는 것을 얻지 못한 셈이군요." 휴가 예리하게 말했다. "장갑 장수는 누군가 그것을 가지고 오리라 생각했고, 그 누군가는 여기서 그것을 찾을 수 있으리라 믿었죠. 결국 어느 쪽도 그것을 차지하지 못했고요. 양쪽 다 속은 겁니다." 그는 검은 눈썹을 내리깔고 갈색 주먹으로 턱을 괸 채 전에 없이 진지하게 생각에 잠겼다. "그리고 에마가 여기에 왔다고요……. 아무도 모르게 말이죠."

"그랬지. 남자들이 모두 당신과 나 같은 생각을 가지고 있는 건 아니오. 다른 중요한 것을 손에 넣기 위해 여성을 목표로 삼는다는 건, 우리 같은 사람들로서야 꿈도 못 꿀 일이지. 그 여자가 이제 막 성인이 된 아가씨라면 더더욱 그렇고. 하지만 다른 모든 가능성이 차단되고 바로 그 여자가 문제의 중심에 있다는 것이 드러나면 어떨까? 내가 보기에, 놈들이 찾는 대상은 바로 에마인 것 같소."

"이제 속내를 드러낸 그 어린 소녀 말이죠." 휴가 낮은 목소리로 말했다. "어쨌거나, 에마는 코르비에르 덕에 무사히 접객소에 도착했습니다. 얼라인과 함께 있으라고 했어요. 강인한 아가씨인데도 많이 동요하고 있더군요. 오늘은 호위 없이 혼자선 한 걸음도 움직이지 않을 테니 안심해도 될 겁니다. 이제 이 불쌍한 시신에서 뭔가 건질 게 있는지 조사해보죠."

휴는 몸을 굽히고 장갑 장수의 좁다란 얼굴을 한쪽 눈썹에서부터 반대쪽 턱까지 가리고 있는 성긴 포대 자루를 벗겨냈다. 잿빛 머리털로 덮인 왼쪽 관자놀이 위쪽에 찢긴 상처가 나 있는 것으로 보아, 문을 열어주자마자 오른손잡이의 주먹에 맞은 모양이었다. 워린 사건 때처럼 기절을 시킨 뒤 자루를 씌우고 재갈을 물린 것 같았다. 그러나 이번 경우 그들은 허락을 받고 들어와, 워린처럼 심약한 잠꾸러기가 아니라 멀쩡히 깨어 있는 사람과 대적해야 했다.

"저번 사건과 방법이 흡사한 걸 보면 사람을 죽일 생각은 아니었던 것 같군. 그렇지만 상대가 뜻대로 쉽게 움직여줄 사람이 아니었지. 이 사람은 맞붙어 싸우다 목이 부러진 거요. 상태로 보아 한 놈이 눈을 가리려고 뒤에서 달라붙었는데, 이 사람이 반항하는 통에 엎치락뒤치락하다가 그 끈을 잡아당기게 된 것 같소. 철사같이 삐쩍 마르고 민첩한 사람이지만 늙은 뼈가 버티지 못하고 부러진 게지. 반항하지만 않았어도 워린처럼 목숨은 건질 수 있었을 텐데……. 놈들은 이자가 죽어버린 걸 알고 서둘러 수색하지 않을 수 없었고, 그 과정에서 물건들을 사방에 흩뜨려놓은 채 도망간 거요."

휴 베링어는 바닥에 어지러이 널려 있는 혁대며 견장, 장갑 따위의 가죽 제품을 옆으로 밀어냈다. 유언의 오른팔 팔꿈치 아래쪽은 가운 자락에 가려져 있었다. 접힌 가운을 바로 펴던 휴가 날카로운 휘파람 소리를 냈다. 죽은 이의 손에 긴 칼이 쥐여 있었던 것이다. 날에 홈이 패 있고 자루는 도금으로 장식된 칼이었다. 혁대에 매단 빈 칼집이 오른쪽 엉덩이 밑으로 반쯤 나와 있었다.

"손재주가 좋은 사람이군요! 보세요, 우리를 위해 자신의 흔적을 남겨놨어요!" 칼날 끝에 피가 묻어 있었고, 홈에도 손가락 세 개 길이의 진홍색 선이 두 줄 남아 있었다. 이제는 말라붙어 검게 변하려는 참이었다.

"로드리 압 휴가 이자에 대해 한 말이 있지. 아무도 믿지 않는 고독한 영혼이라고. 그래서 스스로 짐꾼도 됐다가 감시인도 됐다가 한다고 말이오. 무기를 갖추고 다니는데, 다루는 솜씨가 꽤 괜찮다는 얘기도 했소." 캐드펠은 무릎을 꿇고 시신 위에 있던 부스러기들을 걷어낸 뒤 죽은 자의 몸을 머리부터 발끝까지 살피며 이리저리 만져보았다. "이자를 성이나 수도원으로 옮겨서 더 자세히 살펴봐야겠군. 이자의 몸에서 피가 난 곳은 눈가에 난 이 상처 자리뿐이오. 칼에 묻은 피는 이자의 피가 아니라는 얘기지."

"이게 누구 피인지 알 수 있으면 좋으련만!" 휴는 젊은이다운 민첩한 동작으로 시신을 훌쩍 뛰어넘어 이쪽으로 건너와 쭈그리고 앉았다. 캐드펠 수사는 노쇠하여 삐걱대는 무릎을 펴며 잠시 그에게 질투를 느꼈다. 휴가 뻣뻣해져가는 시신의 팔을 들더니 꽉 오그린 손가락을 펴보려 했다. "야무지게도 쥐고 있군!" 그가 힘을 들여 손아귀를 풀고 칼자루를 빼내는 순간, 칼끝의 무언가가 열린 쪽문으로 비스듬히 들어오는 햇살에 잠시 반짝이며 흔들리더니 이내 사라졌다. 마치 밝은 햇빛 속에서 금빛으로 떠다니는 티끌 같았다. 칼날에는 혈흔밖에 보이지 않는 듯했으나, 자세히 들여다보던 캐드펠이 이내 소리를 질렀다. "노란색 머리카락이군! 저기 한 올 더 있네!" 휴가 칼을 돌리자 섬광처럼 반짝이는 것이 꼬이며 칼에 감겼다.

"아니, 머리카락이 아니라 가느다란 실입니다. 표백되지 않은 리넨 섬유예요. 홈에 걸려 천이 찢겼는데, 그 위에 묻은 피가 마르면서 실이 붙어버린 거죠. 보세요!"

아닌 게 아니라 잔디 이파리처럼 가느다란 섬유가 돌돌 말려 칼의 홈에 걸려 있었다. 캐드펠이 한쪽 끝을 조심스레 잡고 잡아당기자 실이 손 하나 길이 정도로 풀려 나왔다. 말라붙은 피 때문에 변색되긴 했지만, 한쪽 끄트머리에는 옅은 황갈색이 분명하게 남아 있었다. 길고 가느다란 리넨 섬유 한 가닥이 고수머리처럼 물결 모양을 이루며 흔들렸다.

"손 하나 길이 정도로 가늘게 찢겼군. 옷단에서 풀린 것 같소. 칼에 걸려 천이 길게 찢어진 게지." 캐드펠은 눈을 가늘게 뜨고 생각에 잠겼다. 유언이 문을 열자마자 주먹이 날아들었을 것이다. 그러나 상대는 유언을 때려눕히는 데 실패했고, 유언은 얼른 칼을 빼서 달려들었다. 육박전이 벌어졌고, 유언은 오른손에 칼을 쥐고 침입자의 심장을 겨누어…….

"상대의 심장을 노린 게야." 캐드펠은 확신에 차서 말했다. "나라도 그랬겠지. 다른 침입자는 등 뒤로 빠져나가 일격을 피했을 테고. 어쨌거나 유언이 겨눈 건 상대의 심장이었소. 지금 누군가는 찢어진 윗도리를 입은 채 어딘가에 있을 테지. 왼쪽 가슴 쪽, 아니, 소매 쪽일 거요. 유언의 공격을 막으려고 팔을 쳐들었을 테니까. 왼쪽 소맷부리에서부터 팔꿈치 쪽으로 찢어진 윗도리, 그걸 찾아야 하오. 처음엔 실이 칼 홈에 걸렸을 테고, 그 실이 천을 잡아당겨 옷이 길게 찢어졌을 거요."

휴는 캐드펠의 추리를 곱씹었다. 오류 같은 건 찾을 수 없었다.

"찰과상에 그쳤겠죠? 놈은 입구 쪽에 피 한 방울 흘리지 않았어요. 출혈을 막느라 애쓸 필요도 없었을 겁니다."

"그래도 소맷자락엔 피가 묻어 있겠지. 살갗에 스친 정도겠지만 어쨌거나 기다란 모양의 상처도 나 있을 것이고. 팔을 보면 알 테지."

"어느 놈의 팔을 봐야 하는지 짐작이라도 할 수 있다면 좋을 텐데요!" 휴는 북적대는 장터로 행정관들을 내보내 사람들에게 왼쪽 소매를 걷어 올리게 해서 팔뚝을 살펴보는 장면을 상상해 보고는 웃음 비슷한 소리를 냈다. "그래도 어려운 문제는 아닙니다. 우리 둘, 그리고 제가 아끼고 신뢰하는 부하들을 총동원해 이제부터 눈을 크게 뜨고 다닌다면 못 찾아낼 것도 없죠. 찢어진 소매, 혹은 갓 꿰맨 흔적이 있는 소매만 찾아내면 되니까요."

휴는 일어서서 쪽문 앞에 서 있던 부하를 불러들였다. "일단 시신을 옮긴 뒤 최선을 다해 찾아봐야겠습니다. 로드리와도 더 이야기해서 이 장갑 장수에 대해 뭐라도 캐내면 좋겠군요. 저보다는 수사님께서 직접 얻어내실 수 있는 게 더 많을 것 같으니 부탁드립니다. 무언가 알아내면 제게도 알려주시고요."

"그렇게 합시다." 뻣뻣해진 무릎을 일으켜 세우며 캐드펠이 말했다.

"저는 먼저 성으로 가서 이 일을 보고하지요. 아, 이 참에 그거 하나는 확실히 짚고 넘어갈 수 있겠군요. 어젯밤에는 장관님이 제 말에 귀 기울여주시지 않았지만, 이 일을 보고받고 나면 그분도 코비저 아들을 풀어주지 않을 수 없을 겁니다. 물론 다른 청년들처럼 아비의 보증을 받아야겠지만요. 어쨌든 필립이 감옥에 있는 동안 연이어 발생한 사건들을 모조리 보시면 장관님 같은 고집불통도 그가 토머스 씨 살해 사건과 아무런 관련이 없다는 것을 믿을 수밖에 없겠죠. 필립은 오늘 자기 집에서 저녁을 먹게 될 겁니다."

*

로드리는 제 지혜와 경험의 열매들을 순순히 캐드펠 수사의 귀에 쏟아부을 생각이 없었다. 쇼트윅 출신 유언의 시체가 옮겨지고 닫힌 부스 앞에 경비병 하나만 남는 순간부터, 로드리는 그러한 결심을 굳히며 장터를 이리저리 돌아다녔다. 그는 어디에나 존재하면서도 마음이 내킬 때까지는 좀처럼 모습을 보이지 않다가 어느 순간 예기치 못한 곳에서 등장하는 재주가 있었다. 마치 우연히 그 자리에 와 있는 것처럼 자연스럽게 말이다.

"장담하건대, 당신은 가져온 물건을 모두 팔게 될 거요." 장사와는 아무런 관계가 없는 캐드펠이 가판대들 사이에서 로드리와 마주치자 얼른 말했다.

"좋은 물건은 어딜 가나 눈에 띄는 법이니까요." 로드리가 즐거운 듯 눈을 반짝이며 말했다. "꿀단지가 몇 개 남아 있습니다. 양모는 다 팔렸고요. 아, 술이 반병쯤 남아 있는데 한잔하시겠습니까? 이 시간에 괜찮다면 말이지요. 포도주는 아니지만, 벌꿀주라도 마시면 기분이 좋아질 겁니다. 수사님도 웨일스 사람이니까요!"

두 사람은 장사를 마친 소상인들이 철수하며 1년 치 쓸모를 다한 가판대를 쌓아둔 곳에 자리를 잡았다. 그들 사이에는 술병이 놓여 있었다.

"오늘 아침의 그 사건 말이오," 캐드펠이 고갯짓으로 경비병이 서 있는 부스를 가리키며 물었다. "이제 다 끝난 일이라 생각하오? 아니면 이런 식으로 더 많은 희생을 치러야 하려나? 어쩌면 놈들이 겁을 먹고 이미 마을을 떴는지도 모르겠군. 여기 남은 이들에게 짐과 갈등을 몽땅 떠넘긴 채 말이오."

로드리는 텁수룩한 머리를 가로저으며 씩 웃었다. 무성한 수염 사이에서 커다랗고 하얀 치아가 반짝였다. "사실 제가 보기엔 이번 축일장이 마냥 평화롭고 조용하기만 한 다른 장보다 훨씬 나은 것 같습니다. 두 상인이 겪은 불행만 제외하면 말이지요. 그러고 보니 벌써 마지막 날이군요. 뭐, 아마 취객들끼리 말다툼이나 소란을 몇 차례 더 벌이긴 할 겁니다. 그거야 장바닥에서 언제든 우연히 일어날 수 있는 일이고요. 하지만 토머스 씨에게 일어난 일은…… 우연 같은 게 아니지요. 사흘 동안 몇백 명이나 되는 다른 사람들에겐 상처 하나 내지 않은 채 딱 한 명만 사냥하고 다니는 우연이 세상 어디에 있답니까?"

"쇼트윅의 유언도 당하지 않았소?" 캐드펠이 무심한 척 운을 띄웠다.

"그러니까 말입니다! 수사님, 한번 생각해보세요! 체스터의 라눌프 백작의 눈과 귀 노릇을 하는 자가 슈롭셔의 장터에서 살해당한 겁니다. 또 도착한 날 저녁에 살해당한 브리스틀의 토머스는 글로스터의 로버트 백작이 장악하고 있는 도시에서 온 사람이죠. 죽은 뒤에는 그 양반이 가져온 물건들이 몽땅 헤집어졌다죠? 그런데도 중요한 물건은 도난당하지 않았고요." 과연 로드리는 자신의 활동 반경 몇 킬로미터 안에서 오가는 거의 모든 이야기들을 훤히 꿰고 있는 모양이었다. 그러나 토머스의 관에 대해서는 한 마디의 언급도 없었다. 그 이야기를 듣지 못한 걸까? 아니, 가장 먼저 알았으면서도 모른 척하는 것일 수도 있었다. 교회문은 언제나 열려 있고, 광장이나 문지기실을 통할 필요도 없으니까. "토머스 씨가 슈루즈베리로 가져온 어떤 물건이 누군가에겐 굉장히 중요한 모양인데, 그 누군가는 사람에게서도 배와 가판대에서도 그걸 손에 넣지 못했죠. 간밤에는 유언마저 살해되었어요. 그 친구 물건도 모조리 헤집어졌고요. 아마 거기서 도난당한 물건도 있긴 할 겁니다. 유언의 물건은 작아서 들고 나가기 편하니, 그런 이익을 마다할 리 없지. 그럼에도 불구하고, 놈들이 찾던 건 아닐 거예요. 생각해보십시오. 서로 적대 관계에 있는 지역에서 온 두 사람이 중요한 그저 사업 때문에 만나기로 했겠습니까? 글로스터 사람과 체스터 사람이?"

"그럼 제삼의 인물은 어느 쪽이오?" 캐드펠이 궁금해하던 것을 소리 내어 물었다.

"제삼의 인물이라니요?"

"죽은 두 사람에게 그렇게 관심이 많은 사람 말이오. 그자는 누구 편일 것 같소?"

"글쎄올시다, 분파가 워낙 여럿이라서요. 각 분파마다 염탐꾼들은 필요하겠죠. 우선 스티븐 왕의 분파가 있는데, 글로스터 사람과 체스터 사람이 같은 장에서 만났다는 걸 알면 아주 흥미를 느꼈을 겁니다. 게다가…… 체스터 쪽 말고도 제 영토에서는 스스로 왕이라 생각하는 세력들이 여러 군데 있거든요. 그치들도 체스터 쪽 세력이 뭘 꾀하는지 파악할 필요가 있겠죠. 자기네 이익을 위협하는 일이 벌어진다면 나서서 저지하려고 할 겁니다. 그다음엔 교회가 있지요. 베네딕토 교단을 모욕하려는 건 아니니 언짢게 생각진 마세요. 왕이 요 몇 주 사이 몇몇 주교들에게 모욕을 주고 있다는 얘긴 수사님도 들어봤을 겁니다. 아닌 게 아니라, 이런저런 구실로 성직자들의 화를 돋우더니 얼마 전에는 같은 핏줄이자 최고 동맹 세력이며 교황의 특사이기도 한 윈체스터의 헨리 주교까지 철천지원수로 돌려세웠죠. 헨리 주교야 남쪽 지방에 붙박여 있는 사람이니 여기서 벌어지는 일에 대해 제때 듣고 있는지 잘 모르겠지만, 그래도 이 모든 사태와 관련이 없다 할 수는 없을 겁니다. 그리고 링컨이나 우스터의 영주들도 일이 돌아가는 상황을 늘 주시하고 있지요. 그런 세력가들에게 고용된 하수인들은 제 주인이 불가침의 본거지에 앉아 있는 동안 부지런히 돌아다니고요."

당신 같은 부자가 안전하게 가판대 안에 들어앉아 오만 구경거리를 즐기는 동안 그 아랫사람들은 허드렛일을 하고 있는 거나 매한가지로 말이지. 캐드펠은 생각했다. 이 시커먼 웨일스 놈은 지금 내 앞에서 온갖 이야기를 늘어놓으며 즐기고 있는 거야! 그는 자신이 조롱의 대상이 되었음을 깨달았다. 문제는 이것이 짓궂은 자의 악의 없는 장난인지, 아니면 제 죄를 교묘히 피하며 쾌감을 느끼는 악인의 조롱인지 알 수 없다는 사실이었다. 그는 상대의 까만 눈과 반짝이는 치아를 바라보았다. 그래, 아직 얻어낼 게 많은데 굳이 이자의 즐거움을 방해할 이유도 없지. 게다가 이 벌꿀주 맛도 기가 막히고 말이야.

"하지만 이곳에는 체셔와 라눌프 진영 근처에서 온 다른 사람들도 많지 않겠소?" 캐드펠은 조심스럽게 입을 열었다. "선생만 해도 그 모든 걸 훤히 꿰고 있으니 의심을 살 만하지요. 선생 이야기가 맞는다면, 이 사건을 저지른 자들은 토머스 씨 다음으로 선생을 뒤져야 한다고 생각할 수도 있지 않겠소? 쇼트윅의 유언과 선생 중 유언을 겨냥한 이유가 뭐라고 생각하오? 물론 예를 들어 하는 말이니 기분 나빠하지는 마시오."

"그걸 누가 알겠습니까!" 로드리는 진심으로 화를 냈다. "그러면 수사님은 왜 아니죠? 내 분명히 말하는데, 난 라눌프 백작의 하수인이 아니에요. 물론 수사님이나 다른 사람들은 무턱대고 날 믿을 수 없겠죠. 하지만 여기 생각해야 할 것이 하나 있어요. 브리스틀의 토머스 씨는 웨일스어를 전혀 못 했을 거라는 사실입니다."

"선생은 잉글랜드어를 전혀 못 하고 말이지." 캐드펠이 한숨을 내쉬었다. "그걸 깜빡했군!"

"한 달도 안 된 일인데, 저 아래 지방에서 글로스터로 가던 여행객 하나가 라눌프 진영에 들러 하룻밤 묵고 갔소이다." 로드리는 자신의 박식함을 뽐낼 기회가 반가운 듯 눈을 빛내며 말을 이었다. "음유 악사인데 보기 드문 환대를 받았죠. 라눌프 부부는 밤에 내실에서 연주를 해달라고 부탁까지 했답니다. 라눌프 백작이 음악을 즐긴다니, 나로서는 처음 듣는 소리였지. 그가 정말 시가나 듣겠다고 그 악사를 불러들였을까요? 아니지, 자기 장인과 관련된 용건 때문이었을 겁니다. 성공할 전망이 어느 정도인지, 그로 인해 자기에게 돌아올 보상이 어느 정도인지 알고 싶었던 거예요." 로드리는 캐드펠 곁에 바짝 붙어 환한 미소를 지어 보이고는 병에 남은 벌꿀주를 따랐다. "수사님의 건강을 위하여!

수사님은 적어도 탐욕에서는 벗어난 분이겠죠. 전 가끔 그런 게 궁금하더군요. 탐욕을 대신할 만큼 큰 열정이 과연 존재할까? 보시다시피 난 아직 속세에 살고 있으니 말입니다."

"존재한다고 믿소." 캐드펠이 온화하게 말했다. "아마도 진실에 대한 열정이려나? 아니면 정의이거나."

2

정오 무렵, 간수가 필립의 감방 문을 연 뒤 한 걸음 물러서 시장을 들여보냈다. 아버지와 아들은 뚫어지게 서로를 쳐다보았다. 여전히 제프리 코비저는 심각할 정도로 진지해 보였고, 필립은 고집 세고 반항적인 얼굴이었다. 그럼에도 아버지는 누그러져 있었고 아들은 기운을 찾았으니, 대체로 아버지와 아들은 서로를 잘 이해하기 마련이다.

"오늘 풀려난다. 내가 보석금을 낼 거야." 시장이 짧게 말했다. "혐의가 아직 사라진 건 아니라 소환을 받으면 출두해야 해. 그때까지 정신을 좀 차렸으면 좋겠구나."

"지금 아버지랑 집으로 돌아가는 거예요?" 필립은 얼떨떨했다. 바깥일이 어찌 돌아가는지 전혀 모르고 있기도 했지만, 이처럼 갑작스레 석방되리라곤 상상도 못 했던 것이다. 필립은 얼른 차림새를 가다듬었다. 지금 자신이 아버지와 함께 나란히 마을로 들어가는 것이 그리 멋진 광경은 아닐 터였다. "왜 결정이 바뀌었죠? 아직 살인범이 안 잡혔잖아요." 에마가 그로부터 의혹의 시선을 완전히 거두려면 범인이 붙잡혀야 했다.

"어떤 살인을 말하는 거냐?" 아버지가 험악하게 말했다. "그런 건 신경 쓸 것 없다. 여기서 나가게 되면 다 알게 될 거야."

"이보게, 젊은이. 어서 나가게." 간수가 열쇠를 짤랑거리며 쾌활하게 한마디 했다. "그분들이 마음을 바꾸기 전에 말이야. 올해 축일장엔 온갖 사건이 정신없이 벌어지고 있지. 자칫하다가는 여길 빠져나가기도 전에 문이 다시 쾅 닫힐지도 모른다고."

필립은 아직 멍한 상태로 아버지를 따라 성에서 나왔다. 외성外城에 내리쬐는 한낮의 햇살에 온기와 함께 현기증이 느껴졌다. 하늘은 밝고 짙은 푸른색이었다. 불안하거나 놀라서 커다래진 에마의 눈이 떠올랐다. 집에 가면 꾸중과 훈계가 기다리고 있겠지만, 도무지 행복한 기분을 억누르기 힘들었다. 아버지가 무뚝뚝한 목소리로 그동안의 일들을 들려주는 동안 필립의 마음속에서는 젊은이다운 희망과 생명력이 활짝 피어올랐다.

"그러니까 사건이 두 차례 더 일어났다는 거죠? 버놀드 양의 배와 부스에서 물건이 도난당했고, 일꾼이 다쳤다고요?" 필립은 이제 자신의 거지 같은 몰골은 까맣게 잊은 채 당당하게 고개를 치켜들고 있었다. 빨갛게 상기된 그 얼굴은 호전적으로 보이기까지 했다. 축일장 전날, 운수 사나운 원정대를 이끌고 다리를 건널 때의 표정과 흡사했다. "용의자로 붙잡힌 사람은 아무도 없어요? 하나도요? 그럼 그 아가씨가 위험할 텐데요!" 그는 흥분에 겨워 빠르게 걸음을 옮기며 화내듯 말을 뱉었다. "맙소사, 장관은 대체 하는 일이 뭐랍니까?"

"너와 네 패거리가 일으킨 꼴사나운 난동을 해산시킨 것만으로도 큰일을 하신 셈이지." 아버지가 받아쳤다. "버놀드 양은 지금 수도원 접객소에서 잘 지내고 있다. 휴 베링어 부부의 보호 아래 있지. 그러니 이놈아, 넌 네 일이나 잘해. 조심해서 처신하고. 아직 완전히 풀려난 게 아니니까."

"내가 뭘 그렇게 잘못했다고 그러세요? 아버지가 그 전날 했던 일에서 한 걸음 정도 더 나갔을 뿐인데요." 필립은 아버지의 꾸중에도 기가 죽지 않았다. 마음이 온통 에마에게 가 있는 탓이었다. "만약 이 일이 그 아가씨의 외숙과 외숙의 가족을 해치려고 사전에 계획된 거라면 수도원 접객소에 있다 해도 위험에서 벗어난 건 아니에요." 장에서 상인 하나가 더 살해되었다는 이야기에는 그다지 충격을 받지 않은 듯했다. 그 일이 토머스와 그의 사람들을 대상으로 한 연쇄 범죄와는 별로 관계가 없다고 생각했던 것이다. "그 아가씨는 정말 공정하게 증언해줬어요. 내가 과한 처벌을 받는 걸 바라지 않은 거예요."

"맞는 말이다! 그 아가씨는 누가 봐도 멋지고 정직한 증인이었지. 하지만 이젠 너하고는 상관없는 일이야. 네가 걱정해야 될 사람은 지금도 목이 빠져라 널 기다리는 네 엄마지. 이제 관리들도 다른 관점에서 살인범을 찾고 있다니 엄마도 맘이 좀 놓였을 거다. 하지만 여전히 넌 요주의 인물이라는 걸 명심해야 해!"

필립이 신발 가게 뒤에 있는 집에 들어서자마자 어머니는 따뜻하게 아들을 반겼다. 키가 크고 아름다운 얼굴에 수다스러운 코비저 부인은 부엌에서 나와 탄성을 내지르더니, 들고 있던 국자를 떨어뜨리고는 한껏 바람을 받은 돛처럼 치마를 부풀리며 달려와 아들을 안았다. 그녀는 아들을 흔들어보고, 감방 냄새에 코를 찡그리고, 가장 멋진 튜닉과 타이츠를 망가뜨렸다며 꾸중을 하고, 자신의 잔소리를 비웃는 아들의 귀를 한 대 쥐어박기도 했다. 그러다 관자놀이에 말라붙은 상처를 보고는 피가 말라붙은 머리칼을 잘라내고 상처를 닦아내야겠다며 당장 아들을 앉혔다. 이럴 땐 시키는 대로 다 하고, 그녀가 맘껏 얘기하도록 내버려두는 것이 상책이었다.

"너 때문에 걱정하고 망신당하고 마음고생한 걸 생각하면 이렇게 먹이고 씻기고 약을 발라줄 가치도 없어, 이 녀석아. 시장 아들이 감옥에 들어갔으니, 우리가 얼마나 창피했겠니! 넌 부끄럽지도 않니?" 피딱지를 닦아내며 보니 다행히도 상처는 별로 심하지 않은 것 같았다. 필립이 철없이 "하나도 안 부끄러워요"라고 대꾸하자 그녀는 아들의 머리칼을 세게 잡아당겼다.

"이러니 그런 데 들어가도 싸지, 이 아무짝에도 쓸모없는 녀석 같으니! 그 정도로 끝난 게 다행인 줄 알아! 이젠 일이나 착실히

해서 네가 끼친 폐를 보상해야지. 마을을 어슬렁대며 다른 집 애들까지 그런 위험한 생각에 물들게 하지 말고…….”

“아버지도 그렇고 다른 길드 상인들도 다 같은 생각이잖아요. 그분들까지 꾸짖으실 거예요? 그리고 내가 만든 신발을 신고 다니는 사람 아무라도 붙잡고 물어봐요. 내가 어디 잘못 손댄 데가 있는지.” 아닌 게 아니라 필립은 대단히 솜씨 좋은 기능공이었다. 만약 누군가 아들의 능력과 근면함에 대해 중상한다면 아마 그의 어머니는 아들 편에 서서 열변을 토하리라. 하지만 필립이 어머니를 꽉 끌어안곤 뺨에 입을 맞추자, 그녀는 애정 어린 손길로 토닥이는 대신 아들을 가볍게 때리며 얼른 몸을 떼어놓았다. “저리 가. 오명을 완전히 벗고 소동으로 지불한 벌금을 다 갚기 전까지는 엄마 근처에도 올 생각 말아라. 자, 배고플 테니 가서 저녁이나 먹으렴!”

축제나 성인 기념일에나 볼 법한 진수성찬이 차려져 있었다. 저녁 식사를 마친 필립은 감방에서 밤낮으로 입고 뭉갰던 옷차림 그대로 면도만 꼼꼼히 하더니, 가진 옷 중 두 번째로 멋진 옷을 싸서 팔에 끼고 집을 나섰다.

“이 시간에 어딜 싸돌아다니려고?” 어머니가 캐묻는 건 당연했다.

“강에요. 수영하면서 몸을 좀 씻게요.”

다른 집처럼 코비저 가족도 강 상류에 과실과 채소를 심은 정원을 가지고 있었다. 작은 움막과 햇볕에 몸을 말릴 만한 풀밭까지 마련된 공간으로, 필립이 걸음마를 떼자마자 수영을 배운 곳도 바로 거기였다. 그는 몸을 씻고 나서 갈 곳에 대해서는 굳이 어머니에게 알리지 않았다. 가장 좋은 옷을 못 입게 된 것이 아쉽긴 하지만, 요즘처럼 더운 여름 날씨엔 다 갖춰 입을 필요도 없고 셔츠와 타이츠 차림이면 남자들은 대부분 비슷해 보이기 마련이지. 물론 셔츠만은 깨끗이 세탁한 고급 리넨 셔츠여야 해.

정원 옆 모래 여울의 물은 전혀 차갑지 않았다. 그래도 밥을 먹은 직후라 그는 물속에 오래 있지 않았고, 깊은 곳으로 헤엄쳐 가지도 않았다. 실패와 추락의 기억까지 말끔히 씻어내자 다시 기분이 상쾌해졌다. 그는 강둑 밑, 물이 거의 흐르지 않아 잔잔한 곳으로 가서 물에 얼굴을 비춰보며 덥수룩한 적갈색 머리카락을 손으로 빗어 넘겼다. 이어 면도할 때처럼 정성을 들여 옷을 갈아입은 다음 다리를 건너 수도원으로 향했다. 며칠 전 이 길을 지날 때 품었던 마을의 문젯거리는 까맣게 잊은 채였다. 그는 지금 다른 중요한 볼일로 세번강 옆에 있는 수도원을 향해 가고 있었다.

*

"누가 찾아왔어요." 광장에 나갔다 돌아온 콘스턴스가 은근한 미소를 지어 보였다. "버놀드 아가씨와 얘기를 하고 싶다네요. 다리를 보면 아직 어린 티가 나지만 못생기진 않은 젊은이예요. 아주 정중하게 요청하는데요."

에마는 젊은이라는 말에 당장 고개를 들었다. 이제 아침에 일어난 사건을 받아들일 만큼 진정된 상태였다. 어쨌거나 그 사건은 그녀의 탓이 아니었다. 이보가 그런 이야기를 했을 땐 충격으로 멍해서 흘려 넘긴 그 말이 이제는 따뜻하게 그녀를 위로하고 있었다.

"코르비에르 님?"

"아뇨, 이번엔 아니에요. 모르는 분인데, 필립 코비저라 하네요."

"아는 분이야." 바느질을 하던 얼라인이 웃으며 끼어들었다. "장관님 앞에서 에마가 두둔해준 그 시장 아들이지. 오늘 석방될 것 같다고 휴가 그러더라고. 이틀 동안 에마나 다른 사람들에게 나쁜 짓을 전혀 한 적이 없는 사람을 꼽으라면 아마 그 청년의 이름이 제일 먼저 나올 거야. 어때요, 에마? 만나보겠어요? 그러면 정말 고마워할 텐데."

에마는 그 청년을 거의 잊은 채 지냈고, 심지어 이름조차 기억하지 못했다. 그사이 너무 많은 일이 일어난 터였다. 그러나 자신을 믿어달라던 그의 호소가 어렴풋이 떠올랐다. 흐트러진 복장에 상처 입고 망가진 모습, 술 때문에 핼쑥한 얼굴로도 절망적인 품위를 꿋꿋이 유지하던 청년……. "아, 기억나요. 당연히 만나봐야죠."

필립이 콘스턴스를 따라 방으로 들어왔다. 강에서 나온 지 오래되지 않아 굵은 곱슬머리가 축축이 젖어 있고, 깨끗이 면도한 얼굴은 벌겋게 달아올라 격정에 사로잡힌 사람처럼 보였다. 그러나 며칠 전에 보인 공격적인 태도는 전혀 느껴지지 않았으며, 성에서 굴욕을 겪던 모습과도 딴판이었다. 그가 끌려 나가며 어깨 너머로 던진 마지막 눈길…… 그렇다, 그의 눈빛은 변함이 없었다. 그는 얼라인에게, 이어 에마에게 경의를 표했다.

"부인, 저는 부친께서 보석금을 내주셔서 석방됐습니다. 저를 위해 공정한 진술을 해주신 에마 양에게 감사 인사를 하려고 왔습니다. 에마 양은 그런 선의를 기대할 자격이 없는 저 같은 사람에게 큰 친절을 베풀어주셨죠."

"풀려난 걸 보니 기쁘군요, 필립." 얼라인이 차분하게 말했다. "얼굴이 좋아 보이네요. 에마와 단둘이 얘기하고 싶겠죠? 나 아닌 다른 사람과 시간을 보내는 게 에마에게도 좋을 거예요. 여기서 우린 종일 아기 얘기만 하거든요." 얼라인은 바늘을 잘 보이는 곳에 꽂아둔 다음 바느질감을 고이 접어 들고 일어섰다. "콘스턴스랑 나는 문가 벤치에 나가 햇볕을 쬐고 있을게요. 바느질을 하기엔 밝은 곳이 좋거든요. 그럼 편히 있다 가세요."

얼라인이 문을 열자 밖에서 들이친 햇살 한 자락이 그녀의 풍성한 금발을 훑으며 반짝였다. 콘스턴스가 뒤따라 나가며 중문을 닫았다. 남겨진 두 사람은 진지하게 서로를 쳐다보았다.

"감옥에서 풀려나면 제일 먼저 하고 싶었던 일이에요." 필립이 말했다. "아가씨를 다시 만나 고맙다는 인사를 하는 것 말이죠. 정말 고맙습니다. 태어날 때부터 날 알던 사람도, 내게 악감정 같은 게 있을 리 없는 사람도, 내가 먼저 사람을 쳤다는 둥 하지도 않은 일들을 했다고 증언했어요. 내 행동을 직접 봤던 아가씨만이 날 위해 진실을 증언해주었죠. 정말 관대하고 공정한 처사였습니다. 당신이 사랑을 줄 이유가 없는, 잘 알지도 못하는 이를 위해 그렇게 마음을 써주시다니요." 필립이 일부러 그 단어를 쓴 건 아니었다. 그저 어찌어찌 속마음을 표현하다 보니 자연스럽게 나온 말이었는데도, 스스로 내뱉어버린 '사랑'이란 단어에 한순간 그의 얼굴이 새빨개졌다. 그 바람에 에마까지 얼굴을 살짝 붉혔다.

"본 것을 그대로 얘기했을 뿐인데요. 그게 증인이 할 일이고요. 그건 덕행이 아니라 의무예요. 의무를 다하지 않는 게 부끄러운 거죠. 사람들은 종종 자기가 무슨 말을 하는지 생각하지 못하고, 가끔은 자기가 본 것을 정확하게 말하는 일에 어려움을 겪기도 해요. 하지만 이제 모두 끝난 일이에요. 당신이 풀려나서 정말 다행이네요. 휴가 당신을 풀어줘야 한다고 했을 때도 전 기뻤어요. 그동안 일어난 사건을 감안하면 당연한 일이죠. 당신에게 혐의가 있을 리 없잖아요? 아, 어쩌면 당신은 아직 듣지 못했……."

"아뇨, 들었습니다. 아버지가 얘기해주셨어요." 필립은 다가가 얼라인이 앉았던 자리에 앉아 에마 쪽으로 몸을 기울였다. "대단히 악질적인 놈이 당신과 당신 주변 사람을 노리고 있는 게 틀림없어요. 그게 아니라면 그 많은 사건들을 어떻게 설명할 수 있겠어요? 에마, 난 당신의 안위가 걱정됩니다. 당신에게 위험이 닥칠까 두려워요. 외숙부님을 여읜 일이나, 그것 말고도 당신이 겪은 고통을 생각하면 가슴이 아파요. 내가 당신을 도울 길이 있다고 믿습니다."

"아, 내겐 신경 쓰지 않아도 돼요. 이렇게 안전한 곳에서 친절한 사람들의 보호를 받고 있잖아요. 내일이면 파장할 테고, 그러면 휴와 얼라인의 도움을 받아 무사히 집으로 돌아갈 수 있을 거예요."

"내일 떠난다고요?" 필립은 낙담한 투로 물었다.

"그건 잘 모르겠어요. 일단 내일 로저 도드가 배를 타고 떠나는 건 맞아요. 전 하루나 이틀 더 여기 있어야 할 수도 있고요. 안전을 위해 글로스터를 거쳐 남쪽으로 가는 다른 일행을 찾고 있거든요. 여자도 몇 명 끼어 있어야 하니 어쩌면 하루 이틀 더 머무른 뒤에야 찾을 수 있을지도 모르겠네요."

하루나 이틀도 귀한 시간이다. 그러나 그 시간이 지나면 에마는 떠날 것이고, 이후로는 두 번 다시 보지 못할 것이었다. 자신 또한 이 불행한 사건의 피해자였음에도, 필립은 오직 그녀의 안전만을 걱정하지 않을 수 없었다. 그녀가 위험에 처할 것 같다는 느낌이 도무지 떨쳐지지 않았다.

"들어보세요. 불과 이틀 사이에 얼마나 많은 일들이 일어났습니까? 그러니 앞으로 며칠 사이에 다시 무슨 일이 일어나지 말란 법도 없지요. 전 당신이 안전하기만을 바랄 뿐이에요." 필립은 열정적으로 말을 이었다. "당신에게 무슨 일이 생기는 걸 보느니, 차라리 내 오른손을 잃는 게 나아요." 그는 자신이 오른손으로 에마의 왼손을 꽉 잡고 있다는 사실도 깨닫지 못했다. "떠나기 전에 당신을 도울 길이라도 알려주세요. 하다못해 내가 당신 외숙을 해치지 않았다는 걸 알고 있다는 말이라도……."

"아, 그럼요." 에마는 따뜻하게 말했다. "당연히 알죠. 당신이 그런 일을 저질렀다고 생각한 적은 없어요. 당신은 남몰래 누군가를 해칠 사람이 아니에요. 그런 건 상상도 해본 적 없어요. 하지만 누구 소행인지 아직 모르잖아요! 내 말을 오해하지 마세요. 난 당신을 믿어요. 하지만 만천하에 진실이 밝혀지길 바라죠. 당신을 위해서라도요."

정말이지 따뜻하고도 진심이 담긴 그녀의 대답을 필립은 감사한 마음으로 가슴에 새겼다. 그렇지만 이는 관대한 동정심에서 나온 말일 뿐 그 이상의 깊은 의미는 담기지 않았으니, 필립 역시 이러한 사실을 씁쓸히 확인할 수밖에 없었다.

에마는 솔직하게 말을 이었다. "더하여 나를 위해서, 또 정의를 위해서도 그래야 하고요. 비열한 살인자는 반드시 죗값을 치러야 마땅하죠. 외숙의 죽음이 그대로 덮이면 나는 내내 괴로울 거예요."

도울 길을 알려달라는 필립의 청에 이제 에마가 대답한 셈이었다. 그는 그녀를 위해 못 할 일이 없었다. 필요하다면 경비견이 되어 그녀가 머무는 방의 문지방을 지킬 수도 있었다. 그러나 그녀에게 필요한 건 그게 아니었다. 에마는 지금 베링어 부부의 보호를 받고 있었고, 그들은 에마가 안전하게 집으로 돌아갈 때까지 그녀에게서 눈을 떼지 않을 터였다. 그러나 외숙의 등에 단검을 꽂은 미지의 인물에 대해 이야기할 때, 그녀의 커다란 눈은 사파이어처럼 퍼렇게 분노로 번뜩였고 얼굴은 대리석처럼 차갑게 굳었다. 그 불만족스러운 어조는 이미 명령과 다름없었다. 그는 그녀를 위해 해낼 것이었다.

"에마." 필립은 속삭이듯 입을 열더니 바다 깊은 곳으로 들어갈 듯 숨을 한껏 들이마셨다.

그때 문이 열렸다. 두 사람은 노크 소리도 듣지 못한 터였다. 문틈으로 콘스턴스의 머리가 빼꼼하니 나타났다.

"코르비에르 님이 오셔서 기다리고 계세요." 그녀가 말하고는 문을 살짝 열어둔 채 나갔다. 코르비에르를 오래 기다리게 하지 말라는 뜻이었다.

필립은 자리에서 일어섰다. 코르비에르의 이름이 나오는 순간 에마는 벌써 높이 뜬 별빛처럼 눈을 반짝이고 있었다. "당신도 아는 분일 거예요." 티끌만 한 관심일지언정 여전히 필립의 존재를 의식하며 그녀가 말을 이었다. "지난번 선창에서 캐드펠 수사님과 함께 우릴 도왔던 신사분인데…… 제게 정말 친절하게 대해주시죠."

그땐 지팡이 찜질을 당한 직후라 눈앞의 모든 것이 뒤틀려 보이던 상황이었지만, 그럼에도 불구하고 필립은 이보 코르비에르를 기억하고 있었다. 날씬하고 우아하고 당당한 귀족. 굴러가는 술통을 뛰어넘어 와서는 강물에 빠질 뻔한 에마를 붙잡았던 사내. 행정 장관 앞에 나타나 에마의 정직한 증언을 입증한 청년. 매부리를 출두시켜 그날 저녁 필립이 술 취한 상태에서 지껄인 멍청한 소리를 증언케 한 바로 그 젊은이였다. 필립은 술집에서 있었던 일이 분명하게 기억나지 않아 반박조차 할 수 없었고……. 그때 자신의 모습이 어땠는지 떠올리며 그는 절망에 사로잡혔다. 그와 대조적으로, 연한 금발에 전사의 용맹을 갖춘 그 젊은 귀족은 너무도 멋져 보였다.

"그만 가봐야겠네요." 필립은 내키지 않는 마음으로 에마의 손을 놓았다. "부디 안전하게 돌아가 잘 지내시길 기원하겠습니다."

"당신도 잘 지내길 바라요." 이어 에마는 무의식중에 잔인한 한마디를 덧붙였다. "나가면서 코르비에르 님더러 들어오시라고 전해줄래요?"

필립은 자신의 몸과 마음을 그렇게까지 한껏 키워야 했던 적은 그동안 없었다. 그는 없는 품위까지 끌어다 갖춘 뒤 밖으로 나와서는, 홀에서 기다리고 있던 코르비에르에게 에마 양이 기다리니 들어가보라고 전했다. 질투로 속이 시커멓게 타고 있을지언정, 더없이 예의 바르고 상냥한 태도였다. 이보도 밝게 감사를 표하며 얼핏 필립을 훑어보았는데, 그에게 흥미도 관심도 없는, 심지어 불미스러운 상황에서 그와 마주친 기억조차 없는 듯한 눈길이었다.

환한 광장으로 걸어 나오며 필립은 생각했다. 몸을 쓰는 구두장이와 땅을 가진 영주가 저 안에서 어깨를 스치리라고 누가 생각이나 했겠어? 그래, 저 작자는 체셔와 슈롭셔에 장원이 있는 데다 라눌프 백작의 먼 친척이기도 하니 어디서나 환영받는 게 일상이겠지. 하지만 난 저 녀석의 고귀한 핏줄 못지않게 명예로운 기술을 가지고 있어. 더하여 에마를 위해 해야 할 일이 무엇인지도 알지. 그 일을 해내면, 내게 오든 아니든 그녀는 적어도 절대로 나를 잊을 수 없을 거야.

*

캐드펠 수사는 문지기실로 들어섰다. 몇 시간이나 장터와 강변을 돌아다녔으나 허탕만 치고 오는 길이었다. 저마다 제 일로 바쁜 사람들 사이를 헤집고 다니면서 찢기거나 급히 기운 흔적이 있는 소매를 찾기란 다 꾸려놓은 낟가리에서 지푸라기를 하나 찾는 일이나 다를 게 없었다. 골치 아픈 것은 그보다 나은 방법이 도무지 없다는 사실이었다. 게다가 덥고 쾌청한 날씨가 이어져, 거리며 가판대에 나온 사람들은 대개 윗도리를 벗은 상태였다. 캐드펠은 생각에 잠겼다. 그래, 장갑 장수의 검에 피가 묻어 있었다는 건 그 검이 누군가의 살갗에 닿았다는 뜻이지. 하지만 피부에 바로 닿았다면 실오라기가 칼에 붙어 있지 않았을 거야. 만일 그 살인자가 소매를 걷어 올린 상태였다면 놈은 지금쯤 그걸 다시 내려 팔에 생긴 상처를 가리고 다니겠지. 그게 아니면 붕대를 감았거나…….

작업장에서 몇 가지 업무가 그를 기다리고 있었고, 잠시 후에는 마지막 기도에도 참석해야 했다. 그는 어디서부터 실마리를 풀어야 할지 도무지 감이 잡히지 않았다. 막간을 이용해 조용히 생각하다 보면 머리가 다시 잘 돌아갈지도 모를 일이었다.

캐드펠은 광장을 지나가다가 접객소에서 문지기실로 향하던 필립과 엇갈렸다. 에마를 위해 해야 할 일에 대해 골똘히 생각하던 청년은 자칫 그냥 지나칠 뻔하다가 간신히 캐드펠을 알아보곤 그를 불렀다.

"캐드펠 수사님!" 캐드펠도 생각에 빠져 있다 깜짝 놀라 몸을 돌렸다. "장관실에서 에마의 다음 순서로 저를 위해 진술해주셨던 수사님 맞죠? 행정관들이 선창에 나타났을 때 절 한쪽으로 끌어내 곤경을 면하게 해주신 것도 기억하고 있습니다. 감사드릴 기회가 없었네요. 수사님, 정말 고맙습니다."

"아, 자네, 이제야 풀려난 모양이구먼." 캐드펠은 연민 어린 투로 말하며 이 껑충한 젊은이를 날카롭게 훑어보았다. 감옥에서 자성의 시간을 보냈기 때문인지, 아니면 에마 생각을 하느라 그랬는지, 대견스럽게도 짧은 사이에 부쩍 성숙해진 것 같았다. "다시 만나게 되어 반갑네."

"완전히 짐을 던 건 아니에요. 아직 살인 혐의를 다 벗지 못했거든요."

"그럼 그 짐은 한쪽 다리에만 지게." 캐드펠은 진지하게 대꾸했다. "언제든 떨어뜨려버릴 수 있도록 말이지. 살인 사건이 한 건 더 발생했단 얘기는 들었나?"

"예. 하지만 이번 사건은 다른 사건들과 관계없는 것 아닌가요? 그 전 사건들은 모두 토머스 씨를 노린 범죄였잖아요. 오늘 죽은 이는 체스터에서 온 사람이고요." 그러더니 필립은 캐드펠의 소맷자락을 붙잡았다. "수사님, 잠깐 시간 좀 내주세요. 그날 밤엔 제가 정신이 맑지 못했어요. 이제 제가 그날 한 짓과 당한 일을 모두 알아야겠습니다. 그때 일을 하나하나 추적해보고 싶은데, 혼자서는 도저히 짜 맞출 수가 없어요."

"머리를 얻어맞았으니 그럴 만도 하지. 그럼 정원으로 가서 얘기하세나. 거긴 조용하거든." 캐드펠은 젊은이의 팔을 이끌고 울타리를 지나 아치 길로 접어들어 그에게 자리를 권했다. 어젯밤 에마와 이보가 바로 그곳에 나란히 앉아 있었다는 것을 필립은 알까? "그래, 뭐 생각나는 게 있긴 한가? 기억이 흐릿한 게 당연해. 그나마 자네 머리통이 단단하고 머리숱이 많아서 다행이었지. 까딱 잘못했으면 들것에 실려 나갔을 게야."

필립은 어디까지 이야기하고 어디까지 속에 담아두어야 할지 망설이는 듯 인상을 찌푸린 채 저 앞에 핀 장미에 시선을 고정하고 있다가, 캐드펠 수사의 편안하고 인내심 있는 눈을 마주 보며 불쑥 입을 열었다. "지금 에마를 만나고 오는 길입니다. 제가 아니더라도 잘 보호받고 있다는 건 압니다. 하지만 여전히 에마를 위해 제가 할 수 있는 일이 한 가지는 있다는 것도 잘 알지요. 에마는 외숙을 살해한 놈이 처벌받는 것을 보고 싶어합니다. 그래서 제가 그놈을 찾아낼 작정이에요."

"행정 장관과 그 부하들도 열심히 찾고 있지. 아직 별 성과를 거두지는 못했지만 말이야. 그건 나도 마찬가지고." 그는 대단히 사려 깊은 투로 말을 이었다. "문제를 한 번 더 생각하고 파고드는 사람이 진실을 밝혀내게 되어 있지. 자네도 충분히 할 수 있을 거야. 그런데 어디서부터 시작할 생각인가?"

"글쎄요. 일단 제 소행이 아니라는 걸 입증할 수 있다면, 진범이 제게 덫을 놓은 정황도 자연스레 알게 되지 않을까요? 우선 그날 밤 제게 있었던 일을 되짚어보는 데서 시작하려고요. 제가 한 행동이 사건의 실마리를 제공했다는 생각이 들어서요. 그날 밤 놈은 제가 낮에 벌인 싸움을 떠올리고 그걸 이용할 수 있겠다는 생각에 기뻐했을 겁니다. 일이 터지면 가장 먼저 제 이름이 거론될 테니까요. 틀림없이 제 움직임을 계속 지켜봤을 거예요. 아, 만일 그날 친구들과 끝까지 같이 있었더라면 전 혐의 대상에 포함되지도 않았을 텐데! 하지만 전 선창을 떠난 뒤로 한참 동안 혼자 있었죠. 취하고 부상당한 상태로요. 솔직히 꽤 긴 시간이긴 했어요. 놈은 그런 상황을 잘 알고 있었을 겁니다."

"생각을 많이 해본 모양이군." 캐드펠은 고개를 끄덕였다. "그래서 어떻게 하려는 건가?"

"제가 머리를 얻어맞은 곳에서부터 시작해 이후의 자취를 추적해보려고 합니다. 분명치 않은 점들이 확실하게 밝혀질 때까지요. 선창에서 있었던 일은 확실히 기억나요. 수사님이 절 옮겨 장관님의 부하들에게서 빼내주셨죠. 그다음에는 두 사람이 절 데리고 다녔던 것 같아요. 부축을 하긴 했는데, 그래도 진흙을 묻혀가며 제 발로 걸었죠. 하지만 그 두 사람이 누구였는지는 전혀 생각이 나질 않네요. 그들이 누구였는지, 그것부터 알아야겠습니다."

"하나는 에드릭 플레셔의 일꾼이네. 다른 하나는…… 누구인지 모르겠군. 덩치가 자네의 두 배는 될 법한 아주 건장한 청년이었는데. 머리칼이 연한 금발이었던가……."

"존 노리스!" 필립이 손가락을 튕겼다. "그날 저녁 늦게 그 녀석 얼굴을 봤던 것 같아요. 그거면 충분합니다. 그 친구들부터 만나 저를 어디에 두고 갔는지, 아니면 제가 어디서 어떻게 그들을 따돌렸는지 알아봐야겠어요. 만일 제가 살인을 했다면, 전 그 독실한 녀석들의 친구가 될 자격도 없는 놈입니다." 필립은 일어서며 한쪽 어깨에 상의를 걸쳤다. "어떻게든 그날 저녁의 일을 모조리 밝혀낼 거예요."

"참 멋진 젊은이구먼!" 캐드펠은 진심으로 말했다. "꼭 성공하길 비네. 그나저나 성문 길에 있는 술집도 뒤져볼 생각이라면 나 대신 뭘 좀 살펴봐주지 않겠나? 자네처럼 나 역시 살인마를 찾고 있거든." 캐드펠은 찾아야 할 것에 대해 분명하고 세세하게 설명하기 시작했다. "포도주 잔을 들거나 탁자 위로 뻗은 팔들을 유심히 살펴보게. 내가 찾는 건 왼쪽 소맷부리에서 위로 한 뼘 정도

찢긴 황갈색 윗도리일세. 옅은 색 리넨 실로 바느질되어 있지. 만일 맨살을 내놓고 있는 팔을 보거든 팔뚝에 칼에 긁힌 긴 상처가 있는지 확인해야 하네. 아직까지 피가 난다면 붕대로 가리고 다닐 수도 있겠지. 하지만 그런 사람을 보더라도 대뜸 멱살을 잡거나 말을 시켜선 안 돼. 그자의 이름, 그리고 어딜 가면 다시 찾을 수 있는지만 내게 알려주게."

"장갑 장수를 죽인 놈인가요?" 필립은 갈색 머리를 위아래로 끄덕이더니 진지하게 물었다. "수사님은 그 모든 게 동일범의 소행이라고 생각하십니까?"

"동일범이거나, 그게 아니더라도 서로 잘 아는 사이거나 같은 음모를 꾸미고 있는 자들일 걸세. 한 놈을 찾으면 다른 놈에게 더 가까이 갈 수 있겠지."

"어쨌거나 잘 살펴보겠습니다." 필립은 말을 마치더니 결의에 차서 문지기실 쪽으로 성큼성큼 걸음을 내디뎠다. 추적이 개시되었다.

3

이후 캐드펠 수사는 그동안 일어났던 사건을 거듭거듭 되짚어 보면서, 혹시 기도가 미래뿐 아니라 과거의 일에도 영향력을 발휘할 수 있는 걸까 생각하곤 했다. 만약 필립을 보낸 뒤 갑자기 이 모든 사건의 해결 방향을 두고 기도를 하고픈 열정에 휩싸여 급히 교회로 들어오지 않았다면 어땠을까? 그래도 일이 똑같이 진행되었을까? 이는 더할 수 없이 미묘하고 복잡한 신학적 문제였으니, 그가 아는 한 지금까지 한 번도 제기된 바 없었다. 혹시 제기되었다 해도 이단으로 몰릴까 두려워서 이 주제로 글을 쓰려고 덤벼들 신학자는 아무도 없을 터였다.

어쨌거나 이날 오후 캐드펠은 다급함에 휩싸여 성무일도도 거른 채, 모든 것을 보는 눈과 모든 문을 열 수 있는 힘을 가진 존재에게는 그저 헛된 노력에 불과한 일에 다시 한번 매달렸다. 그가 택한 곳은 익랑 예배당이었다. 그날 아침 미사 때 추도의 송가와 함께 거룩하게 봉해진 토머스의 관이 아직 그곳에 있었다. 그는 무릎을 꿇고 가만히 기다렸다. 지금까지는 산을 오르는 사람처럼 갈망 어린 분투로 바빴으나, 이제 그 산을 물리칠 수 있는 힘이 존재함을 느꼈다. 그는 끈기와 겸손을 주십사 기도했고, 에마와 토머스의 영혼을 위해, 얼라인과 휴 사이에 태어날 아기를 위해, 필립과 그를 회복시킨 부모를 위해, 행정 장관을 능가하는 잠재력을 지니고도 때로 그것을 잊은 채 불의와 죄악으로 고통받는 모든 이들을 위해 기도했다.

이제 일어서야 할 시간이었다. 어떤 불경한 유혹이 있더라도 자신이 이곳에서 맡고 있는 가장 중요한 의무에 임해야 했다. 지난 열여섯 해 동안 그는 식물표본실을 감독하고 거기서 나온 허브로 약제를 제조해왔으며, 그가 만든 약제는 수도원 밖 멀리에서도 그 효험을 인정받고 있었다. 비록 마크 수사가 불평 한마디 없이 더할 수 없이 헌신적인 태도로 조수 노릇을 해내고 있으나, 너무 오래 그에게만 책임을 맡겨둘 수는 없었다. 캐드펠은 자신의 걱정거리를 세상 그 누구보다 넓고 듬직한 어깨에 넘겨주고서, 홀가분한 마음으로 서둘러 작업장으로 향했다. 이제 그가 나타나면 마크 수사도 기뻐하며 자신이 맡았던 짐을 그에게 넘겨줄 터였다.

오랫동안 맑고 더운 날씨가 이어지는 시기라, 허브밭의 짙은 향기가 마치 영혼이 아닌 감각을 위해 내리는 특별한 은총과도 같이 사방으로 진동하고 있었다. 바람도 불지 않건만 작업장 처마 밑에 매달린 말린 이파리들은 따뜻한 날 둥지에서 지저귀는 새들처럼 바스락거리며 떠들썩한 소리를 냈고, 균열을 막기 위해 기름칠을 해둔 오두막 들보에서는 후끈한 기운이 뿜어져 나왔다.

"궤양에 쓸 진통제를 막 조제한 참이에요." 마크 수사가 그날의 업무에 대해 충실히 보고했다. "다 자란 양귀비 머리도 모두 따냈어요. 씨앗은 아직 받지 않았고요. 하루 이틀 더 햇볕에 말려야 할 것 같아서요."

캐드펠은 큼직한 양귀비 머리 하나를 손가락으로 눌러본 뒤 고개를 끄덕이고서 물었다. "진료소에 줄 안젤리카 즙은?"

"30분 전쯤 에드먼드 수사님이 가지고 가셨어요. 제가 미리 준비를 해두었죠. 아, 그리고 환자도 하나 봤어요." 마크 수사는 씨앗을 고를 때 쓰는 자그만 토기 접시들을 선반에 정리하며 말을 이었다. "조금 전, 저녁 식사를 마치고 얼마 안 돼서요. 팔에 상처를 입은 마부였어요. 마구간에서 마구를 내리다가 못에 쓸렸다는데, 꼭 칼에 베인 흔적 같아 보이더라고요. 상처가 너무 지저분하길래 깨끗이 씻고 수사님이 만든 갈퀴덩굴 연고를 발라줬죠. 그 사람, 어젯밤에 다른 몇 명이랑 헛간 다락에서 주사위 노름을 벌이던데, 그러다 싸움이 나서 누구한테 칼로 긁힌 게 아닌가 싶어요. 그 사람은 극구 아니라고 했지만요." 마크 수사는 손을 탁탁 털고 미소를 지으며 돌아섰다. "그게 다예요. 조용한 오후였죠. 걱정하실 일은 없었어요." 이어 그는 눈썹을 우스꽝스럽게 치켜뜨고 있는 캐드펠을 보고 깜짝 놀라 물었다. "왜 그런 표정으로 보세요? 그렇게 눈이 커다래질 만한 일은 전혀 없었는데……."

인간의 노력이란 얼마나 신묘하며, 그 보상은 또 얼마나 갑작스럽고도 과분하게 돌아오는가! 캐드펠은 생각하며 떡 벌어진 입을 다물었다. 아니, 과분하다는 표현도 어울리지 않지. 아무것도 요구하지 않고 겸손하게 제 일을 하던 마크 수사에게 이런 보상이 떨어졌으니 말이야.

"상처가 어느 쪽 팔에 났던가?" 대체 그런 게 왜 중요한지 상상조차 할 수 없는 마크 수사로서는 이 질문에 더욱 당황할 수밖에 없었다.

"왼팔요. 여기, 그러니까 손목부터 팔뚝 아래쪽으로, 거의 팔꿈치까지 나 있었어요. 그런데 그건 왜 물으시는 거예요?"

"상의는 입었고?"

"아뇨." 마크 수사는 이 우스꽝스러운 질문 공세에 웃음을 흘리며 대답했다. "다치지 않은 팔에 걸치고 있었어요. 그게 그렇게 중요한가요?"

"자네가 생각하는 것보다 훨씬! 그건 나중에 얘기하지. 지금 자네랑 장난하려고 이러는 게 아닐세. 그래, 무슨 색깔 옷을 입었나? 다친 팔 쪽 소맷자락은 봤고?"

"봤죠. 찢어졌길래 꿰매주겠다고 했어요. 그땐 별로 바쁘지 않았거든요. 하지만 이미 수선했다고 그러더라고요. 원래 실은 표백 안 한 리넨 실인데, 보니까 검은 실로 아무렇게나 꿰매놨던데요. 내가 했으면 더 잘 꿰맸을 텐데. 옷 색깔은 붉은 기가 도는 암갈색이었어요. 마부나 병사들이 좋아하는 색이죠. 천이 꽤 고급이더라고요."

"아는 사람인가? 우리 수도원 사람은 아니었고?"

마크 수사는 당혹감을 잘 참으며 대답을 이어갔다. "아뇨, 방문객의 하인이었어요. 자기 주인 얘긴 일절 안 했지만요! 왜 있잖아요, 이보 코르비에르의 마부요. 나이가 좀 많고, 턱수염을 기른 사람 말예요."

*

길버트 프레스코트는 치안 상태를 직접 확인하고자 호위병도 없이 혼자 장터로 나와 오후 시찰을 다니다가 수도원 광장에 들러 휴 베링어를 만나고 있었다. 이때 캐드펠이 소식을 가지고 정원에서 황급히 달려왔다. 캐드펠의 거친 설명이 끝나자 두 사람은 멍한 표정으로 자기들끼리 눈을 맞췄다.

"코르비에르는 지금 제 거처에 있습니다. 저도 얼라인과 함께 한 시간 넘게 그 자리에 같이 있다 왔고요. 그 사람, 에마에게 홀려서 지난 이틀 내내 다른 생각은 할 여지도 없었을 겁니다. 그래서 하인들은 일이 끝나면 제멋대로 돌아다녔겠지요. 그 마부도 물론 그랬을 거고요."

"주인은 상황을 알 권리가 있지." 프레스코트가 말했다. "나라가 분열되면 집안 단속도 해이해지고, 수완이 좀 있는 놈들은 툭하면 법을 업신여기지. 말로든 행동으로든 제 아랫사람들한테 경고 조치를 전혀 안 했나 보오. 그 마부로서는 도망칠 이유가 없었을 거요. 코르비에르의 이름 밑에 숨으면 그만일 테니."

"아직 두 분 외엔 아무도 이 사실을 모릅니다." 캐드펠이 말했다. "어쩌면 그자가 거짓말을 한 게 아닐 수도 있어요."

"그 실오라기는 지금 제가 갖고 있습니다." 휴가 말했다. "일단 그자의 옷에서 나온 것인지 확인해야겠군요."

"코르비에르를 불러오시오." 행정 장관이 말했다.

휴가 지금 손님으로 와 있는 이보에게 직접 말을 전하러 갔다. 행정 장관과 캐드펠이 긴장하여 침묵을 지키고 있는 사이, 대궁大弓을 찬 수도원 사람 둘과 석궁을 찬 터스탠 파울러가 문지기실로 들어오고 있었다. 몹시 신나고 들뜬 모습이 이미 스스럼없는 사이가 된 모양이었다. 장 마지막 날에는 여러 시합이 열리곤 했다. 레슬링이나 활쏘기, 달리기 시합도 있었고, 성안 경기장에선 말을 타고 창으로 과녁을 맞히는 경기도 벌어졌다. 상업과 놀이는 좋은 동반자였으니, 특히 인근 술집들의 수익이 짭짤했다. 승자들은 술집에서 금세 상금과 작별하기 마련이었고, 패자들 또한 그곳에서 잃은 것을 보상받았다.

세 사람은 한데 엉겨 붙어 장난질을 했다. 저마다 자기들 무기를 뽐내고 있는 듯했다. 그들이 광장의 중간쯤 이르렀을 때, 휴가 이보를 데리고 접객소에서 나왔다. 그는 마구간 마당 쪽으로 향하는 자기 궁사를 보더니 급히 그를 불러 멈춰 세웠다.

축일장 전야에 크게 망신을 당한 뒤로 주인에 대한 터스탠의 태도는 나무랄 데가 없어졌다. 이보의 부름에 얼른 제자리에 선 채 친구들과 농지거리를 주고받았다. 친구들이 터스탠의 석궁을 가리키며 뭐라 이야기하는 것으로 보아, 터스탠이 활쏘기 시합에서 꽤 좋은 성적을 거둔 모양이었다. 그는 쇠로 된 말등자에 한 발을 얹고서 친구들을 겁주듯이 활시위를 당겨 보였다. 무기를 가지고 하는 장난질이라…… 시간 가는 줄 모르고 빠져들기 마련이지. 캐드펠은 생각했다. 그 역시 한창때 이런저런 활은 물론이거니와, 동방의 활과 검, 기마병용 창까지 전부 써본 터였다. 더없이 중대한 순간임을 알면서도, 그는 스무 걸음쯤 떨어진 곳에서 이어지는 그 우정 어린 농지거리를 즐겁게 지켜보았다.

이윽고 이보가 그들에게 다가왔다. 자신감과 우아함은 온데간데없는 모습이었다. 그는 잔뜩 긴장하여 거만하게 치켜뜬 황갈색 눈썹과 금빛 곱슬머리 밑으로 검은 눈을 커다랗게 뜬 채 의문에 찬 표정을 지어 보였다. "절 찾으셨다고요? 휴가 자세한 얘긴 않던데, 급한 일인가 봅니다?"

"당신 시종들 문제요." 행정 장관이 말했다. "제 시종들이라뇨?" 이보는 영문을 모르겠는지 입술을 깨물고 고개를 가로저었다. "당최 모르겠군요……. 터스탠도 이젠 얌전하고, 그때도 다른 사람한테 해를 끼친 건 아니잖습니까. 그래서 일 끝나면 바깥에 나가도 좋다고 허락했죠. 장터는 누구에게나 즐거운 곳이니까요. 제 시종들이 무슨 잘못을 했다는 겁니까?"

이보에게 얘기를 전하는 일은 행정 장관이 맡았다. 그의 말에 귀를 기울이는 사이, 이보의 혈색 좋던 구릿빛 안색이 금세 흙빛으로 변했다. "그러니까 오늘 아침 제가 보았던 그 살인 사건의 용의자가 제 시종이란 말씀입니까? 맙소사! 그 친구 이름은 유얼드예요. 체셔 장원 출신이고, 윗대는 북쪽 사람들이죠. 침울한 편이라 사람을 잘 사귀진 못해도, 성질이 고약하지는 않아요. 일이 심각한 모양이니 일단 그 친구를 이리 데려오겠습니다."

"당신이 잘 얘기해 일을 해결해볼 수도 있겠군." 프레스코트가 말했다.

"그러지요!" 이보는 결심한 듯 입을 앙다물었다가 말을 이었다. "그러잖아도 승마를 하고 싶어 유얼드더러 말을 준비하라고 일러두었죠. 내일 떠나야 하는데, 여기 와서 쭉 운동을 안 시켰더니 도무지 말을 안 듣더군요. 어쨌든 지금쯤 마구간에서 안장을 얹고 있을 겁니다. 내 부름을 기다리고 있겠죠. 아니, 아닙니다!" 이보는 이맛살을 찌푸리며 이야기를 정정했다. "제가 직접 가보는 게 좋겠어요. 터스탠을 보내면 그 인간에게 미리 귀띔을 할 수도 있거든요. 하인은 하인 편이니까요. 지금도 터스탠이 우리를 지켜보고 있지 않습니까? 우리의 대화가 단순한 안부 인사로 보이지는 않을 것 같군요."

물론 그렇게 보일 리 없었다. 터스탠은 시위 당긴 활을 이리저리 돌리다가 이쪽에서 무언가 심상치 않은 일이 일어나고 있음을 감지했는지 맞수들과의 장난에 금세 흥미를 잃었고, 그의 친구들 역시 힐끔힐끔 뒤를 돌아보며 수도원 부속 정원으로 사라지는 중이었다.

"지금 바로 가보겠습니다." 이보는 마구간 쪽으로 성큼성큼 나아갔다. 터스탠은 어찌 처신해야 할지 몰라 주춤하다가 이보에게 길을 내주었지만, 이내 뒤돌아 황급히 주인을 따라잡더니 걱정스러운 듯 질문을 던졌다. 이보가 그에게 무언가를 지시하자 이제 기강이 잡힌 터스탠은 얼른 다시 돌아서서는 문지기실 쪽으로 가 불안한 듯 서 있었다.

몇 분 뒤, 마구간 마당의 자갈길을 지나오는 말굽 소리가 선명하게 들려왔다. 곧이어 커다란 몸집에 진밤색 털이 동전처럼 반들거리는 말이 길길이 뛰며 모습을 드러냈다. 턱수염을 기른 땅딸막한 마부가 고삐를 잡고 있었다. 이보가 조심스레 몇 걸음 앞으로 나와 섰다.

"이자가 유얼드입니다." 이보는 간단하게 소개한 뒤 한 걸음 물러났다. 순간 캐드펠은 그들 일행과 활짝 열려 있는 정문 사이에 빈 공간이 있음을 의식했다. 터스탠 파울러는 문지기실 앞에서 조심스럽게 걸음을 옮기며, 여전히 영문을 모르겠다는 표정으로 제 주인과 마부를 번갈아 바라보고 있었다. 유얼드는 고삐를 쥔 채 불안한 듯 눈을 가늘게 뜨고 프레스코트의 무표정한 얼굴을 바라보았다. 달리고 싶어 안달이 난 말이 고개를 내저으며 버둥대자 마부는 고삐를 왼손으로 바꿔 쥐고 오른손으로 반들반들한 말의 목덜미를 기계적으로 쓰다듬으면서도 행정 장관에게 꽂힌 눈길을 거두지 않았다.

"주인님이 그러시는데, 제게 물을 것이 있다고요." 유얼드가 볼멘소리로 느릿느릿 입을 열었다.

마부가 입고 있는 옷 왼쪽 소매 아래쪽에 수선한 흔적이 뚜렷하게 보였다. 바늘땀이 듬성해 천이 심하게 울었고, 리넨 실 끝자락은 햇빛 속에서 모기가 춤을 추듯 나부끼고 있었다.

"그 윗도리 좀 벗어보게." 행정 장관의 명령에 마부는 진짜인지 위장인지 모를 당혹한 표정으로 무어라 말할 듯 입을 벌렸다. "아무 소리 말고, 시키는 대로 하게!"

유얼드는 천천히, 부자연스러운 동작으로 상의를 벗기 시작했다. 고삐를 쥐고 있어서 옷을 벗기가 쉽지 않았다. 신선한 공기를 마시며 운동을 하리라는 기대감에 말은 연신 몸을 들썩였고, 어느새 거기 서 있는 사람들 곁에서 조금 멀어져 성문 방향으로 향해 있었다. 캐드펠은 따로 떨어져 정문 쪽에 말없이 자리 잡았다.

"왼쪽 팔을 걷어보게."

유얼드는 사나운 눈초리로 주위를 둘러보더니 황소처럼 고개를 숙이고 고삐를 잡은 오른팔을 들어 올이 성긴 셔츠의 왼쪽 소매를 팔꿈치까지 걷어 올렸다. 마크 수사가 팔에 감아준 깨끗한 리넨 붕대가 드러났다.

"다친 건가, 유얼드?" 프레스코트가 나직하면서도 엄격한 목소리로 물었다.

마지막 기회야. 캐드펠은 생각했다. 어지간히 머리가 있는 녀석이라면, 이야기를 바꾸어 사소한 말다툼 중 칼에 베였다고 이야기할 테지. 마크 수사에게는 솔직히 말하는 게 부끄러워 그냥 못에 긁힌 거라 말했다고 둘러대면서. 그러나 마부의 생각은 달랐다. 마크 수사에게 한 이야기를 그대로 반복하면 이 위기를 모면할 수 있으리라 믿은 것이다. 그러나 마크 수사가 상처 자리를 보고 칼자국임을 알아차릴 수 있었다면, 길버트 프레스코트 또한 못 알아차릴 리 없었다.

"마구간에서 못에 긁혔습니다. 마구를 내리다가요."

"소맷자락도 그때 찢어졌고? 톱날 같은 못이었나 보군, 유얼드. 자네 윗도리 천은 아주 튼튼해 보이거든." 행정 장관은 휴 베링어를 돌아보았다. "그 실오라기 가지고 있소?"

휴가 주머니에서 접힌 송아지 피지를 꺼내 펼치자 보일 듯 말 듯한 실오라기가 나타났다. 정말이지, 끝이 썩어가고 있는 풀 한 줄기나 다를 게 없어 보였다. 그러나 구불구불한 그 리넨 실 한 오라기만으로 충분했다. 유얼드는 한 걸음 뒤로 물러났다. 그의 갑작스러운 움직임에 말도 문 쪽으로 몇 걸음 더 움직였다. 마부는 몸을 돌려 양손으로 고삐를 잡고 말을 진정시켰다. 이보는 춤추는 듯한 말굽을 피하기 위해 황급히 뒤로 물러서야 했다.

"그 윗도리 이리 주게." 말이 다시 조용해져 마지못해 제자리에 서자 프레스코트가 명령했다.

마부는 그 가느다란 실오라기를, 이어서 행정 장관의 침착하면서도 단호한 얼굴을 바라본 뒤 한순간 머뭇대더니 아주 난폭한 태도로 명령에 따랐다. 팔을 뒤로 젖혔다가 그 무거운 윗도리를 행정 장관의 얼굴을 향해 내던진 것이다. 이어 순식간에 말 등에 뛰어올라 안장에 앉았다. 마부가 뒤꿈치로 반들반들한 옆구리를 걷어차며 쫑긋 세워진 귀에 대고 고함을 지르자 말은 화살처럼 정문 쪽으로 내달리기 시작했다.

말이 지나가는 길목에 서 있던 이보는 한쪽으로 펄쩍 뛰어 몸을 비켰다가 이내 돌진하는 말의 고삐를 움켜잡았다. 그는 잠시 질질 끌려갔지만 곧 마부가 난폭하게 발길질을 해댔고, 어렵사리 고삐를 붙잡고 있던 그는 한쪽으로 무겁게 떨어져 나가 도망자를 쫓으려고 뒤따라온 행정 장관과 휴의 발치까지 굴러갔다. 그사이 유얼드는 정문을 벗어나 오른쪽으로 꺾어 성문을 향해 미친 듯 말을 몰았다. 말을 타고 쫓을 준비가 된 사람은 아무도 없었다. 행정 장관도 하필 오늘은 경호원이나 궁사 없이 혼자 그 자리에 온 터였다.

그러나 이보 코르비에르는 달랐다. 터스탠 파울러가 쏜살같이 달려와 주인을 일으키려 했지만, 이보는 얼른 그를 지나쳐 숨을 쌕쌕거리며 성문을 향해 절뚝이며 달리기 시작했다. 나머지 사람들은 멀리 사라져가는 말과 마부의 뒷모습을 무력하게 지켜보며 광장 한중간에 서 있었다. 그는 살인을 했다. 그리고 이젠 멀리 달아나버렸다. 슈루즈베리에서 몇 킬로만 벗어나면 놈은 아마 숲으로 들어가 제 굴 속에 든 여우처럼 안심하고 드러누울 것이었다.

이보가 거의 목멘 소리로 격분해서 소리쳤다. "활을 쏴서 쓰러뜨리게!"

터스탠의 석궁은 그때껏 시위가 당겨진 채 대기하고 있었다. 궁사는 얼른 혁대에서 화살을 뽑았다. 순식간에 화살이 날아올랐다. 시위가 떨리며 퉁기는 소리에 뒤돌아본 사람들이 몸을 숙이며 비명을 질러댔다.

말 목덜미에 찰싹 붙어 있던 유얼드가 갑자기 격렬하게 몸을 젖히며 고개를 쳐들었다. 손이 고삐에서 풀리는가 싶더니, 이내 팔이 양쪽으로 축 늘어져 흔들렸다. 그의 몸은 순간 허공으로 치솟았다가 한쪽으로 무겁게 쏠리며 발뒤꿈치가 등자에서 풀려 나왔다. 놀란 말은 이제 유얼드를 떨어뜨린 채 미친 듯이 질주했다. 겁에 질린 상인들과 손님들이 길가로 우르르 흩어졌다. 하지만 말도 곧 힘이 빠져 멀리 가지는 못할 터였다. 누군가가 놈을 세워 달랜 뒤 주인에게 돌려보내리라.

한 가판대 주인이 새파랗게 질려 땅바닥에 널브러진 마부에게 다가갔다. 그는 이미 숨을 거둔 뒤였다. 아마 땅에 떨어지기도 전에 숨이 끊어진 듯했다.

4

“제가 이런 악당을 하인으로 두고 있었다니…….” 이보가 시체를 들여놓은 문지기실로 들어와 말했다. “전 숭고한 정의의 힘을 기꺼이 따르는 사람이에요. 이자 목숨을 끊어놓은 것에 대해 변명은 않겠습니다. 제 궁사 또한 제 명령을 따랐을 뿐이에요. 모두 보셨겠지만, 이놈 상처는 못에 찢긴 게 아니잖습니까. 이건 칼에 긁힌 자국입니다. 소맷자락의 천도 여러분이 장갑 장수의 칼날에서 채취해 온 그 실오라기와 일치하지요. 이놈이 살인범이라는 사실에는 의심의 여지가 없습니다.”

물론 의심의 여지는 없었다. 휴의 요청에 따라 방으로 들어온 캐드펠도 그게 확실하다고 생각했다. 유얼드는 쇼트윅의 유언이 숨을 거두기 직전 흔적을 남겼던 바로 그자가 틀림없었다. 게다가 유얼드가 남긴 얼마 안 되는 유품에서 유언의 물건과 돈도 발견되었다. 동전이 가득 찬 질 좋은 가죽 행낭이 달린 유언의 안장주머니와, 부인이나 누이에게 선물로 주려고 챙겼을 성싶은 여성용 장갑 두 켤레가 나왔다. 유얼드는 살인범이 분명했다. 그에게 화살을 쏜 터스탠은 아무런 잘못이 없었다. 프레스코트의 궁사들도 명령을 받으면 똑같이 했으리라. 궁사는 제 주인에 대한 의무 외에는 어떤 일도 상관할 바가 아니라는 듯 그 모든 일을 무덤덤하게 받아들였고, 여느 때와 다를 바 없는 식욕을 느끼며 저녁 식사를 하러 자리를 떴다.

"이자를 여기 데려온 건 바로 접니다." 이보는 긁힌 뺨에 묻은 핏자국을 닦으며 비통하게 말을 이었다. "이놈은 나라의 법을 어겼을 뿐 아니라 제 명예까지 더럽혔어요. 전 그것을 응징할 권리가 있습니다."

"하지만 굳이 죽일 것까지는 없었소." 프레스코트가 대꾸했다. "여기에도 법정이 있고 교수형이 있소. 그것으로 충분했을 텐데. 어쩌면 이 불쌍한 인간이 저 스스로 이런 길을 택한 것인지도 모르겠다는 생각이 드는군. 대담하게 활을 쐈던 자도 당신의 하인이지. 그 거리에서 그렇게 정확하게 맞힐 줄은 상상도 못 했소."

이보는 어깨를 으쓱였다. "터스탠의 솜씨야 확실하지요. 제가 그 실력을 몰랐다면 쏘라고 명했겠습니까? 성문 길에 있던 수백 명의 무고한 이들 중 누군가가 맞을지도 모르는데요. 하지만 그렇게 곧바로 죽어버릴 줄이야…….”

“한 가지 유감스러운 게 있소.” 행정 장관이 말했다. “공범이 있을지도 모르는데 이젠 그 이름을 들을 수 없게 되었다는 거지. 베링어, 자네가 그러지 않았나? 범인은 둘이라고 말이야.”

“아시겠지만, 터스탠이나 제 다른 마부 애럴드는 공범이 아닙니다.”

이보의 주장에 따라 그 두 사람은 이미 심문을 받고 나간 터였다. 터스탠은 한 번의 실수 이후로는 미덕의 본보기가 되었고, 젊은 마부 애럴드는 앳된 얼굴의 순진한 시골 청년이었다. 둘 다 다른 하인들과 잘 지냈으며 평판도 좋았다. 유얼드만이 시무룩하고 말수가 적어 겉돌았으니, 그의 소행을 알게 되고도 하인들은 크게 놀라지 않았다.

“하지만 다른 사건들은 여전히 미궁에 빠져 있소. 어떻게 생각하오? 다른 범죄들도 이자의 소행이었을까?”

“제 생각에, 토머스 씨 살인은 한 사람의 소행이었던 것 같습니다.” 휴가 천천히 입을 열었다. “그리고 논리나 증거는 없지만, 왠지 이자의 짓이었으리라는 생각은 들지 않아요. 그 외의 사건들…… 저도 잘 모르겠습니다. 토머스 씨의 일꾼은 자기를 공격한 이가 둘이라고 증언했지요. 하지만 자신이 용기 있게 대처하지 못한 것이 부끄러워 침입자의 수를 부풀린 것일 수도 있습니다. 분명한 사실은, 환한 대낮에 겁도 없이 배에 침입한 건 틀림없이 한 놈이었으리라는 겁니다. 볼일이 있는 척 배에 가려면 그

편이 눈에 띄지 않고 편하니까요. 공범이 있다 해도 혼자 움직였을 겁니다. 나머지 놈이 있는지, 있다면 누구인지에 대해서는 아직 오리무중이지만요."

*

마지막 기도를 마친 뒤 캐드펠은 라둘푸스 수도원장에게 자초지종을 보고하러 갔다. 이미 행정 장관이 방문해 예의를 갖추어 설명하긴 했지만, 라둘푸스 수도원장은 자신이 신뢰하는 관찰자가 베네딕토 수도원의 명성과 기준에 걸맞은 새로운 의견을 들고 오리라 기대하고 있었다. 축복의 터전을 만들기 위해 모든 면에서 금욕을 고수하는 이 수도원에서 이토록 무절제한 일들이 벌어지다니, 그로서도 불안하기 짝이 없었다.

수도원장은 단련된 침묵 속에서 모든 내막을 들었고, 이보의 즉각적인 응징에 대해 비난의 기색이든 인정의 기색이든 전혀 내비치지 않았다.

"폭력은 추할 수밖에 없지." 수도원장의 목소리는 나직하고 신중했다. "하지만 우린 아름답고 선한 동시에 추하고 폭력적인 세상에서 살고 있소. 나의 관심사는 두 가지요. 하나는, 아마 형제가 보기엔 사소한 것이겠지만, 이 죽음, 이 피비린내 나는 사건이 우리 담장 바깥에서 일어났다는 점이오. 나로선 다행스러운 일이지. 형제는 수도원 안팎에서 다 살아보았고, 무엇을 받아들이고 무엇을 견뎌내는가 하는 문제에 대해 안팎 양쪽에서 고민해보았을 거요. 하지만 형제가 알고 있는 것을 여기 있는 많은 이들은 모르고 있소. 그러니 그들을 위해, 또 이곳을 우리만이 아니라 다른 모든 이들의 안식처로 만들고자 우리가 지키려 애쓰는 평화를 위해, 이곳의 신성함은 더럽히지 않는 게 좋겠소. 더하여 다른 한 가지 관심사는, 형제만큼이나 내게도 매우 중요한 문제요. 그 사람이 정말 죄를 지었소? 그 사람이 살인한 게 확실하오?"

"그자가 살인에 관여한 건 확실합니다." 캐드펠 수사는 신중하게 단어를 고르며 말을 이었다. "적어도 한 명 이상의 공범과 함께했을 가능성이 높습니다."

"그렇다면 가혹하지만 정당한 벌이군." 그러나 라둘푸스 수도원장은 캐드펠의 침묵과 무거운 표정을 눈치채고는 날카롭게 고개를 들었다. "이 상황이 만족스럽지 않은 모양이오?"

"유얼드가 살인에 가담했다는 사실이 밝혀진 것에 대해서는 만족합니다. 증거도 분명하니까요. 하지만 정의가 무엇입니까? 범인이 둘인데 한 사람이 모든 걸 떠맡고 다른 하나는 자유롭게 활보하고 다닌다면, 그걸 정의라 할 수 있을까요? 저는 아직 밝혀지지 않은 것이 더 있다고 확신합니다."

"내일이면 여기 모였던 이들 모두 각자의 고향과 가게로 뿔뿔이 떠날 거요. 죄지은 자나 무고한 자나 모두 말이오. 하지만 그걸 신의 뜻이라 할 수는 없겠지." 수도원장은 잠시 생각에 잠겼다. "그럼에도 이 일이 우리의 손에서 끝나게 된 것 또한 신의 뜻일 거요. 형제는 아침까지 철야 기도를 하시오. 그다음엔 다른 이들이 다른 어딘가에서 그 짐을 떠맡아야 할 것이오."

*

마크 수사는 무릎에 팔꿈치를 괴고 양손에 머리를 파묻은 채 숙소의 간이침대 모서리에 앉아 비탄에 잠겨 있었다. 그는 어릴 적부터 모진 삶을 살아왔다. 처음 마지못해 이 피난처로 들어오기 전까지, 궁핍과 잔인함과 고통은 그에게 가까운 벗처럼 친숙한 것들이었다. 그러나 죽음은 달랐다. 죽음은 너무도 소름 끼치고 너무도 어두운 것이요, 유예의 가능성도 없이 즉각적인 공포를 불러일으키는 것이었다. 학대당하고, 못 먹고, 쉴 새 없이 일만 하며 사는 삶도 여전히 삶이었다. 하늘이 머리 위로 보이고, 나무와 꽃과 새 들이 주변에 있으며, 색채와 계절과 아름다움이 있었다. 살아 있는 한, 삶은 친구요 죽음은 낯선 것이었다.

"이보게. 죽음은 언제나 우리와 함께 있네." 마크 수사를 지켜보던 캐드펠이 말했다. "작년 여름 마을에서 아흔다섯 명이 죽었지. 살인을 저지르지도 않았는데, 그저 편을 잘못 들었다는 이유로 죽은 게야. 죽음은 전쟁 중엔 죄 없는 여인들에게 떨어지고, 평화로울 땐 악인에 의해 저질러지지. 누구에게도 해를 끼친 적이 없는 아이들에게, 선한 일을 하며 살아온 노인들에게, 잔인하고 무분별하게 떨어진다네. 하지만 저세상에는 균형이 존재한다는 믿음이 흔들려선 안 돼. 자네가 보는 건 완벽한 전체에서 부서져 나온 조각에 불과하네."

"알아요." 마크 수사는 손가락 사이로 말했다. 믿음을 잃은 것은 아니나 그렇다고 위로를 느끼지도 않는 듯했다. "그렇지만 재판도 못 받고 그렇게 생을 마감하다니……."

"작년에 죽은 아흔네 명도 그랬어." 캐드펠은 타이르듯 말했다. "그리고 아흔다섯 번째 사람은 살해당했지. 우리가 보는 정의라는 것도 부서져 나온 조각일 뿐일세. 이 조각들을 가능한 한 잘 보관하고, 찾아낸 조각들을 끼워 맞추고, 나머지는 하늘에 맡기는 것이 우리의 의무야."

"참회도 못 했잖아요!" 마크 수사가 울부짖었다. "그자의 손에 희생된 사람도 마찬가지일세. 희생자는 강도도 살인도 하지 않은 사람이었어. 혹시 그런 일을 저질렀다 해도 그건 하느님만이 아실 테지. 통행증도 없이 그 문을 넘어가는 사람들이 부지기수야. 하지만 자기 삶을 제대로 정리하고 면죄와 의식의 호위를 받으며 가는 사람들보다 그들이 먼저 천국으로 들어가겠지. 왕이나 교회 우두머리들은 양치기들이나 거지들이 자기들보다 먼저 선택된다는 것을 깨닫고 놀랄 걸세. 내가 큰 선행을 했노라 주장하는 사람들도 마찬가지지. 그들은 죄를 짓더라도 그것을 인정하고 속죄하려는 가난한 자에게 자리를 내주어야 할 거야."

마크 수사는 가만히 듣고 있었다. 이제 겨우 캐드펠의 이야기가 귀에 들어오는지, 그는 제 슬픔의 진정한 실체를 깨닫고 조용히 말했다. "이 손으로 그 사람 팔을 잡았어요. 상처를 닦아낼 때 그 사람이 움찔하는 것을 보고 전 그 사람의 아픔을 느꼈죠. 아주 작은 고통이었지만, 그래도 느낄 수 있었어요. 사람을 도울 수 있어서 기뻤다고요. 그 상처에 진통제를 발라주고, 깨끗한 천으로 감싸주고, 그 사람이 편안해졌다는 것을 느끼는 건 즐거운 일이었어요. 그런데 지금 그 사람은 죽어버렸죠. 석궁으로 쏜 화살에 관통당해서……." 마크 수사는 성난 듯 눈물을 훔쳐내고는 책망의 표정을 숨기지 않은 채 말을 이었다. "사람을 치료하는 게 무슨 소용이죠? 치료받고 몇 시간도 안 되어 죽어버리는데 말이에요."

"우린 영혼에 대해 이야기하고 있었네." 캐드펠은 온화하게 말했다. "육신과는 다른 얘기지. 자네가 연고와 리넨으로 해준 처치가 육신보다 더 오래가는 것을 치료하는 데 효과가 있었을지 누가 알겠나? 어떤 화살도 영혼을 쪼갤 수는 없네. 그러나 영혼을 치료하는 약은 있을 수 있지."

5

자신의 자취를 찾아 나선 필립은 초보 궁사들의 연습장인 강변 활터에서 친구인 존 노리스를 찾아냈고, 두 사람은 함께 에드릭 플레셔의 가게 뒷마당으로 가 젊은 장인을 만났다. 장이 열리기 전날 밤 필립의 행적은, 행정 장관의 부하들이 게이 초원으로 내려왔을 때 캐드펠 수사에게서 그를 넘겨받았던 이 두 친구와 함께 시작된 터였다.

친구들이 필립에게 그날의 일을 설명해주었다. 그들은 과수원을 지나 큰길을 피해 성문 뒤쪽 좁다란 샛길로 필립을 끌고 가 술집 근처 부스에 앉히고는 정신이 들기를 기다렸다고 했다. 곧 필립은 머리를 얻어맞은 충격에서 벗어나 몸을 가눌 수 있게 되었지만, 고생한 친구들은 아랑곳없이 몹시 난폭하게 나왔다.

존의 설명에 따르면, 필립은 스스로에게 화가 나 내 몸은 내가 돌볼 수 있으니 성문 길에나 가보라고 고래고래 소리를 질러대며 성깔을 부렸다. 성문 길 쪽으로 진격해 간 친구들에게 관리들이 왔다고 알리라는 얘기였다. 필립이 머리를 다친 환자였기에 친구들은 잠자코 그의 성질을 받아주었고, 필립이 비틀대며 장터로 들어가자 간격을 두고 그를 따라갔다. 하지만 그가 다시 뒤돌아보더니 어서 가보라고 소리를 쳤다. 둘은 그저 어깨만 으쓱이곤 그를 내버려둔 채 자리를 떴다.

"넌 다시 걸을 수 있었잖아." 존이 이유를 설명했다. "우리 도움을 한사코 거절하니, 그냥 맘대로 하도록 내버려두기로 했지. 어차피 혼자선 멀리 가지도 못할 테고, 우리가 따라가면 괜한 고집에 쓸데없는 짓을 벌일지도 모르겠다 싶더라고."

"그때 어떤 남자가 걱정스러운지 네 뒤를 따라가더라." 푸주한 아들이 기억을 더듬으며 말했다. "우리가 그 술집 근처 부스에서 골목으로 나올 때 따라 나오더니 너랑 같은 길로 가던데. 네가 많이 취한 줄 알고 집까지 데려다주려나 보다 싶었지."

"친절도 하시군." 필립은 그 쓸데없는 참견꾼에게 괜히 성질을 내며 물었다. "그게 몇 시쯤이었어? 8시 안 돼서야?"

"거의 다 됐었어. 그런 다음 곧장 마지막 기도를 알리는 종소리가 들렸거든. 그 난리 통에 어떻게 그 소리를 들었는지 모르겠네." 소리가 위로 울려 퍼졌기 때문일 것이다. 성문 길 사람들도 성무일도 종소리에 따라 하루 일과를 조정하곤 했다.

"날 따라온 사람은 누구였어? 아는 사람이야?"

두 친구는 눈을 맞추더니 무심하게 어깨를 으쓱여 보였다. 수천 명이 모이는 커다란 장터에서는 동네 사람들끼리도 서로를 알아보지 못하는 일이 다반사였다. "한 번도 본 적 없는 사람 같아. 슈루즈베리 사람은 분명 아니고. 어쩌면 널 따라간 게 아니라, 우연히 방향이 같았는지도 모르지."

그들은 필립과 헤어진 지점과 그가 걸어간 방향을 자세히 설명해주었다. 필립은 친구들이 알려준 곳으로 가보았지만, 성문 길은 물론 그 너머의 공터까지 꽉꽉 채우고 있는 부산한 군중 틈에서 도무지 갈피를 잡을 수 없었다. 행정 장관 앞에서 들은 증언에 따르면, 그가 워트네 술집에서 술을 마시며 몹시 취한 상태로 토머스를 가만두지 않겠다고 소리를 내지른 시각은 9시 전이었다. 친구들과 헤어지고부터 그때까지 어떻게 시간을 보냈는지가 전혀 기억나지 않았다. 그대로 곧장 술집으로 가서 그 증인이 자신을 목격하기 한참 전부터 술을 마시고 있었던 걸까?

필립은 이를 악물고 성문 길을 지나갔다. 자신의 자취를 쫓는 일에 너무 열중한 나머지 다른 건 아무것도 귀에 들어오지 않았으니, 그러다 이보의 마부에 관한 소문까지 놓치고 말았다. 그 소문은 이미 장터를 휩쓸며 바쁘게 돌아, 마시장 터 구석까지 닿기도 전에 제멋대로 바뀌고 윤색되어 있었다. 소문이 돈 지도 이미 두 시간째였으나 필립은 한 단어도 듣지 못한 채 자기 문제에 온통 마음이 쏠려 있었다. 이제 시장 이곳저곳에 버팀목과 널빤지를 철수하는 이들이 보였고, 수도원 가판대를 세낸 사람들도 하나둘 문을 닫기 시작했다. 파장이 임박했지만 마지막 날 저녁은 아직 한참 남아 있었다. 곧 뒤풀이가 벌어질 터였다.

월터 리널드의 여인숙은 마시장 터 구석, 런던 방면으로 난 큰길이 아니라 동북쪽으로 이어지는 다소 조용한 길가에 있었다. 시골 행상들이 자주 이용하는 곳이라 그 시기에는 늘 북적였다. 한시라도 빨리 제 행적을 알아내야 한다는 생각에 마음이 급했지만, 어쨌든 술집에 왔으니 에일이라도 한 병 주문해야 했다. 술을 마시고 싶은 건 아니었고, 설령 마신다 해도 지금처럼 맑은 정신으로는 취하지 않을 것이었다. 술을 가져온 종업원은 아직 아이티를 벗지 못한 작은 소년이었다. 그 거친 머리카락이며 마마 자국이 난 얼굴도 전혀 기억에 없었다. 필립은 주인 워트를 기다렸고, 마침내 조용히 이야기할 기회를 잡았다.

"풀려났다는 소식은 들었네." 워트가 근육질의 팔을 탁자 위로 뻗으며 말했다. "다행이야. 자네가 누굴 해친다는 건 생각할 수도 없는 일이지. 누가 물어도 난 그렇게 대답했네. 그래, 언제 나온 건가?"

"정오 직전에요."

"그렇담 최근 일어난 사건을 두고 자네에게 손가락질할 사람은 없겠구먼. 이번 장은 참 잘 치러졌어. 날씨도 좋았고, 장사도 잘됐고, 사람도 많이 모였지." 워트는 다소 무게감 있는 어투로 제 나름의 결산을 밝혔다. "상인 둘이 살해되는 사건이 있긴 했지만……. 나중에 죽은 자는 북쪽 사람이라더군. 오늘 아침 자기 가게에서 목이 부러진 채 발견됐다는데, 그 얘긴 들었지? 나 참, 우리 지역에서 그런 일이 일어나다니. 관리들이 와서 묻길래, 이 곳 사람이 그런 못된 짓을 할 리 없으니 다른 데서 온 자들이나 뒤져보라고 했지. 여기 사람들은 점잖잖나!"

"예, 들었어요. 하지만 어차피 제 혐의는 그 사람이 아니라 브리스틀 상인의 죽음……." 그는 갑자기 말을 멈추고 생각에 잠겼다. 북쪽 사람과 남쪽 사람이 여기서 만났고, 둘 다 살해되었다. 왜 그런 일이 일어났을까? 두 사람 다 모두 먼 곳에서 온 외지인에 돈 많은 장사꾼이지. 그렇다면 이곳 사람의 소행일 수도 있지 않을까?

"설령 자네가 일찍 풀려나 활개 치고 다녔다 해도 더는 용의자로 지목될 리 없었을 거야." 워트가 씩 웃으며 말을 이었다. "이젠 다 끝난 일이지. 그 얘기 못 들었나? 몇 시간 전에 성문 길에서 큰 소동이 있었어. 장갑 장수를 죽인 놈이 제 범죄가 발각되자 말에 올라 주인까지 걷어차고 도망치다가, 그 주인의 명령으로 화살에 맞아 번개 맞은 나무처럼 쓰러졌다네. 명사수의 솜씨였다고들 하던데. 장갑 장수로서는 금방 한을 푼 셈이지. 한데 그 소문을 아직 못 들었다고?"

"전혀요! 내가 마지막으로 들은 건, 소매가 찢어진 옷을 입고 다니는 사람이나 팔에 상처 난 사람을 찾고 있다는 얘기였는데. 그 일이 언제 일어났대요?" 결국 캐드펠 수사님이 혼자서 범인을 찾아낸 걸까?

"저녁기도 한 시간 전쯤이었나? 난 성문 길 저 끝에서 나는 고함 소리밖에 못 들었어. 그 자리엔 행정 장관도 나와 있었다던데."

오후 5시 경이라면, 필립이 캐드펠 수사와 헤어지고 존 노리스를 찾으러 시내로 돌아간 때였다. 빨리도 찾아냈군. 이젠 사람들 소맷자락 보느라 눈에 불을 켜고 다닐 필요는 없겠어. "그 사람이 범인이란 건 확실하대요?"

"확실하지! 팔에 그 장갑 장수가 남긴 상처도 있었고, 그자의 짐 보따리에서 장갑 장수의 물건이며 돈도 찾아냈대. 유얼드라는 마부인데……."

시시한 좀도둑이 어쩌다 일을 크게 만든 모양이야. 내 문제와는 아무 상관 없는 일이니, 이제 다시 마음을 다잡고 나 자신의 행적을 좇는 일에 집중해야지. 그러나 일종의 속죄로서 시작한 그의 순례는 어느새 본연의 의미를 잃어가고 있었다. 물론 어리석은 행동을 했던 건 사실이지만, 다른 사람들을 이끌고 나선 애초의 동기만 보자면 부끄러울 것이 없잖아? 그저 일이 실패로 돌아가자 분위기에 휩쓸려 나도 모르게 분별력을 잃고 골난 아이처럼 굴었을 뿐이야.

"이제 토머스 씨를 해친 놈이 누구인지 알아내는 일만 남았군요! 난 이제 그 엄청난 일이 일어났던 밤 내가 무엇을 했고 어디에 있었는지 낱낱이 밝혀낼 거예요. 아버지가 보석금을 내준 덕에 이렇게 나오긴 했지만 아직 완전히 혐의를 벗은 건 아니거든요. 다른 건 몰라도 내가 그 상인을 해치지 않았다는 사실만은 꼭 입증하고 싶어요. 그날 밤 내가 여기 왔었다는 것까지는 알겠어요. 아저씨는 혹시 기억하고 계신가요? 내가 몇 시부터 술을 마셨죠? 시간에 대한 게 전혀 기억나지 않아서 말예요. 듣자 하니 토머스 씨가 9시 20분까지는 살아 있었대요."

"아, 그때 자넨 여기 있었어!" 워트는 기억을 떠올리며 빙긋이 웃었다. "엄청나게 바쁘고 소란스러웠지만 자네가 지른 소리는 다 들었지! 창피해할 것 없어. 술 먹고 바보짓 한두 번 안 해본 사내가 어디 있다고? 자네가 여기 온 건…… 아마 8시 15분 조금 못 되어서였을 거야."

마지막 기도를 알리는 종소리가 울리고 채 15분도 안 지나서라면 친구들과 헤어진 뒤 곧바로 이 술집으로 왔나 보군. 아니, 곧바로라기보다는 갈지자로 비틀대며 왔겠지만. 그게 자연스러운 순서였다. 서둘러 복잡한 장터에서 빠져나와야 했고, 걱정이 된 친구들이 불러 세우기 전에 얼른 멀어져야 했을 테니까.

"이봐, 술은 천천히 마시면 안 취해." 술에 관한 얘기라면 전문가의 경지에 오른 워트가 친절하게 말을 이었다. "그런데 자넨 급히도 마셔댔지. 짧은 시간에 그렇게 많이 마시는 사람은 처음 봤네. 그러니 속이 배겨났겠나."

그리 유쾌한 대화는 아니었으나 필립은 감정을 꾹 누른 채 참을성 있게 귀를 기울였다. 그가 바보처럼 떠들어댄 건 사실이고,

그 궁사의 증언은 전혀 과장된 게 아니었다.

"내가 그 영감한테 복수하겠다고 소리소리 질러댔다면서요?"

"뭐, 틀린 말은 아니지. 그래도 자네가 그 영감을 욕하는 게 특별히 이상해 보이지는 않았어. 그 영감이 자넬 패는 건 우리도 다 봤으니까. 자넨 취해서 그 영감더러 거만하고 탐욕스러운 놈이라고 떠들어댔지. 다른 욕도 더 했는데 자세히는 기억이 안 나는군. 암튼 그렇게 거만하게 구는 놈은 끔찍하게 뒈져 마땅하다고 말한 건 사실이야. 그런데 곧 그 일이 실제로 일어났잖은가. 자네에게 불리한 증언을 한 사람들은 분명 그 욕을 기억하고 있었을 거야. 하지만 술집 손님 중 청문회에 간다는 얘기를 한 사람은 없었는데. 누가 그런 증언을 하던가?"

"한 명이었어요. 그 사람을 욕할 건 없어요. 없는 말을 지어낸 것도 아니잖아요. 그날 밤 내가 세상에서 가장 멍청한 짓을 했다는 건 사실이니까."

"어허, 무슨 소리. 사람이 머리를 다치면 이상한 짓을 할 수도 있지. 아무튼 그 사람이 누구였나? 외지인들 천지라 요즘엔 모르는 손님들이 더 많거든."

"수도원 방문객이 데려온 하인이었어요. 이름이 터스탠 파울러라던가……. 그때 그 사람도 여기서 술을 마셨다더라고요. 에일에서 포도주로, 그다음엔 독주를 마셨대요. 그러다 결국은 나처럼 손도 못 댈 정도로 취했던 모양이에요. 나중에 사람들이 뻗어버린 그 사람을 널빤지에 실어서 수도원 감방에 넣었다니까요.

장관님 앞에서 보니, 풍채는 좋은데 꺼칠하니 꾀죄죄하더라고요. 나이는 서른다섯 살쯤 되어 보였어요. 피부는 구릿빛이고, 갈색 더벅머리에…….”

워트는 생각을 더듬더니 고개를 가로저었다. “그렇게 들어선 누군지 통 모르겠네. 내가 얼굴을 기억하지 못하는 경우는 드문데 말이야. 술집 주인이라면 다 기억하기 마련이거든. 하지만 외지인이 거짓 증언을 할 이유는 없겠지. 자네랑 아는 사이도 아니니, 아마 곧이곧대로, 자네가 했던 말 중 제일 지독한 내용을 증언했을 거야.”

“내가 여기서 나간 게 몇 시였죠?” 이렇게 물으며 필립은 당시 상황을 기억해내곤 몸을 움츠렸다. 속이 뒤집히고 머리가 어지러워 양손으로 사납게 입을 틀어막은 채 다급히 술집을 뛰쳐나갔던 것이다. 이리저리 미친 듯 길거리를 누비다가 잡목숲 언저리에 이르러 겨우 속을 게워내고, 비틀비틀 게이 초원의 과수원 쪽으로 가서는 풀밭에 쓰러진 채 몸서리치며 구역질을 한 뒤 그대로 곯아떨어졌다. 그때부터 한밤이 되도록 깨어나지 못했고…….

“글쎄. 마지막 기도 시간에서 한 시간쯤 지났을 때니까, 아마 9시경이었겠지.”

브리스틀의 토머스가 부스에서 나온 것은 그로부터 15분 뒤였고, 그때 누군가 단검을 들고 중간에서 그를 막아섰다. 관청에서 필립 코비저에게 혐의를 두는 것은 당연했다. 토머스에게 원한을 품을 만한 근거가 있었고, 동네방네 큰 소리로 분한 감정을 쏟아냈고, 나중에는 아무도 모를 곳에서 혼자 비틀거리고 있었으니.

워트는 곧 자리에서 일어나 종업원 둘을 닦달하고 있는 단골손님들을 상대하러 갔다. 필립은 주먹으로 턱을 괸 채 생각에 잠겼다. 지금쯤이면 성문 길을 밝히던 불빛들이 모두 꺼지고, 가판대들도 짐을 꾸려 떠날 채비를 마쳤으리라. 상실의 여름과 혼돈의 겨울 뒤에 찾아온 또 한 번의 상쾌한 여름이 수도원과 상인들에게 풍성한 축복을 내려주었으나, 마을 구석구석에는 여전히 내전의 상흔이 지워지지 않은 채 남아 있었다.

후끈한 열기를 내뿜는 황혼 속에서, 어른들 심부름으로 잔이나 주전자를 들고 온 아이며, 주인이 마실 포도주를 사러 온 하녀며, 일하는 틈틈이 갈증을 달래려고 들어온 일꾼들과 수도원 하인들이 굄목을 받쳐 활짝 열어놓은 술집 출입구로 들락날락했다. 성 베드로 축일장의 마지막 하루가 만족스럽고 성공적인 파장을 향해 저물어가고 있었다.

열린 문으로 고급 가죽 조끼를 입은 앳된 청년 하나가 들어왔고, 이어서 건강한 구릿빛 피부에 청년보다 최소 열다섯 살은 많아 보이는 사내가 같은 조끼 차림으로 따라 들어왔다. 그중 나이 든 사내가 누구인지, 필립은 조금 시간이 지난 뒤에야 알아보았다. 행동거지 바르고 제 주인과 세상으로부터 좋은 평판을 받는, 취하지 않았을 때의 터스탠 파울러였다. 취했을 때와 멀쩡할 때의 차이가 저렇게 크다니! 그날 밤 술에 취한 자신은 과연 얼마나 흉해 보였을까 생각하자 새삼 부끄러워졌다. 그는 아까 본 어린 종업원이 그들을 시중드는 모습을 지켜보았다. 워트는 다른 손님들 때문에 바쁜 듯했고, 술집은 사람들로 가득했다. 장날은 늘 그랬다. 하지만 내일 이맘때면 이곳에도 따분함과 어둠만이 감돌고 있으리라.

필립은 넓은 어깨 사이에 고개를 묻었다. 이보 코르비에르의 사람들에게 악감정이 있는 건 아니지만, 공연히 얼굴을 보였다가 위로를 받거나 석방을 축하받는 일은 피하고 싶었다. 동정이든 뭐든 이 순간만큼은 사람들의 관심을 끌고 싶지 않았다. 실내에 가득한 사람들 대부분이 외지인들이라 다행이라고 생각하며, 그는 어깨를 잔뜩 웅크린 채 앉아 있었다.

"장이 설 땐 장사가 정말 잘된다니까." 워트가 돌아와 자리에 털썩 앉더니 즐거운 한숨을 내쉬었다. "하지만 장날이 1년에 걸쳐 좀 띄엄띄엄 있었으면 좋겠어. 이젠 나도 젊지 않은데 사흘 내내 한 시간도 쉬기 힘들어서야 원……. 아까 어디까지 얘기했었지?"

"내가 그 영감한테 욕설을 퍼붓더라고 증언한 사람의 인상에 대해 얘기하다 말았죠. 아저씨, 저기 좀 슬쩍 보세요. 바로 그 사람이 와 있어요. 가죽 조끼 입은 남자들 보이시죠? 둘 중에 더 나이 든 남자예요."

워트는 잠시 두리번거리더니 무심한 척, 그러나 날카로운 눈길로 터스탠 파울러를 훑어보았다. "꺼칠하니 꾀죄죄한 사람이었다면서? 지금은 새 코트처럼 말쑥해 보이는데." 그는 다시 필립에게로 고개를 돌렸다. "저치가 그 사람이라고? 저 사람이라면 기억나지. 이름이나 신분은 몰라도 내가 사람 얼굴은 좀처럼 잊어버리지 않거든."

"그날 밤엔 저렇게 단정해 보이지 않았을 거예요. 잔뜩 취해 있었다고 했거든요. 저 사람 말로는, 두 시간 후에 자기는 세상에 없는 사람이나 마찬가지 상태였대요."

"여기서 그렇게 취했다고?" 워트의 눈이 가늘어졌다.

"그렇게 말하던데요. 완전히 뻗었다고요."

"흠, 이거 재미있구먼……." 워트는 은밀한 얘기를 하려는 듯 탁자 앞으로 몸을 기울였다. "이제 저이를 알아보겠네. 저자는 그때도 지금 같은 상태였어. 자네 일과 관련이 있다 하니 이제야 그날 밤 일들이 세세하게 기억나는군. 저자는 그날 밤 여기 두 차례나 왔었어. 처음엔 문간에 선 채 자넬 살피더구먼. 자네가 들어오고 10분쯤 지났을 때야. 그땐 저자가 자넬 유심히 관찰하고 있는 줄도 몰랐어. 자네가 고래고래 소리를 지르고 있었으니 그렇게 보는 것도 당연하다 싶었지. 아무튼 그렇게 무언가 가늠하듯 살펴보고 나가더니 30분쯤 뒤에 다시 들어와 술을 주문하더군. 에일 여러 병이랑 독한 제네바산 진을 큰 병으로 하나 시켰어. 그러곤 조용히 앉아 에일을 홀짝이더라고. 이따금 자넬 힐끔거리면서 말이야. 그때 자넨 얼굴이 푸르스름하게 되어서는 수상스럽게 침묵을 지키고 있었지. 그러다 저 사람이 잔을 비우고 나간 게 언제였을까? 자네가 황급히 문 쪽으로 뛰어나간 직후였어. 진은 마개도 따지 않은 채 옆구리에 끼고서 말이야. 취했다고? 저치가?

여기서 나갈 땐 얼음같이 차갑고 멀쩡한 상태였어."

"하지만 술병을 들고 나갔으니, 두 시간 뒤엔 취하고도 남았겠죠. 저 사람이 취한 걸 봤다는 이가 대여섯은 돼요. 결국 널빤지에 실어 수도원으로 옮겨 가야 했대요."

"술병에 진이 얼마나 남아 있었는지 확인은 해봤대? 아니, 그 술병을 보기나 했나?"

"술병 얘긴 전혀 없었어요." 필립의 눈에 호기심 어린 기색이 감돌았다. "그 자리에 캐드펠 수사님도 계셨다니 한번 여쭤볼게요. 그런데 그건 왜요?"

워트는 짐짓 생색을 내듯 한 손을 필립의 어깨에 얹었다. "이봐, 자네가 포도주나 에일 외에는 마시지 않는다는 거 잘 아네. 내 말 들어보면 앞으로도 그 독한 걸 튼튼한 위에 쏟아붓고 싶지 않을 거야. 내가 아까 큰 병이라고 했지? 말 그대로 엄청 컸어. 제네바산 진이 자그마치 1리터나 들어 있었지. 누구든 두 시간 사이 그만큼을 마셨다면, 곤드레만드레 정도가 아니라 그 자리에서 바로 반죽음이 됐을 거야. 용케 살아났다 해도 얘길 하려면 그 다음 날 정도론 어림도 없지. 저자가 여기서 자네를 쫓아 나갔을 땐 장관님 못지않게 멀쩡했네. 그런데 왜 취해 있었다고 거짓말을 했을까? 그 이유야 잘 모르겠지만 아무튼 거짓말을 한 건 틀림없어. 주정뱅이인 척하고 그 벌로 감방에까지 들어갔다면, 무언가 대단한 이유가 있을 거야." 워트는 의미심장한 표정으로 덧붙였다. "뭔가 더 나쁜 일에서 빠져나오려고 그랬던 게 아닐까?"

아까의 소년보다 나이가 좀 더 많은 주근깨투성이 종업원이 양손에 빈 잔을 들고 지나가다가 걸음을 멈추고 팔꿈치로 워트의 옆구리를 찌르더니 귀엣말을 했다.

"사장님, 저기 저 사람들이 누군지 아세요?" 그가 고갯짓으로 가죽 조끼 입은 남자들을 가리켰다. "젊은 사람은 아까 성문 길에서 화살 맞고 죽은 사람의 동료 마부예요. 그 옆에 있는 사람은 그 화살을 쏜 장본인이고요! 세상에, 자기 동료를 죽여놓고 여기 와서 저렇게 술을 마실 수 있을까요? 정말 간도 큰 사람이야. 윌 워튼이 가까이서 전부 다 봤는데, 제 주인이 활을 쏘라고 하니까 정말로 냉정하게 시키는 대로 하더래요. 손도 안 떨고 말이죠! 탁 하고 화살 소리가 나더니, 그 사람 양 어깨 사이에 꽂혀 가슴까지 뚫고 나갔대요. 그 짓을 한 자가 바로 저 사람, 선한 기독교인인 양 태평하게 에일을 마시고 있는 저 사람이라고요."

워트와 필립은 입을 벌리고 시선을 교환한 뒤 고개를 돌려 다시 한번 터스탠 파울러를 힐끔 쳐다보았다. 파울러는 큰 컵을 들고 튼튼한 다리를 벌린 채 편안하게 앉아 있었다. 필립은 그때껏 죽은 마부가 누구 밑에서 일하는 자인지도 모르던 터였다.

"저 사람이 그랬다고? 확실해?" 필립이 물었다.

"윌 워튼이 그랬어요. 자기가 죽은 사람 옮기는 걸 도와주기까지 했다던데요."

"터스탠 파울러가 죽였다고? 이보 코르비에르의 매부리가? 코르비에르가 저자에게 쏘라고 명령했고?"

"이름은 모르겠네요. 윌도 모를 거고요. 암튼 수도원 접객소에 머물고 있는 젊은 귀족이랬어요. 윌 말이, 금발에 아주 잘생긴 남자라던데요. 하지만 살인범이 도망가는 것을 막으려다 그렇게 됐으니 주인이 아주 나빴다곤 할 수 없죠. 가만뒀으면 어디로 달아났을지 모르니까요. 그 살인범은 주인의 말을 훔쳐 달아나다가 주인이 가로막자 발로 걷어차기까지 했대요. 저 사람도 아랫사람이니 주인 명령에 따를 수밖에 없었겠죠. 그래도 그렇지, 몇 달이든 몇 년이든 함께 일했던 사람을 쏴죽였다니 정말 끔찍해요! 죽이라고 시킨 사람도 그렇고!" 종업원은 눈알을 굴리며 길고 나직하게 휘파람 소리를 내더니 잔을 가져갔다. 자리에 남은 두 사람은 말을 잃고 생각에 잠겼다.

*

하지만 그중 딱히 그에게 의미 있는 것이 있을까? 필립은 술집을 나오면서 잠깐 뒤를 돌아보았다. 터스탠 파울러와 젊은 마부는 여전히 평온하게 앉아서 다른 술꾼들과 쾌활하게 지껄이며 맥주를 마시고 있었다. 필립의 존재는 전혀 눈치채지 못했거나, 눈치채고도 모르는 척하는 것 같았다. 어쨌든 둘 다 필립에게 큰 관심이 없는 건 분명했다. 하지만 재수 없는 일마다 같은 사람이 엮여 있다니, 정말 기이한 일 아닌가. 파울러가 사건의 중심에 자리한 건 아니지만, 사건 주변엔 언제나 그가 있었다.

진이 담긴 그 술병은 또 어떻게 된 걸까? 그자는 말도 못 할 정도로 취해서 실려 갔고, 술병을 봤다는 사람은 아무도 없으니. 워트 말대로 그렇게 독한 술이라면 그 술병은 반 이상 남은 채 어디엔가 버려져 밤길을 청소하던 청소부에게 뜻하지 않게 횡재를 안겨주었을지도 모르지. 충분히 있을 법한 일이야. 하지만 그렇다 해도 정말 이상해. 그렇게 말짱한 정신으로 술집에서 나갔으면서 왜 파울러는 자신이 취해 있었다고 증언했지? 무엇보다, 대체 왜 내 뒤를 좇아 서둘러 나왔던 걸까? 워트는 분명 믿을 만한 관찰자였다.

그렇게 사소한 모순들이 필립 마음에 가시처럼 박혔다. 시간이 너무 늦어 오늘 밤엔 더 이상 사람들을 만나볼 수 없었다. 마지막 기도가 끝난 지 오래이니, 수도원의 수도승들은 물론 방문객과 하인들도 모두 잠자리에 들었거나 자러 갈 준비를 할 터였다. 평신도 몇 명만이 축일장의 마무리를 소박하게 자축하고 있으리라. 문득 부모님이 떠올랐다. 꽤 오랜 시간을 돌아다녔으니, 지금쯤 노발대발해서 아들을 기다리고 있을 게 분명했다. 아무래도 곧장 집으로 돌아가는 게 좋을 것 같았다.

그럼에도 불구하고, 필립은 그날 밤에 그랬듯 큰길을 가로질러 잡목숲 쪽으로 둘러 가는 길을 택했다. 마른 풀밭에 자신이 뒹굴었던 흔적이 희미하게 남아 있었다. 강변을 돌아 숲으로 더 들어가니, 그가 간신히 힘을 모아 절룩거리며 시내로 돌아오기 직전 술에 취해 곯아떨어졌던 듯한 자리가 보였다. 피난처처럼 움푹 들어간 공터였다. 납작하게 뭉개진 풀들이 밝은 별빛 아래 뚜렷하게 드러났다. 누군가를 질질 끌고 지나간 흔적이었다.

아니, 여긴 그 자리가 아니야! 그날 밤 그는 밤을 피해 몸을 숨기려는 사람처럼 강변 쪽 수풀과 나무들 사이로 훨씬 깊이 들어갔었다. 비슷해 보이긴 하지만 이 공터는 그가 누웠던 그 자리가 아니었다. 거긴 다른 누군가가, 혹은 사람만 한 어떤 것이 누웠던 자리인데, 그나마 얌전히 누워 있었던 것 같지도 않았다. 풀밭엔 분명 한 사람 이상의 발자국이 파여 있었다. 장이 설 때 흔히 그러듯 잠시 즐기러 온 연인이었을까? 아니면 싸우러 온 사람들? 아니, 그건 아닐 것이다. 나뭇가지 사이에서 희미하게 빛나는 저 강 쪽으로 무언가 끌려간 흔적이 있긴 하지만, 아무리 보아도 싸움의 자취는 아니었다. 필립이 기대고 선 자작나무 밑에는 뻗어 나온 뿌리들 사이로 황토가 드러나 있고, 거기서 떨어져 나온 나무껍질들이 어지러이 널려 있었다. 필립은 몸을 굽혀 그것들을 살펴보았다. 그중 가장 큰 나무껍질의 색깔이 조금 다른 듯 보였다. 더 진하고 어두운……. 필립은 얼른 손을 뗐다. 나무껍질에 검은색으로 말라붙어 있는 건 바로 핏자국이었다. 이곳뿐일까? 낮에 찾아보면 풀밭에도 이런 얼룩들이 많이 있을지 몰랐다.

그는 자신의 수치스러운 행적을 뒤쫓다가 전혀 엉뚱한 것을 발견한 셈이었다. 그곳은 토머스 씨가 살해된 자리였다. 누군가 그의 시신을, 아래쪽이 침식되어가는 강둑의 풀밭 가장자리에서 물속으로 밀어 빠뜨린 것이다.

축일장이 끝난 뒤

1

이튿날 아침 캐드펠 수사는 아침기도를 마치고 나오다 광장에서 필립을 발견했다. 그는 발밑의 땅이 불타기라도 하는 양발을 가만두지 못한 채 초조하게 서성대고 있었다. 다급하고 사나운 표정으로 보아 무언가 급히 의논할 거리가 있는 듯했다. 그는 캐드펠을 보더니 한걸음에 달려와 소맷자락을 잡았다.

"저와 함께 휴 베링어 님께 가주실 수 있을까요? 수사님이 보증하시면 그분도 제 얘기를 진지하게 들어주실 거예요. 그분이 언제 일어나시는지 몰라 일단 수사님을 기다렸어요. 수사님, 제가 토머스 씨가 살해된 장소를 찾은 것 같아요."

필립이 찾겠다고 한 건 분명 그게 아니었는데? 예기치 못한 그의 말에 캐드펠은 잠시 상황을 판단하지 못한 채 눈만 끔벅였다.

“자네가…… 뭘 했다고?”

“정말이에요, 맹세해요! 어젯밤엔 시간이 너무 늦어서 아무한테도 알릴 수 없었어요. 낮에 다시 가보지는 않았지만 거기가 분명해요. 누군가 피를 흘리고 강으로 끌려 내려간…….”

“좋아!” 캐드펠이 얼른 정신을 차리고 말했다. “지금 같이 가보세.” 그가 총총걸음으로 접객소로 향하자 필립도 긴 다리로 성큼성큼 뒤를 좇았다. “그 얘기가 사실이라면…… 휴는 아마 자네에게 그곳으로 안내하라 할 거야. 그 자리를 다시 찾을 수 있겠나?”

“그럼요, 금방 찾을 거예요.”

휴는 셔츠와 타이츠 차림으로 하품을 하며 나왔다. 그러나 잠은 다 깨어 있었고 면도도 이미 마친 뒤였다. “작은 소리로 얘기하게!” 그가 입술에 손가락을 올리더니 방문을 살짝 닫았다. “여자들이 아직 자고 있거든. 그래, 무슨 일인가? 캐드펠 수사님이 데려온 사람이라면 그냥 돌려보낼 수 없지.”

필립은 필요한 내용만 짧게 이야기했다. 그 자신에 관한 일은 나중에 더 부연할 기회가 있을 터였다. 지금 가장 중요한 건, 게이 초원의 과수원 너머에 있는 그 빈터였다.

“어젯밤 제 행적을 좇아 강 쪽으로 내려가다가 발견했습니다. 숲을 지나 그리로 갔는데, 풀밭에 뭔가 무거운 것에 눌려 쑥 들어간 자국이 있더라고요. 꼭 사람 형체 같았어요. 강둑 풀들은 물을 향해 짓이겨져 있었고요. 뭔가 무거운 것을 강으로 끌고 간 흔적이지요. 주변에 핏자국도 있는 것 같았어요.”

휴는 놀라서 잠시 말을 잃다가 간신히 입을 열어 물었다. "브리스틀의 그 상인인가?"

"그런 것 같습니다. 낮에 가보면 확실하게 알 수 있을 거예요."

휴는 서둘러 아침 에일을 마시고 오트밀 비스킷을 입에 넣었다. "자넨 집에서 오는 길인가? 마을에서?" 질문을 던지면서도 그는 검은 머리를 바삐 빗고, 셔츠 끈을 묶고, 윗도리를 집어 드느라 바빴다. "장관님한테 가지 않고 나에게 오다니! 그래, 나쁠 건 없지. 장관님보다는 우리가 그곳에서 더 가까우니 시간을 절약한 셈이야." 그는 검과 검대는 끌러둔 채 신발에 발을 쑤셔 넣었다. "수사님, 아침을 거르셨을 테니 이 비스킷 좀 가져가시죠. 마실 건 여기서 드시고요. 자네는 아침 먹었나?"

"호위병들도 없이 가려는 거요?"

"뭐 하러 데려갑니까? 지금 필요한 건 수사님과 제 눈뿐입니다. 주변 풀밭을 밟아댈 장화 자국이 적을수록 좋아요. 가시죠, 아내가 깨기 전에. 아내는 새소리만 들려도 깨거든요. 더 쉬게 두고 싶어요. 자, 필립, 앞장서게! 이제 자네가 발견한 풀밭으로 가는 거야. 가장 빠른 길로 안내하게."

*

휴가 조용히 집을 나선 뒤 얼라인과 에마가 아침을 먹고 있을 때 콘스턴스가 들어와 이보의 방문을 알렸다. 그는 언제나처럼 예의를 차려 휴부터 먼저 찾았다.

"남편은 공무가 있어 벌써 나갔는데." 얼라인이 짓궂게 말했다. "이보가 진짜로 보고 싶어 하는 사람은 에마일 테니 이리 들어오라고 할까요? 물론 저 젊은이가 에마에게 인사도 없이 떠나진 않을 거라 생각하긴 했어요. 이게 마지막 만남이 아니라는 걸 확신시킬 방법을 찾느라 궁리깨나 했겠죠. 아마 간밤에는 잠도 잘 못 잤을 거예요. 충격적인 일들이 그렇게 많이 일어났으니……. 넘어져서 상처까지 입었다던데요."

에마는 아무 대꾸도 없이 얼굴만 발그레하게 붉혔다. 오늘 아침 그녀는 완전히 새로운 인생을 시작하는 느낌으로 눈을 뜬 참이었다. 이제 과거와는 달리 스스로 모든 일을 결정해야 하는 인생이 기다리고 있었다. 외숙을 태운 배는 지금쯤 세번강을 따라 고향으로 향하고 있을 것이었다. 더 이상 로저 도드의 관심을 피해 다닐 필요도 없고, 그의 열정을 두려워하고 불신하며 느끼던 죄의식에서도 벗어날 수 있으리라. 그녀는 장에서 산 안장주머니 두 개에 소지품들을 정갈하게 챙겨두었다. 이제 어떻게 되든 수도원에서는 나가야 했다. 남쪽으로 가는 일행을 금방 찾지 못하면 얼라인 부부의 집으로 가 거기 머물면서 휴의 조치에 따를 생각이었다. 다른 대책이 없으면 휴가 그녀를 직접 데려다주겠다고 약속한 터였다.

마구간 마당과 광장은 출발을 앞둔 손님들로 소란스러웠다. 이미 접객소 객실 절반이 비어 있었다. 터스탠 파울러와 젊은 마부도 이런저런 물건을 한데 모아 짐을 꾸린 뒤 주인의 밤색 말과 자신들의 꾀죄죄한 조랑말들에 안장을 올리는 중이었다. 살인자를 태우고 도망쳤던 말은 용감한 심부름꾼 소년의 손에 이끌려 다시 수도원으로 돌아왔고, 소년은 수고비를 두둑이 챙겨 돌아갔다. 준비된 조랑말은 두 마리였다. 나머지 한 마리는 고삐에 끌려 돌아가게 될 것이었다.

에마는 그 조랑말의 주인에게 벌어진 일과 그가 저지른 일을 떠올리며 몸서리쳤다. 그렇게 갑작스러운 죽음은 그녀에게 공포 그 자체였다. 그 남자는 살인을 저질렀고, 범행이 탄로 나자 주저하지 않고 자기 주인을 향해 말을 몰았다. 주인의 후광을 이용한 데다 그를 공격하기까지 했으니, 이보가 분개해서 활을 쏘라는 지시를 내린 것도 무리는 아니었다. 더하여 어제저녁 이보는 사정을 설명하며 자신의 행동에 대한 의심과 후회를 내비쳤고, 솔직히 에마로서는 그러한 그의 태도에 깊은 인상을 받아 오히려 자기 쪽에서 그를 안심시키고 위로하지 않을 수 없었다. 그럼에도, 인간이 같은 인간의 목숨을 좌지우지할 수 있다는 건 그 자체로 끔찍한 일이었다. 설령 상대가 악독한 범죄를 저지른 사람이라 해도 말이다.

오늘 아침 이보는 평소의 평정과 자신감을 완전히 되찾은 상태였다. 그의 몸단장은 흠잡을 데 하나 없었다. 아무리 수수한 옷도 그의 멋진 육체에 걸치면 우아한 옷으로 둔갑했다. 여남은 사람들이 보는 앞에서 흙바닥에서 내동댕이쳐지고 다쳐서 절뚝거리며 일어난 일은 그에게 참기 힘든 모욕이었을 것이다. 오늘 아침 이보는 차림새를 꼼꼼히 확인하고 왼쪽 뺨의 상처는 치료용 풀을 발라 잘 가린 채 나타났지만, 에마는 그가 여전히 다리를 절뚝이고 있다는 걸 금세 깨달았다.

"남편분을 못 뵈어 유감이군요." 이보는 방으로 들어서며 얼라인을 향해 말했다. "벌써 나가셨다고요. 그분의 허락을 구할 일이 있는데, 부인께 대신 청해도 될까요?"

"벌써 궁금해지네요." 얼라인이 미소를 지으며 말했다.

"에마의 문제를 해결할 방법이 있어서요. 에마, 엊그제 당신이 말했던 것에 대해 생각해봤어요. 배로 브리스틀로 돌아가긴 싫고, 대신 남쪽으로 가는 마차를 찾겠다고 했죠. 내가 무슨 주장을 할 권리는 없지만, 만일 베링어 님이 당신을 내게 맡겨만 준다면……. 어쨌든 당신은 빨리 집으로 돌아가야 하니까요."

"그렇죠." 에마는 기대가 담긴 눈길로 이보를 바라보았다. "돌아가서 할 일이 너무 많아요."

이보는 열성적인 태도로 다시 입을 열었다. "스탠턴 코볼드에 제 여동생이 살고 있어요. 베네딕토회 수녀가 되기로 결심했고 수녀원에서도 받아주기로 한 상태죠. 그 수녀원이 브리스틀에서 가까운 민친바로 근처에 있습니다. 동생은 제가 자기를 거기로 데려다주기만 기다리고 있어요. 솔직히 그동안은 동생이 마음을 바꿨으면 해서 시간을 끌어왔는데, 그 아이의 결심이 이미 확고하니 오라비 되는 사람으로서 좋게 보내줘야지 어쩌겠습니까. 아무튼 두 분은 마음 놓고 에마를 제게 맡기셔도 될 겁니다. 에마를 돕는 건 제게도 그저 영광스러운 일이니까요. 에마와 제 동생 이저벨이 함께 편안하게 여행하면 좋지 않겠습니까? 안전하게 호위할 인력은 충분하고, 당연히 저 또한 에마와 이저벨을 잘 보살필 겁니다. 베링어 님이 이 계획에 동의하고 허락해주셨으면 하는데, 지금 이 자리에 안 계시니 대단히 유감스럽……."

"멋지네요." 얼라인이 눈을 동그랗게 뜨며 말했다. "당신이 에마를 지켜준다면 남편도 아주 기뻐할 거예요. 하지만 에마 생각은 어떤지 먼저 묻는 게 좋지 않을까요?"

에마는 상기된 얼굴과 환한 미소로 대답을 대신했다. "제겐 가장 좋은 해결책 같아요." 그녀가 천천히 말했다. "그렇게 마음을 써주시니 더할 수 없이 감사드려요. 그런데…… 전 정말 최대한 빨리 돌아갔으면 하거든요. 하지만 동생분이 마음을 확실히 정하도록 시간을 주고 싶다면……."

이보가 괜한 걱정 말라는 듯 웃음을 터뜨렸다. "속세에 남아 있으라고 동생을 설득하는 건 이미 포기했어요. 이저벨의 마음은 절대 바뀌지 않을 테니 걱정 말아요. 오히려 마음을 정한 뒤로는 줄곧 나한테 성화를 부려대고 있다고요. 그렇게 원하는데 내가 무작정 막을 수는 없죠. 동생은 이미 모든 준비를 마쳐놓은 상태이니 내일 당장 출발하자고 하면 그저 좋아서 날뛸 겁니다. 당신이 날 믿고 따라와 내 집 지붕 밑에서 오늘 밤을 보내겠다면, 우린 내일 오전에 브리스틀로 떠날 수 있어요. 말을 타고 싶다면 말과 안장을, 가마가 좋다면 가마를 내줄 테니 좋을 대로 해요."

"나도 말을 탈 줄 알아요." 에마는 눈을 빛내며 말했다. "정말 재미있겠네요."

"그럼 재미있게 가봅시다." 이보는 얼라인에게로 고개를 돌리며 말을 이었다. "부인과 베링어 님의 허락이 떨어지면 말이죠. 두 분의 허락 없인 절대 안 됩니다. 다만 어차피 제가 조만간 가야 하는 길이고 이저벨도 빨리 데려다달라고 성화니, 이 기회에 에마 문제도 해결하면 좋겠다 싶군요."

"틀림없이 모두에게 아주 좋은 해결 방법이네요." 얼라인이 동의했다. 만일 휴 베링어가 에마를 직접 데려다주면 얼라인은 며칠 동안 혼자 있어야 할 테니, 결국 이는 얼라인한테도 잘된 일이었다. "에마 역시 자신에게 최선이라 여겨지는 길을 선택할 거예요. 어쨌든 당신이나 우리나 에마를 돕겠다는 뜻은 같으니까요. 제 의견을 묻는다면, 당연히 허락하죠. 남편도 분명히 허락했을 거예요."

"그분이 먼저 나가신 게 아쉽네요. 보좌관님이 축복해주시면 더 기뻤을 겁니다. 아무튼 이왕 갈 거라면 빨리 출발하는 게 좋겠어요. 말씀드린 대로 이저벨은 준비를 다 마친 상태인데, 거기까지 가려면 또 하루를 허비해야 하니까요."

에마는 욕망과 죄책감 사이에서 마음이 흔들렸다. 휴 베링어에게 감사 인사를 하고 작별하는 것이 도리였다. 하지만 이 부부에게 짐이기도 한 자신이 얼른 사라지는 것이, 그리고 이처럼 안전한 방법으로 떠나는 것이 그를 돕는 길일 터였다. "얼라인, 부인은 정말 친절하세요. 갑자기 헤어지게 되어 섭섭하긴 하지만, 그래도 이렇게 떠나는 게 좋을 것 같아요. 그러면 베링어 님도 바쁜 와중에 불필요한 여행을 하실 필요가 없겠죠. 부인도 최근 남편분 얼굴조차 제대로 못 보셨잖아요. 부인이 축복해주시니 전 이보와 함께 떠날게요. 다만 베링어 님께 제대로 감사 인사를 드리지 못하고 가는 것이……."

"휴 걱정은 말아요, 에마. 이렇게 친절하고 다행스러운 제안을 받아들였으니, 남편도 에마가 현명했다고 생각할 거예요. 고마워하는 그 예쁜 마음은 내가 대신 전해줄게요. 그 사람이 언제 돌아올지도 모르잖아요. 이보 얘기가 맞아요. 에마도 그렇고, 이저벨도 지금 한시가 급하겠죠. 둘 다 중요한 기로에 선 참이고요."

"둘 다 앞으로의 일을 감당할 만큼 용감한 사람이기도 하지요. 에마, 일단은 내 뒤에 안장을 놓고 거기 타야 할 것 같은데 괜찮겠어요? 집에 도착하면 당신이 쓸 안장과 말을 챙겨줄게요. 그것 말고도 필요한 게 더 있다면 뭐든 얘기해줘요."

"정말이지, 질투가 다 나려고 하네요!" 얼라인은 두 청춘 남녀를 보며 살짝 미소 지었다.

*

이보가 젊은 마부를 시켜 에마의 안장주머니를 챙겨 오게 했다. 두 안장주머니 모두 가벼워서 코르비에르가 구입한 물건 보따리들과 함께 주인 없는 조랑말에 실었고, 그녀의 외투도 잘 개켜 올렸다. 날씨가 워낙 좋아 겉옷은 필요하지 않을 것 같았다. 에마는 마치 신세계로, 햇살 가득하고 유혹적이면서도 무서우리만치 드넓은 세계로 떠나는 기분이었다. 브리스틀에서 무겁고 중대한 일들이 그녀를 기다리고 있었지만, 어쨌든 지금 당장은 과거를 모두 털어낸 양 아무 부담이나 감시 없이 자유를 즐기며 미지의 세계로 발을 들여놓으려는 참이었다.

얼라인은 그녀에게 다정하게 입 맞추며 즐거운 여행길이 되기를 빌어주었다. 혹시라도 휴가 돌아오지 않을까 싶어 에마는 마지막 순간까지 문지기실 쪽을 바라보았지만, 끝내 그는 나타나지 않았다. 결국 다시금 얼라인에게 인사를 전해달라고 할 수밖에 없었다. 말이 또 변덕을 부리려는 듯해 이보가 얼른 먼저 녀석의 등에 올랐다. 이어 터스탠 파울러가 에마를 가볍게 들어 안장 뒤에 올리자, 이보는 몸을 돌려 든든한 손을 그녀에게 내밀었다.

"두 사람이나 태우고도 처음에는 이 녀석이 꽤 거칠게 움직일 거예요." 그가 미소 지으며 말했다. "혹시 모르니 내 허리를 꽉 안고 양손을 허리띠 위에 겹쳐 놓아요. 그렇지, 그렇게!" 이어 이보는 얼라인을 향해 우아하고 정중한 인사를 건넸다. "약속드리죠. 에마를 브리스틀까지 무사히 데려다주겠습니다!"

이보는 수도원에 처음 들어설 때처럼 셔츠 차림으로 가볍게 문지기실을 빠져나갔고, 이제 둘만 남은 그의 시종들과 짐이 가벼워 기분 좋게 종종걸음 치는 조랑말이 그 뒤를 따랐다. 이보의 날씬한 허리는 에마의 양팔에 가뿐하게 감겼다. 멋진 리넨 셔츠를 통해, 다소 마르긴 했지만 따뜻한 남자의 몸과 근육과 활기가 느껴졌다. 파장 준비에 바쁜 성문 길을 따라 달리는 동안 이보는 왼손을 그녀의 양손에 얹고서 자신의 납작한 아랫배 쪽으로 힘 있게 눌렀다. 그녀가 안전하게 잘 잡고 있는지 확인하려는 듯했지만, 에마로서는 그것이 일종의 애무 같다는 생각을 하지 않을 수 없었다.

에마는 얼라인의 낭만적인 이야기를 들으며 손사래를 치던 기억을 떠올렸다. 서로에게 크나큰 이익이 걸려 있지 않은 이상 토지를 가진 귀족 남자와 상인 출신 여자의 결합은 생각할 수도 없는 것이었다. 하지만 그런 낭만적인 사랑이 정말 불가능한 것일까? 그녀는 더 이상 자신할 수 없었다.

*

풀밭은 크고 무거운 사람의 몸에 짓눌린 듯 쑥 들어가 있었다. 그 크기는 토머스의 신체와 거의 비슷했고, 누군가가, 아니 어쩌면 한 명 이상의 사람들이 그를 빙 둘러싼 채 서 있었는지 주변 풀들이 온통 짓밟혀 있었다. 놈들은 이곳에서 토머스의 옷을 벗긴 뒤 몸을 뒤졌을 것이다. 놈들이 벌여온 수색 작업의 첫 신호탄인 셈이었다. 그 자리에서부터 둔덕진 강둑 아래로 시체가 끌려 내려간 흔적이 이어졌다. 길게 자라 있는 풀들이 모두 한 방향으로 쏠려 있었다.

혈흔의 흔적에 관해서도 의심의 여지가 없었다. 자작나무 밑에 떨어진 나무껍질에서 까맣게 말라붙은 얇은 핏자국이 확인되었다. 그들은 더 자세히 찾아보았다. 핏자국이 한두 군데서 더 발견되었고, 강 쪽을 향해 흘러내린 가느다란 피 얼룩도 볼 수 있었다. 강물에 빠뜨리기 쉽도록 위로 반듯하게 눕혔던 듯했다.

"여긴 물이 꽤 깊군요." 휴가 푸른 둔덕에 선 채 강물을 굽어보며 말했다. "둑 아래가 깎여 있으니 시체를 빠뜨려 물살에 흘려보내기가 어렵지 않았을 겁니다. 옷가지들은 바로 던져버렸겠죠. 어쩌면 한 놈의 소행일 수도 있는데요. 만일 두 놈이었다면 끌지 않고 들어서 옮겼을 테니까요."

"토머스 씨가 굳이 이런 길을 택한 이유를 모르겠군." 캐드펠이 의문을 제기했다. "자기 배가 다리 아래쪽에 묶여 있다는 걸 잘 알고 있었을 텐데 말이오. 성문 길에서 이어지는 지름길을 찾아보려 한 걸까? 하지만 배가 묶여 있던 선창은 여기서 상류 쪽으로 더 가야 하는데……. 놈의 공격을 받았을 때 토머스 씨는 혼자였을까? 수상한 기미도 느끼지도 못했을까?"

휴는 바닥을 꼼꼼하게 살폈다. 분명 싸움의 현장은 아니었다. 몸이 누운 자리에 있던 풀들만 납작하게 쓰러지고, 그 주변에 발에 밟힌 풀들은 비교적 온전한 상태였다. 현장이 이렇게 얌전한 것으로 보아 격투가 벌어진 것 같지는 않았다. "그런 것 같아요.

반항한 흔적이 전혀 없어요. 놈은 토머스 씨 뒤를 밟다가 말 한마디 없이 단칼에 찔러 쓰러뜨린 겁니다. 토머스 씨는 샛길을 택해 돌아가는 길이었던 것 같아요. 그러다 배가 묶여 있는 곳에서 약간 하류 쪽으로 벗어난 거겠죠."

"같은 날 밤, 누군가가 절 미행했습니다." 필립이 덤덤하게 입을 열었다.

두 사람은 즉각 강한 흥미가 담긴 시선으로 그를 바라보았다.

"같은 사람이었을까?" 캐드펠이 말했다.

"아직 제 얘긴 말씀을 못 드렸죠. 전 결백을 증명하기 위해 그날 밤의 제 행적을 되짚어보던 중 우연히 이곳을 발견했어요. 이 살인을 계획한 놈이 누구든, 처음부터 제게 덮어씌울 작정이었으리라는 생각이 들더군요. 낮에 머리를 맞아 피를 흘리며 선창에서 도망쳤고 술집에서는 살인할 분위기까지 풍겼으니, 이 일이 저질러지는 동안 제 행방이 묘연하다면 그야말로 놈들에게 횡재인 셈이었겠죠." 필립은 자기가 알아낸 것을 하나도 빠뜨리지 않고 모두 얘기했다. 두 사람은 이맛살을 찌푸리고 집중한 채 그의 말에 귀를 기울였다.

"그자가 파울러였다고?" 휴가 말했다. "확실한가?"

"월터 리널드가 그랬어요. 그분 말이라면 확실하죠. 파울러는 어제도 그 술집에 나타났어요. 그자가 누구인지 알려줬더니, 워트가 그날 밤 그자의 거동을 지켜봤다고 하더라고요. 술집 안을 기웃거리면서 제 상태가 어떤지, 제가 무슨 소리를 하는지 엿보다 갔대요. 아마 30분쯤 그랬을 거라나요. 그러다 다시 돌아와서는 에일과 제네바산 진을 큰 병으로 하나 주문했고요."

"그러고선 술병을 따지도 않고 들고 나갔다는 건가?" 캐드펠 수사가 물었다. "자네가 속을 게우려고 덤불 쪽으로 뛰어나가자마자? 이제 와서 그런 일로 부끄러워할 필요는 없네. 살다 보면 누구나 한두 번쯤 어리석은 짓을 하기 마련이니까. 우리도 그러면서 어른이 된 거고." 캐드펠은 공터를 사이에 두고 휴를 바라보며 말을 이었다. "그다음 그자가 눈에 띈 건 그로부터 두 시간이 지나서군. 성문 길 옆 가판대 밑에서 술에 절어 누워 있는 걸 우리가 발견했지."

"그런데 워트에 따르면 그자가 술집에서 나갔을 땐 주교님처럼 말짱했다는 거죠." 휴가 중얼거렸다.

"전 워트 아저씨의 판단을 믿어요." 필립은 단호하게 말했다. "그분 말로는, 두 시간 안에 그 진 한 병을 다 마시면 산송장 신세가 되고 말도 제대로 할 수 없다고 했어요. 하지만 파울러는 바로 그다음 날 장관님 앞에서 증언을 했죠. 별로 고생한 기색도 없이 말이에요."

"맙소사!" 휴는 고개를 저으며 말했다. "그자를 살펴보고 얼굴에서 망토를 끌어 내린 게 바로 나일세. 그자한테선 코를 찌르는 술 냄새가 났어. 그 냄새는 황소라도 못 당했을 거야. 그걸 떠올리니 지금 내 머리마저 어질해지는군."

"아니면…… 당신이 망토를 들추어서 냄새가 더 진동했던 것일 수도 있소." 캐드펠이 말했다. "혹시 그 진은 제 배 속에 넣기 위해서가 아니라 외투에 뿌리려고 산 게 아닐까?"

"참으로 값비싼 괴벽이군요." 휴가 생각에 잠겼다. "하지만 그보다 훨씬 비싼 대가를 치러야 할 일에서 혐의를 완전히 벗게 된다면 그 정도 가격은 아무것도 아니겠지요. 제가 그자를 보자마자 했던 말이 무엇이었는지 기억나십니까? 나 참, 어리석게도! 그 자리에 몇 시간째 누워 있었던 모양이라고 했어요. 그러고는 놈을 수도원 감방으로 보내 하룻밤을 보내게 했죠. 그자가 취한 술고래에 불과하다면 어떻게 죄를 짓겠나, 아이들과 취한 자들만이 세상에서 유일하게 결백한 사람들이지, 뭐 이런 생각을 한 거예요. 살인은 그날 밤에 일어났고, 그러니 토머스 씨가 마지막으로 목격된 시점부터 시신이 되어 슈루즈베리로 돌아올 때까지 내내 취해 있던 그자는 용의 선상에서 완전히 제외해버린 겁니다."

캐드펠의 생각은 이미 그 너머까지 뻗어나가 있었으나, 아직 무엇도 완전히 확신할 수는 없었다. "휴, 술에 찌든 그를 발견했던 곳이 정확히 어디였는지 기억나오? 거길 다시 한번 가봐야겠소. 그자가 진짜 취해 있었다면 틀림없이 술병을 옆에 아무렇게나 놓아두었겠지. 하지만 나는 술병 같은 걸 본 기억이 없소. 만일 우리가 놓친 거라면 밤길의 떠돌이가 발견했을 거요. 술이 반 이상은 남았을 테니 떠돌이로선 횡재한 셈이고, 그걸로 됐소. 그러나 만약 그 술병이 다른 데 숨겨져 있다면? 그건 결코 취한 사람의 행동이라고 볼 수 없지. 그자의 말대로 그렇게 취했다면 그

자는 장터를 돌아다닐 수도 없었을 거요. 그자가 술 세례를 받은 건 바로 그곳, 우리가 그자를 발견한 그 장소요. 그러니 술병도 마땅히 거기 있어야지."

"술을 마시기 전에는 어딜 돌아다닌 걸까요? 그자는 술집을 들여다보며 이 친구가 불평하고 있는 것을 확인한 다음 잠시 사라졌습니다. 거기서 어디로 간 거죠?"

"토머스 씨 가판대로 갔을 거요. 그 상인이 아직 거기 있는지 확인하려고 말이오. 토머스 씨는 물건을 정리하느라고 바빴을 테고, 아직 한참 시간이 더 걸릴 것 같아 보였겠지. 그래서 너무도 손쉬운 희생양인 필립을 계속 감시하기 위해 다시 술집으로 돌아온 거요. 그런 다음 필립의 뒤를 쫓아 잡목숲으로 들어가 필립이 완전히 정신을 잃은 걸 확인하고, 다시 토머스 씨 부스로 갔고. 그리고 이번에는 배로 돌아가는 그 상인을 쫓아갔지. 결국 토머스 씨는 여기까지밖에 못 왔고."

"모두 추측이에요." 휴가 말했다.

"그렇지. 하지만 그렇게 생각해야 아귀가 들어맞소."

"이후 그자는 준비해둔 술병을 가지고 돌아와서는 은밀한 장소로 숨어들어 우리가 발견했을 때의 그 비루한 꼴로 변장했다……. 사람을 살해하고 몸을 수색한 뒤 옷을 벗겨 강물로 떠밀 때까지 시간이 얼마나 걸렸을까요?"

"토머스 씨를 몰래 뒤쫓아 일을 끝내고 아무도 모르게 장터로 돌아왔을 때까지의 시간을 헤아려본다면…… 말짱했을 때와 술

취했을 때 사이의 그 두 시간 중 한 시간 이상은 소요되었겠지."

캐드펠의 목소리가 음산해졌다. "술을 마시느라 허비할 시간은 없었을 거요."

"그렇다면 배를 뒤진 자는 누구였을까요? 파울러일 리는 없습니다. 그자는 그때 장관님 앞에 있었으니까요. 쇼트윅의 그 상인 건이야 이미 살인자가 밝혀졌고요."

"우리는 놈들 중 하나를 알아냈을 뿐이오. 이 사건들이 모두 별개의 것들로 보이오? 난 그렇게 생각하지 않소. 모두 하나의 목적하에 벌어진 일이오."

"뭔가 짚이는 게 있는 모양이군요?" 휴는 한창 생각에 잠겼다가 다시 입을 열었다. "지금 우린 두 사람을 알고 있습니다. 하나는 살인자로 밝혀졌고, 다른 하나는 용의자로 올라 있죠. 그리고 어제 그중 하나가 다른 자를 활로 쏴 죽였어요. 냉정하고 노련한 솜씨로 말이죠……." 휴는 공터를 힐끗 쳐다보더니 불쑥 말했다. "여기서 이럴 게 아니라 수사님 제안대로 해보죠. 일단 그자가 뻗어 있던 장소로 다시 가서 살펴보는 겁니다."

2

필립은 다른 사람의 얘기를 듣는 법과 침묵하는 법을 배워가는 중이었다. 휴와 캐드펠을 따라 게이 초원의 과수원과 밭을 지나 수도원 쪽으로 돌아오는 내내, 그는 나무랄 데 없는 태도로 조용히 입을 다물고 있었다. 그는 이제 자신의 자리를 찾았으며, 더는 자신을 방치할 생각도 없었다.

큰 배들은 이미 모두 선창을 떠난 뒤였다. 곧 수도원 일꾼들이 가판대며 임시 부잔교 따위를 철거하여 수도원 창고에 보관할 터였다. 성문 길 가판대를 세우는 데 쓰였던 자재들도 모두 해체되어 쌓여 있었고, 수도원 짐마차 두 대가 마시장 터에서 문지기실 방향으로 가며 그것들을 치우는 작업을 하고 있었다.

"성문 길을 반 이상 지난 곳이었습니다." 휴가 말했다. "길 뒤

편이었고요. 그곳 가판대들은 대개 당일치기로 왔다 가는 시골 상인들이 사용해서 불빛도 거의 없었죠. 여기 어딘데…….”

그날 밤 그곳에는 자재들이 쌓여 있었고, 그 앞에 돛베로 만든 천막들이 비스듬히 기대어져 있었다. 오늘 아침에도 그 부근엔 가판대 자재와 널빤지들이 남아 있었다. 그것들 역시 곧 수거되어 내년 축일장에 다시 사용될 예정이었다. 그들은 짚이는 곳을 모두 뒤져보았지만 정확한 지점을 찾아내기란 불가능했다. 그러던 중 자재들을 거둬들이는 수도원 마차 한 대가 근처에 와서 멈추었다. 평신도 둘이 내려 널빤지들을 마차에 싣고, 가판대들을 한데 모아 높이 쌓아 올리기 시작했다. 캐드펠은 서서히 비어가는 장터를 바라보았다.

“자네들, 희한한 물건들을 많이도 찾아냈구먼.” 캐드펠이 말했다. 마차 한구석에 커다란 신발 한 짝, 흙투성이긴 해도 낡거나 찢어진 데는 없는 짧은 윗도리, 팔 하나가 달아난 목각 인형, 초록색 모자, 뿔 술잔 따위의 자질구레한 물건들이 실려 있었다.

“장터 정리가 다 끝나면 이런 것들이 훨씬 더 많이 나올 겁니다, 수사님.” 짐마차꾼이 씩 웃으며 말했다. “어떤 건 주인들이 나타나지요. 잃어버린 인형을 찾으러 오는 꼬마도 있을 거고요. 저 윗도리는 고급 제품이에요. 만취한 젊은 신사가 자리를 옮기면서 깜빡하고 안 가져갔나 봅니다. 특대 사이즈인 저 신발도 새거나 다름없고요. 누군가 겸연쩍은 얼굴로 살그머니 와서 신발을 찾겠죠. 신발 한 짝만 신고 멀리 고향까지 갈 수는 없을 테니까요.

그래도 어젠 평소 파장 날 밤에 비해 그다지 시끄럽지 않았어요."

그는 두 팔을 가판대 더미 밑으로 집어넣어 한꺼번에 그것들을 들어 올리더니 고갯짓으로 앞쪽을 가리키며 말했다. "참, 저 큰 병 말이죠, 우리가 저걸 어디서 찾아냈는지 아시면 놀라실 겁니다." 캐드펠이 아직 관심을 갖고 살펴보지 않은 곳이었다. 1리터는 담길 만큼 커다랗고 납작한 유리병이 얇은 가죽끈에 매달린 채 수레 손잡이에 걸려 있었다. "어느 가판대의 천막 위에 있더라고요. 거기 주인 노파는 치즈를 파는데, 해마다 오는 분이라 저랑 꽤 친해요. 최근엔 그 노파가 거동을 힘들어해서 장이 서기 전날 밤에 저희가 그분 가판대를 대신 세워주지요. 그런데 오늘 아침 그 천막을 내리다가 이 병이 하마터면 대니얼의 머리통을 부숴버릴 뻔했지 뭡니까! 생각해보세요, 이런 술병을 아무렇지도 않게 그런 데다 훌쩍 던져놓았으니! 누군지 모르겠지만, 이걸 워트네 술집에 다시 가져다줬으면 공짜 술이라도 얻어마셨을 텐데요."

그는 팔에 가득 안고 있던 자재를 마차 안에 쏟아 넣은 뒤 널빤지 더미 쪽으로 향했다.

"이 술병이 워트네 가게 것이란 얘긴가?" 캐드펠이 술병을 살펴보며 진지하게 물었다.

"가죽끈에 그 가게 표시가 있잖아요. 이렇게 좋은 용기에는 대개 어느 집 것인지 표시가 되어 있죠. 우리 손에 그런 물건이 들어오는 경우는 흔치 않답니다."

"병이 발견된 가판대는 어디에 있었나?" 휴가 캐드펠의 어깨 너머로 질문을 던졌다.

"지금 서 계신 데서 뒤쪽으로 10미터도 채 못 가서입니다." 그들은 뒤로 돌아 거리를 가늠해보았다. "이상한 건요, 축일장 첫날 그 노파가 자기 물건을 넣으러 와서는 가게 주변에서 지독한 술 냄새가 난다고 난리를 피웠다는 거예요. 마치 술통에 빠졌다 나온 양 밤새 치맛자락에서 술 냄새가 나더래요. 하지만 이튿날부터는 아무 말 않더라고요. 틀림없이 상상이었을 거예요. 그 할망구는 웨일스인의 피가 반쯤 흐르는 사람이라 좀 엉뚱한 구석이 있거든요."

캐드펠은 오히려 그 노파의 후각이 아주 예리하다고, 그녀가 알코올에 대해 좀 알고 있으며 자신을 불편하게 하는 것의 원인을 정확하게 판단한 거라고 말하고 싶었다. 노파의 가판대 근처 풀밭에서 1리터나 되는 술이 그녀의 옷과 바닥에 부어진 것이 틀림없었다. 술은 거의 다 풀밭으로 스며들었을 거야. 물론 그중 한 모금 정도는 목구멍으로 넘어갔겠지. 입에서 냄새를 풍기려면, 그리고 마음을 가라앉히려면 좀 마셔야 했을 테니까. 그러나 그 이상 마시지는 않았을 거야. 결국 우리가 몸을 굽혀 그자의 몸에서 심한 술 냄새를 맡았을 때 그자의 마음은 지극히 안정되어 있었던 셈이군. 지나가던 사람 누구라도 속아 넘어갔을 일이야! 이제 그에게 도무지 빛이라고 부르기 힘든 것이 비쳐 드는 듯했다. 그동안 너무도 깊은 어둠속을 들여다보고 있었던 탓인지, 그게 정말 빛인지조차 그는 알 수 없었다.

"마침 워트에게 볼일이 있네." 캐드펠이 말했다. "저 병을 우리가 가져다줘도 괜찮겠나? 워트에겐 자네가 발견한 거라고 얘기하겠네."

"가져가세요, 수사님." 짐마차꾼은 순순히 대답하고는 손잡이에서 끈을 풀어 병을 내주었다. "리허트 나이얼이 보냈다고 하시면 됩니다. 워트가 절 알거든요."

"자네가 이걸 발견했을 땐 술이 안 들어 있었겠지?" 그 숙명적인 물건을 받아 들고 무게를 가늠해보며 캐드펠이 슬쩍 물었다.

"한 방울도 없었습니다, 수사님. 장에 온 사람들은 병을 버릴 때도 그 안에 얼마나 남았는지 반드시 확인을 하지요! 정신을 잃고 쓰러지지만 않는다면 말입니다."

짐마차꾼이 널빤지를 모두 싣자 짓이겨지고 벗겨진 바닥이 드러났다. 이제 며칠만 지나면, 그리고 여름 소나기가 몇 차례 내리면 푸르고 가느다란 머리카락이 다시 자라나 대머리 같은 진흙땅을 풍성하게 뒤덮을 터였다.

*

"우리 술집 것이 분명합니다." 워트가 커다란 손으로 병을 받아 들며 말했다. "딱 한 병 남아 있던 진이었죠. 아무리 장날이라지만 누가 이렇게 술을 많이 사 가겠어요? 이 정도 살 만큼 여유 있는 사람은 또 어디 있고요? 순한 에일과 포도주를 놔두고 진부터 주문하는 사람은 더더욱 흔치 않죠. 돈 생각 안 하고 정신을 얼른 타락시키지 못해 안달하는 사내들을 쭉 봐오긴 했지만 장날에 그러는 사람은 드물어요. 장에 오면 다들 온화해지죠. 평소 침울한 사람도 장날 분위기에 휘말려 부드러워진다고요. 그래서 그자가 이 술을 주문하고 값을 치렀을 때 전 깜짝 놀랐죠. 하지만 귀족의 종복인 듯 보여서 아마 주인 심부름을 하나 보다 생각했어요. 어쨌든 그자에겐 돈이 있었고, 전 술장수니까요. 암튼 우리 집 것이 분명합니다. 도움이 될까 싶어 드리는 얘긴데, 여기 이 필립도 그자를 알아요. 이건 바로 그자가 산 술입니다."

*

워트네 술집 커다란 바의 구석 자리는 앉아서 생각하기 좋은 장소였기에, 그들은 거기 모여 지금까지 모아 온 조각들을 맞춰 보기 시작했다.

"워트가 방금 보탠 말이 있소." 캐드펠이 말했다. "우리가 좀 더 빨리 간파했어야 했던 부분이지. 그자는 어떤 귀족의 종복 같았다, 주인의 명을 받았다, 그리고 그자에겐 돈이 있었다……. 자, 생각해봅시다. 하인 신분인 자가 살인과 절도로 부자가 되어 보겠다는 계획을 가진 누군가에게 매수되어 살인을 저질렀다? 그럴듯한 얘기지. 하지만 둘씩이나? 같은 주인을 섬기는 하인들이? 아니, 나로서는 그런 경우를 생각할 수 없네! 그들은 각기 다른 장원에서 온 종복들이 아니야. 둘 다 한 주인 밑에서 일했지."

"한 주인이라면, 코르비에르 말인가요?" 필립은 그 얘기에 내포된 엄청난 의미에 숨이 턱 막혀 속삭였다. "하지만 그 사람은…… 제가 듣기론 그 마부가 주인을 말로 깔아뭉개려 했다던데요. 주인이 길을 막자 발로 걷어찼다면서요. 그건 어떻게 설명하죠? 앞뒤가 안 맞잖아요."

"잠깐! 처음부터 맞춰보세나. 토머스 씨가 사망한 그날 밤부터 말이야. 파울러는 토머스 씨를 처치하고 뭔가를 손에 넣어 오라는 명령을 받았네. 그것이 뭔지는 모르지만 말이야. 파울러의 주인은 사태를 염탐하다가 이용하기 좋을 것 같은 희생양 하나를 파울러에게 알려주면서 술을 사라고 돈을 주었지. 그 술은 이후 용의 선상에서 파울러를 빼내줄 방편이었네. 자, 그리고 파울러의 주인은 우리를 도와 실종된 상인을 찾아다녔네. 생각해보시오, 휴. 코르비에르의 하인을 발견한 건 우리가 아니라 바로 코르비에르 자신이었소. 처음에 우리는 그자의 존재를 모르고 지나쳤는데, 코르비에르 입장에서는 참 곤란한 일이었지. 그자는 반드시 발견되어야 했으니까. 구제불능 상태로 몇 시간째 술에 절어 있어 누구에게도 해를 끼칠 수 없는 상태라는 것을 여러 사람 앞에 보여주어야만 했거든. 그런 다음 그자는 확실한 장소에 갇혀 몇 시간을 더 보냈소. 설령 그날 밤 살인 사건이 열 차례 발생했다 해도 터스탠 파울러를 의심할 사람은 아무도 없었지."

"하지만 찾던 물건은 발견하지 못했죠." 휴가 지적했다. "파울러는 자기 주인에게 살인이 헛일로 돌아갔다고 전했을 겁니다. 토머스 씨는 그 보물을 몸에 지니고 있지 않았다고 말이죠."

"코르비에르가 그 사실을 아침까지 모르진 않았을 거요. 이튿날 아침 그는 하인을 감방에서 빼내, 여기 필립을 범인으로 몰 증언을 하도록 성으로 데려왔소. 그리고 우리가 아무것도 모른 채 장관의 청문회에 참석하는 사이 다른 부하를 시켜 배를 뒤졌지. 하지만 그 역시 허사로 돌아갔소. 자, 여기까진 말이 되는 건가?"

"되고말고요." 휴의 말투는 진지했다. "문제는 이제부터입니다. 그날 배를 뒤진 것은 누구였을까요?"

"그 젊은 마부까지 한패였을 것 같지는 않소. 그런 일을 벌이는 덴 둘로도 충분했을 테니까. 아마 마부 유얼드가 아니었을까 싶군. 그 모든 일을 직접 한 건 그 두 사람이었을 거요. 하지만 결국은 그들도 수족에 불과하지."

"같은 날 밤, 그들은 가판대를 뒤졌지만 역시 소득이 없었죠. 그다음 날 밤엔 쇼트윅의 유언까지 공격해서 살해했고요." 휴는 토머스의 관이 열린 일에 대해선 언급하지 않고 넘어갔다. "그리고 그 역시 허탕이었어요. 여기까진 충분히 이야기가 됩니다. 하지만 어제 그 일은…… 아무래도 걸리는 게 많아요. 도대체 어떻게 그 상황을 설명하죠? 전 그 현장에서 코르비에르를 쭉 지켜보았습니다. 그자의 안색이 변하는 걸 분명히 봤다고요! 충격과 분노, 명예를 짓밟히며 느낀 치욕감까지, 그자는 모든 것을 보여줬죠. 심지어 파울러더러 그 마부를 데려오라고 시키려다가 하인끼리는 한통속이니 미리 귀띔해줄 소지가 있다며 자기가 직접 가서 데려오겠다고도 했습니다. 그러곤 마부를 자기 몸으로 가로막았죠. 불구가 되거나 죽을지도 모를 위험을 감수하면서 마부가 도망가는 것을 막아보려 애썼고……."

"하지만 그 행위에도 다른 의미가 있소." 캐드펠은 무거운 마음으로 동의했다. "당신이나 나 같으면 꿈도 꾸지 못할 흉악한 의미 말이오. 유얼드는 마구간에 있었소. 담장 안에 있는 한 그 친구에겐 도망갈 길이 없었지. 장관의 명을 받고 간 코르비에르는 그에게 모든 상황을 얘기했을 거요. 부인하지 못할 증거가 잡혔으니 마부로서는 막다른 골목에 몰린 상황이었겠지. 코르비에르는 유얼드가 알고 있는 것을 모두 불까 봐 부담스러웠을 거고. 자, 그가 내린 명령을 한번 생각해보시오. 활터에 다녀온 파울러는 석궁을 들고 있었소. 코르비에르가 유얼드를 데리러 마구간으로 가자 그는 주인 뒤를 따라갔지. 그러다 두 사람 사이에 말이 오갔고, 터스탠은 다시 제자리로 돌아갔소. 무슨 얘길 했을까? 우린 거리가 멀어서 듣지 못했소. 마구간에서 어떤 얘기가 오가는지도 짐작할 수 없었지. 우린 그들이 돌아오기까지 몇 분을 기다렸소. 혹시 그사이 코르비에르는 마부에게 상황을 설명하며 이런 얘길 하지 않았을까? 침착하라고, 여기서 무사히 빠져나갈 수 있게 해주겠다고. 말을 끌고 나와라, 너와 정문 사이에 나만 서 있을 테니 틈을 보아 얼른 달아나라, 은신처—말할 것도 없이 자기 소유의 장원일 거요—에 가서 기다려라. 네게 피해가 가게 하진 않겠다. 하지만 내가 이 일과 관계없다는 것만큼은 분명히 해야 한다. 그러니 날 공격해라. 진짜같이 해라. 나도 그럴듯하게 연기하겠다. 그러고서 코르비에르는 정말로 이를 실행에 옮긴 거요. 내가 본 중에서 가장 멋진 연기였지. 그는 유얼드와 정문 사이를 막아섰고, 힘이 넘치는 말을 이용해 우리를 멀찍이 떼어놓았소. 그러다 마부가 말에 올라 달아나자 대담하게 고삐를 움켜잡았다가 곧 바닥으로 떨어져버렸지."

필립과 휴 모두 말없이 눈만 동그랗게 뜬 채 홀린 듯 캐드펠을 바라보고 있었다.

"유얼드의 주인에겐 한 가지 계략이 더 있었소. 마부를 도망가게 놔둘 생각은 애초부터 없었던 게지. 그냥 탈출시키기에는 위험부담이 너무 컸을 거요. 자칫 입을 열 수도 있으니까. '활을 쏴서 쓰러뜨리게!' 코르비에르의 명령에 터스탠 파울러는 즉시 따랐지. 아무 거리낌 없이, 명사수처럼, 사내답게. 그렇게 해서 입을, 두 사람 모두에게 위험한 입을 아무 희생 없이 막은 거요."

소름 끼치는 침묵이 한참 머물렀다. 폭넓은 경험을 하며 온갖 희한한 악행과 배신 행위들을 보아온 베링어도 충격으로 말을 잃은 터였다. 아연실색해 커다래진 눈으로 쳐다보던 필립이 천천히 자리에서 일어났다. 자신이 나고 자란 땅을 벗어나본 적 없이 비교적 조용하고 소박하게 살아온 그로서는, 인간이 괴물이 될 수도 있다는 사실을 도무지 납득하기 어려웠다.

"수사님, 진심으로 그렇게 생각하시는 거예요? 맙소사, 그놈은 에마를 만나고 있잖아요. 에마에게 구애하고 있다고요! 놈이 에마의 외숙에게서 빼앗으려던 게 있다고 하셨죠? 하지만 토머스 씨 몸에서도, 배에서도, 가판대에서도 그것을 찾지 못했다면…… 남은 곳이 어디겠어요? 에마밖에 더 있나요? 그런데 우린 여기서 이렇게 꾸물대고 있다니요!"

"에마는 지금 내 아내와 함께 있네." 휴가 차분하게 말했다. "수도원 접객소에 말이야. 그러니 괜찮을 거야."

"괜찮을 거라고요?" 필립이 격하게 소리쳤다. "우리가 상대하고 있는 건 인간이 아니라 괴물이에요!"

그는 몸을 돌려 술집 밖으로 쏜살같이 뛰어나가더니 긴 다리가 보이지 않을 정도로 빠르게 성문 길을 따라 내달렸다.

캐드펠과 휴는 잠시 말없이 탁자 너머로 서로를 쳐다보았다. "맙소사." 휴가 말했다. "어린애한테도 배울 게 있다더니! 수사님, 얼른 우리도 뒤따라 가봐야겠습니다. 저 녀석 덕분에 정신이 번쩍 드네요!"

*

필립은 숨을 헐떡이며 접견소로 들어가 급히 얼라인을 찾았다. 얼라인은 미소 지으며 나타났다. 그러나 혼자였다.

"필립, 무슨 일이에요?" 묻는 순간 짚이는 게 있었다. 너무 늦게 나타나 품위 있는 작별 인사도 나누지 못하고, 들어봐야 아무 쓸 데도 없겠지만 그래도 어쩌면 들을 수 있었을 몇 마디 다정한 위로의 말도 듣지 못한 이 사랑에 빠진 총각이 그녀는 안쓰러웠다. "오, 필립, 에마를 못 봐서 어떡해요. 하지만 그 사람들하고 같이 떠나느라 시간이 없었어요. 아마 에마도 당신에게 인사를 전하고 싶었을……." 그녀는 말끝을 흐리면서 물었다. "필립, 왜 그래요? 어디 아파요?"

"떠났다고요?" 필립이 비명에 가까운 소리를 토해냈다. "에마가 가버렸어요? 그 사람들이라뇨? 누구 말이죠? 누가 에마와 함께 갔어요?"

"코르비에르 씨요. 브리스틀까지 같이 가겠다고 했어요. 자기 여동생이랑 함께요. 여동생을 브리스틀 부근 수녀원에 데려다줘야 한다나요. 제 생각엔 좋은 기회 같아서……. 필립! 내가 잘못한 건가요? 뭐가 잘못됐어요?" 필립은 분노와 고뇌에 찬 신음을 크게 내뱉더니 손을 뻗어 얼라인의 손목을 잡았다.

"어디로요? 그놈이 에마를 어디로 데려갔죠?"

"스탠턴 코볼드의 장원에서 오늘 하루 묵을 거라고 했어요. 거기에 여동생이 있다던데……."

필립은 벌써 사라지고 없었다. 그는 목적을 가진 악마와도 같이 내달렸는데, 방향은 문지기실이 아니라 마구간 마당 쪽이었다. 누구의 허락을 구하거나 타인의 재산을 존중할 틈 같은 건 없었다. 필립은 준비된 말들 중 가장 좋아 보이는 놈을 골라잡았다.

운 좋게도—말 주인이 아닌 필립에게!—말에 안장이 놓여 있었다. 녀석은 마당에 매인 채 떠나는 순간만 기다리던 참이었다. 놀란 얼라인이 문간으로 나와보기도 전에 필립은 이미 정문을 벗어나고 있었고, 말을 보살피는 마부는 격분하여 욕지거리를 퍼부으며 마당을 쏜살같이 가로질러 오더니 가망 없이 그를 뒤쫓았다.

*

스트레턴과 스탠턴 코볼드 방향으로 이어지는 도로로 가는 가장 가까운 길은 수도원 정문에서 왼쪽으로 꺾였다가 다리 옆 소로에서 왼쪽으로 한 번 더 꺾이게 되어 있었기에, 성문 길을 따라 황급히 돌아오던 캐드펠 수사와 휴 베링어는 필립이 떠나는 모습을 볼 수 없었다. 문지기실까지 온 두 사람은 일이 잘못되었다는 낌새를 전혀 느끼지 못한 채 광장으로 들어섰다. 광장은 떠나는 손님들로 여전히 혼잡했지만 이는 파장 다음 날의 일상적인 풍경이었다. 휴는 곧장 접객소로 향했고, 캐드펠도 그 뒤를 열심히 따라갔다. 그때 갑자기 커다란 손이 캐드펠의 어깨를 붙들었다.

"여기 계셨구먼!" 친근하고 기운찬 웨일스어가 들려왔다. "인사나 하고 가려고 왔습니다, 수사님. 도와주신 것도 고마웠고 말이지요. 정말 멋진 장이었어요! 전 이제 배를 타고 떠납니다. 두둑이 한몫 챙기고 고향으로 돌아가는 거죠."

로드리 압 휴가 수풀 같은 검은 턱수염과 가시덤불 같은 머리칼 사이로 환한 미소를 짓고 있었다.

"적어도 두 사람에겐 멋진 장이 아니었지. 그들도 이익을 찾아 왔을 텐데 말이오." 캐드펠은 우울하게 대꾸했다.

"아, 돈 말입니까? 아니면 다른 걸 말씀하시는 겁니까? 하긴, 모든 건 결국엔 돈으로 귀결되니까. 돈 아니면 권력, 그게 아니라면 사람들이 애쓸 이유가 뭐 있겠습니까?"

"가끔은 대의를 위해서일 수도 있겠지. 당신도 말했잖소, 이렇게 큰 장에선 남의 눈을 피해 만나는 자들이 있다고, 시장 한복판만큼 호젓한 곳도 없을 거라고!" 캐드펠은 부드럽게 덧붙였다. "아마 오아인 귀네드[14]가 자기 염탐꾼들을 이리로 파견했던 것 같소. 물론 그들은 잉글랜드어에 능통해야 했겠지." 캐드펠의 말에 악의는 없었다. "이득을 많이 챙기려면 말이오."

"그렇겠지요. 저 같은 사람이야 고용해봐야 아무 쓸모 없을 겁니다." 로드리가 호탕하게 말을 이었다.

"어쨌든 수사님 생각이 옳을 거예요. 오아인으로선 다른 누구 못지않게 앞서가는 정보가 필요할 테니까요. 자기 영지를 지키면서 동시에 여기저기서 국경을 조금씩 더 넓히려면 그래야 하지 않겠습니까? 그건 그렇고, 저랑 만났던 장사꾼들 중 과연 누가 오아인의 귀에 대고 보고를 할지 참 궁금해지는군요."

"오아인에게 과연 뭐라고 조언을 건네려나……. 선생은 어떻게 생각하시오?"

로드리는 멋진 턱수염을 쓰다듬으며 검은 눈을 반짝였다. "제 생각엔 이런 얘길 할 것 같습니다. '라눌프 백작이 남쪽에서—혹은 바다 건너에서—기대했던 메시지는 절대 전달되지 않을 것이니, 시간을 최대로 활용하고 싶다면 체스터의 경계로부터 멀리 떨어진 곳에서 당신의 지배력을 확장하는 것을 목표로 삼아야 한다. 라눌프는 모험을 못 하고 제 영역이나 지킬 것이다. 그러니 그는 내버려두고 마일리에니드와 엘바일 쪽을 공략하는 것이 좋다.' 이런 식으로 말이지요."

"듣다 보니 그런 생각이 드는구먼." 캐드펠은 생각에 잠긴 듯 조용히 말했다. "오아인의 염탐꾼들로서는 이 지역 통역관이 필요한 것처럼 가장해 도움을 받는 것이 가장 좋았을 거라고 말이오. 원래 귀머거리 앞에서 혀가 더 잘 돌아가는 법이니까."

"멋진 추측이군요! 누군가 오아인에게 그렇게 제안해주면 참 좋겠습니다." 물론 귀네드의 영주는 어느 모로 보나 신에게서 최고의 재능을 아낌없이 하사받은 인물로, 남의 지혜를 빌릴 필요가 전혀 없을 터였다. 캐드펠은 이 소박한 상인이 전부 몇 개의 언어를 할 수 있을지 궁금해졌다. 필시 플랑드르어도 유창하겠지. 심지어 라틴어까지 안다 해도 전혀 놀라운 일이 아닐 거야.

"내년에도 우리 성 베드로 축일장에 오실 예정이오?"

"글쎄요. 앞일을 누가 알겠습니까! 만일 제가 온다면 그때도 통역을 해주시겠죠?"

"기꺼이. 나도 귀네드 쪽 사람이오. 산악 지역에 가거든 내 안부도 전해주시오. 조심히 돌아가길 빌겠소!"

"신의 가호가 있기를!" 로드리는 여전히 환히 웃는 얼굴로 격려하듯 그의 어깨를 토닥이더니 강가로 향했다.

*

휴가 안으로 들어서자 얼라인이 안도와 절망감이 뒤섞인 소리를 내지르며 달려와 그의 팔에 안겨 자신의 불안과 걱정을 쏟아내기 시작했다.

"휴, 맙소사, 내가 뭔가 끔찍한 일을 저질렀나 봐요! 아님 필립 코비저가 미쳐버렸거나요. 그가 여기 와서 에마에 대해 묻길래 떠났다고 했더니 미친 사람처럼 뛰어나가더라고요. 지금 우스터에서 온 상인은 난리가 났어요. 필립이 자기 말을 훔쳐 타고 갔대요. 이게 다 무슨 일인지 도무지 모르겠어요. 너무 무섭기도 하고……."

휴는 당황했으나 일단 얼라인을 다정하게 안아주었다. "에마가 떠났다고요? 그 아가씨는 우리 집으로 가기로 되어 있었잖아요. 왜 계획이 바뀌었죠?"

"이보가 에마에게 관심이 있다는 건 당신도 알죠? 오늘 아침 그 사람이 당신을 찾아왔었어요. 자기 동생을 민친바로에 있는 수녀원에 데려다줘야 하는데, 그곳이 브리스틀과 가까우니 동생을 데려가는 길에 에마도 데려가겠다면서요. 오늘 밤은 자기네 장원에서 하루 묵고 내일 출발할 거래요. 에마도 좋다고 했고, 내 생각에도 나쁘지 않을 것 같았어요. 반대할 이유가 뭐 있겠어요? 그런데 필립한테 그 얘길 했더니 갑자기 실성한 사람처럼 뛰쳐나가서…….”

“코르비에르가?” 휴가 얼라인의 어깨를 잡아 몸을 떼어놓고서 걱정스러운 얼굴로 물었다.

“그래요! 이보 말예요. 그게 뭐 잘못됐나요? 난 아주 잘된 일이라고 생각했고, 에마도 마찬가지였어요. 당신은 일찍 나가고 없었잖아요. 알다시피 에마도 자기 고집이 있는 사람이라…….”

사실이다. 에마는 자신의 의지에 따라 움직이는 여자였다. 그녀는 그러한 제안을 해온 남자를 좋아했고, 그 남자가 보인 호의에 기뻐했다. 더하여 베링어 부부에게 폐를 끼치지 않기 위해서라도 이보를 따라가기로 했을 것이다. 만일 휴가 그 자리에 있었어도 그땐 막아야 할 이유나 의심할 만한 점을 발견하지 못했을 터였다. 그는 떨고 있는 아내를 감싼 팔에 힘을 주고, 그녀의 머리칼에 부드럽게 볼을 비볐다. “내 사랑, 당신으로선 그렇게 할 수밖에 없었을 거예요. 나라도 그랬을 테니까. 하지만 뒤쫓아가 봐야겠어요. 지금은 아무것도 묻지 말아요. 나중에 모든 걸 얘기할게요. 에마를 다시 데려와야 해요. 걱정 마요, 아무 일도 없을 테니…….”

“그럼 그게 사실이군요!” 얼라인이 속삭였다. 그녀의 숨결이 거칠어졌다. “나쁜 일이 있는 거죠? 내가 에마를 위험에 빠뜨린 거죠?”

"당신은 에마를 막을 수 없었어요. 그건 에마의 선택이니까. 당신이 한 일에 대해선 더 이상 아무 생각도 하지 말아요. 당신 잘못이 아니에요. 당신이 어떻게 알았겠어요? 아, 콘스턴스는 어디 있지? 여보, 당신을 이렇게 두고 가긴 싫지만……."

모든 남자가 그러겠지만, 당연히 휴는 임신한 아내가 혼란에 부딪쳤다가는 아이에게 문제가 생길지도 모른다고 생각하고 있었다. 얼라인은 얼라인대로, 남편이 자기만을 걱정하며 비위를 맞춰주기를 바랄 여자가 아니었다. 그녀는 결심한 듯 그의 팔에서 몸을 뺐다.

"빨리 가봐요. 내겐 아무 일도 없었고, 앞으로도 없을 거예요. 어서 가요! 그들은 당신보다 족히 세 시간은 앞서 있어요. 게다가 당신이 꾸물대면 필립 혼자서 어려운 상황을 감당해야 해요. 어서 병력을 소집하세요. 난 가서 말을 빼앗긴 그 상인을 달랠 방법이나 찾아볼게요." 휴는 부인과 떨어지기 싫었다. 얼라인이 두 손으로 그의 머리를 안고 격하게 입을 맞춘 뒤 돌아서는 순간, 캐드펠이 홀 안으로 들어섰다.

"에마가 코르비에르와 함께 떠났답니다." 휴가 짧게 소식을 전했다. "그자의 슈롭셔 장원 중 한 곳으로 갔어요. 필립이 뒤를 쫓고 있다니 저도 얼른 가보겠습니다. 장관님께 되도록 빨리 병력을 소집해달라고 말씀드려야 합니다. 수사님이 여기서 얼라인을 돌봐주시면……."

얼라인은 캐드펠 수사의 영리하고 호전적인 눈에서 불꽃이 튀는 것을 보고 황급히 말했다. "돌봐줄 사람은 없어도 돼요. 두 분 다 가세요!"

"난 허락을 받았소." 캐드펠은 다급한 마음을 숨기려 애쓰며 말을 이었다. "라둘푸스 수도원장께서 수도원 지붕 밑의 손님이 해를 입는 일이 없게 하라며 책임을 맡기셨소. 난 이제 그 범위를 수도원 지붕 너머로 확대할 생각이오. 휴, 남는 말이 있으면 한 마리 내주시오. 뼈만 앙상한 그 얼룩빼기 말만 아니라면 어떤 녀석이든 상관없소. 자, 갑시다! 우리가 함께 달려보는 것도 1년 만이군."

3

슈롭셔 남쪽에 자리한 스탠턴 코볼드 장원은 슈루즈베리에서 27킬로미터쯤 떨어진 곳, 아홉에서 열 개쯤 되는 장원을 아우르는 헤리퍼드 주교의 너른 소유지와 맞닿아 있었다. 탁 트인 도로는 양지바른 롱 포리스트 지대로 쭉 뻗어가다가, 몇 킬로미터에 걸쳐 이어지는 헐벗은 능선 서편에 자리한 곱사등 모양의 언덕 사이의 골짜기로 빠져들었다. 군데군데 수목이 우거진 골짜기를 뒤로한 채 황폐한 산등성이를 돌아 코르비에르의 영지로 접어들자 잘 닦인 마찻길이 쭉 이어졌다. 해가 중천에 뜬 한낮이건만 빽빽한 나무숲이 그늘을 드리워 갑자기 어두워지고 한기가 느껴졌다. 의기충천하여 출발한 밤색 말은 두 사람이나 태우고 가느라 기운이 달리는지 이제 꽤 얌전해졌다. 그들은 숲으로 접어들자마자 잠시 휴식을 취했다. 이보가 포도주와 오트밀 비스킷을 꺼내고 세심하게 에마를 챙겼다. 화창한 날씨, 낯설지만 아름다운 시골 풍경. 정말이지 즐거운 여행이었다. 에마는 이보의 정중한 배려에 기분이 좋아 더할 수 없이 즐거운 기대를 품고서 스탠턴 코볼드로 향했다. 이보의 장원이 가까워질수록 그의 여동생을 만나고픈 마음도 커갔다.

산등성이에서부터 이어진 산길을 따라 실개천이 흐르고 있었다. 길이 좁아지면서 나무들이 더욱 빽빽해졌다.

"이제 다 왔어요." 이보가 뒤를 돌아보며 말했다. 나무 울타리가 둘러쳐진 좁고 평평한 오르막 땅이 눈앞에 펼쳐졌다. 울타리 너머 뒤쪽 언덕배기에 장원의 저택이 무겁게 버티고 있었다. 저택 뒤에도, 양옆에도 나무들이 음산하게 둘러싸고 있었다. 한 소년이 달려 나와 문을 열어주었고, 그들은 울타리 안으로 들어섰다. 울타리를 따라 줄지어 선 창고들과 외양간들이 눈에 들어왔다. 기다란 석조 버팀벽으로 되어 있는 저택 아래층에는 마차가 들어갈 정도로 넓은 출구가 두 군데 뚫려 있었고, 역시 석조로 된 위층에는 대형 홀과 부엌과 식품 저장실이 자리했다. 주로 사람이 생활하는 공간인 건물 오른쪽만 석재가 아닌 통나무로 지어져 있었고, 창틀과 견고한 덧창들도 나무로 되어 있었다. 통나무를 쓴 공간이 석재 공간보다 천장이 높아, 마치 방 위쪽으로 한 층이 더 솟아 있는 듯 보였다. 홀 앞에는 높다란 돌계단이 있었다.

"누추한 곳이에요." 이보가 미소를 지으며 말했다. "그렇지만 당신이 쉴 만한 방이 마련되어 있죠. 우리 집에 온 것을 환영해요."

이보는 깍듯한 시중을 받았다. 그의 말이 끝나기도 전에 마부들이 달려 나왔고, 하녀 하나도 홀 문으로 허둥지둥 나와 그들을 맞이했다.

그는 등자에서 한쪽 발을 빼 말의 구부정한 고개 위로 넘기며 아래로 훽 뛰어내렸다. 그러곤 에마에게 팔을 뻗으려던 터스탠 파울러에게 비켜서라고 손짓한 뒤 자신이 직접 그녀를 내려주었다. 에마의 몸은 가뿐했다. 그는 힘이 하나도 들지 않는다는 것을 보여주고 싶은지 한참이나 그녀를 들고 있다가 웃음을 터뜨리며 내려놓았다.

"갑시다, 윗방으로 안내하죠." 이보의 신호에 하녀는 얌전하게 그들 뒤를 따라 계단으로 올라왔다가 홀에 이르자 곧 자리를 비켜주었다. 두터운 돌벽이 냉기를 뿜어내는 듯 서늘함이 감돌았다. 홀은 크고 웅장했다. 높은 천장에 연기 얼룩이 보였으나, 지금은 여름이라 대형 벽난로가 텅 빈 채 식어 있었다. 창살 달린 창문으로 따뜻한 공기와 쾌적한 빛이 들어오긴 해도 창이 워낙 작아 실내의 냉기를 지우기에는 역부족이었다. "그리 아늑한 집은 아니에요." 이보가 찡그린 얼굴로 말했다. "웨일스와의 경계 지역이라 방어를 목적으로 지었죠. 윗방으로 갑시다. 끝에 붙은 목재 공간은 나중에 증축했는데, 그쪽도 냉랭하고 어둡기는 마찬가지라 한여름에도 밤이면 불을 피우죠."

홀 끄트머리의 짧은 계단을 오르자 넓은 회랑이 나왔고, 그 회랑 끝에 문 두 개가 보였다. "여긴 기도실이에요." 왼쪽 문을 가리키며 그가 말했다. "위에도 작은 침실이 두 개 있긴 한데, 언덕과 나무에 빛이 가려져 많이 어두워요. 여기서 잠시 기다려줘요. 난 가서 당신 짐과 내 짐을 챙기고 마구간에 말 넣는 것도 좀 보고 올게요. 오래 걸리진 않을 거예요."

대형 탁자와 조각으로 장식된 벤치, 쿠션이 깔린 의자들, 벽에 늘어진 태피스트리들. 바닥에 러그가 깔려 그나마 아늑한 분위기가 느껴졌지만, 창이 산비탈과 장막처럼 둘러쳐진 나무에 온통 가려진 터라 햇살이 거의 들어오지 않아 침침하고 차가웠다. 이곳에는 벽난로도 보이지 않고, 유일하게 하나 있는 굴뚝은 홀과 부엌으로만 연결되어 있었다. 그러나 바닥 한가운데 커다란 포장석들이 재막이용으로 네모지게 깔려 있고, 그 위에 화로가 하나 지펴져 있었다. 여름에도 불을 때야 할 만큼 을씨년스러운 방이었다. 목탄과 나무 뭉치가 연기 없이 타오르면서 방 가운데만 안온하게 덥히고 있었다. 햇살이 팔 하나 길이만큼 두꺼운 돌벽을 뚫지 못해 도무지 온기가 느껴지지 않는 아래층에 비하면 목재로 된 이곳이 좀 낫긴 하지만, 여기에서도 햇살이 좀처럼 실내까지 도달하지 못하기는 마찬가지였다.

그녀는 안으로 들어가 호기심 어린 눈길로 방을 둘러보았다. 이보가 나가면서 문 닫는 소리가 들렸지만, 그것도 이곳의 압도적인 침묵을 흩뜨릴 수는 없었다.

이곳에 도착하면 이보의 여동생을 만나겠거니 기대했던 터라 에마는 조금 실망감을 느꼈다. 하긴, 그가 출발하기 전에 미리 말을 전한 것도 아닌데 동생이 어떻게 알고 기다렸겠는가? 아마 한여름 온기로 가득한 언덕으로 산책을 나갔거나, 다른 곳에 볼일이 있어 자리를 비운 모양이었다. 집에 와서 오빠가 자신과 비슷한 또래의 여자와 함께 돌아와 있는 것을 보면 얼마나 기뻐할까. 게다가 이제 자기 의지대로 수녀원에 들어갈 수 있게 되었다는 걸 알면 즐거움은 한층 커지리라. 그럼에도 에마는 이저벨이 집에 없어서 서운했고, 그에 대해 아무런 언급이 없는 이보 때문에 더욱 속이 상했다.

그녀는 방 안을 세세히 살펴보기 시작했다. 이곳에 비하면 도시에 있는 그녀의 집은 너무나 푹신하고 안락한 곳이었다. 그녀의 집 역시 빛이 잘 들지 않긴 하지만, 그건 이곳처럼 나무로 가려져서가 아니라 목재 건물들 사이에 끼어 있기 때문이었다. 에마는 자신이 비교적 유복하게 자랐다는 사실을 잘 알고 있었다. 그러나 그녀가 누린 호사라고는 잘 가꾸어진 넓은 집 한 채뿐이었다. 그에 비하면 이곳 저택과 토지는 이보가 소유한 재산의 10분의 1에 불과할 터였다. 이보가 여긴 그리 아늑한 집이 못 된다고 이야기했을 때 그녀는 압도되는 기분이었다. 도대체 그의 땅이 몇십 킬로미터나 뻗어 있는 건지, 소작인들이나 농노들은 몇이나 될지 도무지 상상조차 되지 않았다. 그가 있는 곳은 완전히 다른 세계였고, 그녀는 멀리서 그 세계를 힐끗 일별하는 셈이었다.

사실 그녀는 지금 자신의 마음이 즐거운지 씁쓸한지조차 가늠하기 어려웠다. 다만 이 세계가 자신을 위한 것이 아니라는 점만은 확실히 알 수 있었다.

그럼에도, 이곳엔 그녀의 경험을 넘어서는 지식과 취향이 있었다. 화로는 대장장이의 실력을 보증하는 아름다운 물건이었다. 어린 나무 모양의 삼각 다리에, 불 바구니는 포도 덩굴 문양의 격자 세공으로 장식되어 있었다. 흠이 하나 있다면, 지나치게 높게 얹혀 안정감이 없어 보인다는 것이었다. 의자의 쿠션들은 사냥 장면을 담은 멋진 수가 놓여 있었지만 닳고 더러워져 색깔이 탁했다. 탁자 밑에 달린 선반에는 서적, 찬송가집, 악보를 철해둔 양피지, 낯선 도형들로 가득한 오래된 논문들이 쌓여 있었다. 의자와 탁자, 그리고 벤치 가장자리에 새겨진 조각들은 진짜 나무들이 자라나는 양 생생했다. 창과 문 사이에 걸린 태피스트리들 또한 낡긴 했어도 화려하고 멋진 작품들이었다. 지금은 연기에 그을리고 이곳저곳이 부싯깃처럼 변해 제대로 볼 수 없지만, 관리만 잘했다면 찬란한 색깔을 뽐냈을 터였다. 그녀는 그중 한 장을 들춰보았다. 으르렁대며 발을 내뻗고 달려드는 사냥개 부분이 그녀의 손가락 사이에서 가루로 분해되며 먼지처럼 공중에 떠돌았다. 그녀는 놀라서 얼른 손을 떼고 뒤로 물러났다. 손바닥에 묻은 가루가 꼭 재 같았다.

에마는 기다렸지만 아무도 오지 않았다. 어쩌면 생각보다 그리 오랜 시간이 아니었을지도 모르지만, 그녀에겐 마치 인생의 한

시기, 한 해와도 같이 여겨졌다.

기다리다 못해 에마는 기도실로 이어지는 회랑을 좀 돌아보기로 했다. 그래도 실례가 되지 않을 것 같았다. 그리고 그쪽으로 나가면 아래층에서 무엇을 하고 있는지 최소한 소리라도 들을 수 있을 것이었다. 축일장에서 체셔의 새 저택에 걸 태피스트리를 사 왔으니, 이보는 지금쯤 그것들을 풀어놓고 산뜻한 색상을 보며 즐거워하고 있을지 모른다. 그렇다면 이 정도 홀대쯤이야 용서할 수도 있다.

에마는 빗장에 손을 대고 들어 올렸다. 그런데 문이 움직이지 않았다. 다시 한번, 이번엔 좀 더 힘을 주어 열어보려 했지만 문은 꿈쩍도 하지 않았다. 문은 잠겨 있었다.

처음엔 그저 놀랐고, 재미있기까지 했다. 이보가 실수로 빗장을 걸어둔 모양이었다. 그러나 곧 갇힌 자의 본능이 일며 여기서 나가야 한다는 생각이 엄습했다. 상황을 이해하려 할수록 경악과 불신과 분노의 불꽃이 일었다. 이건 절대로 실수가 아니었다! 이보가 자기 손으로 직접 문을 잠근 것이다.

에마는 광란에 빠져 발작적으로 문을 두드려댈 사람이 아니었다. 그래 봐야 무슨 소용이겠는가? 그녀는 한 손으로 빗장을 잡은 채 꼼짝 않고 서서, 태피리스트에 수놓인 수사슴을 추격하는 사냥개처럼 맹렬하게 진실을 좇아 머리를 굴렸다. 그녀는 지금 다른 문은 전혀 없는 위층 방에 갇혀 있었다. 창문이 하나 있긴 하지만 아무리 날씬한 사람도 빠져나가기 힘들 만큼 작은 데다 바닥에서 한참 높은 비스듬한 경사에 달려 있었다. 누군가가 문을 열어주기 전에는 그녀 스스로 이곳을 벗어날 수 없을 터였다.

지금까지 이보를 신뢰와 진실로만 대해왔는데, 그가 에마를 가두다니. 도대체 그녀에게 원하는 것이 무엇일까? 자신이 아름답다는 건 그녀도 알고 있었다. 그렇지만 이보가 그녀를 가지겠다는 욕심으로 이런 일을 벌일 리는 없었다. 에마가 아니라면, 결국 그가 원하는 건 한 가지밖에 없었다. 지금껏 누군가 극단적인 사건을 벌이면서까지 줄곧 손에 넣으려 애써왔던 것, 지금 그녀가 지니고 있는 바로 그것 말이다. 그것이 지나가는 곳마다 죽음이 뒤따랐다. 이보의 종복 하나가 살인을 저질렀고, 이보는 그를 그 자리에서 처단했다. 그저 금품을 노린 절도였고, 그 와중에 우발적으로 살인이 일어났다고, 그 종복의 소지품에서 발견된 물건들이 이를 증명한다고, 다른 사람들처럼 그녀도 그렇게 생각했었다. 물론 이는 믿을 수 없을 정도로 시커먼 구멍을 보지 못한 탓이었다. 그리고 이제야, 그녀는 그 시커먼 구멍을 들여다보고 있었다. 그녀를 가둔 것은 다른 누구도 아닌 바로 이보였다.

창문을 통해 빠져나가지는 못해도, 서한은 내보낼 수 있지 않을까? 하지만 멀리 날려 보내지 않는 이상 이 집의 누군가가 그걸 발견할 가능성이 높았다. 그녀는 가늘고 길게 뚫린 창으로 얼굴을 내밀고 언덕을 내려다보았다. 그곳에는 터스탠 파울러가 너도밤나무 둥치에 몸을 기댄 채 편안하게 발을 쭉 뻗고 누워 있었다. 옆에 놓아둔 석궁도 보였다. 그는 창문을 바라보고 있었다가 그녀의 얼굴이 나타나자 씩 웃어 보였다.

에마는 전율하면서 창에서 물러섰다. 그러곤 단단하게 감긴 작은 송아지 피지 두루마리를 재빨리 꺼냈다. 슈루즈베리에 도착하기 전 외숙이 그녀의 목에 걸어준 뒤로 늘 가슴에 지녀온 것이었다. 손바닥만 한 길이에 폭은 손가락 두 개쯤 되는 그 서한은 거미줄처럼 가느다란 비단실에 매달려 있었다. 그녀는 서한을 비단실로 칭칭 감은 뒤 머리를 틀어 올릴 때 쓰는 검푸른 비단 망사 안에 조심조심 밀어 넣었다. 넣은 물건이 보이지 않도록 흐트러진 머리칼을 꼼꼼히 매만진 뒤, 떨리는 양손을 꽉 맞잡고 서서 심호흡을 했다. 이윽고 돌아서서 고개를 들어 문을 마주 본 순간, 이제 막 진정시킨 가슴이 다시 미친 듯이 쿵쿵거리기 시작했다.

에마는 열쇠 돌리는 소리를 미처 듣지 못했다. 이보가 넉넉히 기름칠을 해 소리가 나지 않도록 해둔 모양이었다. 언제 들어왔는지, 그가 여유 있고 자신 있게 미소 지으며 그녀를 바라보고 있었다. 이보는 그녀에게서 눈을 떼지 않은 채 문을 닫았다. 팔과 어깨의 움직임으로 보아 안쪽에서 열쇠를 돌리는 듯했다. 제 식솔들이 오가는 자신의 저택에서조차, 심지어 에마 버놀드처럼 만만한 적을 상대하면서도 위험을 감수하지 않으려는 것이다. 그 빈틈없는 성격이라니! 만일 이러한 상황만 아니었다면 그녀마저 경탄을 느꼈으리라.

에마는 아무 일도 없었던 듯 행동하기로 했다. 그녀가 문을 열어보려고 시도했는지 아닌지 그로서는 알 수 없을 터였다. 그녀는 기대에 찬 미소로 그를 맞이하며 의심받지 않을 질문 몇 가지를 던지려고 애써 입술을 벌렸지만, 그가 한발 빨랐다.

"그거 어디 있죠? 미리 충고하는데, 순순히 내놓으면 아무 해도 입지 않을 거예요."

이보는 서두르는 기색이 없었다. 미소도 여전히 머금은 채였다. 하지만 차갑고, 매끈하고, 도금된 물건처럼 겉만 번드르르한 미소였다. 그녀는 순진한 척 눈을 동그랗게 뜨고는, 갑자기 누가 낯선 언어로 말을 걸어오기라도 한 양 놀란 시선으로 그를 바라보았다. "무슨 얘기를 하는 거예요? 내가 당신에게 줄 게 있었나요?"

"이봐요, 아가씨, 잘 알잖아요. 당신 외숙이 라눌프 백작에게 전하려고 했던 서한을 받아야겠어요. 유언에게 전하려고 했던 것 말이에요. 유언은 라눌프 백작의 눈과 귀 노릇을 하는 자였죠." 이제는 시간도 충분했기에 이보는 에마를 부드럽게 다룰 작정이었다. 심지어 흥미가 동하기까지 했다. 결국은 자신의 뜻대로 될 것이니, 그녀가 어떻게 게임을 풀어갈지 지켜보며 감탄할 준비도 되어 있었다. "서한에 대해서는 들어본 적도 없다는 식으로 말하지 말아요. 당신도 나 못지않게 거짓말엔 도가 튼 것 같은데."

"정말 모르겠어요." 에마는 답답하다는 듯 고개를 내저었다. "당신이 무슨 얘길 하는지 전혀 모르겠다고요. 서한인지 뭔지 난 정말 모르니 더는 할 말이 없네요. 당신 말대로 외숙이 그런 걸 갖고 있었을지도 모르죠. 하지만 그분은 날 믿지 않았어요. 사업을 하는 사람이 중요한 일에 여자를 믿고 끌어들였겠어요? 만일 그렇게 생각한다면 당신이 그분을 잘못 본 거예요"

코르비에르는 여유 있게 한두 걸음 안쪽으로 다가섰다. 그때 에마는 그가 다리를 전혀 절지 않는다는 것을 깨달았다. 화로에서 고르게 타오르는 주홍색 불꽃이 그의 곱슬거리는 금발 끝자락에 반사되어 석양처럼 번들거렸다. "나도 처음엔 그럴 리 없다고 생각했죠." 그가 웃음을 터뜨렸다. "당신이라고 결론을 내리기까지 많은 시간을, 너무 많은 시간을 허비했어요. 물론 나라면 절대 여자를 믿지 않지만, 토머스는 아니었던 거죠. 그 작자 곁에 있는 아가씨는 보통 사람과는 다르거든. 그런 의미에서 나도 당신을 존경하긴 해요. 하지만 내 일을 방해하는 건 절대 용납하지 않을 작정이니 생각 잘하는 게 좋을 거예요. 당신이 가지고 있는 그 서한은 양심의 가책 따위 내던져도 좋을 만큼 값진 물건이거든요. 뭐, 내가 가책을 느낄 만큼 약한 사람인지도 모르겠지만."

"하지만 난 그런 걸 갖고 있지 않다고요! 없는 걸 무슨 수로 건네준단 말예요? 어떻게 해야 날 믿어줄 거죠?" 더 이상 못 참겠다는 듯 따져 물었지만, 에마는 핑계가 먹히지 않으리라 짐작했다. 그는 이미 모든 걸 알고 있었다.

이보는 미소를 잃지 않은 채 고개를 저었다. "당신 짐 속엔 없더군요. 안장주머니 솔기까지 뜯어봤지. 그렇다는 건, 그 물건이 당신이 몸에 있다는 뜻이겠죠. 가능성은 그것뿐이에요. 당신 외숙 몸에도, 배에도, 가판대에도 없었어요. 그러면 누가 남았죠?

난 당신이 그걸 잘 보관하고 있다가 내 손에 고이 넘겨주리라 생각했어요. 갑자기 꺼림칙한 불안이 스치기도 했죠. 당신이 그걸 토머스의 관에 넣어 브리스틀로 보내려는 건 아닐까 싶더라고요. 하지만 그건 당신을 과대평가한 거였어요. 당신이 그 정도로 영리해 보였단 얘기예요. 어쨌든 유언은 그 물건을 받은 적이 없고, 그렇다고 토머스의 일꾼들이 가지고 있을 리도 없으니 결국 당신뿐이에요. 자, 외숙이 그 서한에 무슨 내용이 담겼는지에 대해서는 얘기하지 않았죠?"

그것은 사실이었다. 에마는 편지 내용을 전혀 모르고 있었다. 그녀는 그저 누군가의 밀사라고 의심받지 않을 인물로서 그것을 지니고 다니며 지켰을 뿐이었다. 외숙은 편지를 안전하게 전달하느냐에, 혹은 실패할 경우 발신자에게 다시 안전하게 되돌려주느냐에 여러 사람의 목숨이 달려 있다고 했다. 그래도 여의치 않으면 마지막 수단으로 완전히 폐기해버리라는 말도 덧붙였다.

"계속 같은 말을 하려니 피곤하네요." 그녀는 강하게 나갔다. "내가 뭘 가지고 있으리라 생각한다면, 그건 오산이에요. 그런 게 존재한다고 믿는 것부터 당신 상상일 뿐인지도 모르죠. 이봐요, 당신 여동생이랑 같이 나를 브리스틀까지 데려다주겠다면서요. 그 약속을 지킬 생각은 있는 거예요?"

이보가 고개를 젖히고 껄껄대며 웃자 멋진 광대뼈 위로 붉은 불빛이 너울거렸다. "내가 이저벨 이야기를 꺼내지 않았으면 당신은 날 따라나서지 않았겠죠? 지금 당신이 현명하게만 행동한다면, 내 하나뿐인 여동생을 언젠가 만나게 될지도 모르겠네요. 그 아이는 라눌프 백작의 기사와 결혼해 그쪽 진영에서 일어나는 일들을 내게 알려주고 있죠. 결혼하기 전부터도 수녀 따윈 한 번도 생각해본 적이 없는 사람이라고요. 당신을 브리스틀까지 안전하게 데려다주는 일이야, 뭐, 해줄 수 있을 거예요. 하지만 먼저 내가 원하는 걸 줘야겠죠. 난 그걸 꼭 가져야 하니까!" 그는 마지막 말을 힘주어 덧붙였다. 웃음기 머금은 잘생긴 입술이 칼날처럼 가느다랗게 굳었다.

그처럼 많은 어려움을 겪으며 힘들게 지켜왔던 것을 포기하고 이보에게 순순히 굴복해버릴까 하는 생각이 잠깐 스쳤다. 지금 느끼는 이 두려움은 현실이었다. 그러나 동시에 굳게 눌러왔던 분노 또한 이제 격하게 에마를 휩싸고 있었다. 이보가 그녀 쪽으로 한 걸음 다가섰다. 그의 미소 띤 눈은 새를 노리는 고양이의 눈처럼 가늘어졌다. 그녀는 둘 사이에 화로가 놓이도록 침착하게 몸을 움직였다. 이보는 이 게임을 즐기는 중이었고, 얼마든지 더 인내할 시간도 있었다.

"이해가 안 되네요." 에마는 정말로 호기심이 생기기라도 한 듯 이맛살을 찌푸리며 입을 열었다. "고작 편지 한 장에 왜들 이러는지 모르겠어요. 내가 가지고 있다면, 당신 손아귀에 든 이 상황에서 그걸 내놓지 않고 있겠어요? 도대체 그게 당신에게 왜 그렇게 중요하죠? 그 편지에 뭐라 쓰여 있길래 이러는 거예요?"

"멍청하긴." 이보는 에마의 순진함에 자못 거만한 태도로 말을 이었다. "편지 하나에 사람 목숨이 달려 있을 수 있어요. 부와 권력, 심지어 땅을 얻느냐 잃느냐 하는 것까지 말이죠. 그 편지의 가치가 얼만지 알기나 해요? 스티븐 왕에게 그것은 왕국 전부라고요! 나한텐 백작령쯤 된다고 해야 하려나. 그리고 다른 많은 사람들에겐 저마다의 목숨값이죠! 아무리 무식한 여자라도 알 건 알아야지. 로버트 백작은 모드 황후를 잉글랜드로 모셔 올 계획을 세우고 있어요. 모드 황후를 왕좌에 앉힌다는 명분으로 전쟁을 일으킬 작정이죠. 그래서 나중에 거사를 치를 때 라눌프 백작의 지원을 얻을 수 있도록 이 지역에 심어놓은 앞잡이들을 통해 정보를 염탐해온 거예요. 라눌프 백작은 강직한 사람이라, 손을 들어주든 발을 휘젓든 동참하기에 앞서 먼저 그 대의가 얼마나 큰 것인지 증거를 보이라고 요구했거든요. 내가 아는 라눌프 백작이라면 대의에 동참할 자들이 누구인지, 그 수효가 얼마나 되는지를 비롯해 온갖 상세한 자료를 요구했을 거예요. 로버트 백작으로선 라눌프 백작에게 보낼 자료를 작성하지 않을 수 없었겠죠. 왕의 정적에 대한 비밀이 전부 담긴 명단과, 지금은 로버트 백작에게 아첨하고 있지만 언제든 배신할 수 있는 자들의 명단까지 전부 말이에요. 그 명단에는 무려 50명에 달하는 사람들의 이름이 적혀 있어요. 자, 그게 스티븐 왕의 손에 들어간다고 생각해 봐요. 왕이 그걸 얻기 위해 뭔들 안 내놓을까? 거기엔 모든 게 적혀 있잖아요. 사람들의 이름, 계획된 거사일부터 상륙할 항구 이름까지 전부! 그들이 집합하기도 전에 왕의 적들이 모조리 참수

된다면, 모드 황후는 육지에 발을 디디기도 전에 감옥행이겠죠. 내가 왕에게 제공하고자 하는 게 바로 그거예요. 그걸 건네고 대가를 챙길 작정이죠."

에마는 이맛살을 찌푸린 채 화로 너머 서 있는 이보를 응시했다. 온몸의 피가 얼어붙어 몸이 식어가는 기분이었다. 그는 누구의 편도 아니었다! 대의를 위해서도 아니고, 오로지 자신의 이익과 출세를 위해 냉정하고 계획적으로 이미 세 차례나 살인 교사를 감행한 것이다. 그에겐 누가 왕관을 쓰느냐는 문제가 되지 않았다. 만일 그가 모드 황후 측에 도움이 될 정보를 손에 넣었다면, 그리고 모드 황후가 승리해 자신에게 후하게 보상할 가능성이 높다고 판단했다면, 그는 스티븐 왕과 그 지지자들 역시 거리낌 없이 배신했으리라.

에마는 처음으로 두려움을 느꼈다. 서한에 적힌 위태로운 목숨들의 무게가 거대한 바위처럼 가슴을 짓눌렀다. 이 서한에 담긴 내용에 대한 그의 평가가 진실에 가까우리라는 건 틀림없었다. 그녀의 외숙이 헌신적으로 도와온 바로 그 편을 지지하는 많은 사람들이 파멸에 이르게 될 것이었다. 외숙은 한 편을 위해 열렬히 봉사했고, 그로 인해 목숨까지 잃었다. 이제 그녀가 기적을 일으키지 않는 한, 외숙이 전달하려던 이 메시지는 너무도 많은 죽음과 유혈과 파멸을 불러올 터였다. 겨우 이보 코르비에르의 부와 출세를 위해서 말이다! 그녀가 외숙을 따르고 도운 것은 그저 가족에 대한 의리 차원에서였으나, 이제는 그 이상을 생각해야 했다. 더 이상의 살상과 배신을 막는 것만이 지금 해야 할 가장 절박한 일이었다. 도망자를 도와주고, 쫓기는 이를 숨겨주고, 남편 잃은 아내와 아버지 없는 아이들이 생겨나지 않도록 하는 것이야말로 스티븐 왕이나 모드 황후를 위해 싸우며 죽고 죽이는 일보다 훨씬 가치 있는 일이었다.

절대로 이보가 원하는 것을 넘겨줄 수는 없었다! 어떤 대가를 치르더라도, 그가 다른 사람들을 짓밟고 무사히 자신의 백작령으로 들어서게 해선 안 될 일이었다.

"당신한테는 아무 감정도 없어요." 코르비에르는 자신만만하고 편안하게 말했다. "서한만 내놓으면 브리스틀까지 안전하게 보내줄게요. 당신이 피해 보는 일도 없을 거예요. 하지만 만약 날 방해한다면, 제대로 각오하는 게 좋을 거예요. 양심의 가책으로 당신을 봐주리라는 기대는 눈곱만큼도 하지 말라고요."

에마는 두려움을 꽉꽉 누르듯 양손으로 얼굴을 감싼 채 꼼짝 않고 서 있었다. 사실은 비단 망사 안으로 손가락을 넣어 조그만 피지 두루마리가 제자리에 있는지 확인하려는 행동이었지만, 그녀를 마주 보고 있는 이보는 이를 전혀 눈치채지 못했다.

"이봐요, 내가 당신을 겁탈할까 봐 두려워할 필요는 없어요. 당신은 그 정도로 매력적이지 않으니까." 이보가 경멸의 미소를 지으며 말했다. "하지만 내 손으로 당신 하나쯤 어떻게 하는 게 어렵지 않다는 건 당신도 잘 알고 있겠죠. 당신이 아무리 저항해도 소용없을 거예요. 반항이 자극적이면 나야 더 즐겁겠지. 그냥 편지를 내놓겠어요, 아니면 내게 빼앗길래요? 알겠지만, 나는 방해꾼들을 그냥 내버려두지 않아요. 하물며 미천한 장사꾼의 조카딸을 처리하는 일쯤이야 그저 하찮겠지."

하찮은 존재! 그랬다. 이보에게 에마가 중요한 존재였던 적은 한 번도, 단 한 순간도 없었다. 그녀는 그의 야욕에 찬 무자비한 이익을 위해서만 쓸모가 있었을 뿐이었다. 에마는 여전히 얼어붙은 듯 서 있다가 그가 굶주린 늑대와도 같은 미소를 띠며 여유 있게 다가오자 화로를 낀 채 조금씩 원을 그리며 움직였다. 불길이 빨갛게 치솟고 있었다. 그 따뜻한 불꽃심만이 자신을 보호해주기라도 하는 것처럼, 갑자기 그녀가 화로를 향해 걸음을 옮겼다. 그러더니 비단 망사와 함께 순식간에 편지를 뜯어냈다. 그것을 불길 속으로 바로 던져버리지는 못했다. 까딱 잘못해서 불속으로 떨어지지 않으면 바로 빼앗기고 말 것이었다. 그녀는 다급하게 화로로 돌진하더니 그것을 불길 한가운데로 밀어 넣은 채 기다렸다가, 조금 뒤에야 고통과 승리감이 뒤섞인 비명을 내지르며 손가락을 홱 빼냈다.

이보는 격분해서 고함을 지르며 재빨리 화로로 달려왔지만, 망사는 불길에 닿자마자 타오르기 시작했다. 작은 불꽃들이 기어오르자 그는 펄쩍 뛰며 손을 뺐다. 그사이 그 귀중한 편지에 손가락이 잠깐 스쳤고, 불에 들어가는 즉시 녹아내리기 시작한 밀랍이 달라붙어 그의 손가락을 지졌다. 그는 손을 꽉 쥐며 고통스러운 소리를 냈다. 갑자기 기묘한 웃음소리가 나왔다. 그녀는 그 소리를 낸 사람이 바로 자신이라는 게 믿기지 않았다. 그는 미친 듯 욕을 퍼부으면서도 그녀 쪽으로 고개를 돌릴 틈도 없이 제 전리품을 되찾는 일에 열중했다. 윗도리를 찢어 손을 둘둘 감더니 불구덩이 속에 곧추세워진 채 타고 있는 두루마리를 잡으려고 몸을 숙였다. 이제 곧 그것이 그의 손아귀에 들어갈 판이었다. 불에 타서 불완전하겠지만, 어쩌면 그 정도로도 충분할지 몰랐다. 피지 겉은 아직 다 불타지 않은 터였다. 저걸 잡게 둬선 안 되었다. 그렇게 둘 수는 없었다! 그가 피지를 낚아채는 순간, 그녀도 몸을 굽혀 화로 다리 하나를 힘껏 움켜잡아 그의 발 위로 화로를 쓰러뜨렸다.

이보의 비명이 터져 나왔다. 불붙은 석탄 덩어리들이 날아올랐다가 폭포처럼 바닥으로 떨어지면서 갈색 고랑을 만들기 시작했다. 나무 타는 냄새와 함께 한 줄기 연기가 피어오르더니, 불길이 깔개에 옮겨붙어 이내 벽에 걸려 있던, 부싯깃처럼 마른 태피스트리 자락에 가 닿았다. 크게 숨을 빨아들이는 듯한 이상한 소리와 함께 불길은 어느새 뱀처럼 벽을 타며 기어올랐고, 사방의 작은 불길들을 흡수하며 굵게 자란 한 그루의 나무가 되어 창들 사이의 공간을 완전히 포위해버렸다. 이어 불은 냄새의 자취를 잃어버린 사냥개들처럼 양쪽으로 퍼져 이웃한 벽들에 걸린 먼지 쌓인 물건들로 옮겨붙기 시작했다. 공포에 질려 꼼짝도 못 하던 에마가 미처 움직이기도 전에, 깨지기 쉬운 탄약통 같은 불길이 실내를 온통 휩쌌다. 그녀는 태피스트리에 수놓인 사냥꾼들과 여자들이 순식간에 타오르는 광경을 바라보았다. 사냥개들이 날뛰고, 숲속 나무들이 맹렬한 빛 속에 아른대더니, 이내 모두가 반짝이는 티끌로 분해되었다. 바닥 절반을 군데군데 뒤덮은 불길에서 연기가 치솟으면서 시야가 급속히 흐려졌다.

화로 저편, 그 갑작스러운 지옥 어딘가에 있던 이보 코르비에르의 셔츠와 머리칼에도 불이 붙었다. 곧이어 불길 붙은 기다란 태피스트리 한 장이 그를 덮쳤다. 그는 바닥을 구르며 귀를 찢을 듯 괴로운 비명을 질러댔다. 에마 뒤편의 벽은 아직 무사했지만, 불길이 벽 양쪽에서 둥글게 번지며 이쪽으로 다가오고 있었다.

그녀의 뒤에는 아직 불길에 닿지 않은 깔개가 있었다. 에마는 그것을 들고 이보가 있는 쪽으로 가보려 했지만 연기가 더욱 짙어지면서 눈을 찌르는 통에 앞이 보이지 않았다. 게다가 번개 같은 불의 혀들이 연기 속에서 연신 튀어나와 뒤로 물러나지 않을 수가 없었다. 그녀는 깔개를 이보에게 던져주었다. 그에게 아직 힘이 있다면 그것을 몸에 감고 바닥에 뒹굴어 불길을 좀 죽일 수 있을 것이었다. 그러나 그를 도와주기엔 이미 늦었다. 이미 연기로 자욱한 가운데, 그녀는 넓은 소맷자락으로 입과 코를 막은 채 귀를 찢을 듯한 그 끔찍한 비명으로부터 후퇴하기 시작했다. 하지만…… 열쇠! 방 열쇠가 그에게 있었다! 이젠 그가 있는 쪽으로 가거나 열쇠를 되찾아 올 희망은 전혀 없었다. 방은 이제 온통 불길에 싸여 있었다. 창과 벽과 마루의 목재들이 요란한 소리를 내며 쪼개지고 기묘한 분진을 뿜어내기 시작했다.

에마는 얼굴을 가린 채 뒤로 물러나 문을 세차게 두드리고, 희미하게나마 아래층까지 소리가 들릴지 모른다는 기대에 악을 쓰며 도움을 요청했다. 문 양쪽, 아직 불길이 닿지 않은 벽에 태피스트리들이 걸려 있었다. 그걸 뜯어 잘 말아서 방 저편 불길 속으로 던졌다. 최소한 문은 타지 않아야 나갈 수 있었다. 그녀는 아직 불이 붙지 않은 모든 태피스트리들을 전부 끌어 내렸다. 한쪽 손이 데었다는 것도 잊은 채였다. 그래도 이제 다른 사람들의 생명은 충분히 안전해졌다고 그녀는 생각했다. 라눌프 백작에게 전달되지 못한 저 편지는 앞으로 누구도 읽을 수 없을 거라고. 그러나 이 방 안에 그녀와 함께 갇힌 생명은 꺼져가고 있었다. 와글와글한 장터의 소음 같은 불길 소리에 섞여 그의 목소리는 거의 들리지 않았다. 그녀의 목숨 또한 위험에 처해 있었다. 에마는 정신을 다잡았다. 그녀는 젊고 필사적이었다. 고분고분 목숨을 잃진 않을 것이었다. 그녀는 다시 문을 두드리며 소리치기 시작했다. 아무도 오지 않았다. 아무런 목소리도, 계단을 올라오는 다급한 발소리도 나지 않았고 다만 불길의 노래만이 윙윙대는 소리에서 분노한 군중의 포효처럼 바뀌며 점점 높아지고 있었다.

에마는 몸을 굽혀 열쇠 구멍에 입을 대고 힘과 숨이 다할 때까지 소리를 질렀다. 이제 아무것도 보이지 않았고 아무런 생각도 나지 않았다. 암흑 속에서 누군가 목을 조르고 있는 듯했다. 웅크린 자세로 있던 그녀는 무릎을 꿇고 문 아래쪽에 길게 늘어져 실낱같은 공기가 들어오는 문 밑 틈새에 입과 코를 바짝 갖다 댔다.

그러나 곧 아무것도 느낄 수 없게 되었다. 자신이 숨을 쉬고 있는지 아닌지조차도 알 수 없었다.

4

롱 포리스트를 지나고 산들 사이로 작은 계곡 길이 얼기설기 엉키기 시작하자 필립은 금세 길을 잃었다. 그는 헤매다가 마주친 첫 개간지에서 그 지역 사람을 붙들고 스탠턴 코볼드로 가는 길을 물었다. 농부는 길을 알려주며 그쪽 방향으로 고개를 돌리다가, 고요한 하늘로 피어오르며 시커멓게 변해가는 연기 기둥을 보았다.

"저 연기, 바로 저기 아니면 그 부근인데……. 숲이 말랐으니 말썽이 날 만도 하죠. 웬 미치광이가 불을 놓은 걸까요? 그 저택에 피해가 없어야 할 텐데……."

"얼마나 더 가야 합니까?" 필립이 그쪽을 사납게 쳐다보며 물었다.

"2~3킬로미터 정도 되려나? 빨리 가려면……." 그러나 필립은 어느새 훔쳐온 말의 옆구리를 뒤꿈치로 걷어차 곤두박질치듯 달려가고 없었다. 그는 점점 커지며 뭉게뭉게 피어오르는 연기 기둥에 한눈을 팔다가 몇 번이나 말에서 떨어질 뻔했고, 한번은 사람이 다니지 않는 이상한 샛길로 빠지기도 했다. 연기 기둥은 시간이 갈수록 끔찍한 모습으로 변하더니, 이젠 검은 연기와 함께 빨간 불꽃까지 발작적으로 솟고 있었다. 장원에 이르러 울타리 쪽으로 향하기 한참 전부터, 나무줄기들이 터지며 반으로 쪼개지는 소리가 도끼질 소리보다 더 요란하게 들려왔다. 불이 난 곳은 숲이 아니라 저택이었다.

대문은 열려 있었고, 혼비백산한 하인들은 우왕좌왕하면서 홀과 부엌에서 가재도구들을 끌어내느라 바빴다. 몇몇은 저택의 목재 부분과 가까운 마구간과 외양간으로 달려가 공포에 질려 울어대는 말과 큰 소리로 꽥꽥대는 가축들을 데리고 나왔다. 필립은 탑처럼 솟아올라 저택 한쪽 끝을 삼키고 있는 연기와 불꽃을 경악한 눈으로 바라보았다. 기다란 석재 버팀벽으로 되어 있는 1층은 골조라도 남겠지만, 통나무로 지어진 부분은 이미 용광로로 변해 있었다. 당황한 시종들과 하녀들은 비명을 질러대며 이리저리 뛰어다니느라 필립에게 신경 쓸 틈이 없었다. 너무도 갑자기 일어난 재난에 모두들 반쯤 정신이 나가 있었다.

필립은 등자에서 발을 빼 말에서 뛰어내렸다. 그의 긴 다리에는 등자 길이가 무척 짧았지만 그걸 늦추느라 멈춰 설 틈도 없이 달려온 터였다. 필립을 내려놓은 말은 제멋대로 돌아다녔다. 그는 지나가던 외양간지기의 팔을 비틀어 잡고 고개를 자기 쪽으로 향하게 했다.

"주인은 어디 있지? 주인이 오늘 데려온 아가씨는 어디에 있고?" 외양간지기가 놀라서 머뭇대자 필립은 그를 거칠게 흔들었다. "그 아가씨…… 당신 주인이 그 아가씰 어떻게 했느냐고!"

놀라 입만 벌리고 있던 남자가 손을 들어 연기 기둥 쪽을 가리켰다. "윗방에……. 주인 나리도 거기 계시고……. 불이 처음 시작된 데가 거기요."

필립은 말없이 남자를 놓아준 뒤 홀 쪽 계단을 향해 달리기 시작했다. 남자가 뒤에서 소리를 질렀다. "제정신이오? 거긴 불지옥이야! 그 안에선 아무도 살아남을 수 없다고! 문도 잠겼소. 열쇠는 나리한테 있고. 당신 죽으려고 환장했소?"

들은 척도 않고 뛰어가던 필립이 문이 잠겼단 얘기에 우뚝 멈춰 섰다. 다른 입구가 없다면 잠긴 문으로 들어가는 수밖에 없었다. 그는 사람들이 마당에 꺼내놓은 태피스트리와 가구, 부엌살림들에 힐끗 시선을 던졌다. 장벽을 돌파할 도구를 찾아야 했다. 고기 다지는 도구와 칼들 가운데 하나를 고르려다 더 좋은 게 눈에 띄었다. 홀에서 내온 무기 더미가 있었다. 코르비에르의 선조 중 전투용 도끼를 좋아하는 이가 있었던 듯했다. 이렇게 좋은 무기를 두고도 이 집안 겁쟁이들은 사용할 엄두조차 못 내고 있다니! 손이라도 델 위험을 무릅쓰지 않으면 주인이 구워질지도 모르는 판에.

필립은 돌계단을 세 칸씩 뛰어올라 좁고 숨 막히는 검은 동굴이 되어버린 홀로 들어갔다. 두꺼운 벽과 버팀벽 상판 들보가 모두 돌로 되어 있는 덕에 이곳에서는 열기가 그리 심하게 느껴지지 않았다. 최악의 적은 연기였다. 첫 숨을 들이쉬는 순간, 콕 쏘는 독성 연기가 기도로 넘어왔다. 필립은 셔츠를 찢어 코와 입을 막은 뒤 열기와 냄새가 흘러나오고 있는 홀 저편을 향해 벽을 더듬으며 무모한 속도로 나아가기 시작했다. 아무 생각도 들지 않았다. 그는 해야 할 일을 할 뿐이었다. 저 지옥 어딘가에 에마가 있었다. 거기서 그녀를 데리고 나와야만 했다.

앞이 보이지 않아 더듬더듬 나아가던 필립은 마침내 윗방으로 이어지는 층계를 찾아냈다. 아무래도 천장 쪽으로 연기가 몰려 올라가 있을 것 같아 그는 몸을 낮춘 채 계단을 올랐다. 윗방 출입문 같은 것이 보였다. 가느다란 연기가 네모난 문의 형태를 만들어내며 모락모락 새어 나오고 있었다. 다행히도 문에는 아직 불이 붙지 않은 것 같았다. 그는 문을 두드리고 잡아당기며 고함을 질러냈지만, 불꽃이 탁탁 튀는 소리뿐 안에선 아무 대답도 들려오지 않았다. 부수고 들어가는 길밖에 없었다.

필립은 스칸디나비아의 용감한 전사처럼 도끼를 휘둘렀다. 오래되고 잘 건조시킨 목재 문은 무척 단단했다. 그러나 도끼를 이길 수는 없겠지. 연기 때문에 눈물이 났지만, 그 눈물이 입을 가린 천을 적셔주었다. 그는 자물쇠가 있는 쪽을 겨냥해 연신 도끼를 내리쳤다. 자물쇠는 부서지지 않았고, 필립의 도끼질은 계속 되었다. 이윽고 자물쇠 바로 위에 금이 가기 시작했다. 그는 연이어 같은 부분을 공략했고, 마침내 나뭇조각들이 튀어 오르면서 갑자기 불쾌한 금속성 소리가 나더니 자물쇠가 떨어져 나갔다. 그는 문을 밀어보았지만 손 하나 들어갈 정도밖에 열리지 않았다. 안으로 손을 넣고 더듬어보아도 잡히는 것은 없었다. 이번엔 바닥에 몸을 붙이고 더듬었다. 그의 손길이 비단결 같은 머리채에 가 닿았다. 에마가 바로 문 앞에 누워 있었다. 끔찍한 열기가 쏟아져 나오고 있었으나, 이는 불길이 아니라 연기에 불과했다. 그는 힘주어 문을 밀었다.

문이 더 열리자 바람을 먹은 불길이 시커먼 연기 위로 환하게 타올랐다. 몇 분 뒤면 그 불길이 에마는 물론 필립까지 쓸어버릴 터였다. 그는 미친 듯 에마의 팔을 움켜잡아 옆으로 끌어당겼다. 그러곤 몸을 기울여 최대한 빨리 그녀의 몸을 빼내기 시작했다.

주홍색 불꽃이 열린 문 틈새로 혀를 날름 내밀어 필립의 머리칼을 태웠다. 마침내 그는 에마를 들어 올려 그 부드럽고 축 처진 몸을 어깨에 떠멨다. 등 뒤에서 문이 또 한 차례 요동했다. 그는 그녀를 업은 채 쓰러질 듯이 내달려 계단 밑으로 내려왔다. 화마가 그의 뒤꿈치를 공격했으나, 그는 나중에 신발을 벗고서야 그 사실을 알았다.

홀 입구에 다다른 필립은 고개를 축 늘어뜨린 채 가슴을 들썩이며 숨을 몰아쉬다가 에마를 어깨에 맨 채 그대로 돌계단에 주저앉았다. 맑은 바깥공기를 탐욕스럽게 몸속으로 빨아들이며, 얼굴에 둘렀던 천을 잡아당겼다. 천은 연기로 온통 까맣게 되어 있었다. 보이는 것도 들리는 것도 아득하게만 느껴졌다. 캐드펠 수사가 황급히 계단을 올라와 그에게서 가만히 에마를 안아 내릴 때까지, 그는 휴 베링어와 관리들이 이곳 마당에 들어와 있다는 사실조차 모르고 있었다.

"잘했네!" 캐드펠이 말했다. "에마는 내가 안고 있어. 자네도 내게 몸을 기대고 이리로 따라 내려오게! 얼른 안전한 장소로 가 치료를 받아야 해."

필립은 너무 지쳐 일어나지도 못한 채 몸만 떨고 있다가 두려움에 젖은 목소리로 다급히 물었다. "에마는 어때요?"

"숨은 쉬고 있어. 어서 자리를 옮겨 에마를 보살피세. 하느님의 가호로 이 아가씨는 무사할 거야."

*

눈을 뜬 에마는 맑고 옅은 하늘과, 걱정스러운 눈길로 자기를 내려다보고 있는 두 얼굴을 보았다. 캐드펠 수사의 얼굴은 단번에 알아보았다. 언제나와 마찬가지로 빈틈없으면서도 다정한 얼굴이었다. 그러나 그가 어떻게 여기에 와 있는지, 아니, 여기가 어디인지조차 그녀는 도무지 알 수가 없었다. 또 다른 얼굴은 그녀에게 너무 가까이 다가와 제대로 보이지 않았다. 그 얼굴은 거칠고 기묘해 보였다. 이마부터 턱까지 온통 검댕투성이에 마른 땀방울이 실개천 같은 얼룩을 만들었고, 한쪽 관자놀이 언저리의 갈색 머리칼은 불에 타 또르르 말려 있었다! 그러나 두 눈은 햇살처럼 정직하고 아름답고 맑은 갈색이었다. 그 눈의 주인은 그녀에게 완전히 몰입해 있었다. 결코 잘생겼다고는 말할 수 없는 그 숯장수 같은 얼굴이, 그녀에겐 지금 세상 어느 얼굴보다 기분 좋고 편안하게 느껴졌다. 그녀가 정신을 잃기 전 마지막으로 보았던 얼굴은 그럴싸한 탈을 뒤집어쓴 야망과 탐욕과 살인의 얼굴이었고, 결국 그것은 소름 끼치는 불꽃으로 변해버렸다. 그야말로 인간이라는 동전의 이면이었다.

에마가 몸을 조금 움직일 수 있게 되자, 숯검정 얼굴의 남자가 그녀를 좀 더 편하게 해주려고 자세를 바꾸었다. 그제야 비로소 그녀는 자신이 내내 그 남자의 품에 누워 있었다는 걸 깨달았다. 감각과 의식이 조금씩 돌아오면서 통증이 느껴지기 시작했다. 그녀는 그의 어깨에 안긴 채 뺨을 그의 가슴에 기댔다. 남자는 장인들이 입는 홈스펀 작업복 차림이었다. 구두장이이니 당연한 일이다. 하찮은 장사꾼의 아들! 더 말해서 무엇하랴. 캐드펠이 주물 냄비로 우물물을 길어 와 닦아주었는데도 여전히 두 사람에게서는 연기 냄새와 탄내가 지독했다. 하찮은 장사꾼의 아들이 그녀를 뒤쫓아 이 장원으로 들어와 그녀의 목숨을 구한 것이다. 그에겐 그것이 무엇보다 중요했다. 그녀를, 보잘것없는 장사꾼의 딸을 지키는 일이…….

“에마가 눈을 떴어요.” 필립이 열에 들뜬 목소리로 속삭였다. “웃고 있어요.”

캐드펠이 에마를 굽어보았다. “좀 어떻소?”

“살아 있네요.” 에마는 들리지 않을 정도로 작은 소리로, 그러나 기뻐하며 말했다.

“그렇지. 하느님께 감사할 일이오. 여기 있는 필립에게도 감사해야 하고. 아직은 일어나지 마시오. 내가 몸에 두를 외투를 구해볼 테니. 큰일을 겪고 나면 한기가 드는 법이거든. 곧 통증도 느껴질 거요.” 통증이라면 이미 느끼고 있었다. “손을 심하게 데었는데, 여기선 연고를 구할 수 없소. 마을로 돌아갈 때까지 공기가 닿지 않게 싸두겠소. 가능한 한 손을 가만히 두시오. 움직이지 않을수록 좋으니까. 다른 곳은 비교적 멀쩡한데 어쩌다 손에만 그리 심한 화상을 입은 거요?”

“손을 화로 속에 넣었어요.” 그 말에 필립의 눈이 휘둥그레지는 것을 보고 그녀는 자신이 했던 일을 다시금 떠올렸다. 문득 필립에겐 내막을 숨겨야 한다는 생각이 들었다. 외숙과 자신이 한 일이 옳은지 그른지를 떠나서, 맑고 깨끗한 이 남자를 기만과 협잡이 난무하는 그 세계로 끌어들이고 싶지는 않았다. 언젠가 누군가에게 털어놓게 될지도 모르지만, 그 사람이 필립은 아닐 것이다. “그 사람이 무서웠어요.” 에마는 짐짓 밝은 목소리로 말을 이었다. “그래서 화로를 뒤집어버렸죠. 그렇게 큰불이 날 줄은 몰랐는데…….”

그 평화로운 정경으로부터 얼마 떨어지지 않은 곳에서는 휴 베링어와 그를 따라온 슈루즈베리의 관리들이 물건을 빼내느라 정신이 없는 하인들을 불러 모아 불꽃이 날아가 번질 위험이 있는 부속 건물에 물을 뿌리느라 바빴다. 가축들과 사람들이 안전하게 몸을 피할 공간이라도 지켜야 했다. 불길은 이제 잡히고 있었지만, 잿더미에서 이보 코르비에르의 시체를 빼내 올 만큼 열기가 가라앉으려면 며칠은 족히 걸릴 성싶었다.

"나 좀 일으켜주세요." 에마가 부탁했다. "어떻게 되어가는지 보고 싶어요."

필립이 에마를 일으켜 깨끗하고 푸른 풀밭에 앉혔다. 그들은 마당 한구석 목책 울타리에 기대앉았다. 물에 젖은 헛간과 외양간이 초저녁 햇살을 받으며 증기를 모락모락 뿜어내고 있었다. 건물 근처에서는 아직도 사람들이 우물물을 퍼 나르는 중이었다. 집이 복구될 때까지 말과 소와 사람 들이 잠시 거처할 공간은 충분히 지켜낸 듯했다. 부엌살림은 모두 밖으로 빼냈고, 1층에 비축된 식량도 모두 타버린 건 아니었다. 게다가 여름철이니 어떻게든 버텨낼 수 있을 터였다. 이제 누군가가 나서서 겨울이 오기 전에 저택을 복구하면 될 것이다. 참으로 끔찍한 화재였지만, 결과적으로는 단 하나의 생명만 앗아 간 셈이었다.

"이보는 죽었어요." 자신이 살아 나온 폐허를 응시하며 에마가 말했다.

"달리 무슨 수가 있었겠소?" 캐드펠은 짧게 대꾸했다. 그에겐 추측에 지나지 않았던 상황을, 에마는 눈으로 직접 목격한 것이리라.

"그런데 나머지 한 사람은요?"

"터스탠 파울러 말이오? 그자는 붙잡혀 있지. 병사가 지키고 있소." 캐드펠이 부드럽게 말했다. "당신 외숙을 살해한 이가 바로 그자였소."

에마는 터스탠 파울러가 휴 베링어와 관리들을 보는 순간 말에 올라 부리나케 달아났으리라 생각하고 있었다. 하지만 아니었다. 그는 자신이 도망쳐야 할 이유를 몰랐다. 슈루즈베리를 떠날 때만 해도 그를 의심하는 사람은 아무도 없었으니까. 수도원 사람들도 에마가 때맞춰 브리스틀로 돌아가게 된 것을 당연하게 생각했다. 그런데 왜 돌연 의심하게 되었을까? 왜 의문을 품고 여기까지 찾아온 걸까? 에마는 궁금한 게 너무 많았다. 그러나 나중에 모두 알게 되리라. 지금은 다만 살아남은 것을 기뻐하고 감사해야 할 때였다. 그리고 어쩌면, 사랑할 때이기도 했다. 익숙지 않은 즐거움을 안고, 조금씩.

"파울러는 어떻게 될까요?" 에마가 물었다.

"아는 걸 모두 털어놓고 책임은 주인에게 돌리겠지." 터스탠 파울러가 교수형을 면할 수 있을지, 면하기를 바라도 되는 건지, 캐드펠은 마음이 복잡했지만 에마 앞에서는 많은 말을 않기로 했다. 그녀는 지금 이 순간 삶과 죽음의 문제에 깊이 빠져 있었다. 자신에게 내려진 삶의 큰 은총을 생각하며 아무리 야비하고 죄질이 무거운 사람에게라도 자비를 베풀고자 할 터였다. 이를 훼손하는 것을 하느님은 허락지 않으시리라.

"추워요?" 팔에 안긴 에마가 떠는 것을 느끼고 필립이 다정하게 물었다.

"아뇨." 에마는 얼른 대답하더니 고개를 약간 들어 그의 더러운 뺨에 이마를 기댔다. 그녀가 미소 짓자 그의 목에 닿은 입술이 부드럽게 움직였다. 이제 자신이 그녀를 온전히 품고 있으며 그 누구도 그녀를 빼앗지 못하리라는 생각에 필립은 가슴 벅찬 감동을 느꼈다.

휴 베링어가 짓밟힌 풀밭을 가로질러 다가왔다. 그의 깔끔하던 몸에도 연기 냄새가 배어 있었다.

"할 수 있는 건 다 했습니다." 그가 얼굴을 닦으며 말했다. "이제 에마를 슈루즈베리로 데려가는 게 좋겠어요. 여긴 필요한 물품이 없어요. 당분간 여기에 병사들과 관리들을 배치해두어야겠습니다." 그가 에마를 향해 다소 지친 듯한 미소를 지어 보였다. "에마, 편안한 침대와 갈아입을 옷이 준비된 곳으로 갑시다. 이제 회복될 때까지는 아무 생각도, 염려도 하지 말아요. 당장 브리스틀로 갈 수는 없으니, 수도원에 있는 얼라인에게로 데려다줄게요. 거기서 편히 쉬면 됩니다."

"아뇨." 필립이 강경하게 말했다. "슈루즈베리의 제 부모님 댁으로 에마를 데려가고 싶습니다."

"그것도 좋지. 그렇게 하게." 휴가 동의했다. "하지만 일단은 수도원으로 가자고. 수사님께서도 작업장을 오가며 필요한 연고며 약을 찾아올 시간이 필요하니까. 잠시나마 내 아내한테 안부도 전하고 말이야. 이봐, 필립. 얼라인에게 빚진 게 있다는 걸 잊지 말게. 자네가 훔친 말의 주인을 누그러뜨리며 자넬 보호하고 있는 사람이 바로 그녀라고."

검댕으로 뒤덮인 필립의 얼굴이 붉어졌다. "이번엔 절도죄로 감옥에 가게 생겼네요. 하지만 에마가 우리 집에서 어머니 간호를 받으며 지내는 걸 보기 전까지는 절대 못 갑니다."

휴가 웃음을 터뜨리며 다정하게 그의 어깨를 쳤다. "내가 이 일을 담당하는 한 그런 일은 일어나지 않을 거야. 혹시나 자네가 다른 일로 우리 관리들의 이라도 부러뜨린다면 모를까. 말 주인과는 우리가 어떻게든 얘기를 해보겠네. 얼라인이 이미 진정시켜놨을 테니 그리 어렵지 않겠지. 그사이 말은 잘 빗기고 물로 씻어 쉬게 해뒀어. 다시 모험을 하고 싶어 몸이 근질근질하겠지만, 이제 그 녀석은 그만 혹사시키고 빈 안장으로 끌고 가세나. 여긴 말이 충분하니 다른 놈으로 하나 골라주겠네. 둘을 태우고도 잘 달릴 놈으로 말이야." 이미 하인들과 소화 작업을 하던 중 두 사람을 흘낏 보고 그들 사이의 분위기를 짐작한 터였다. 굳이 에마를 필립의 품에서 빼내 말 한 필짜리 가마에 태워 돌아갈 필요가 있을까? 둘을 갈라놓으려 하는 건 어리석은 짓에 불과했고, 휴는 결코 어리석은 사람이 아니었다.

그들은 건져낸 침구에서 담요 한 장을 빌려 와 에마에게 부드럽게 둘러주었다. 보온보다는 안정감을 위해서였다. 사력을 다한 뒤라 다소 한기가 느껴지긴 하겠지만, 아직 화창하고 온화해서 그렇게 춥지는 않았다. 그녀는 손 통증이 심할 텐데도 마치 꿈을 꾸는 사람처럼 모든 조치를 얌전히 받아들였다. 다른 모든 것이 하찮아 보이는 완전한 내적 평화 속에 들어가 있는 듯했다. 그들은 걸음걸이가 안정된 거세마의 크고 널찍한 등에 필립을 태운 뒤, 담요로 감싼 에마를 그에게 넘겨주었다. 그녀는 마치 신이 꼭 맞게 정해준 자리인 양 그의 다리와 팔 사이로 쏙 들어가 그의 어깨를 안았다.

"아마도 그분이 벌인 일이겠지." 휴 곁에 서 있던 캐드펠 수사가 중얼거렸다.

"그분이라뇨?" 휴가 물었다. 그는 뒤에 있는 터스탠 파울러와 호송 병사들에 온통 신경을 쏟고 있었다.

"이 모든 일을 지휘한 자 말이오. 이런 게 그분 방식이거든."

*

슈루즈베리까지 절반쯤 왔을 때, 에마는 필립의 가슴에 몸을 묻고 팔에 기대어 잠에 빠졌다. 연기 냄새가 밴 검은 머리카락에 가려서 필립에게는 그녀의 얼굴 아랫부분만 보였다. 부드럽고 촉촉한 입술에 미소를 머금은 채, 그녀는 마치 신혼 침실에 든 듯 온몸의 무게를 요람 같은 그의 몸에 맡기고 있었다. 더는 불에 덴 손의 통증이 느껴지지 않는 다른 세계로 간 그녀의 모습은 마치 미래의 소중한 것을 손에 쥔 사람 같았다. 잠결에도 그녀는 필립의 상의 속에 다치지 않은 왼손을 집어넣어 따뜻하게 그를 감싸 안고 있었다.

5

아직 완전히 저물지 않은 아름다운 여름밤의 어둠 속에 황량한 마시장 터가 드러났다. 지난 사흘간의 축일장 분위기는 온데간데 없고, 풀밭 위엔 사람들 발에 짓밟힌 자국과 군데군데 세웠던 가판대의 흔적만 남아 있었다. 올해의 장이 끝났다. 수도원 집사들은 한자리에 모여 임대료와 도로 통행세와 세금으로 거둬들인 수입을 결산한 뒤 보고를 올리고 벌써 잠자리에 들었다. 평수사와 신도, 수련사, 학생 들도 마찬가지였다. 문지기가 잠결에 문을 열어주었다. 신기하게도, 그토록 조용히 조심조심 들어왔건만 그들이 도착하는 소리에 광장이 잠에서 깨어났다. 얼라인이 접객소에서 달려 나왔고, 많이 누그러졌으나 여전히 화가 안 풀린 말 주인도 뒤따라 나왔다. 마크 수사도 숙소에서 모습을 드러냈고, 수도원장의 보좌 수사도 처소에서 나왔다. 도착하는 대로 수도원장을 찾아뵈라는 지시를 캐드펠 수사에게 전달하기 위해서였다.

"낮에 출발할 때 수도원장님께 사람을 보내 상황을 대충 전달했습니다." 휴가 말했다. "원장님도 아셔야 할 것 같아서요. 지금쯤 일이 어떻게 끝났는지 소식만 기다리고 계실 겁니다."

얼라인이 에마와 필립을 접객소로 데려갔다. 두 남녀는 쏟아지는 졸음을 어찌하지 못한 채 그저 이끄는 대로 따라갔다. 마크 수사는 화상에 특효약으로 알려진 뽕나무 잎과 성모초 연고를 찾으러 식물표본실로 달려갔고, 관리들은 죄수를 데리고 성으로 돌아갔다. 캐드펠 수사는 라둘푸스 수도원장의 서재로 향했다. 한밤중이었지만 수도원장은 낮과 똑같이 맑은 정신으로 깨어 있었다. 방 안을 밝힌 촛불 빛으로 캐드펠을 훑어보더니 수도원장이 짧게 물었다. "일은 잘되었소?"

"잘됐습니다, 수도원장님. 버놀드 양을 무사히 데려왔고, 그 아가씨의 외숙을 살해한 자는 행정 장관 손에 넘겼습니다. 살인자는 터스탠 파울러입니다."

"한 명이 더 있었을 텐데?" 라둘푸스 수도원장이 물었다.

"더 있었죠. 그자는 죽었습니다. 사람 손에 죽은 것은 아닙니다, 수도원장님. 우리 중 누구도 살인하거나 폭력을 쓰지 않았으니까요. 그자는 화재로 죽었습니다."

"자세히 얘기해보시오." 캐드펠은 자신이 아는 데까지 내막을 보고했다. 에마는 더 알고 있겠지만, 지금으로서 그 이상은 추측에 불과했다.

“그 물건이 대체 뭐길래 그것을 손에 넣으려 이런 죄를 저질렀단 말이오?” 수도원장이 물었다.

“그건 저희도 모릅니다. 그자와 함께 불에 탔으니 이제 아무도 알 수 없게 되었죠. 어쨌거나 나라가 두 파로 갈려 있으면, 양쪽에서 이익을 챙기느라 다투고, 사람을 팔고, 경쟁자들에게 복수하기 마련이지요. 그 와중에 다른 사람의 토지를 제 것으로 취하려는 이들도 있을 것이고요. 어떤 악마가 이 일을 꾸몄는지는 몰라도, 이제 그 결실은 영원히 맺지 못하게 됐습니다.”

“일이 잘 마무리되어 다행이오.” 라둘푸스 수도원장은 안도의 한숨을 내쉬었다. “이제 위험은 모두 사라졌으니 수도원의 손님들이 해를 입을 일도 없겠군.” 그는 잠시 생각에 잠겼다가 말을 이었다. “우리와 에마에게 큰 도움을 줬다는 그 청년이…… 시장의 아들이라 하였소?”

“그렇습니다. 지금 그 젊은이들에게 가보려는 참입니다. 허락해주신다면 그들이 머무는 곳으로 가 치료를 해주고 싶습니다. 큰 부상은 아니지만 서둘러 소독하고 처치해야 합니다.”

“그럼, 어서 가보셔야지! 잘됐군. 마침 시장에게 전할 말이 있었는데, 형제께서 대신 전해주면 좋겠소. 코비저 시장더러 내일 아침 수도사 평의회가 끝날 때쯤 이리로 와달라고 정중하게 전해주시오. 그 사람과 나눌 얘기가 좀 있소.”

*

코비저 부인은 아무짝에도 쓸모없는 아들놈에 대해 몇 시간째 구시렁대는 중이었다. 부모가 돈까지 써서 감옥에서 빼내주자마자 또 어디서 못된 짓을 하는지 자정이 넘도록 들어오지 않는 애물단지 녀석이었다. 이젠 아들놈에게서 손 떼겠다는 둥, 기도해줄 가치도 없는 놈이라는 둥, 제멋대로 굴다가 악마한테나 잡혀가라는 둥 그녀는 수없이 욕설을 내뱉었다. 남편이 아무리 달래도 잠자리에 들지 못하고, 문간이나 거리에서 발소리 비슷한 것만 나도 입엔 한가득 욕지거리를 담고 마음엔 희망을 담은 채 번개같이 나가 바깥을 내다보곤 했다.

그 아들놈이 마침내 돌아왔다. 눈이 커다란 여자 하나를 안고, 성 베드로 수도원의 수도승을 뒤에 달고, 관자놀이 쪽 머리칼은 불에 그슬려 또르르 말린 꼴로, 셔츠는 누더기가 된 꼬락서니로 온몸에서 연기 냄새를 풍기면서. 동시에 꾀죄죄한 몰골 따윈 완전히 압도할 만큼 책임과 성숙에 눈뜬 듯한 분위기를 풍기면서. 어머니는 꾸짖지도 포옹하지도 못한 채 아들과 여자의 손을 끌어 안으로 들었다. 몇 마디 염려의 말 외엔 군소리도 없이, 그저 앉히고 먹이고 돌보느라 이리저리 뛰어다녔다. 날이 밝거든 아들이 스스로 입을 열어 엄마한테 모든 사정을 털어놓으리라. 그사이 내막을 얼추 들려준 이는 캐드펠 수사였다. 그는 에마의 손 화상과 필립의 이마와 팔에 난 상처를 깨끗이 닦아내고 치료하면서 이야기를 이어갔다. 굳이 필립의 행동을 두둔하고 칭찬할 필요는 없었다. 그거야 나중에 에마가 알아서 할 일이고, 그녀가 직접 이야기를 전해야 어머니도 어떤 일이 있었는지 정확히 알고 아들의 행동에 대한 판단을 내릴 수 있을 것이었다.

에마는 더할 수 없는 피로와 행복감에 싸여 말없이 혼자 앉아 있었다. 그녀의 시선은 필립에게 붙박여 있다가 간혹 이 집 안을 채운 견고한 다갈색 가구들과 포근한 머름에 머물렀다. 너무도 낯익은 것들이요, 마치 집으로 돌아온 듯 편안한 공간이었다. 기쁨에 찬 은근한 미소가 그녀의 마음을 잘 드러내고 있었다. 어머니라면 그런 표정을 금세 알아차리는 법, 코비저 부인은 에마를 잠자리로 데려가 암탉이 병아리 달래듯 걱정 어린 위로를 건네며 캐드펠 수사의 양귀비 시럽을 약간 탄 우유술을 건넸다. 그 음료 덕에 그녀는 통증을 잊고 편히 잠들 수 있을 것이었다.

"저렇게 예쁜 아가씨는 처음 봐요." 방문을 조용히 닫고 나오며 코비저 부인이 말했다. 의자에 앉은 채 잠들어 있는 아들을 쳐다보는 눈길도 사뭇 다정해졌다. "우리 애가 한 일을 생각하면……. 맙소사, 난 그것도 모르고 애가 나쁜 짓이나 하고 다니겠거니 생각했지 뭐예요! 누구보다도 아들을 잘 알아야 할 사람이 말이에요!"

"필립은 며칠 사이 부쩍 성숙해졌소." 캐드펠은 바랑을 꾸리며 말했다. "이 연고와 고약을 부인께 맡기고 가지요. 아마 사용법은 잘 아실 거요. 내일 다시 와서 한번 봐드리겠소. 이제 일어나야겠군. 사실 나도 지금 졸려 죽을 지경이거든. 이러다 내일 아침 기도 종소리도 못 듣는 거 아닌가 모르겠소."

마당으로 나오니 제프리 코비저가 스탠턴 코볼드의 장원에서 데려온 말을 마구간에 들이고 있었다. 캐드펠이 수도원장의 말을 전하자 시장은 냉소적으로 눈썹을 치올렸다. "이제 와서 뭘 어쩌시겠다는 겁니까? 지난번에 모자를 벗어 들고 갔을 땐 그렇게 단호하게 나오시더니 말입니다."

"내가 선생이라면, 아마 호기심이 나서라도 가보고 싶을 거요." 캐드펠이 뭉툭한 갈색 코를 문지르며 말했다. "지금쯤 그 단호함이 다른 곳을 향해 있을지 누가 알겠소!"

*

캐드펠 수사는 아침기도 시간에 맞춰 힘들게 눈을 떴다. 말할 필요도 없이, 기둥 뒤 구석 자리는 그의 차지였다. 그곳에 앉아 내내 꾸벅꾸벅 졸던 그는 코까지 골 뻔했다. 선율에 가까운 뾸피리 소리가 한 차례 막 울리려는 순간 마크 수사가 기겁해서 그를 쿡쿡 찔러 깨우지 않았다면 망신을 당했을 것이다.

시장은 수도원장의 요청대로 회의가 끝날 때쯤 나타났다. 캐드펠이 눈을 떴을 땐 수도원 부속 건물 관리 집사가 시장이 밖에 와 있다는 말을 전하고 있었다.

"시장님이 여길 왜 왔을까요?" 마크 수사가 속삭였다.

"원장님 부름을 받고 온 걸세. 이유야 내가 어떻게 알겠나? 쉿!"

가진 것 중에서 가장 좋은 옷을 골라 입고 나타난 제프리 코비저는 예의를 갖춰, 그러나 냉담하게 인사를 건넸다. 뜻을 같이하는 다른 무리는 보이지 않았다. 호기심이 일어 왔을 뿐, 그는 이 만남에 그리 중한 의미를 부여하지 않은 터였다. 사실 마음이 온통 다른 데 쏠려 있기도 했다. 다른 때 같았으면 아직 해결하지 못한 마을의 문제가 그의 관심을 차지했겠지만, 오늘은 집안에 경사가 있으니 그런 바깥일은 접어두기로 했다. 아들의 결백이 밝혀진 데다 칭찬까지 듣게 되었으니 우쭐해도 좋을 일이었다. 이제 그의 아들은 세상에 내놓고 얼마든지 자랑해도 될 만한 녀석이었다.

"절 보자고 하셨다고요, 원장님."

"와주어서 고맙소." 수도원장이 부드럽게 말했다. "장이 서기 며칠 전, 당신과 마을 사람들이 이곳을 찾아와 나로선 들어줄 수 없는 요구를 했었지."

시장은 아무 말도 하지 않았다. 대꾸할 가치조차 없다고 여기는 듯했다.

"이제 장은 끝났소." 수도원장은 침착하게 말을 이었다. "임대료며 통행세며 세금이며, 모두 모아 수도원 공고公庫에 넣었소이다. 그것이 특허장에 입각한 정당한 처사지. 그 점은 인정하오?"

"문서에 따르면 적법한 처사죠." 코비저가 말했다.

"좋소! 여기까진 우리 둘 다 동의한 바요. 따라서 모든 일이 올

바르게 처리되었고, 우리 수도원의 특권도 유지된 셈이지. 이는 수도원장의 권한으로도 침해할 수 없는 것임을 알아주길 바라오. 만일 내가 다른 선택을 했다면 내 후임으로 올 이들이 날 비난했을 테고, 수도원장이라는 직분의 신성한 권리를 생각하면 그것도 당연한 일이지. 하지만 원칙이 모두 이행된 지금, 우리 손에 들어온 돈을 어떻게 쓸 것이냐 하는 문제는 현재의 수도원장인 내 결정에 달린 일이오. 특허장을 위태롭게 하는 일은 불가하였으나……." 라둘푸스 수도원장의 말투가 자못 신중해졌다. "그 수익금을 이 수도원의 선물로 쓰는 건 얼마든지 가능하오. 이번 축일장에서 거둔 수익금의 1할을 성벽 복구와 도로 포장에 쓰도록 슈루즈베리시에 내놓겠소."

그렇잖아도 집안일이 잘 풀려 마음이 넓어져 있던 시장은, 이 갑작스럽고도 놀라운 호의에 얼굴을 붉히며 환호성을 내질렀다. "수도원장님, 감사하는 마음으로 받겠습니다! 그 돈이 잘 쓰이도록 책임지고 관리하겠습니다. 이 일로 수도원의 권리에 한 치의 변화도 생기지 않을 것임을 여기 이 자리에서 선언합니다. 성 베드로 축일장은 수도원의 장입니다. 이웃이 곤궁한 상황에 처했을 때 그들에게도 혜택을 줄지 말지, 또 언제 도와줄지는 수도원장님 고유의 판단에 따를 문제입니다."

"우리 집사가 돈을 전달할 거요." 라둘푸스 수도원장은 일어서며 만족스러운 만남을 마무리했다. "자, 이것으로 오늘 회의를 마치겠소."

6

8월은 신의 은총으로 화창했고, 이제 사람들은 추수 준비를 하느라 정신이 없었다. 휴 베링어와 얼라인은 새로 산 물건들과 새 희망을 안고 메이즈버리로 떠났고, 우스터의 말 주인도 만족스러워하며 고향으로 향했다. 하루 늦긴 했지만 긴급 공무에 말을 빌려준 대가를 두둑이 받은 데다, 남은 평생 필요할 때마다 풀어놓을 멋진 이야깃거리까지 챙긴 터였다. 시장과 슈루즈베리 의회는 뜻밖의 선물을 내려준 수도원 앞으로 품격 있는 감사장을 보냈다. 수도원의 호의에 감사하는 마음을 적절하게 담되, 그렇다고 앞으로 자신들의 정당한 주장을 무조건 굽히는 일은 없으리라는 의지를 은근히 암시한 따뜻하면서도 노련한 서신이었다. 행정 장관은 에마의 진술에 입각해 일련의 범죄 사건을 종결했다. 사건은 그녀가 가지고 있던, 무슨 내용인지는 전혀 모를 서한을 빼앗기 위해 벌인 계획적인 납치로 기록되었다. 이 일에 어떤 음모가 연루된 것 아니냐는 의혹도 일부 있었지만, 버놀드 양이 자신이 소지한 물건의 중요성을 전혀 알지 못하는 데다 그것이 불에 모두 타버려 다신 볼 수 없게 된 상황이었으므로 더 이상의 수사는 필요하지도 가능하지도 않았다. 범인은 죽었고, 주인의 지시로 살인했다고 자백한 그의 종복은 재판을 기다리고 있었다. 파울러는 농노로 태어나 평생을 주인의 손아귀에 있었기 때문에 그의 명령을 거역할 수 없었다고 간청할 작정이었다. 불에 타 죽은 이를 지휘한 권력자가 누구인지도 밝혀졌으니, 스탠턴 코볼드 장원은 체스터 백작의 재량에 따라 다른 사람의 손에 넘어갈 것이었다.

모두들 숨을 내쉬며 손을 탁탁 턴 다음 자기들 일로 돌아갔다.

이튿날, 캐드펠 수사는 에마의 손을 치료해주려고 시내로 갔다. 시장과 그의 아들은 서로에게, 그리고 세상일에 지극히 만족스러운 기분을 느끼며 나란히 일을 하고 있었다. 코비저 부인이 부엌으로 들어가자 방에는 의사와 환자만이 남았다.

"그러잖아도 수사님과 얘길 하고 싶었어요." 붕대를 갈아주는 사이, 에마가 캐드펠의 얼굴을 진지하게 올려다보며 말했다. "한 사람에게만은 진실을 알려야 한다고 생각했는데, 그분이 수사님이면 좋겠어요."

"설마 장관님 앞에서 거짓 증언을 한 것은 아니겠지." 캐드펠은 차분하게 말했다.

“당연히 아니죠. 다만 진실을 전부 말하지 않았을 뿐이에요. 그 서한이 어떤 내용인지, 최종적으로 누구에게 전달될 것이었는지, 누가 보낸 건지 모른다고 했거든요. 어느 정도는 사실이에요. 처음엔 정말 몰랐으니까요. 물론 외숙에게 그 편지를 전해준 사람이 누구인지는 보았고, 그것을 장갑 장수에게 전하기로 했다는 사실 정도는 알았지만요. 이보가 서한을 내놓으라고 했을 때, 전 서한 따위가 뭐 그리 중요하냐며 시간을 끌었어요. 그랬더니 그 사람이 제 흥에 취해 서한의 내용을 술술 이야기하더라고요. 스티븐 왕의 영토가 위험에 처해 있다고, 그의 정적을 제거할 만한 수단을 제공하는 사람은 백작령에 버금가는 넓은 땅을 하사받게 될 거라고 했어요. 모드 황후의 동지들이 자기들 진영에 가담하라고 체스터 백작에게 압력을 넣고 있는데, 체스터 백작은 모드 황후를 명분으로 반란을 꾀하는 세력들이 전부 파악되기 전까지는 움직이지 않겠다고 했다나 봐요. 그래서 자기들과 행동을 같이하면 무슨 이득을 얻을 수 있는지 설명하며 체스터 백작을 납득시키는 서한을 급히 보내기로 약속이 된 거죠. 서한에는 무려 쉰 명이나 되는 사람들의 이름이 적혀 있다고 했어요. 모드 황후와 비밀리에 연대하는 이들이죠. 더하여 글로스터의 로버트 백작이 모드 황후를 잉글랜드로 밀입국시키려는 날짜와 도착할 항구까지 적혀 있었고요. 그러니 그 편지를 왕에게 팔아넘기면 왕의 복수전에서 살아남을 사람도 땅도 없을 것이며, 체스터 백작 역시 그들과 운명을 같이할 거랬어요. 백작은 이미 그러한 접선을 허용할 정도로 선을 넘은 셈이니까요! 명단에 오른 이들은 모두 체포되어 사형될 테고, 이보는 정보를 넘긴 대가를 받을 거랬어요. 제 머리론 도무지 이해되지 않지만, 어쨌든 이보는 그렇게 말했어요." 에마는 입술을 축인 뒤 조심스레 덧붙였다. "스티븐 왕이 정말 그런 짓을 벌이리라고는 단정 지을 수 없어요. 전 왕을 잘 모르니까요. 하지만 지난여름 스티븐 왕이 이런저런 지방에서 벌인 짓은 똑똑히 기억하고 있죠. 왕 편에 서서 충성하는 사람들만큼 정직하고 무고한 이들을 모조리 감옥에 보내거나 생명을 앗아 갔잖아요. 그들의 가족은 거처에서 쫓겨났고, 어떤 이는 국외로 추방되기까지 했어요……. 정세가 바뀌면 복수전이 펼쳐질 테고, 그러면 다시 한번 죽음과 큰 고통이 닥치겠죠. 그래서 전…… 그 서한을 태워버렸어요."

"당신이 뭘 했는지는 나도 알고 있소." 캐드펠 수사는 치료용 붕대를 감으며 부드럽게 말했다.

"그렇지만 제가 정말 정당한 근거로 옳은 일을 한 것인지 확신이 들지 않아요." 에마의 말투는 이제 무거워졌다.

"스티븐 왕은 자신의 힘이 미치는 영역 내에서나마 평화 비슷한 걸 지켜가고 있죠. 외숙은 확고하게 모드 황후 편에 서 있었어요. 하지만 만일 모드 황후가 돌아오고 그분의 지지 세력이 모두 일어나 힘을 보탠다면 이 땅에 평화란 없을 거예요. 어느 쪽을 봐도 죽음밖에 안 보이죠……. 그때 전 이보가 배신과 살인으로 이득을 보게 두면 안 된다는 생각뿐이었어요. 편지를 없애버리는 것밖에 방법이 없다고 생각했죠. 그게 맞는지 의문이 들긴 하지만…… 어쨌든 그런 마음을 끝까지 고수해야 한다고 전 생각해요. 만약 전쟁이 일어나야 한다면, 그래서 사람들이 죽어야 한다면, 그건 하느님의 뜻에 맡겨둘 수밖에요. 하지만 야욕에 찬 악인들의 계략에 따라선 안 될 일이죠. 우리가 구원을 가져오지 못한다 해도, 최소한 파멸을 거들어서는 안 되잖아요. 수사님, 제 행동이 옳았을까요? 누군가한테 대답을 듣고 싶었어요. 수사님이 말씀해주시면 좋겠어요."

"내 생각을 물으니 말인데, 난 이렇게 생각하오." 캐드펠이 말했다. "만일 이 손의 상처가 평생 간다면, 보석이라 생각하고 달고 다니시오."

에마는 놀라 미소를 짓더니 끈덕지게 자신을 괴롭혔던 회의를 떨치려는 양 고개를 내저었다. "필립에겐 절대 얘기하지 마세요." 그녀가 다치지 않은 손으로 캐드펠의 소맷자락을 잡으며 애원하듯 말했다. "저도 영원히 얘기하지 않을 거예요. 제가 자기처럼 아무것도 모르는 천진한 사람이라고 믿도록 내버려두고 싶어요." 정확한 표현은 아니었는지 그녀는 이맛살을 찌푸렸지만, 더 적절한 말을 찾아낼 수 없었다. 그녀가 얘기하고자 하는 것이 '천진함' 이 아니라면 아마 단순함, 청명함, 순수함 같은 것일까? 그 어느 것도 아닌 듯했으나, 그럼에도 캐드펠은 그녀가 무슨 이야기를 하고 싶은지 알 수 있었다. "어딘가 진흙탕에 빠진 기분이었어요." 에마가 조용히 말을 이었다. "필립이 그런 음모에 발을 빠뜨리는 일은 절대로 없어야 해요. 그에겐 정말이지 어울리지 않는 일이니까요."

캐드펠 수사도 그에게 말하지 않겠다고 단단히 약속했다. 그러고서 잠시 후, 그는 시내로 걸어 나오며 생각에 잠겼다. 여자란 얼마나 복잡한 존재인가. 에마의 말은 구구절절 옳았다. 필립은 에마보다 두 살이나 많고, 똑똑하고, 또 이번 일로 더 원숙해지긴 했지만 언제나 에마보다 어리고 단순하며 천진했다. 그래, 결국 그녀가 제대로 표현한 셈이야! 캐드펠의 에마의 말을 되새기며 빙그레 웃었다. 그의 경험으로 미루어, 부부 중 여자 쪽이 성숙하고 책임감을 가진 경우에는 결혼 생활이 아주 행복하고 순탄하게 이어질 가능성이 높았다.

*

성 베드로 축일장이 치러진 지 정확히 두 달이 지난 9월 30일, 모드 황후와 그녀의 이복형제인 글로스터의 로버트 백작이 애런델 부근에 상륙해 성에 입성했다. 그러나 체스터의 라눌프 백작은 모드 황후의 명분에 손을 흔들어주지도 발을 휘저어주지도 않은 채, 조심스레 제 영토에 눌러앉아 자기 일에만 열중했다.

주

1 베네딕토회 Benedictine

베네딕토 규칙을 바탕으로 공동생활을 하는 가톨릭 공동체. 6세기 '누르시아의 베네딕토(성 베네딕토)'가 몬테 카시노에 창설하여 전 유럽에 퍼진 수도회의 일파다. 청빈, 순결, 복종을 맹세하고 규율이 매우 엄격한 삶을 강조했다. 집단적인 예배도 중요시하여, 수사들은 하루에 일곱 번씩 모여 찬송하고 기도하는 성무일도를 수행했다.

2 슈루즈베리 성 베드로 성 바오로 수도원 the Shrewsbury abbey of Saint Peter and Saint Paul

잉글랜드 슈롭셔주에 위치한 수도원으로, 원래 성 베드로에게 헌정된 작은 목조 교회였으나 11세기 후반 성 베드로와 성 바오로 두 사도에게 헌정한 석조 건물로 개축되었다.

3 성 베드로의 탈옥 축일

성 베드로가 헤롯 왕에 의해 감옥에 갇혔으나 한밤에 천사가 나타나 쇠사슬로 결박된 그의 몸을 풀어 탈옥시켜준 것을 기리는 축일.

4 라둘푸스 수도원장 Abbot Radulfus(?~1148)

헤리버트 원장의 뒤를 이어 1137년부터 1148년까지 슈루즈베리 수도원장을 지냈다.

5 허브herb
본래는 초본이라는 뜻이나 특히 예로부터 쓰여온 약용, 향료 식물들을 가리킨다.

6 양귀비 Oriental Poppies
양귀비과의 한해살이풀. 높이는 50~150센티미터로 잎은 어긋나고 긴 달걀 모양이며 톱니가 있다. 전체적으로 회청색을 띠며, 5~6월에 흰색, 홍색, 홍자색, 자색의 꽃이 피고 열매는 달걀 모양이다. 열매가 덜 익었을 때 유액을 뽑아 건조하여 아편을 추출하고 씨는 기름으로 식용하며, 민간에서 복통, 기관지염, 불면증, 만성 창자염의 치료에 쓰이기도 한다. 튀르키예와 이란이 원산지로, 관상용 또는 약용으로 재배한다.

7 로버트 페넌트 부수도원장 Prior Robert Pennant(?~1168)
12세기 전반에 슈루즈베리 수도원의 부수도원장을 지냈고, 1148년부터 1168년까지 슈루즈베리 수도원장을 지냈다. 귀더린으로의 순례를 담은 『성 위니프리드의 생애』를 남겼다.

8 스티븐 왕 King Stephen(1092 또는 1096~1154)
정복왕 윌리엄 1세의 외손자이며 잉글랜드 노르만 왕조의 네 번째 국왕. 외숙부이자 잉글랜드 왕인 헨리 1세가 살아 있을 때 헨리 1세의 딸인 모드 황후의 왕위 계승을 돕겠다고 서약했으나 1135년에 헨리 1세가 죽자 약속을 깨고 잉글랜드 군주의 자리를 차지했다.

9 윌리엄 피챌런 William FitzAlan(1105~1160)
글로스터 백작 로버트의 조카 콘스탄셔와 결혼한 후로 스티븐 왕에게 충성하기로 한 서약을 번복하며 모드 황후 편에 섰다.

10 모드 황후 Empress Maud(1102~1167)

마틸다(Matilda of England)라고도 불린다. 정복왕 윌리엄의 아들인 헨리 1세의 딸로, 신성로마제국 황제 하인리히 5세와 결혼했다가 그가 죽은 뒤 앙주 백작 조프루아 5세와 재혼해 헨리 2세를 낳았다.

11 글로스터의 로버트 백작 Earl Robert of Gloucester(1090~1147)

헨리 1세의 서자이자 모드 황후의 이복형제로, 1135년 스티븐 왕이 왕위를 찬탈한 이후 모드 황후의 편에서 싸웠다.

12 라눌프 백작 Earl Ranulf(1099~1153)

1129년에 체스터 백작의 작위를 4대째 이어받아 잉글랜드의 3분의 1에 달하는 지역을 다스렸다.

13 블리오 bliaud

중세 시대에 남녀가 입던 튜닉 형태의 커다란 겉옷.

14 오아인 귀네드 Owain Gwynedd(1100~1170)

아버지 그루퍼드 압 시난의 뒤를 이어 1137년부터 귀네드를 통치했다.

캐드펠 수사 시리즈 04
성 베드로 축일

초판 발행. 2024년 8월 5일
지은이. 엘리스 피터스
옮긴이. 송은경
펴낸이. 김정순
편집. 배주영 박진희 홍상희 허정은 허영수
마케팅. 이보민 양혜림 손아영

펴낸곳. (주)북하우스 퍼블리셔스
출판등록. 1997년 9월 23일 제406-2003-055호
주소. 04043 서울시 마포구 양화로 12길 16-9(서교동 북앤빌딩)
전자우편. editor@bookhouse.co.kr
홈페이지. www.bookhouse.co.kr
전화번호. 02-3144-3123
팩스. 02-3144-3121

ISBN 979-11-6405-258-5 04840

옮긴이 송은경
서울대학교 영어영문학과를 졸업하고 교직 생활을 거쳐 전문 번역가의 길을 걸었다.
옮긴 책으로 『남아 있는 나날』 『인생은 뜨겁게』 『블랙베리 와인』 『런던통신 1931-1935』
『게으름에 대한 찬양』 『인간과 그 밖의 것들』 『나는 왜 기독교인이 아닌가』
『중동의 평화에 중동은 없다』 『프리메이슨 코드』 『지중해 기행』 『한나의 가방』
『프로방스에서의 1년』 『위로의 편지』 등이 있다.